有爱的青春陪伴者

难追
苹果馅包子 著
天津出版传媒集团
天津人民出版社

图书在版编目（CIP）数据

难追 / 苹果馅包子著. -- 天津 : 天津人民出版社,
2023.11
ISBN 978-7-201-19750-0

Ⅰ. ①难… Ⅱ. ①苹… Ⅲ. ①长篇小说—中国—当代
Ⅳ. ①I247.5

中国国家版本馆CIP数据核字(2023)第170583号

难追
NAN ZHUI
苹果馅包子 著

出　　版　天津人民出版社
出 版 人　刘　庆
地　　址　天津市和平区西康路35号康岳大厦
邮政编码　300051
邮购电话　022-23332459
电子信箱　reader@tjrmcbs.com

责任编辑　玮丽斯
特约编辑　张　磊
装帧设计　刘　艳　唐卉婷

制版印刷　长沙鸿发印务实业有限公司
经　　销　新华书店
开　　本　880毫米×1230毫米　1/32
印　　张　11
字　　数　407千字
版次印次　2023年11月第1版　2023年11月第1次印刷
定　　价　42.80元

目录

CONTENTS

目录 CONTENTS

/第一章/

跟我结婚怎么样

新一轮夜幕降临，新开发的中心别墅区整齐地亮起片片夜灯，汇成一涓光芒熠熠的灯流，自成一景。

临江的一栋别墅中，唐棉刚刚参加完自己的婚礼，她穿着简单的短袖长裤，独自站在落地窗边，怔怔地观望屋外夜景。

床头堆放着一件银光璀璨的钻石婚纱，是她不久前换下的，百年私衣工坊定制，美丽又昂贵。

唐棉抚着胸口，轻轻吸了一口气。今天发生的一切，包括这件婚纱、这栋房子，对她来说都像梦一样虚幻。

这时，卧室房门响动，她循声转头，她名义上的丈夫已经褪下婚礼西装，和她一样换上了常服。

应付完贺家强制举办的婚礼，那张无论看多少次仍会觉得惊艳的脸终于有了一丝笑意。

贺烛肩膀微斜，慵懒地倚着门框，看向妻子的眼神不带一点情感，疏离又淡漠，嘴里却戏谑地说："一起？"

唐棉眨眨眼，冷静地举起胳膊，笔直地摆出禁止通行的手势："分开睡。"

贺烛预料到答案，耸了耸肩，道："不介意我出门吧？"

唐棉道："你随意。"

"谢了。"

贺烛说完向她挥了挥手，随后走出他们的婚房。

唐棉知道，他今晚不会回来。

偌大的别墅现在只剩她一人。她伸了个懒腰，大步走向床边，心里默默数着三二一，然后猛地蹦高，身体重重落到床上，她舒舒服服地闭上眼睛，放任身体陷入柔软的床褥中。

布置房间的人贴心地在床头喷了一点安眠香，她抽抽鼻子，脸颊贴着羽绒枕发出满足的喟叹。

啊，是自由的味道。

一个月前。

"你说什么！她不来了？！"

演播厅后台，总导演怒气滔天的声音通过扩音喇叭清楚地传进在场所有工作人员的耳朵，唐棉作为导演助理，离得最近，承受伤害加倍，她忍不住捂了下耳朵。

负责联络嘉宾的导演比他更气，说："昨天谈得好好的，刚才突然就说不来了。呸，要不是我们节目，谁知道她是谁，得到一点小红利就忘了自己姓什么。"

总导演怒意难平，鼻孔喷出一股气，将手中扩音器重重甩了出去："现在怎么办！还剩半小时就要开拍了，女嘉宾少一个，观众还就想看她，现在新人的介绍短片都来不及准备！"紧接着，他又对那个擅自缺席的女人骂了一句脏话。

唐棉甚至能看清总导演骂出的唾沫星子，默默垂下脑袋，移步到雄壮的摄影师后面，尽力降低存在感。

通常导演发火，最先倒霉的就是他们这些助理，这时候谁先入他的眼谁就是出气筒。

可惜，天不遂人愿，人不遂人心。

嘉宾导演只剩一条缝的眼睛竟然精准地锁定了她的位置："来不及了，找个人顶一下……那个小姑娘，就她吧。"

唐棉："？"

不等当事人提出抗议，下一秒，她已经被强制拉进化妆室，两个编导笑眯眯地将她按在座位上。

"小唐，你牺牲一下嘛，导演第一轮就会安排人去解救你。"

化妆老师对嘉宾毁约的事略有耳闻，露出同情的目光："被抓壮丁了？"

唐棉扶额："对。"

她今天的运势里一定有"不宜出行"四个字。

化妆师给她化了个烟熏眼妆，尽力模糊她原本的长相，而后拿出为嘉宾准备的小礼服让她换上。

节目现场的舞台灯光最后一次调试完毕，女嘉宾陆续入场，唐棉还在挣扎："这样不好吧，被发现了怎么办？"

现场导演忙着用对讲统筹现场布置，抽空安慰她："你放心，我们这节目收视率不高，观众都是些大爷大妈，等会儿给你戴个口罩，他们发现不了。”

他们现在录的节目是当地电视台推出的一档室内交友类综艺，每期场上有十五位女嘉宾，备选的男嘉宾等在后台，由她们先投票决定出场的男嘉宾名单，被选中的四位男士登场后再进一步进行自我介绍，如果现场有女嘉宾按了爆灯键，男嘉宾则可以选择当场与其牵手离开，无须等到最终环节。

小地方台推出的深夜档节目，投资少，嘉宾质量也不高，唯一长相出挑的女嘉宾待了几期后，有了点小名气，被一家电商机构看中，当即推掉今天的录制，乐颠颠地直播去了。

唐棉身高跟那个女嘉宾差不多，脸型有五分像，正好适合做替身。

除了规模小，节目组的草率也是节目火不起来的重要原因。

唐棉暗暗吐槽。

录制开始，女嘉宾根据男嘉宾的剪影以及简略的职业介绍进行投票。唐棉随手挑了五个，然后双手离开按键，静等可以帮她解脱的人入场——导演说安排了人带她离开。

身边的女嘉宾体态各异，基本都是放松的状态，唯有唐棉站得笔直，好像在参加军训。

她从前在台下看现场版相亲大会只觉得好玩，如今自己站到舞台，面对无处不在随时可以切近的镜头，手脚都不知道怎么摆了。

场上主持人终于念完赞助商给的口播词，对着镜头挥了下手：“有请今天的第一位幸运男嘉宾。”

唐棉站直身子，直勾勾地盯着舞台。

演播厅老气又晃眼的灯光交替闪烁，绚烂的光柱四散至观众席，随后齐齐聚向款款走上舞台上的人。演播厅面积不大，男嘉宾一出场，只要不是高度近视，女嘉宾基本能将他的身材、长相看得清清楚楚。

眼前的男人身高腿长，宽肩窄腰，比身边一米八的男主持还高出一截，长相更是难得一见的俊美，背景音介绍他的工作是某公司总经理，有车有房有存款。

年轻，帅气，多金。

台下观众激动不已——出现了相亲市场的顶尖选手。

嘉宾席响起一阵阵抽气声，十四个人几乎同时按下爆灯键。

这时导播指挥镜头移出嘉宾席，工作人员趁机给唐棉递了纸条，上面写着：跟他走。

于是，现场爆灯的音效再一次响起。

帅哥的出现以及女嘉宾集体爆灯的盛况让现场气氛异常热烈，主持人跟着观众一道起哄鼓掌：“看来这位嘉宾人气很高啊，不知道他能跟哪位女嘉宾成功牵手呢，电视机前的观众可以和我们一起猜猜看。”

贺烛抬眸，想起上台前现场导演小心翼翼地提示，手指对准嘉宾席的六号：“不用猜了，她。”

观众：？

主持人知道内情，但没想到这一步来得如此快，尴尬地瞥了眼台下的工作人员。

现场导演面如死灰，摆摆手，让主持人自由发挥。没办法，台上那位根本不是他们能安排的。

男主持无奈地拿起话筒：“那，那让我们恭喜男女嘉宾结缘成功。”

周边观众无语地看向主持人，他们连男嘉宾名字都不知道，人就要走了。

早说节目组定的这破规则不合理，怎么还不改！

不管节目组和观众的心情如何复杂，反正唐棉很开心。伴随震耳欲聋的背景音乐，她喜滋滋地离开嘉宾席来到男嘉宾身边。

贺烛余光扫了下旁边的人，衣着和妆容成熟性感，行为举止却格外乖巧拘束，有些违和，但还算顺眼。

“参加节目还戴口罩？”

唐棉摇摇头，正想解释，身边的男人似乎只是随口一问，并不打算知晓缘由。她转头时，两人视线错开，只看到一个线条完美的侧脸。

贺烛耐心没那么好，主持人还在讲又臭又长的流程词，刚进行一半，他已经往台下走了。

唐棉快步跟上。

按节目流程，这时候两人应该象征性地牵个手，但男方没有主动，她也犯不着自己伸过去。

贺烛大步流星，步履飞快，唐棉努力迈开步子追。节目开播以来最受欢迎的男女嘉宾就这样在各色目光注视中匆匆离开了舞台。

后台没有摄影机的追踪，唐棉摘下口罩，想跟恩人道声谢，结果恩人看也没看她，下台后步伐不变，直奔休息区。

方才怒气冲冲、威势逼人的总导演变得慈眉善目，低眉顺眼地跟在那人身边毕恭毕敬地说着什么，一众工作人员围在四周等候指示。

唐棉留在原地，只觉得那人非常眼熟，但想不起来在哪里见过。

同组的豆豆凑到她身边，神秘兮兮地说：“啧啧啧，小唐你知道刚刚解救你的大帅哥是谁吗？”

唐棉摇头，眼睛转过去，期待豆豆给出一个答案。

豆豆叹气：“我也不知道，还以为你们认识呢。”

唐棉冷酷地扒开豆豆搭在自己肩上的手，跑去化妆间卸妆换衣服。

后台休息间，等在房间里的孔非看完现场转播，倒在房间沙发上笑得前仰后合，贺烛一进门就听到好友接近断气的夸张笑声，冷笑着扯了扯嘴角，毫不客气地对准他的小腿踹了一脚。

孔非一边捂着笑疼了的肚子，一边揉着被踹的地方："哈哈，咳，哎哟贺公子，我就随口一提，没想到你真上台了。"

"啧，愿赌服输。"

"行行，兄弟我敬你是条汉子，哈哈哈！"

这人笑起来没完，贺烛懒得理他，拿起搭在沙发靠背上的外套，兀自走出房间。

孔非忙跳起来跟上："等等我呀，哎。"

那天的录制对唐棉来说只是一场不大不小的闹剧，让平淡的生活多一点波澜而已，两周过去，当天的人和事她已经快忘得差不多了。

又一期节目录制结束，唐棉跟导演组的几个同事聚餐，饭桌上免不得聊点工作上的八卦，豆豆提起唐棉假扮女嘉宾那期的事。

"你们知道吗？上次那位背景显赫的大帅哥，我听总导演聊天提起过，那位，咳，似乎是贺家的小公子。"豆豆刻意压低了声音。

同事不以为意："哪个贺家？"

豆豆小声："贺盛江那个贺家。"

同事夹菜的手顿住，满堂寂静。

一个实习导演不可置信道："别逗了，那种级别的公子哥儿露面至少得去卫视吧，来我们这小市区的电视台做什么，而且还是参加相亲节目。"

说完，所有人的目光齐刷刷对准在场唯一跟他有过接触的人。

唐棉两手在胸前比了个叉："我什么都不知道。"

豆豆往她碗里夹了一块里脊："小唐，你有没有跟那位贺公子说上话？"

"没，正脸都没看见几回。"

唐棉一边吃着里脊肉，一边思索。她当时觉得对方眼熟，现在得知他姓贺，熟悉感更强烈了，她肯定在哪里见过这个人。

同事调笑道："如果真是贺家的少爷来了，临时毁约的女嘉宾肠子估计要悔青，这便宜平白让给了小唐。"

贺盛江是本地首富，出身名门世家，名下产业遍布全国，而他们只是市辖区的小电视台，听到贺家公子来参加节目，第一反应自然是不信的。

"可惜，她看不到。"豆豆耸耸肩，"刚接到消息，当期有贺小公子的镜头都得剪掉，一根头发丝都不准出镜。"

大家再次沉默，刚才的三分信七分疑，现在变成了七分信。

“说起来，当天我听后勤的人说，那位帅哥前脚出我们演播厅，隔壁拍广告的女演员后脚就跟人走了，态度特别殷勤，我当时还不信。”

“就那个平时不拿正眼瞧人的窦晴？”

难得有机会窥得上流社会花边八卦的冰山一角，同事们越聊越嗨，唐棉边听边吃，手机收到一条来自制片主任的微信。

【小唐，吃完饭来趟制片组。】

唐棉听八卦听得正起劲儿，但领导有事，下属绝对不能怠慢，只好提前离席。

制片组的临时办公室在二楼北面，午休没结束，办公室里只有刘主任一个人，唐棉进屋的时候，里面光线暗沉，仿佛快进到了傍晚。

刘主任天生长了一副憨厚的笑脸，看起来很随和，唐棉看着这张和善的脸，却突然有种不祥的预感。

“小唐啊，坐，在台里工作多久啦？”刘主任在她面前放了一杯水。

唐棉板板正正地坐着：“四个月了。”

刘主任两手交叉在桌面上，面露犹豫，过了一会儿，叹了口气道：“我直说吧，你是不是得罪人了？”

唐棉两眼茫然。

“是这样的，与我们长期合作的投资方今天跟台里提了个要求，说起来挺强人所难，但我们这是小节目组，找赞助不容易，唉，希望你能理解。”

说是直说，但他拐了十八个弯也没提到正事。

唐棉便替他说了：“对方的要求是让您开除我。”

“啊，是。你要不想想得罪谁了，有没有可能跟人家赔点礼、道个歉……”

“不用了，谢谢主任，我下午收拾东西离组，多谢您这段时间的照顾。”

刘主任没想到她会这么利落，愣了一下：“也不用这么急。”

唐棉已经起身出去了。

收拾完自己的东西，跟愣住的同事们打过招呼，唐棉抱着纸箱坐上回家的公交车。

包里的手机振动，唐棉解锁屏幕，微信消息来自她爸唐宗志。

【五点之前回家。】

又是冷冰冰的一句通知，她习以为常，面无表情地收起手机。

说出来组里的人可能不信，威胁节目组让她丢掉工作的人是她亲爸，而且他不是第一次干这种事了。

习惯了。

还是好气。

唐棉重新取出手机，手指飞快在聊天界面打出一串文字：【爸，我觉得你有点过分，我现在很生气，今天不想回家。】

发完过了大约一分钟，手机忽然疯狂振动，唐棉没点开消息，直接把手机调成静音模式，倚着座椅靠背闭目养神。

这份工作是同学内推得来的，她很满意，但她爸相当不满意。

对唐宗志来说，孩子脱离他掌控之外的所有行动都叫作“不务正业”。

唐棉之前在一家规模很小的传媒公司做视频导演，结果实习期没过，公司被她爸想办法搞黄了，老板跑路，她丢了两个月工资。这回她是正儿八经地在电视台工作，他又对人家采取资金威胁，再次让她没了工作。

唐棉越想越生气，重新打开微信界面，无视她爸发来的一连串语音轰炸，回道：【爸，你真的太过分了，我明天也不想回家。你跟我妈说一声，我去唐白那里，让她不要担心。】

文字发出去的下一秒，唐宗志的电话打了过来，唐棉犹豫两秒，还是按掉了，转而联系另一个号码。

【哥，我需要安慰。】

消息发送出去宛若石沉大海，一直没有回复。

汽车驶过两站，唐棉抱着箱子下车，转坐了另一班公交车。抵达目的地后，她在站牌旁边费力地腾出一只手，单手打字：【我直接去你店里吧。】

对方快速给了回复：【不行！】

唐棉：【我在你家楼下的公交站点。】

五分钟后，唐白趿拉着一双居家拖鞋，留着没刮的胡楂出现在妹妹眼前。

唐白单手接过她怀里的纸箱，无语道：“你多大了，还跟爸妈玩离家出走。”

唐棉道：“不是离家出走，我后天回去，让爸跟妈说过了。”

唐白深知自己妹妹的性格，心想老头这回应该气得不轻，虽然不心疼他们那个控制欲超强的父亲，但他心疼自己的未来，好不容易争取到的独居生活，他一刻也不想被打扰。

唐白熟练地哄妹妹：“早晚得回去，挨一顿骂就没事了。乖，哥哥帮你叫车，回去跟爸爸认个错。”

唐棉仰头，努力通过眼神表达自己的委屈：“不是我的错。”

唐白语气更温柔了：“我知道，但咱俩哪回挨骂是因为做错事呢。”

唐棉摇摇头：“不一样。”

唐白洗耳恭听。

“你挨骂属于罪有应得，我挨骂都是被你连累。”

唐白："……"

对妹妹的那点恻隐之心转瞬即逝，他掏出手机准备叫车。

眼见哥哥铁石心肠，唐棉垂下脑袋闷闷地说："爸以撤资做威胁让节目组把我开除了。"

唐白手上动作微顿，看向这个父母眼中从小就懂事听话的妹妹，半晌，他轻轻叹了口气，收起手机，在她肩上拍了拍。

"走吧，晚上哥带你吃点好东西。"

所谓"好东西"，就是公寓楼下的小烧烤。唐白有言，夏天晚上吃一顿烧烤、喝两瓶啤酒，能解千愁。

他上身灰色老头衫，下身大裤衩，坐着小马扎跟老板要了一份菜单，豪气地让妹妹随便点。

唐棉看看不修边幅的哥哥，又看看菜单，有些忧心忡忡，翻来覆去对着只有一张塑料板的菜单看了三遍，最后小心翼翼地点了一份八元的凉拌海带丝。

唐白以为她吃不惯路边小摊，摇头道："这家店开了很多年，味道很好，你去再好的饭店都吃不到这种口味。"

唐棉抿抿嘴，犹豫再三，说道："其实我卡里还有五千块钱。"

唐白不明所以。

唐棉："我借你三千，你先用着，我们毕竟是亲兄妹，我不算你利息，慢慢还就好。"

唐白没跟上她的脑回路，但下意识接了一句："还要还？"

唐棉露出肉痛的表情："我也不富裕啊！爸妈断了我的资金来源，这三千块还是主任觉得对不起我，破例开的奖金。"

"等等，"他皱眉，"你为什么要借给我钱？"

唐棉眼睛上下打量着跟以前富家少爷形象大相径庭的亲哥："你看起来比我更需要这笔钱。"

"……"

"哥，你老实说，你是不是破产了？"

"没……"

"要不后天我们一起回家吧，你跟爸爸认错，回去继承家业，我们就有钱啦。"

烧烤店门头挂着的小串灯晃着唐棉白皙的脸蛋，明亮的杏眼微闪着光，真诚又无辜。

唐白倒了一杯啤酒，皮笑肉不笑地扯开嘴角，狠狠吐出两个字："做梦。"

计划失败，唐棉失望地撇撇嘴，重新拿起菜单，不挑对的，只点贵的，反正瘦死的骆驼比马大，她哥就算破产也比她有钱。

然而，她很快发现，他们之间的贫富差距还是跟以前一样，有着难以逾越的鸿沟。

唐白抢走最后一串五花肉，边吃边接了个电话。

坐在路边烧烤摊上，胡子拉碴的唐白一接电话倒像换了个人，颇具威严。

几番对话后，唐棉听到他说：“你们把人安抚住，我马上到。”

“店里出事了吗？”她问。

唐白吃完肉串，从桌上的抽纸盒里抽了张纸巾擦掉嘴边的孜然和辣椒面，淡定道：“小事，你先回公寓，我晚点回去。”

唐棉眼睛亮了：“我跟你一起。”

唐白“嘶”了一声，瞪她一眼：“想都别想。”

然后他从短裤口袋摸出家门钥匙丢过去：“寄人篱下就得听话。”

唐白进店结完账，出来看见妹妹依然坐在原位，直盯着前方，不知在想什么。四周的桌子热热闹闹的，独她孤零零一个坐在小凳子上，身形单薄，有点可怜。

好歹是自己妹妹，唐白心疼了，走过去怜爱地摸摸她的头顶，心软道：“你要去可以，但必须坐在车里，不准跟我进店。”

唐棉点头，嘴角咧开，是肉眼可见的开心。

唐白也笑了，去停车位的路上随口问：“刚刚在想什么？是不是哥哥不在寂寞啦？”

唐棉很诚实：“我在想，等你离开自己偷偷打车过去。”

“小心我把你扫地出门。”

“我还有五千，附近酒店单人房一晚上才两百块。”

唐白一口气差点没上来，决定明天早上之前不再理她！

兄妹俩口中的“店”其实是一家私人会所，外称“跃影”，白天是普通的聚会社交场地，晚上则是灯红酒绿的高级夜店。会所主要面向富人阶层。

唐棉向往了很久，可惜她哥一直不让她进。

“进去可以，先交二十万会费。”

“坐车里挺好的。”

唐白终于扳回一局，得意地挑了下眉，随后下车，进入“跃影”大门。

负责会所晚间活动的经理一直守在门口等候老板出面，见唐白进门，总算松了口气：“老板您可算来啦。”

唐白一改在妹妹面前的吊儿郎当，凛然道：“人怎么样了？”

“李二少酒醒了。”

“我是说贺家那位。”

“贺小公子人没事，在贵宾区喝酒。”

唐白彻底放心：“那就好。”

有人在会馆闹了一通，客人散得差不多了，此时的舞厅缺少狂欢的音乐和人群，显得异常安静。会所特设的贵宾席外围，李兆半边脸青紫，忍着疼痛，一个劲儿地鞠躬，向坐在沙发中间的人道歉。

“贺少我刚才是真醉了，没认出您，对不住，对不住。您看，今晚您的消费全由我买单成不？”

贺烛单手摇晃酒杯，晶莹的鸡尾酒在杯壁中来回晃动，李兆惶恐的剪影朦胧地映在酒杯之中，随后被流动的液体搅得支离破碎。他放下杯子，懒洋洋地倚向沙发靠枕，两条长腿交叠在玻璃桌下，声音凉薄道：“我看起来很缺钱？”

“不不不，这，我……”

李兆支支吾吾半天，末了将目光投向身边一声不吭的女人，一咬牙，拽着女人的胳膊将她推向贺烛，硬生生挤出笑脸：“若若，去给贺少敬一杯酒。”

若若心里直骂他，早先不见你这么识相呢！刚才贺烛都准备接受她的示好了，结果这人平白出来大闹一通，坏了她的好事，现在又把她推出去顶雷。

心里已经骂了半天，但对贺烛，她是真心实意地想巴结，这可是贺家的小少爷啊，哪怕风流成性，仍是众人趋之若鹜的对象。

若若整了整表情，紧贴贺烛而坐，俯身给自己倒了一杯酒，连衣裙领口开得低，她腰肢一弯，汹涌的事业线一览无遗，笑吟吟道：“贺少，我敬您。”

她将杯中酒一饮而尽，伸出舌尖在唇边点了点，眼神妖媚，比酒更醉人。

贺烛一手支着下巴，眉梢微扬，漫不经心地斜向旁边的女人，视线在她身上定了几秒。

若若以为自己成功吸引了他，正要继续说几句娇话，就听他轻笑一声，嘲弄道：“李二少似乎高估了自己的眼光。”

李兆和若若的脸上齐齐变色，尤其是李兆，半边青紫的脸涨得通红，尤为滑稽。

去办公室仓促整理完衣容的唐白适时出现，打破了这尴尬的气氛：“两位少爷，‘跃影’今天因为一点意外不得不提前打烊，实在抱歉。作为赔礼，二位今晚的酒水、席位费全免，你们看如何？”

舞厅已经没多少人了，贺烛无意多留，爽快地卖唐白一个面子，先一步离场。

孔非看了半天热闹，临走前不忘挖苦李兆：“李二少以后喝酒注意些，小心赔了夫人又折兵，不过幸好，今天这‘夫人’没什么魅力，只折了你那半张脸。”

李兆敢怒不敢言，忍下骂人的冲动，目送他们离去。

待人走远，他正欲将怒火发泄到唐白的身上，却见对方笑眯眯地张嘴道：“李少爷，李董托人传信，请您立刻回家，哦，他还有句话让我转述给您。”

唐白举起手机，点开外放——

“你又在外面给我闯祸，赶紧滚回来，少在外面丢人现眼！”

听到老爷子中气十足的吼声，李兆真慌了，顾不得其他，推开挡路的一干人等，火急火燎地往外跑。

闹剧的三个主演走了两个，独剩若若留在原地。她失魂落魄地扶了把桌面，没入贺烛的眼，又得罪了李兆，她完了。

唐白让经理处理后续事宜，他还记得自己车上有个不安分的家属，一出大门，唐棉果然没听他的话，正躲在绿植后面眼巴巴地往这边瞧。

唐白气乐了，大步走过去，一只手揪着她的衣领将人提溜回车上。

坐进副驾驶，唐棉乖乖系好安全带，迫不及待地问：“出什么事啦？”

唐白扬手弹了她一个“脑瓜崩”：“没事。”

唐棉冲他眨巴眼睛，求知欲空前旺盛。

唐白拿妹妹没辙，解释道：“一个普通富二代喝醉酒，为了女人对别人动手，被人家反手一拳打趴下了，酒醒之后悔不当初道歉。真相是人家压根儿没看上他的女人，是那女的自己妄想脚踏两条船，主动凑过去的，结果两条船今天恰好进了同一个码头。”

“然后呢？”

“船翻了，人跑了，梦醒了呗……喏，就是那个女人。”

唐白朝车窗外扬了扬下巴。

唐棉看过去。

夜色下，一个美艳的女人双臂环抱，裹着丝质披肩从会所门口出来，神情黯然，孤零零地走在花丛环绕的大路中央。

美人落魄，唐棉不禁有了一丝怜惜之情，喃喃道：“哥，她有点可怜。”

唐白从车里找出一盒烟，想到妹妹还在，又放了回去，应答道：“自找的，钓到一条傻不愣登的大鱼就该满足了，她还想吃个金的，落个两头空。”

唐棉：“刚跑出来的是傻鱼对吧，那金的长什么样？”

唐白：“个子挺高，长得好看，应该是从后门走的。啧啧，我在他面前都只有点头哈腰的份儿……欸，你以后可不能嫁给这种人啊，被欺负了，连我也帮不了你。”

唐棉没看到“金鱼”，对哥哥的后半段话一点不领情：“我现在就被欺负了，找不到工作，你有办法吗？”

唐白轻咳一声：“你哥现在属于业界新秀，暂时拧不过爸的大腿。”

车内安静下来，直到抵达公寓，唐棉都没再开口，闭着眼睛沉默一路。

唐白以为她睡着了，正犹豫要不要当一回贴心好哥哥抱她上楼，唐棉忽然睁眼：“如果我能借到一条大腿呢？”

“啥？”

“算了，没什么。”

唐棉慢吞吞地解开安全带，她想找个能帮她摆脱父母控制，不干涉她的生活的大腿。

天底下哪有那么好的事。

或许有吧，但肯定轮不到她。

唐棉在哥哥家住了一天两夜，时间一到，就被唐白毫不留情地赶出家门。

回到家，保姆阿姨直冲她使眼色。

看来爸妈气还没消，可她又没做错什么。

走到客厅，唐宗志一手掐烟，一手支着腿，茶几的烟灰缸里积了四个烟头。听到脚步声，他使劲哼了一声，大有“你还好意思回来”的意味。

唐棉原地立正，一言不发。

唐宗志猛一拍桌子：“你长大了，翅膀硬了对吧？我让你们进公司实习是害你们吗？一个两个都不让我省心……说话！”

唐棉开口：“我没错，是你不讲道理。”

唐宗志瞪圆了眼睛：“你——”

唐母陆山兰走出来，揽过女儿的肩，同时安抚两边：“好了好了，都消消气。”

陆山兰：“来，棉棉，妈有事跟你说。”

随后她拉着女儿的手去了二楼，唐宗志竟也没阻止，这让唐棉有种不好的预感。

她妈看似好说话，其实每次都在和稀泥，本质跟她爸是一边的，凡事有她妈参与不一定是好事，但她爸一插手肯定不是好事。

果不其然，一到卧房，陆山兰从书架上取出一个文件夹递交到女儿的手里：“你看看满不满意。”

唐棉问：“这是什么？”

陆山兰笑道：“你爸一个老朋友的儿子，跟你年纪相仿，学业有成，一表人才，你们周末见一面。”

“我不想去。”

“听话，去见一见，就当交个朋友。”

我不缺朋友。

五个字在嘴里转了几圈，唐棉最终还是吞了回去，接过相亲对象的资料。

再说下去，妈妈就要生气了，生气的下场是让人把她打包丢进相亲现场，结果都一样，没必要拱火。

唐棉拿着文件夹回房间，翻都不想翻，随手将东西丢到梳妆台上。

陆山兰微信发给女儿一串相亲地址。手机响起刺耳的提示音，唐棉重新调回静音模式，倒在床上疲惫地想，这种被父母控制的生活，究竟什么时候能结束，指望唐白……

算了，他巴不得自己妹妹老老实实继承家业，救他于水火中。

不论唐棉怎么不情愿，周末还是来了。

进到餐厅，唐棉告诉服务生对方订好的桌位号。

服务生说：“美女是和朋友一起的吧？”

唐棉说：“对。”

服务生面带微笑，将她领到号码对应的桌位旁边。桌上已经摆好了餐点，座位上的男人正在低头用餐。

对，用餐，另一方没到，他自己先吃上了。

唐棉看了看店里的钟表，还差五分钟，她没迟到。

她无语地坐到对面，一时不知如何开口。

贺烛察觉对面有人坐下，皱眉抬头，尚未来得及开口，唐棉先一步开始了自我介绍道：“你好，我是唐棉。我妈也就是唐夫人擅自为我定下了今天的约会，非常抱歉浪费了你的时间，其实我也不想……这里的套餐好吃吗？”

落座之后，唐棉的眼睛就没离开过桌面上色香味俱全的菜品，早上光顾着郁闷了，没吃饭，这会儿闻到香味，胃里忽然空落落的。

贺烛有点蒙，下意识地回答：“还行。”

唐棉：“有点我的份吗？”

贺烛：“……没。”

唐棉招手喊来服务生，指着他的套餐说：“帮我上一份一样的。”

看着她旁若无人地点餐，贺烛终于忍无可忍，修长的手指松开刀叉，指尖在那不请自来的女人面前点了点，语气冷淡至极：“我并没有允许你坐下。”

唐棉总算将注意力从食物转移到人身上。

她心道这人实在过分，提前用餐罔顾相亲礼仪也罢了，居然还不让她坐下。她怨念地抬头，四目相对，她一瞬间看清了对方的脸，脱口而出：“是你。”

妈妈说过相亲对象叫于桁，可豆豆说他是贺家的……想来是豆豆信息有误，就说嘛，贺盛江的儿子怎么会去地方台的节目相亲。

贺烛见她眼中澄澈，不似故意为之，耐着性子道："你认错人了。"

唐棉眨眨眼，做出恍然大悟的表情："你是不是被骗来的？我妈让我今天来跟你见面，唐宗志的夫人，你有印象吗？"

没，不过大姐近来确实热衷于给他安排婚事。

得知她的目的，贺烛更加不耐烦。

唐棉看出他脸上明晃晃的不悦，解释道："我也是被强迫的。"

贺烛无心听她多言，准备起身，就听她接了一句："其实我想找个名义上的结婚对象，婚后各过各的，互不打扰，只要能帮我远离父母的掌控就行。"

这倒是有点意思，贺烛的手重新搭回桌面。

唐棉喝了口刚送来的橙汁："啊，是不是过分了？"

贺烛稍改之前冷淡的样子，微微勾唇："唐宗志的女儿……你是唐白的妹妹？"

"你认识我哥？"

"不算认识，偶尔会去照顾一下他的生意。"贺烛道，"家里管得很严？"

唐棉点头。

"那，跟我结婚怎么样？"

"……嗯？"

/第二章/ 新婚夫妻

对方突如其来的求婚让唐棉大脑空白了一会儿。她回过神，却见贺烛神色淡然，骨节分明的手指握着银色餐叉，优雅地卷起盘子里的意面送入口中，仿佛刚刚的话不是从他嘴里说出来的。

唐棉："我们才刚见面，还不了解对方。"

贺烛笑容浅淡，带着点嘲讽："根据你刚才提的要求，我们好像没必要了解对方。"

有道理。

虽然草率地决定人生大事不符合她一贯认真的行事风格，但……她更受不了继续做父母手中的提线木偶。

况且，这人的背景能让眼高于顶的总导演低头奉承，想必要比唐家强势许多，如此合心意的结婚对象可不多见。

思虑良久，唐棉终于下定决心，道："那，成交？"

贺烛微笑："合作愉快。"

吃完饭，贺烛好心情地开车送唐棉回家。

唐棉下车时接到了母亲打来的电话。陆山兰怒气难消："唐棉你人呢？知不知道于桁在餐厅空等了你两个小时！"

唐棉一脸茫然。

贺烛刚要发动车，唐棉突然扒住副驾驶的车窗，露出尴尬而不失礼貌的微笑："请问，你贵姓？"

得知贺烛的真实身份，唐棉终于发觉是自己看错了餐厅地址，错过了真正的相亲对象，平白承受一通来自父母的责骂。

但她没后悔，事后跟贺烛解释清楚，他只笑了笑，然后问："条件作废？"

唐棉怔了怔，随后摇头。

对于这门亲事，两边亲家互相调查一番后，态度达成一致，均表示不满意。

贺家觉得唐棉家世和自身条件都一般，而且性格过于乖顺，婚后根本管不住行事放纵不羁的贺烛，对贺烛的未来无甚帮助。

贺家的态度唐棉早有预料，毕竟跟贺家比起来，他们家只能算小门小户，但她父母的反对是她没有想到的。

“荒唐！你知道贺家那位小少爷风评有多糟糕吗？传出去，你让别人怎么看我们家，我的脸都让你丢尽了。”

唐宗志气得脸红脖子粗，手臂颤抖地数落女儿。

原来是为了面子。

唐棉诚实地回答：“知道。”

贺烛透露过他风流在外的名声。

“你！”

再跟她说下去，唐宗志觉得自己可能活不过今天，于是吸了口气，暂时沉默。

陆山兰忍着脾气劝：“听话，你不喜欢于桁，妈再给你介绍其他的……”

唐棉丢下最后一枚炸弹：“我们已经领证了。”

“……”

既然事已成定局，反对也于事无补，贺家为了维持脸面，仍操办了一场婚礼。

双方家长心照不宣，都没请多余的宾客，低调地完成了小辈的婚姻大事。

婚礼当晚，贺烛一夜未归，唐棉乐得自在，唐父唐母在她说出已经领证后就再没理过她，唐棉求之不得。

第二天早上，她起床后发现手机短信里多了一笔五万块的转账信息。

唐棉露出笑容，打了个电话。

那边还没起床，接电话时相当不耐烦：“谁啊？”

唐棉笑意满满的声音传过来：“哥，早上好。”

“滚蛋，我没你这种不听话的妹妹。”

“一会儿我上门给你赔礼道歉好不好？”

唐白胡乱拨弄了下乱糟糟的头发，在床上翻了个身，恶声道：“不接受。”

亏他还特意嘱咐过，让她离这些世家公子哥儿远点，不承想唐棉转头就跟其中的典型结婚了，还是闪婚。

他的嘴是不是开过光？

唐棉心情好，难得好声好气地哄哥哥：“别这样，我会带上你最爱的汪记蒸饺。”

“那行吧。”唐白语气仍然凶巴巴的。

挂电话之前，他突然想到，问：“没有那五万，你会给我打这个电话吗？”

唐棉直接道：“不会。”

“……不用来了，那五万是我们断绝兄妹关系的遣散费。”

贺家将婚房地址选在了近郊位置，风景不错，房价不菲，交通便利——如果唐棉有车的话，可惜她想在市区找一份新工作，这栋大房子她注定无福享受。

唐棉大学的专业是影视编导，这跟她现阶段的人生目标有关，托父母的福，她的人生一向进行得很有规划——内容与父母的希望相差千里。

毕业后，她一直想成为一名电视节目制作人，制作一档属于她的电视节目，因而找工作的方向都是可以为将来积累经验的职位，比如制片助理、导演助理之类的，实在找不到合适的，也会做些新媒体相关的工作。

唐棉找了家酒店，抱着笔记本电脑在各大网站寻觅多日，终于让她找到一个勉强符合要求的工作——网剧剧组的执行导演。

凭借电视台的工作经历，三轮面试后，她顺利拿下这份工作。

剧组的主要拍摄地点在S市中心区附近。距开拍日期还有半个月，唐棉便在周围找房子，市区地段寸土寸金，幸好有唐白的五万块做支援，勉强能让她撑到发工资那天。

联系了房屋中介，马上准备看房的时候，唐棉收到了贺烛的微信：【你在哪儿？】

唐棉回复：【梧桐路附近，有什么事吗？】

可能觉得微信打字太麻烦，贺烛直接打来了电话。

“我姐让我们回家一趟。”

唐棉：“哦，好。”

婚前两人约定过，一旦需要合作，对方必须尽可能配合。唐棉今天还没上班，正好有空，爽快地答应了。

贺烛开车来接她。

路上，唐棉问：“需要我做什么吗？”

贺烛斜看唐棉一眼。唐棉今天只涂了唇膏，穿一件雪纺衬衣，领口挂了一个细绳编的浅绿色蝴蝶结，坐在他的副驾驶，手乖乖放在两腿之间。

没见过这么老实的。

“你保持现状就可以了。”

这副乖巧听话的模样，大姐应该提不起精神为难她。

贺家作为名门大户，底蕴丰厚，贺盛江又是知名企业家，财大气粗，在寸土寸金的市区拥有一幢占地面积相当可观的中式景观大宅。

贺烛将车随意停在家门口，将车钥匙丢给管家，然后带着新婚妻子踏入大门。

进门前，唐棉大致了解了贺家的成员组成，贺烛有一个姐姐、一个哥哥，母亲在他很小的时候就过世了，长姐如母，大姐贺桐在他的生活中时常扮演母亲的角色，所以贺家大姐的话，贺烛偶尔会听一听。

婚礼当天，唐棉只见过贺父一面，大姐和二哥都没来。

贺桐在家仍穿正装，干练的短发服帖地绕在耳后，手边一杯咖啡，坐在大厅中翻看文件，身边站着她的秘书。

“姐，我们回来了。”在贺桐面前，贺烛那股散漫劲儿淡了几分。

唐棉跟着他叫人：“大姐。”

贺桐抬头，眼睛上下凌厉地将唐棉打量了一遍，随后移开视线，脸上看不出喜怒，转向贺烛：“口味变了？”

“嗯，腻了。”

四周重归静寂，只剩文件纸翻动的声音。

两分钟后，秘书递给贺桐一张排布密集的时间表，提醒她该进行下一个行程了。贺桐合上文件夹，起身向外走，经过弟弟弟妹身边时，顺便留下一句：“晚上爸和贺延回来，你们留下吃饭。”

吃晚饭？唐棉看了眼手机，差五分钟到一点。

“我们要待到晚上吗？”等人走远，她问。

贺烛道：“下午有事？”

“没。”本来今天要去看房子，现在出门再赶回来也来不及了。

在这段婚姻里，她依靠贺烛的影响力，贺烛借她堵住家人的嘴，唐棉很难找到贺烛以外符合条件的结婚对象，而贺烛还有更多的选择。

所以，唐棉非常识相地主动迁就贺烛这边的安排。

“那就留下，晚上送你回去。”

贺烛半眯着眼眸打了个哈欠，恰巧余光看到不知何时出现在大厅的管家，他神色微变，忽然转向唐棉，语气温柔地说：“去我房间吧。”

贺烛的房间在三楼。关上房门，贺小少爷面对新婚妻子温柔似水的面具便卸了下来，单手解开衬衫上方两颗扣子，旁若无人地倒在床上。

唐棉及时出声：“我怎么办？”

贺烛昨晚没怎么睡，这会儿沾到枕头，困意铺天盖地涌来，闻声侧过脑袋，露出半张俊脸朝向唐棉，声音因为困倦而有一丝慵懒的性感：“怎么办啊……想一起吗？”随口调笑完，不管唐棉反应如何，他懒得再顾及，闭眼睡了过去。

唐棉原地站着，表情有些呆怔。

平生第一次，她感受到了“美色”的强大。

贺烛张口的一瞬间，她竟然真的有扑过去和他同床而眠的冲动……

太可怕了！唐棉拍拍胸口。

贺烛睡着，唐棉无事可做，便轻手轻脚地在房间里溜达起来。

贺家少爷的房间装修可谓奢华，唐棉也算是富家小姐出身，但见到这些曾经只在杂志上见过的拍卖品实物，还是有种开了眼界的感觉。

贺烛似乎不常在这里居住，房间看起来更像豪华的样板房，几乎没有生活气息，唯一能证明房间主人身份的是一张摆在斗柜上方的照片，装在镂空云雕花纹的镀金相框里。

照片放得很高，唐棉仰头扫了一眼，然后定在原地。

半晌，她回过神，猛然转向床上的贺烛，远远打量一遍他的五官，接着再次看向柜子上的照片。

照片中一共有五个人，都是少年模样，他们穿着同款篮球服，笑容恣意洒脱，站在最中间的少年个子最高，样貌也最好看，唐棉一眼就注意到了。

高中那会儿，唐棉家里看得严，父母对她的生活做出了严格限制。由于上的是私立高中，她爸花了大价钱拜托学校重点关注她在学校的行动，别说早恋，她跟男生多说两句话都不可能。

就在这样的监视下，她还是不小心赶上了早恋的潮流，准确来说是暗恋，毕竟她告白失败了。

而当时拒绝她的人就是照片中最显眼的少年。

现在成了她的丈夫。

这是什么倒霉的缘分。

唐棉取下照片，纠结地对照了一遍又一遍。初见时她便觉得贺烛眼熟，但因为时间久远，加上她刻意遗忘这段往事，学生时期的人物情景早就变得模糊不清，她根本无法将贺烛与记忆中的少年联系起来。

唐棉小心地将照片放回去，坐到床边软榻上发呆，告白那天的记忆一点一点，清晰地复现在脑中。

记得那是她人生中第一次违背父母的意愿，晚上偷偷在房间写情书，拟了一个星期，将信封塞得鼓鼓囊囊。某天放学，她提前跑到贺烛他们班外出的必经之路，拦住了他。

他好像很惊讶情书的厚度，随后冲她笑了笑，说了句：“抱歉。”

这就是拒绝了。

唐棉倒没有很失落，她那时自以为的喜欢现在看来其实与恋爱无关，更多的是崇拜或者说是向往。

随性不羁，无论做什么都很优秀的人，让她羡慕又憧憬，告白只是为了能接近他，待在他身边多看几眼无拘无束的世界。

后来，唐棉也听说了贺烛的一些传言，但这丝毫不影响她对他的滤镜，只是一想到贺烛想也不想就拒绝了她，她的心情就格外复杂。

她其实也不丑啊，唐白嘴那么毒，损她的时候还会用“徒有其表”这种词。

唐棉想不通的事大多会选择遗忘，于是这点青春的小伤口连同贺烛这个人一起被她忘到了脑后。

回忆的时间有点长，唐棉不知不觉在软榻上睡了过去，醒来时贺烛正躺在床上玩手机，好像是在打游戏，没有外放，手指触碰屏幕的声音也很轻。

唐棉恍惚了一会儿，睡着之前的记忆涌现，她拍拍脸让自己清醒，神情复杂地看向贺烛。

绝对不能让他知道。

本来两人是心如止水，单纯合作的名义夫妻。如果被他发现她曾经向他告白，那这段关系里，她就矮他更多了。

许是视线停留得太久，专心游戏的贺烛发现了她，抽空抬头回望了她一眼：“有话要说？”

“嗯……晚饭什么时候开始，我饿了。”唐棉找到合适的理由。

时间刚过六点，贺烛打完一局游戏，将手机丢回床边，道：“走吧。”

“去哪儿？”

“吃饭。”

贺家餐厅里，贺父贺盛江坐在主位，大姐贺桐和二哥贺延分别坐在他两边，一家人沉默地用餐。

原来已经到了饭点。

唐棉跟着贺烛坐在了贺桐那边，保姆阿姨端上他们的餐具，又新上了两道菜放在贺烛面前。

唐棉拿起筷子，主位端坐的贺盛江突然开口，严厉呵斥道：“没规矩。”

筷子僵在半空，停了两秒，然后不甘不愿地落回原处。

旁边的贺烛置若罔闻，泰然用餐。须臾，他觉察到身边有一道若有似无、饱含怨念的目光，他奇怪地看过去，发现唐棉两手放在桌子底下，没动筷子，眼巴巴地盯着他。

想到刚刚贺父的话，贺烛“扑哧”一声，忍不住笑道：“不是说你。”

轻笑声在静默的餐厅里格外突出，另外三人的目光瞬间转移过来，唐棉低头扒饭，假装没看见。

贺桐说出了晚饭开始之后的第一句话：“晚上留下。”

贺烛道："我们有住的地方。"

"新房准备仓促，还没装好，你们下个月再搬进去。"

"姐，我有自己的房子，不必回家跟你们挤一个屋子。"

贺桐没理他，而是对唐棉说："唐小姐的意思呢？"

唐棉低声说："我听贺烛的。"

此话一出，一直视她如空气的贺盛江眼里流露出浓浓的失望，没有主见，以后怎么管得了他无法无天的小儿子。

贺桐继续道："那就听我的，你们暂时住在这里。贺烛手里有项目，最近都在市区活动，离得近……唐小姐没有其他安排吧。"她用的是肯定句而非疑问句，想来是提前调查过。

唐父唐母经常这么干，唐棉习惯了，并没有生气，但还是要证明一下自己不是无业游民："我下个月要进组……"

"不冲突。"

贺桐用餐巾擦了擦嘴角，随手招来候在一旁的管家："让人帮唐小姐准备生活用品。"

贺烛拦住人，不悦道："我们只是回来吃饭。"

贺桐神情淡淡，抛出条件："住一个月，每晚必须回家，能做到的话，以后我不会再插手你的事。"

贺烛沉默。

"爸也不会。"贺桐补充。

贺盛江皱眉，想说什么，收到女儿给的眼神，又沉默了。

贺烛最后还是同意了留下来的条件，唐棉却郁闷了，住在贺家意味着他们必须睡一个房间。

唐棉："你姐为什么一定要我们住在这里啊？"

"为了观察我们。"贺烛屈起一条长腿，窝在床上打游戏，闲闲地提醒她，"我不在的时候，你最好不要露馅儿，特别是在管家面前。如果让大姐知道我们只是协议结婚，我倒是还好，你们家可能会有麻烦。"

唐棉当即决定白天就算没事也要躲出去。

夜深，贺烛的手机里频繁传出击杀成功和胜利的音效，唐棉靠着软榻后面的实木隔板，接收来自剧组工作群的相关文件，草草看了一遍后，时间已经到了晚上十一点。

两人都没有休息的意思。

房间没有多余的床铺，唐棉想通过昼夜颠倒解决睡觉问题——每天熬通宵然后第二天出去睡一觉。

只是不知道贺烛怎么想的……

十一点半，贺烛放下手机，下床去衣帽间换了身休闲常服，装上车钥匙和钱包，一副要出门的样子。

“你要去哪里？”唐棉问。

贺烛冷淡道：“与你无关。”

唐棉皱眉：“你姐不是说……”

“我有办法避开人出去。”

“哦。”

唐棉不再问了。

贺烛正要开门，外面传来管家礼貌的询问：“少爷可还有需要？”

他刻意迟了一阵，故作不耐烦地回答：“没有。”

管家走后，贺烛脸色阴沉，拿出备用的手机发信息。

很快，有人打电话给他。

贺烛接起手机，一只手随意地拨起额前的碎发：“等着吧，我姐找人看着我，一时半会儿出不去。”

手机另一端吵吵嚷嚷，夹杂着强烈震撼的音乐声，对方说话都在吼：“一点之前不来我们就散场了啊。”

唐棉猜到了他要去哪儿，眼睛忽地亮了。

贺烛挂掉朋友的电话，转身发现唐棉就在身边，清澈的眸子里闪烁着期待的光。

“带我一个呗。”

贺烛一时没能领会她的意思，眉心稍蹙：“什么？”

唐棉道：“你是不是要去夜店，带上我吧，我保证不惹事。”

你能惹什么事？

贺烛眉毛微挑，上下打量她。唐棉还穿着白天那套规规矩矩的衣服，看他的眼神带一点乞求，杏眼水润，水晶顶灯的光落在她的眼睛里，像一串明亮的星星。

乖顺的温室小花，不被人骗走吃干抹净就不错了。

她这样被保护过度的富家小姐不适合那种场合，贺烛也没有带孩子的兴趣：“你待在这儿，天亮随便你去哪儿。”

唐棉不死心道：“我不会露馅儿的。”

贺烛不解：“什么露馅儿？”

“我是你新婚妻子的身份啊，就说是你妹妹，不耽误你……你应该不是去‘跃影’吧？”

“跃影”的经理认识她，唐白给每个工作人员看过她的照片，严禁她踏进店门一步，听说这已经是“跃影”入职培训的必备流程之一了。

贺烛意味不明地看了她一眼，半晌，开口道：“带你出门可以，我有个条件……”

唐棉一口答应：“没问题。”

深夜，贺家走廊的灯调成夜间模式，贺烛带唐棉从花园假山后方绕到大宅后门，一路灯光晦暗，宛如黑夜降临前的黄昏，两人错肩前行，脚下的影子却擅自交缠在一起，分不出你我。

值班的保安看到他们，站起来问了声好，交给贺烛一把车钥匙。

走到大宅外区的停车场，贺烛用钥匙打开一辆黑色 SUV 的车门，坐进驾驶座，唐棉紧随其后。

夜店今晚被包场开派对，他们到的时候，这些人刚刚完成一场狂欢，音乐调成了舒缓的曲子，男男女女分布在各个角落喝酒闲聊，游戏打趣。

唐棉跟在贺烛身后，穿过厅前走廊时，一对男女躲在花瓶后面亲热，唐棉不小心瞥到一眼，下一秒急忙收回视线。

有点尴尬，同时还有一丝兴奋。

这就是她好奇很久的，被父母和兄长严令禁止涉足的地方。

贺烛似乎是今天的重磅嘉宾，一入场，门口有人吹了声口哨，大声道：“贺少来了。”

一时间，所有人的目光集中到了入口位置。贺烛面色如常，唐棉却不大适应，亦步亦趋地跟着他，借他的身体挡住自己。

孔非跟他最熟，第一个跳过来：“这么快，我还以为你要后半夜才能出来……哎，你身后那是？”

贺烛偏头看了看缩在他背后的人，似笑非笑道：“只准你们带女人？”

孔非哑然，随后一脸见了鬼的样子：“你不是一向走到哪儿撩到哪儿，什么时候会自己带人了？”

贺烛不想搭理他，坐到了灯光没那么晃眼的地方。

服务生很快将两瓶酒送上桌。

孔非也坐过去，跷着二郎腿给贺烛指舞池边的一对情侣：“帮你打听了，那个就是刘董的儿子，今天带了未婚妻过来。啧，心真大，也不怕跟以前的相好撞上。”

明目张胆带新婚妻子来的人默默喝了半杯酒。

贺、唐两家婚礼办得低调，圈子里几乎没人知道花名在外的贺小公子现在已经是已婚人士了，包括跟他交情不错的孔非。

贺烛结婚是为了应付家人，跟别人没必要提。孔非不清楚唐棉的身份，只当是贺烛心血来潮领来的妹子，反正贺少爷对女人一向过眼就忘，便没在意。

他们聊天，唐棉一个人在长条座椅上四面环顾，新奇地看这看那，连有人靠近都没发现。

“贺少，怎么最近不回我消息呀？”

娇媚的声音携着浓郁的白麝香扑面而来，一个留着黑色长鬈发的女人硬生生挤到贺烛与唐棉之间，纤瘦的胳膊斜搭在椅背边沿，面向贺烛，娇声道：“害我等了好久。”

贺烛弯着腰，双手交叉支着玻璃台面，藏在阴影中的视线掠过她，凉凉地看了一眼被轻易挤出去的人。

唐棉想起他答应带自己来夜店的条件——贺烛今晚有正事，她负责挡住一切想靠近他的女人，于是连忙补救，轻拍女人的手臂，低声道：“不好意思，这是我的位置，能不能请你让开？”

女人回头，挑剔地将眼前人全身审视了一遍，身材还可以，五官也不错，但在素颜灯光下显得十分寡淡，总的来说比不上她。

不是贺烛往常的口味，女人放下心，面露不屑：“这里不是飞机舱。”

唐棉：“总分先来后到吧。”

女人撩了下头发：“是啊，我先坐下的。”

唐棉平静地说：“是我先，你把我挤开了。”

唐棉丝毫不给她面子，女人脸上青白交替，气得站起来：“你！”

她正想开骂，然后突然想到什么，抚在胸前的手随意扯了下领口，露出大片雪白，转身贴近贺烛：“贺少，她是谁呀，说话好过分。”

贺烛看也不看她：“是我带来的。”说话时脸上笑意未消。

“呃，我不知道……”女人慌忙站起来。

唐棉坐回原位，女人道歉后悻悻离去。

孔非弯下身子，略过贺烛侧头看最边上的唐棉，笑眯眯道：“没想到啊，看着乖，嘴倒挺厉害。”

唐棉平淡道：“我只是实话实说。”

贺烛看够了热闹，拿起桌上多余的酒杯递给她：“做得不错。”

唐棉拒绝了酒，眨眨眼问：“那下次出来可以再带上我吗？”

“以后再说。”

贺烛转手将酒杯塞给孔非，起身道：“我去找刘少爷，你跟我一起。”

孔非欠欠地说：“给出场费吗？”

“你也配？”

贺烛嗤笑，而后屈起手指，用指关节轻点了下唐棉的头顶：“走了。”

唐棉乖乖站起来。

两人一前一后离开休息区，孔非盯着他们的背影，慢慢琢磨出一点不对劲儿来。

刘存池正在跟未婚妻碰杯对饮，见到贺盛江的小儿子领着一个女人过来，不论真实想法如何，他得给贺家面子，于是笑脸相迎，先一步打了招呼。

本以为只是路过，不料贺烛却停下来，顺势与他碰杯。

贺烛名声在外，刘存池担心未婚妻误会，忙补了句："初次见面，贺少。"

然而他想多了，他未婚妻根本不认识贺烛，见他们似乎有事要谈，识趣地接近贺烛身后的唐棉，将她拉到一边说话。

刘存池的未婚妻名叫傅清妍，谈吐得体，举止优雅，一身女士休闲西装，知性而飒气十足，很难想象这样一个人会出现在夜店。

唐棉好奇，便直接问了出来。

傅清妍笑着解释："这是我未婚夫的单身之夜，他怕我误会，一定要拉我来证实他没有乱七八糟的前任……不过年轻人来夜店放松是很正常的事，我偶尔也来，只是今天正好有工作，没换衣服而已。"

唐棉由衷道："你们一定很相爱。"

傅清妍没有否认，礼尚往来地问："你呢？比起我，你更不像来夜店狂欢的。"

唐棉简单道："好奇，就跟过来了。"

傅清妍神情微怔，随后脸上的笑容真心实意了几分，她从吧台另端起一杯酒递向唐棉。

唐棉摆手："我不喝酒。"

"抱歉。"傅清妍向吧台服务生要了一杯果汁，这回唐棉没有拒绝，接过酒杯，两人举杯轻碰。

傅清妍背靠吧台，轻轻说："我马上要结婚了。"

唐棉想了想，说："恭喜。"

傅清妍调皮地眨眨眼："只有这样吗？"

唐棉苦恼道："虽然我爸有钱，但我很穷。"

"哈哈，你这人真有意思。"傅清妍笑了笑。

有意思？

唐棉微愣，喝了口果汁，随后掏出手机主动跟傅清妍加了微信。

身边的人都说她生活无趣，每天呆板得像个被设定好时间的机器人，还是第一次有人说她有意思——唐白只会说她气人。

女生这边相谈甚欢，刘存池来找傅清妍时，发现她跟贺烛的女伴聊得十分投机，时不时发出笑声，唐棉表情浅淡一些，但嘴角也是挂着笑意。

刘存池心中敲起警钟，贺烛这人聊生意时一本正经，风度不凡，倒是改善了一点对他的印象，可贺家小公子私生活混乱是众所周知的事，他带来的女伴看着正经，本质应该不比他好到哪里去。

清妍可不能被带坏了。

刘存池跟贺烛歉意一笑，假借有事匆匆拉着傅清妍离开。傅清妍却不懂他的用心良苦，走时还热络地跟唐棉挥手："微信联系哦。"

唐棉点点头，也对她摆摆手。

贺烛闲眼看着两个女生道别："社交能力不错啊！"

他语意不明，唐棉只听字面意思，把这当作对自己的夸奖。交了新朋友，见识了夜店的光景，她心情格外愉悦，仰头看他，圆润的下巴翘起，嘴边一个矜持又有些喜不自持的弧度："还好。"

那边 DJ 又开始工作，音乐四起，气氛推入第二轮高潮，夜店炫目的光轮有节奏地在台下台上来回旋荡。

一束光打过来，映到唐棉白净的脸蛋上，形成一道发光的印痕，像洒了颜料的洋桔梗，纯洁又不可避免地被污染。

漂亮，但沾了庸俗。

贺烛低头，忽然道："走吧。"

唐棉听到音乐就觉得心痒痒，十分想凑近，加入那群肆意蹦跶的青年。她迫不及待地跟上他，结果贺烛并没有像她预料的那般走进舞池，而是越发靠近门口。

唐棉意识到他的"走"是回去的意思，依依不舍地回看远处。门口服务生已经准备为他们开门，唐棉鼓了鼓侧脸，伸手拽住贺烛的衣角。

"我想跳舞。"

贺烛不为所动："我不想。"

"来都来了，"唐棉指着远处一群漂亮姐姐，试图投其所好，"你看你看，那边好多美女。"

"……"

"身材也好好。"

贺烛无语了。

他是不是误会了什么？

唐家精心培养的乖女儿，好像并不如外表看起来那样老实听话。

唐棉最终还是得逞了，因为她说自己可以打车回去。

贺小少爷也不知道哪根筋搭错，没有潇洒地甩手离场，而是随她一同进了蹦迪区。

贺烛从不下舞池，他一出现，现场气氛更热烈了，身材火辣的女孩们腰肢扭得更加动人，不约而同地从各个方位靠近。

唐棉感觉四周越来越挤，像是被人包围了，胳膊经常不小心蹭到一些不可言说的柔软部位，起初的好奇心得到满足，兴致一过，只剩不适应狂欢氛围的难受。

她渐渐明白自己可能只适合远观感受氛围，不适合身临其境。

节奏感鲜明的音乐擂鼓一般震动她的心脏，胸腔随着节拍不由自主地嘭嘭抖动，一下一下地，又躁又堵，过于嘈杂的声音和拥挤的人流让她胸口闷得慌。

贺烛早已不耐烦，正要拉着人离开，就见唐棉两臂交叠，侧身挤出了人群，而他因为四面都是人，一时难以挣脱。

唐棉逃出来才发现，舞池其实很大很宽敞，人也没有想象中多，只是他们在的地方貌似格外受欢迎，一群人有空位不去，偏偏要挤在一起。

贺烛摆脱人群时，唐棉正坐在吧台边，手边一杯饮料，面前是一块嵌了樱桃的舒芙蕾。

两个染了显眼发色、穿着潮牌短 T 的男人一左一右坐在她身边，喋喋不休地说着什么。

唐棉低头吃东西，好似没看到他们。

“加个微信吧，明天有局带你去玩。”

贺烛走近，刚好听到这句话。他停下脚步，饶有兴致地等待唐棉的回答，过了两分钟，她依然专注吃东西，一言不发。

男人一直被晾着，不快道：“怎么不搭理人啊。”

唐棉终于给了他回应，抬起头，茫然地问：“你在跟我说话？”

男人眼睛睁大，提高分贝：“不然呢？”

唐棉指指旁边另一个男人：“我以为你们在聊天。”

“……那你为什么不让开？”

“你们没说。”

两个男人齐齐无语，其中一个仍不死心，唐棉的长相气质刚好是他喜欢的类型，他还想继续搭讪，就见一双骨节分明的手搭上了唐棉的肩膀，面容俊美至极的男人不知何时出现，在她身后稍稍俯身，低下头，嘴角靠近她的耳畔，清晰地吐出几个字：“该回家了。”

声音不大，但恰好能让在场的三人听清楚。

“哦。”

装舒芙蕾的瓷碟下方压着纸巾，唐棉拿纸巾擦了擦嘴角，走时面对那两人向前拱了拱手：“你们可以坐一起了。”

直到他们离开舞厅，那两人才回过神。

“刚刚那个男的是贺少？”

“他说什么，回家？”

“听错了吧。”

“应该是听错了。”

车开回贺宅附近，时间已经过了凌晨三点，唐棉从没熬到过这么晚，在车上昏昏欲睡，下车时上下眼皮一个劲儿打架，现在给她一张床，她估计能直接睡过去。

绕开装有监控的走廊，两人回到房间，唐棉也不管其他了，直奔贺烛那张柔软的大床。

倒下的前一秒，衣领被人揪住，唐棉回头，不停地眨着眼睛，声音里有浓浓的困倦：“干吗？”

贺烛挑眉：“你真要跟我睡一张床？”

“婚都结了，就别计较这些了。”唐棉哈欠连连，说完也不管贺烛脸色如何，扑到床上倒头闭眼。

贺烛原地站了半天，最终决定不管她，去浴室洗澡换了睡衣，出来时，唐棉还保持着入睡时的姿势。

被子压在她身下。

贺烛：“喂，让开。”

床上的人一动不动，显然睡得很熟。

夜色尚浓，房间里响起一声微不可察的叹息。

第二天，两人都是被保姆的敲门声吵醒的。

唐棉睡眠不足，听到声音二话不说蒙上被子，拒绝回应，贺烛跟她动作一致，两人都处在半睡半醒的状态，忘了身边睡着其他人，互相无意识地拉扯棉被，不过唐棉的力气对上贺烛无异于以卵击石，很快就被夺走了领地。

她很执着地抓着被子不松手，于是连人一起被拖走。

床铺宽阔，两人本来分睡两边，互不干扰，但一通操作后，他们不知不觉卷到了一起。

感觉身边有不明热源，习惯了一个人睡的两人同时睁眼，四目相对，唐棉半个脑袋枕在贺烛的枕头上，脸颊下方长短各异的发丝交织在一起，有种奇异的暧昧。

半天无言。

贺烛掀开被子坐起来，皱眉问：“你怎么在这儿？”

唐棉淡定地打了个哈欠，一点点挪回自己的位置："我也不知道。"

吵人的敲门声停了一阵，接着更有规律地响起。

贺烛知道这是他大姐，胡乱抓了抓头发，提高声音："别敲了，我在。"

得到回应，贺桐不再吵他们，道："下楼吃早餐。"

唐棉昨晚没换衣服，早上起来衣服皱巴巴的，没法穿出去。她拉开衣柜，幸好管家贴心地准备了一些女士衣物，有不同的尺码供她选择。

她拿了一条浅色连衣裙走进浴室，洗漱完出来，贺烛正坐在床边，黑发乌亮，睡衣半敞，露出精瘦紧实的胸膛，侧脸线条利落完美。

唐棉心如止水，却也忍不住多看了两眼。

那人正垂首缓解倦意，蓦然掀起眼皮，眸光疏离，略带警告道："别动其他心思。"

唐棉听出了他没说出口的后半句，否则合作终止，离婚没商量，于是她再不敢乱瞟，乖乖坐到一边等他。

白天贺烛有正事要做，吃完早餐就开车离家了。

唐棉也想找借口溜出去，贺桐却不给她机会。不知为何，这位日理万机的贺家大小姐，商界女强人，今天突然清闲许多，全程盯着唐棉，似乎要从她身上看出朵花来。

贺桐坐在她对面，突然道："你应该知道贺烛的为人。"

唐棉点点头。

"我直说了。"贺桐清清嗓子，"我们对你并不满意，可以说，是非常不满意。家世是其次，重要的是你的性格和能力，都达不到贺家儿媳妇的标准。"

唐棉好奇："标准是什么？"

贺桐想了想："我。"

——那贺烛极有可能一辈子单身。

唐棉这么想的，也不小心这么说了。

贺桐倒没生气："让你们留一个月，主要是为了你。"

唐棉静静听着。

"我希望利用这段时间让你的性格做出改变。"

"性格？"

"对，你性子太柔了，不适合贺烛，他做事随性散漫，需要一个强势、有主见的妻子管教。"

唐棉："这好像在找老师。"

贺桐诡异地没有否认："差不多吧。"

不愿多废话，将用餐后的餐桌留给家里的阿姨，贺桐领着唐棉去了楼上书房。

房间似乎很久没用过了，厚实的编织窗帘掩盖了一屋光亮，贺桐上前将窗帘拉开。刹那间，清晨灼热的阳光透过巨大的落地窗闯入房间，照亮房间每个角落。

这里不常使用，但每天有人打扫，家具整洁。贺桐绕过书桌后的转椅，从后方书架拿出一个文件夹交给唐棉："拿去，背熟。"

唐棉谨慎道："这是什么？"

"贺烛的生活习惯和从小的兴趣爱好。"

"为什么给我这个？"

贺桐说："想让他听你的话，必须让他真正喜欢上你。"

唐棉愣住。

贺桐淡淡道："我还算了解自己的弟弟，他看你的眼神并没有多余的感情……至于你，你迟早会爱上他的。

"不管你们出于什么目的结婚，只要你能管住贺烛，让他收住心，我就不跟你还有唐家计较其他……当然，你们最好不要有歪心思，贺家可不是那么好算计的。"

语气平淡，其中深意却重若千斤。

唐棉一瞬间明白了真正的"大腿"是谁。

贺桐知道她听懂了，继续道："别看贺烛这样，他从小到大其实没谈过一次正经恋爱，身边女人不计其数，但没一个能真正入了他的眼。所以，想让贺烛动心并不容易。"

贺桐还在跟唐棉分析自己弟弟，唐棉脑中却有了一个荒谬但意外合理的猜想，犹犹豫豫地举手插话："会不会，他有什么隐疾？"

贺桐一顿，刚要说这是无稽之谈，根本不可能，却又想到什么，神色越发凝重，甚至浮现出少见的慌乱，随后踩着高跟鞋，火急火燎地离开了书房。

唐棉留下来等贺桐，期间无聊地翻看手中文件。

第一页竟然是目录，分门别类地整理出贺烛的饮食习惯、兴趣、常玩的游戏类型、最常接触的女人类型……

一整个文件夹，全是有关贺烛的记录，其中几页被人用笔做了标注。一共有三种不同的笔迹，前面都用的黑色水笔，后面似乎为了方便区分是谁写的，换了不同颜色的笔。

蓝色：此处有误，小弟爱喝牛奶是八岁前，八岁以后没见他喝过。

红色：胡说，他十岁那会儿我还见他偷偷从冰箱拿牛奶。

蓝色：我记得那是他把饮料装在牛奶盒里掩人耳目。

红色：什么？！

橙色：不准用文件纸聊天。

唐棉看乐了，这家人出人意料的，有点可爱？

贺桐一去不复返，唐棉在书房从清晨等到正午，直到管家来叫她吃午饭，才知道贺家大小姐早已出门。

中午只有唐棉一人用餐，管家并没有怠慢，询问过她的用餐口味，吩咐厨师做了食量正好的两菜一汤。

吃饱喝足，唐棉不打算继续研究贺烛的喜好。贺桐的话她听听就是了，最多一年，等她的事业有了起色，入职到唐家插不了手的地方，那时就可以与贺烛解除婚姻关系，贺桐的目标，只能交给下一任真正会爱上贺烛的女人实现了。

唐棉与管家说明去向，管家表示可以让贺家的司机接送。考虑到可以省下来回的路费，唐棉欣然接受。

她的目的地是当地一个新建的购物广场，以前电视台的同事推荐的，里面的商品相较于繁华的购物中心，价格相当低廉，正适合如今没有收入、坐吃山空的唐棉。

买了些贴身衣物和下个月进组要穿的衣服，唐棉又去了负一层的小商品区，买了纸抽盒、针线盒、内衣收纳袋之类的小物件。

贺烛的房间简洁得好似高档旅店，完全不适合长期居住。

买完需要的东西，唐棉提着满满两个袋子回去找司机。

晚上，贺桐临时有饭局，没回家，贺烛先回来了，一进房间，唐棉正在床上补觉。她睡觉一侧的床头柜上多了一个浅蓝色的塑料纸巾盒，柜面夹了加长版的可弯折手机支架，床底下还有垃圾桶和收起桌腿的床上小桌。

唐棉睡得浅，听到开门声便醒了过来，揉揉眼睛，刚睡醒的声音有点糯糯的："你回来啦。"

贺烛下意识滚了滚喉结，轻道："嗯。"

回应之后，他恍然意识到这样温馨热络的对话不适合他们这种有名无实的夫妻关系，便掩饰性地轻咳一声，问："你打算在这里定居？"

唐棉伸了个懒腰，看看身边多出的东西："都是必需品啊。有些东西酒店都有，你房间没有，我只好自己买回来了。"

贺烛不言，兀自去衣帽间换衣服，然后发现被侵略的不只是床头的区域。

嵌墙衣柜的角落多了一摞收纳架，一些没见过的杂牌衣服整齐地挂在衣柜空余的位置，有短袖有裙子，数量不多，因为主人的细心整理，它们只占了小小一方空间，静待在那儿，不显眼，却意外地有存在感。

贺烛心底忽然有种说不上的情绪。

还没到开饭时间，唐棉坐在床边撑开支架，从床头柜找出自己的 iPad 固定在支架上，又翻出一个新买来的、只有半边身体的腹肌抱枕放在身后，舒舒服服地倚着，观看屏幕里热门的综艺节目。

贺烛从衣帽间出来，看到的就是这幅优哉游哉的光景。

他眉梢微扬，还真把这里当家了？

不过唐棉戴着耳机，不吵不闹，碍不到他，贺烛也就没说什么，从另一边躺上床。

今天他换上了居家服，连续几天日夜颠倒，他有点累，今晚不打算出去折腾。

他仰头玩了一会儿手机，以往觉得没什么，今天对比旁边装备齐全的人，突然觉得自己这边空无一物，空落落的，颇有几分凄凉。

唐棉看得正起劲，衣袖忽然被人扯了两下，低头看去，贺烛仰面躺着，穿一件白色短袖，肌肉结实的胳膊露在外面，闲适地举在半空，修长的手指指着她，意义不明。

唐棉摘下耳机。

贺烛自然道："那个。"

唐棉有些蒙："嗯？"

"支架。"

"噢。"

她直起腰，爬到床边，在床头柜上层的抽屉里找出一模一样的支架，顺便服务周到地帮贺少爷把支架安在了他那边的床头柜。

"抱枕要吗？"唐棉说，"今天店家做活动，好多东西买一送一。"

贺烛斜眼看了看她的腹肌抱枕，果断拒绝了她的好意。

唐棉却异常热情，积极地为他演示抱枕的用法。根据店员推销时教她的，唐棉背靠抱枕的柔软"腹肌"，然后将两条毛茸茸的假胳膊从腋下穿过，放到胸前交叉固定。

店员说这叫"男朋友替身"，可以模拟男友拥抱自己时的感觉。

她弄好后，转向贺烛，杏眼闪着光："要试试吗？"

贺烛臂膀一伸，修长的手指斜挑了下唐棉额前的刘海，短而微翘的发丝在空中微微扬起，又随着指节的远离而飞速下落。

"试你个头！"

唐棉动手捋顺无辜的刘海，心里颇为遗憾。

贺烛在支架上调整好手机位置，回头见唐棉目光仍留在他身上，于是敛眸，沉声道："你在看什么？"

唐棉回神，眼前贺烛手臂半倚着床沿，穿着宽松的家居服，头发随意地耷拉下来，清爽干净，减淡了那双常常流露散漫的桃花眼带来的风流气，多了一丝少年气息。

这时的贺烛，跟照片里的清俊少年更为吻合。

唐棉眨了眨眼睛，顺势将想法说了出来："你这样，比平时还要好看。"

她说话时眸色清澈，坦率而真诚。

贺烛没想过会得到这样的回答，神情微顿，忽然不知用什么表情来回应。唐棉已经不看他，重新戴好耳机，倚着她的腹肌抱枕，继续看综艺。

四下寂静，只剩彼此均匀的呼吸声。

贺烛没由来一阵烦躁，突然一抬手，拽掉了唐棉耳朵里的蓝牙耳机。

唐棉看向他，双眼茫然。

贺烛也不知道自己怎么了，顿了顿，将耳机还给她，随便找了个话题："我姐今天跟你说什么了？"

唐棉犹豫一瞬，贺桐三令五申不准她告诉贺烛，尤其是那份文件夹的事。思来想去，她决定挑着能说的回答："教我怎样讨你喜欢。"

房间又安静了。

半天没听到回复，唐棉伸手在他眼前晃了晃。

贺烛抓住她的手，又很快放开，正儿八经坐起来，漆黑的眸子直视她，蕴藏一丝恼怒："你认真点。"

唐棉无辜道："我是在很认真地回答你啊。"

贺烛定了良久，单手揉了两下太阳穴："我姐的原话是什么？"

"她说，"唐棉在脑中快速组织语言，"她说你现在还不喜欢我，她要教我讨你喜欢的办法。"

"就这样？"

"嗯。"

贺烛冷静下来，狐疑地说："大姐什么时候变得热心肠了。"

唐棉其实不太会撒谎，眼睛移到一边："她就是这么说的。"

贺烛眯起眼睛："你该不会在我们面前做双面间谍吧？"

绝对没那么严重，唐棉拼命摇头。

贺烛对唐棉的话将信将疑，两人稍微熟络一点的关系因为这次不够坦诚的对话而降回冰点。

/第三章/ 乖乖听他的话

第二天，贺烛一大早便出门了。

唐棉吃完早饭，收到剧组群的临时通知，下午他们要去现场考察，熟悉拍摄场地。

执行导演负责拍摄现场的所有调度，要做的准备工作更烦琐，唐棉特意背了包，带着纸笔和相机提前到达定位地点。

由于不知道结束时间，这次她婉拒了管家派司机接送的提议。

他们负责的是一部小成本网剧，剧组拍不起奢华的大场面，主要场景都租在一个僻静的美术馆附近。唐棉虽说是执行导演，但其实就是助理，因为剧组一共有两个执行导演，另外一个年纪大的来自导演的固定团队，是剧组的主要负责人之一，唐棉就在他手下做事。

来到拍摄场地，下车后，唐棉怀疑地跟司机确认了一遍，得到肯定的答复，她将实时定位的地址发到群里：【请问，是这里没错吧？】

群成员热情地回答了她。

【对的。】

【小唐这么快就到了啊，我们马上就到。你可以去北街吃点东西，那边都是老字号小店，地方小吃做得超级美味。】

【强烈推荐老王小笼包。】

唐棉规规矩矩地回复：【好的，谢谢。】

贺家的每餐饭都由厨师和营养师配合完成，食物营养均衡，菜肴美味可口，唐棉早上吃了很多，这会儿并不饿，便原地站着，安静地等待同事。

约莫过了十分钟，一辆老式面包车突突突地停在美术馆门口，从车上跳下来三个年轻人和两个中年大叔。

其中一位大叔是唐棉的小组长，也就是另一位执行导演孙平安。

经费有限，剧组开出的工资很低，能招到有正经工作经验的助理属实不易，因而孙平安对唐棉很是照顾，在现场教了她很多东西。

唐棉受益匪浅，同时提出了一点困惑："我们为什么不进去看看呢？"

他们一直在美术馆外面的水泥路边转悠，主角对手戏最多的场地在美术馆二楼，同事们始终没有往里走的意思。

旁边的制片人抹了把脸："进去要交门票钱。"

唐棉："？"

孙平安惆怅地叹了口气："预算只能租六天，得等摄影组来，带着设备一块进去，顺道取景，不然浪费。"

那边美术组的同事拍完照还在催："快点，快点，面包车晚上得还给我二叔。"

唐棉大受震撼。

面试的时候她看出了剧组不富裕，却没想到会穷到这种地步。

跟着孙平安四处踩点时，美术组的小姑娘跑来送给唐棉一束满天星，据说是剧组的开机贺礼，制片人从花店打折商品里拣了一大束出来，每人分一点。

唐棉接过花，道："谢谢。"

"不客气，啊，花最好不要扔，道具组说开拍的时候可以拿来做背景。"

"……"

一群人来也匆匆去也匆匆，踩完点，大体了解了各部门将来要怎么安排，大家就准备回去。

同事们热情邀请唐棉一起坐小面包车，他们可以先送她回家。

考虑到急用面包车的不知名二叔，唐棉婉拒了大家的好意，找到最近的公交站点，转了十几站路，下午才回到贺家。

本想打车，但想想同事们节俭到挤一辆面包车，唐棉忽然觉得自己的日子还是过得太奢靡了。

手里的满天星还得再利用，唐棉向管家要了一个陶瓷小瓶子，灌了点水，然后将花放到了房间阳台的小茶几上。

阳光倾泻，紫色的满天星安静地倚着瓶口，伴着微风，星星点点地抖动，与阳台外青翠的庭院绿景相映成趣。

碧日晴空，天空水洗一样的蓝，唐棉干脆留在阳台看导演今天发下来的剧本。

剧组人手有限，唐棉分到的任务很重，她需要将拍摄现场每个场景需要的摄影、美术、灯光、现场录音等一起规划好，大致整理完成后，在开拍前还要与总导演、演员以及各部门工作人员做几次修改协调。

工作烦琐，但很锻炼人。

在阳台坐到日落，天色转暗，唐棉从剧本中抬起头，抻了抻胳膊，习惯性打开手机，暂时没收到其他工作消息，只有一条天气预报，凌晨开始会有阵雨。

于是她将装有满天星的花瓶拿到了屋内。

正巧，贺烛从外面回来，看到唐棉手里的花，眸光微定，随口问道："哪儿来的花？"

"同事给的。"唐棉捧着花瓶满屋子转了转，最后锁定贺烛的床头柜。

跟自己那边满满当当的柜面相比，他睡觉的地方显得空旷了些。

贺烛换了衣服躺到床上，打算小憩一会儿，忽见唐棉拿着满天星走过来，将紫色小颗粒点缀的花枝递到他眼前，问："喜欢吗？"

贺烛掀眼，淡声道："不讨厌。"

唐棉顺手将花放到他旁边的柜子上，贺烛没反应，只在她离开后，睁开眼睛，粗看了一眼那不起眼的小花。简单的白瓷瓶与精美的雕花柜面格格不入，不过旁边还有更加突兀的塑料手机支架，两相对比，它还算顺眼。

贺烛重新闭上眼睛，不再管它。

一个月而已。

贺桐自那天离开，整整一周没回来，她的文件夹也被唐棉忘到了脑后。所以，当贺大小姐回家，并对唐棉进行临时抽查时，唐棉大脑空空，两眼发蒙，毫不掩饰自己的消极怠工。

贺桐坐了一夜飞机，一手揉着疲惫的眼角，一边恨铁不成钢，手指一下一下点着桌面。

贺桐："他这几天，晚上有没有去过夜店？"

唐棉回忆着贺烛最近的行程，早出晚归，多数时候会在零点前回家，至于去哪儿了，她没问，就算问了贺烛也不会跟她汇报。

见她摇头，贺桐脸色稍霁。

又是一番威逼利诱，直至唐棉保证下次见面一定能对丈夫的资料倒背如流，贺桐才终于放行。

而贺烛自从发现唐棉有可能投靠了大姐，便很少与她交流，两人彼此视对方为室友，还是关系淡漠的那种。

周末傍晚，唐棉跟孙平安电话沟通了一下午，确定了一些片场的道具设置，疲惫地从笔记本中抬起头，房门"砰"的一声被推开。

贺烛沉着脸径直走到阳台，站在她面前，居高临下，声音冰冷："你跟我姐说了什么？"

唐棉如实回答："她问了你最近去夜店的次数。"

“不止这个。”贺烛俯视她，“大姐突然开始查我的体检报告。”

唐棉迷茫：“这跟我有什么关系？”

贺烛嘴角勾起一抹讥讽的弧度，慢慢俯下身，冷峻的面容逐渐逼近坐在藤椅上的人，一字一顿：“你最好没有隐瞒，你知道，我不是非你不可。”

暖阳高挂，他眼中却一片寒凉。

事态有点不妙，距她在业内站稳脚跟还有相当一段距离，婚还不能离，唐棉觉得这段有名无实的关系有必要努力维系一下。

“我再想想。”

贺烛直起腰，好整以暇地望着她，宽阔的肩膀挡住一半日落余晖，压迫感浓重。

唐棉努力回忆与贺桐为数不多的两次交流，想了半天，一段不起眼的对话浮现在脑中。

——“让他动心并不容易。”

——“会不会，他有什么隐疾？”

……

贺烛看着唐棉脸上的表情从茫然到纠结再到惊恐，最后变成心虚。

唐棉：“那个，坦白从宽能不能将功赎罪啊？”

当晚，贺烛在晚餐时紧拥着沉默不语的唐棉，来到贺家人面前：“今晚我们有约会。”脸上带着笑，只是透着股凉意。

贺桐：“去哪儿？”

贺烛大方地拿出一张名片：“孔非新弄了一家温泉酒店，喊我们过去给他捧场。”

贺桐抬眸望了弟弟一眼：“让司机接送你们。”

贺烛无所谓道：“随便。”

演戏演全套，去酒店的路上贺烛对唐棉可谓嘘寒问暖、无微不至，一会儿问饿了还是渴了，一会儿问车里空调温度低不低，偶尔掺杂几句让人头皮发麻的情话。

唐棉全程低头，根本不敢动。

贺烛语气暖如春风拂面，实际上表情皮笑肉不笑，眸色阴沉，坏心情一览无余。唐棉一边点头配合，一边祈祷待会儿到了酒店，贺小少爷能给自己留个全尸。

驾驶位的司机看似专注开车，实则受贺大小姐嘱托，耳朵一字不落地听进了两人的对话，时不时瞄一眼后视镜，两人靠得很近，贺烛胳膊紧揽着唐棉，时而低头轻语，耳鬓厮磨，旁若无人。

司机心道，刚结婚的小夫妻就是亲密啊，不像他跟老婆，两人已经到了"中年夫妻亲一口，噩梦做一宿"的地步了。

贺烛的出行计划里原本没有唐棉，温泉酒店的邀请是真，但这回是兄弟之间的聚会，默认不带乱七八糟的随行人员。

而贺烛平时勾勾手，随时随地有女人贴上来，几乎不带女伴，所以孔非看到贺烛带了女人过来，显得十分惊讶："你这是……"

仔细一看，贺烛身边的女人还格外眼熟。

"她是那天……"

贺烛打断孔非，等司机下车，故意提高一点声音说："准备一间蜜月套房，对，你懂就行，她脸皮薄。"

孔非一脸蒙：懂啥？

司机留在大堂等待，直到他们进入酒店一层的温泉套房，唐棉才如释重负，放开挽着贺烛的手。

孔非还是满头雾水："你们这是干吗呢？"

贺烛面无表情地吐出两个字："我姐。"

一个称呼足够解释一切了。

"原来如此。"孔非比了个"好"的手势，贺烛一向天不怕地不怕的随心所欲，唯独贺家大小姐出手，才能让他费心做些多余的事。

孔非兀自猜测："那么，这位美女是你的相亲对象？上次就看你带她出来。"

唐棉还是"戴罪之身"，处在听候发落的阶段，不敢随便接话，背着手安静地等在一边，没有回答。

贺烛目光微斜，视线从她清清淡淡的面容上划过，而后否认道："不是。"

"啊？那是谁？"

"我跟她刚结婚。"

"哦。"

贺烛走向房间连接的庭院，孔非突然惊恐地转向唐棉，问："他刚刚说什么？"

唐棉一字不落地复述。

孔非的眼睛越睁越大，达到了惊悚片主角的表演极限，然后他推开拉门，朝露天温泉的位置狂奔，边跑边尖叫："曹大宝，于一亩，出大事啦！"

曹攸和于一亩光着膀子泡在温泉里，闻声嫌弃地翻了个白眼。

曹攸骂道："孔非，再叫，我废了你。"

孔非跑到露天温泉边，四处张望，问："贺烛呢？"

"换衣服去了，你顺便叫人帮我们拿两瓶酒来。"

孔非严肃地看着两个兄弟，语气郑重：“我跟你们说个事，屋里现在有个女人，贺烛带来的。”

就这?

两人齐齐白他一眼，刚想骂他，孔非继续道：“是他媳妇儿。”

于一亩：“啥意思？”

“贺烛遇着真爱了？”曹攸嘲笑道。

前段日子，圈子里有个世家少爷吵着闹着要娶认识两天的陪酒小姐，一口一个真爱，但家里坚决不同意，少爷又是自杀又是私奔，闹得满城风雨。后来那家人查出了女方一些不干净的过往，把人弄进去了。

那少爷被家里送出国，圈子里的人现在还在笑话他。

孔非也想到了这件事，朝曹攸摆了摆手：“不一样不一样，贺烛是真领证了……”

“等等，你说谁领证了？”

唐棉自从进了房间，一直乖乖巧巧地站着，一步不动。一个人闲着无聊，她就在脑子里反复演练片场拍摄的细节，找一些可能存在的漏洞。

刚有一点思路，庭院连接房间客厅的推拉门被大力推开，孔非去而复返，还带了两个穿着浴袍的陌生男人，留着寸头的男人浴袍半敞着，露出大片的胸腹肌肉。

三人一块逼近，唐棉吓了一跳，紧张地退到房间门口，一只手放在门把手上，随时准备开门逃跑。

“别害怕，”孔非安抚她，“我们是贺烛的朋友。”

“啊对，我们就是想看看——哇，曹大宝你要不要脸，赶紧把衣服穿好！”于一亩发现问题所在。

曹攸迅速拢好浴袍：“忘了忘了，不好意思。”

唐棉保持着随时可以开门的姿势，谨慎道：“你们想干什么？”

于一亩率先发问：“你真的跟贺烛结婚啦?

曹攸：“你怎么做到的?

于一亩：“他是不是不举……嗷——谁踢我！”

中招的人回头，只见贺烛换了身浴袍回来，抱臂而立，左侧肌肉紧实的腿将将落地，俊脸阴恻恻地看着他们几个：“嫌命长了？”

于一亩摸摸鼻子：“我这不是好奇嘛。”

曹攸大大咧咧道：“结婚都不叫我们，贺烛你可真行，还是不是兄弟了？”

贺烛轻声道：“没必要。”

唐棉看到贺烛安心了些，松开手，将湿漉漉的手心背到身后：“我出去等你。”

她嘴唇紧抿，脸色有点发白，不见来时偷偷掩藏的好奇与期待。

贺烛微微蹙眉：“孔非，你另找一个温泉单间。”

“成。”

“不用麻烦了。”唐棉拒绝道。

她现在没心情泡澡。

曹攸道：“贺烛你自己去泡会儿，我们跟弟妹说几句话。”

贺烛抬眼：“弟妹？”

“行行行，嫂子成了吧。”曹攸不甘不愿地说。

贺烛嗤笑一声，也懒得再反驳，转身之际，无意中对上唐棉的眼神。那双明亮灵动的杏眼这会儿蒙了一层雾，直直看着他，目光中隐藏着一点点依赖和强烈的不安。

贺烛步伐停住，回过头，于一亩和曹攸都穿着浴袍，光着腿和脚丫子，看着唐棉的眼神难掩兴味。

“啧。”

刚泡完温泉的两人一人后脑勺挨了一下。

曹攸龇牙咧嘴：“又怎么了？”

贺烛：“衣服穿好了再出来。”

十分钟后，三位公子哥儿包裹得严严实实，光鲜亮丽地席地而坐。贺烛一个人没什么泡澡的兴致，就跟他们一块换回外出服，躺在沙发上翻看杂志。

唐棉也坐在他们的小圈子里，听着一个又一个问题抛过来，她一个一个回答，话语简单却不单一。

“不知道。”

“不能说。”

“不想说。”

问了半天，问了个寂寞，孔非失落道：“别这样嘛，都是自己人，没什么可藏着掖着的。”

唐棉：“你们可以问贺烛啊。”

三人一怔，无声流露出“如果能问他就不会问你了”的表情。

干坐着没意思，几人今晚原本的打算是泡完温泉，再去楼上酒吧畅快地喝一夜，现在多了个预料之外的人，还是个小白兔一样的嫂子，只好放弃原来的计划。唐棉不打游戏，孔非让人送来一副扑克，提议一起斗地主。

曹攸说：“玩牌得有彩头吧。”

考虑到唐棉是女生，他们没玩太过分的，选择用老套的真心话大冒险做惩罚。

贺烛不参与，四个人轮流上阵，每局多出来的人负责帮地主出谋划策。

起初他们均是有意无意地让着唐棉，后来发现她虽然牌技不怎么样，运气却好得令人发指，一套连对加炸弹，一张牌的机会都不给。

曹攸和于一亩放得开，无论唐棉提什么大冒险，他们都能完成，而且说话有趣，逗得唐棉笑个不停，进门时的局促不安已经忘到了脑后。

几轮过后，她的运气终于耗尽，输了一把，选了大冒险。

另外三个登时像打了鸡血，兴奋半天，围在一起密谋应该提什么要求。

孔非笑得不怀好意："小唐，你去跟贺烛要手机，查查他微信。"唐棉觉得"嫂子"这个称呼怪怪的，就让他们喊自己"小唐"。

愿赌服输，唐棉放下扑克，起身径直走向贺烛。

"可以给我看你的手机吗？"

她用了问句，地上坐着的三人突然意识到不对。

"坏了，贺烛要是拒绝，这次机会不就浪费了。"

三人暗自悔恨之际，忽听那人懒洋洋地说了一句："在茶几上，自己拿。"

孔非了解他的习惯，看热闹不嫌事大，高声道："贺烛你把微信调成私号，就你平时加妹子那个号。"

沙发上的人脸上盖着杂志闭目养神，没理他。

唐棉拿来了手机，孔非用手机上另一张卡的号码验证了贺烛私号的微信，登录成功后，屏幕上一个个醒目的红点和消息提示爆炸一般地刷屏。

于一亩："这是那个女演员吧，我追了一个月都没得手。"

曹攸："哪个女演员？"

有大八卦啊！唐棉眼睛亮亮的。

于一亩："姜洛妮，刚得奖的那个。啧啧，每天雷打不动地给贺烛发信息，结果一个字都不愿意回我，我差哪儿了。"

有意外收获，四个人连牌都不打了，伏在地上一起划拉贺烛的手机。

孔非："嚯，居然还有男的。"

几人看得起劲，一时没注意到旁边贺烛的不耐烦。

下一秒，房间里响起一连串敲击声，孔非三人抱头哀号，轮到唐棉，她紧张地闭了眼，然后便感觉头顶落下一道不痛不痒的敲击。

贺烛弯腰拿回自己的手机，顺便把唐棉拎起来："回去了。"

孔非爬起来，惊讶道："你们不过夜？亏我还给你留了套房。"

贺烛淡淡道："这个月不能夜不归宿。"

朋友们心下了然，原因不必多问，除了贺家大姐，也没人能限制他的行动了。

唐棉跟贺烛赶在零点前回到贺宅，值夜班的厨师等在厅门前，询问他们是否需要夜宵。唐棉在酒店跟着孔非他们吃了不少瓜果零食，肚子还胀着，礼貌地回绝了，而贺烛一向没有吃夜宵的习惯。

回到房间，唐棉进浴室冲了个澡，出来时散着头发，穿了条吊带睡裙，白皙秀颀的颈项，圆润滑腻的肩，明显的V字锁骨，皆大大方方露在空气中。

贺烛坐在房间吧台处理邮件，见她无所顾忌地走出来，眸光一怔，无意识地滚了下喉结，随后拧眉，"啪"一下合上笔记本。在唐棉走到身边倒水时，他眉心微皱，沉声道："你放肆过头了。"

唐棉不明就里："嗯？"

贺烛的语气莫名有点凶："嗯什么，你之前的睡衣呢？"

唐棉道："都是长袖，晚上睡觉盖棉被有点热。"

他们现在一人一床被子，不会出现之前早上抢被子，结果滚到一起的尴尬场面。

贺烛直接将空调调低了四摄氏度。

唐棉只好重新去找长袖睡衣。今晚看过了贺烛微信里的各色美女，其中不乏一些模特网红，潜意识里觉得比自己条件好的大有人在，贺烛实在不至于对她下手。有了这层心理，唐棉的防备心急剧下降，没以前那么拘谨了。

没想到先不自在的会是贺烛。

后来者在衣帽间开辟的小角落在某人的默许下如今扩展成小半个衣柜，唐棉把放内衣物和家居服的地方里里外外翻了一遍，竟然没找到一件带袖子的睡衣，别说长袖，半袖的都没见着。

唐棉原模原样返回，站到贺烛面前，无辜道："衣服好像被拿去洗了。"

"保姆未经允许，不可能擅自进房间。"

说完，贺烛想到大姐最近的异常行动以及今晚有意观察他们的司机，头疼道："八成又是我姐。"

唐棉顿觉贺桐为这个弟弟真是操碎了心，日理万机还不忘关心弟妹的睡衣问题。

贺烛妥协："算了，你找个短袖套上。"

唐棉觉得麻烦："穿衣服睡觉不舒服，就这样吧。"

"这样？"他尾音稍稍上扬。

贺烛微微垂首，眼中带着一丝讽意，将视线肆无忌惮地投在眼前人的上半身，从樱红的唇一路掠至莹白细腻的肩颈，唐棉发尾滴落的水珠沿着锁骨滑至衣领深处，引人平生遐想，偏偏本人一无所觉，眸光澄澈，单纯又无辜。

他移开视线，唇线下压："你该不会以为孔非他们今晚对你客气，就代表所有男人都会对你‘客气’吧？”

第二个“客气”，他刻意加了重音，言外之意并不难懂。

唐棉沉默不言，脑中闪过一长串反驳的话。

她明明是被强迫带去酒店的，孔非那种富家子弟再怎么也不会对兄弟的妻子出手，而且他们如果真对她不客气，那就是在犯罪，她是因为床边躺着的是贺烛才会放松警惕，万花丛中过的贵公子，平日对她不假辞色，更不可能对她……

贺烛见唐棉没反应，以为她没听进去，心底突然生出点火气，伸手攥住了她的手腕。

似是没想到手中触感如此纤细柔弱，贺烛动作微滞了一瞬，随后将一整条白细的胳膊扯起，按住她的腰肢，半身下压，猛地将人扣到床上。

贺烛结实的双臂撑在唐棉两边，一上一下，四目相对，他居高临下地俯视身下的人。唐棉一双杏眼因为惊讶此时睁得有些圆，嘴巴微微张开，依稀能看见口中粉嫩的舌尖，像一只受惊的小鹿，已经踏入他的陷阱，无处可逃了。

那股奇异的感觉再次涌现，贺烛眼中闪过一丝迷茫。

唐棉眼睁睁看着贺烛一点点逼近，但她并没有感觉到危险，心里惊讶多过害怕，拿不准他想做什么。

两人距离慢慢拉近，唐棉可以清楚地看到贺烛又长又浓的睫毛在眼下铺成小片阴影，渐渐地，他温热的鼻息触到了她的侧脸，但很快又错开。他埋头附在她耳边轻声低语，声音有点哑：“想让我给你上课吗？我来亲自教你什么是，性、别、意、识。”

唐棉小幅度地摇摇头。

贺烛敛眸，冷声问：“穿不穿？”

唐棉点头。

见她这会儿还算老实，贺烛捏了捏她的脸蛋，问：“你以后能不能老实听我的话？”

唐棉点头。

贺烛总算满意，起身，放过了她。

唐棉飞快地跑进衣帽间，在衣柜前，轻轻地、长长地舒了一口气。

还以为贺烛会揍她，她有点怕疼。

不过，他如果动手，算家暴吗？

乱七八糟地想了一通，唐棉内穿睡裙，外套短袖，别扭地睡了过去。

早上，贺烛先醒过来，空调温度开得太低，旁边的人双手双脚都缩在被子里，把自己包成了蚕宝宝，只露出毛茸茸的头顶，偶尔动一动，可爱得不行。

贺烛静看了片刻，眸中流转着自己都未发觉的笑意。

他轻手轻脚地下床，抬手间却不小心碰到了什么，一声脆响。他低头一看，唐棉放在这儿的白瓷瓶带着一束紫色小花轻巧落地，水从瓶口漫出，流至地面。

罢了，一会儿让保洁进屋收拾。

贺烛避开水渍，走出两步，又折了回来，弯腰捡起瓶子和花，去浴室接了点水灌进瓶口，然后将花瓣有些蜷缩的满天星装回瓷瓶中，重新放到床头。

好像从未翻倒过。

唐棉依稀听到耳边有人在拖地，接着听到了关门声，她迷迷糊糊地睁开眼，摸出枕边的手机，看了眼时间。

早上八点。

剧组的集合时间是……

九点！

兵荒马乱地收拾整齐，唐棉背着双肩包，着急忙慌地出了门，终于在八点五十九分赶上了剧组的大巴车。

经费紧张，他们的开机仪式相当简陋，导演上了一炷香，拿着喇叭对着众人说了两句话，各部门互相打了个招呼，认认脸，然后就草草开工。

由于网剧的投资方不做人，一边往死里压缩经费一边要求剧组保证拍摄质量，制片人钱易明开工第一天就苦着脸唉声叹气。

唐棉找他核对现场道具的账目表，钱易明一叹气，摆摆手："不行。"

唐棉虚心请教："是哪里还有不足呢？"

钱易明头一回觉得自己的姓氏这么难以启齿。

"钱。"

唐棉指着单子解释："支出已经压到最低了，像这个水晶灯外观都是用的塑料装饰，内里用简单的白炽灯，所有材料加起来只要四十块。"

钱易明失去理智："如果不要塑料装饰呢？"

唐棉："……总裁房间只有一个灯泡照明，不大合理吧？"

钱易明痛苦地抹了把脸："总裁为什么不能简朴一点？"

这好像已经跟总裁没关系了。

唐棉想了想，提议说："要不再去二手市场看看，或者我们自己做道具？"

钱易明眼睛一亮："可以，这个可以。"

然后，制片人就去找了道具组。道具组效率很高，不知道他们从哪里翻出一堆废品回收站里常见的物品，拼凑组装一番，当天挂到了设定里富可敌国的男主角房间，编剧还给这个作品加了一段戏，解释了它的来历——外国知名艺术家的私人定制作品。

唐棉心血来潮拍了张照片，发给贺烛。

【你的房间会出现这种东西吗？】

过了一会儿，贺烛有了回复。

【这是什么？】

【水晶吊灯。】

【……】

唐棉回完便没再看消息了，一直忙到中午才抽空看了眼手机。

贺烛后来补了一句：【就算我们全家一起玩命挥霍，百年之内，我的房间也不会出现啤酒瓶盖组装的破烂挂件。】

贺小少爷的话很有参考价值，但对一个贫穷到盒饭里只有清炒土豆丝的剧组来说，这已经是他们竭尽所能的体面了。

清炒土豆丝甚至没放盐。

哪怕唐家家风严苛，唐棉也是被富养长大的，从小衣食无忧，实在受不了这种清苦日子。

现在正值饭点，找餐馆吃饭赶不上下午的开工时间，唐棉便跑到后街小卖部另买了些吃的。

小卖部今天中午生意火爆，狭小的店面挤满了人，仔细一看，顾客全部来自他们剧组。

天气热，一群人买完东西，站在店门口的阴凉处聊天。见到唐棉，导演组的同事热情地喊她一起到房檐下乘凉。

干这一行，吃饭时间大多是在聊八卦。

男主角冉千柏混在工作人员中间，撸起西装袖子，手捧着泡面碗主动贡献小道消息："你们知道吗，刚定下剧本的时候，我们剧组其实没那么穷。"

其他人竖起耳朵，兴致勃勃。

他嘬了一口面，继续说："原定女主角其实是窦晴，资方听说有她在，投了不少钱。"

冉千柏是制片人的亲戚，当地一个戏剧学院的在读生，长相不错，由于自己人片酬可以无限放低，被制片人强拉来出演男主角，说的话还算可信。

有人问："窦晴是谁？"

"就那个，《千秋》里的宛晴。"

《千秋》是过年期间热播的一部古装偶像剧，当时热度很高，一度带火了男女主角，宛晴是女主角的丫鬟，角色人设讨喜，观众记住了演员的脸。

"她只是个小演员吧，面子这么大？"

冉千柏清清嗓子，低下头，神秘兮兮地朝众人招了招手，示意他们靠近一点，其他人配合着围上前。一群人凑在一起，围成一堵密不透风的人墙，唐棉也混在其中。

“窦晴面子不大，贺家面子大啊，据说贺家的小公子有意捧她。你们想想，有贺家做靠山，她还能不红？资方当时听了消息，打算在窦晴爆火之前赶紧拍完公司之前给她接下的剧，以后她火了，这剧一播，能大赚一笔，原来的男主角也是资方钦定的人选，想借窦晴的热度捧人。”

“那窦晴为啥不拍了？”

冉千柏耸耸肩：“这我就不知道了。应该是有了靠山，瞧不上没前途的小网剧，毁约了吧。”

众人点点头，能接大制作，谁愿意浪费时间拍小网剧呢？

唐棉迟疑地问：“你说的贺家，是贺盛江那个贺家吗？”

不等冉千柏说话，其他人先笑道：“这还用问，除了他也没哪个姓贺的家族有这么大本事啊！”

“哦。”

当事人之一现在是她的“室友”，可惜不能直接打听，贺烛似乎有些介意她过问他的私事。

唐棉吃了一口劣质且甜腻的面包，心不在焉地咽了下去，贺烛的微信里，好像没有窦晴这个名字。

影视剧组一旦忙起来，基本就失去了假期和固定的上下班时间。好在他们剧组穷，市区内物价高，他们的预算承担不了附近旅馆的住宿费，导演体谅大家住得远，尽量将拍摄时间控制在晚上七点之前。

唐棉晚上倒了两班地铁，还剩一段路，也懒得碰晚间公交车的运气了，直接打车回了贺宅。

已经过了用餐时间，管家吩咐厨房现炒了两道菜。

简单的炒青菜和青椒牛柳，配一碗热气腾腾的白饭。对比中午没有咸味的清炒土豆丝和小卖部劣质的夹心面包，唐棉感动得想落泪，拿筷子的动作都变得虔诚了。

管家看得一头雾水，虽说贺董和大小姐并不认可这位刚过门的少夫人，但该有的礼数和待遇他们一样不缺，怎么今天激动成这样。

唐棉一整天没吃到饱饭，忍不住吃多了一些，盘子里连一根青椒都没剩。她摸摸鼓鼓的小肚子，觉得幸福不过如此。

以往用餐结束她就离开餐厅了，今天她特意将盘子碗筷收好，送进厨房的洗碗池，并对值班的厨师认真地说了声谢谢。

厨师正跟管家聊天，闻言愣愣地回了句：“不客气。”

唐棉放下盘子回了房间，厨师与管家面面相觑。

厨师：“什么情况？”

管家也不清楚，瞟了眼厨师，一脸高深莫测地说：“只管做你的本职工作，不该问的别多问。”

肚子胀得难受，唐棉换了睡衣，直挺挺地倒在床上，一动也不动。贺烛洗完澡从浴室出来，见她两眼放空，捂着小肚子挺尸的模样，挑眉道：“你们拍的是恐怖片？”

唐棉耳朵自动过滤他的嘲笑，继续躺了一会儿，想到明天除了协助现场拍摄，还要抽空帮道具组拼粘总裁睡的豪华木床，一个头两个大。

苦恼之余，她的身体慢悠悠地动了动，翻身变成侧躺的姿势，视线也随之转动。

刚洗完澡的贺烛穿着黑色T恤，头发半干，站在吧台边仰头喝水，喉结滚动，侧身线条完美无瑕，举手投足都是魅力。

唐棉不禁想到冉千柏，帅气有余，但稚气未脱，而且身材偏瘦，身上找不出多少肉。不像贺烛，回家有事没事就去健身房锻炼发汗，肌肉结实却不夸张，恰到好处的精练，是不看脸光露身材就能吸粉的程度。

冉千柏如果能学到贺烛的一半，这部剧或许还有一线生机。

唐棉天马行空地想，不知道贺烛愿不愿意纡尊降贵，为剧组指点一二。

至少让他们知道总裁的房间里不应该有彩色木板做床头的铁架床。

想着想着，眼前晃过一根修长的手指，拉回了她的思绪。贺烛动作熟练且自然地从她的床头柜抽屉里顺走一副黑色眼罩，随口问：“想什么呢？”

唐棉眨了下眼睛，脱口而出：“你明天有空吗？”

贺烛掀开另一边的被子：“没有。”

唐棉本就是脑子放空，随便问了一句，听到回答便没再出声了，接着揉吃撑了的小肚子。

第二天早上，剧组的艰苦让唐棉头一回产生了厌工情绪，吃早饭时磨磨蹭蹭，想到中午不是泡面就是小面包，她格外珍惜地品尝着桌子上的灌汤小笼包，末了试探着问守在一边的管家：“可不可以帮我打包一份午饭啊？”

管家露出微笑：“当然可以。”

于是出发前，唐棉得到了一个手提保温箱，里面放着装有三菜一汤的分层餐盒。

颓丧的情绪烟消云散，唐棉抱着保温箱，面朝管家，眼睛亮亮的，嘴边绽出一个明媚的笑容：“谢谢。”

然后她乐颠颠地跑向庭院大门。

管家望着她雀跃的背影，笑着摇了摇头。

有了贺家厨师准备的丰盛午饭，唐棉中午在剧组享受了一把万众瞩目的待遇。

跟她关系不错的同事厚着脸皮从她的饭盒里夹走两块炸酥肉，羡慕地说："住得近就是好啊，有时间做饭。"

担心勾起同事们的仇富情绪，唐棉便没多解释餐盒的来历，默认了这是自己做的。

被一双双渴望的眼睛盯着，唐棉不好吃独食，大方地分出了自己的午餐，结果中午又没吃饱，帮道具组搬木板时，浑身无力。

休息间歇，口袋里的手机嗡嗡振动，唐棉找了一处树荫，脱掉剧务给的白手套，接起电话。

电话那端是贺烛的声音："待会儿跟我去个地方。"

唐棉道："我还在剧组。"

贺烛顿了两秒："不能请假？"

"应该不能，下午事情很多，剧组人手不够，大家忙不过来……你要去哪儿？"

"去'跃影'。"

"稍等，我努努力。"

那边没再说什么，挂了电话。

唐棉深吸一口气，今天待下去也只能做搬送木板的苦力活儿，学不到什么东西……但是怎样才能请到假呢？

剧组的工作往往一个萝卜一个坑，一个普通剧务身上都有别人难以替代接手的任务，更何况他们剧组已经把人力成本降到了最低，大家短时间内根本不敢奢求假期。

走出两步，唐棉脑中忽然闪过一个念头，给贺烛发微信：【临江那栋别墅，我可以借用几天吗？】

【随便。】

唐棉心里悄悄欢呼一声，跟道具组打了招呼，转头跑去找坐在片场外围喝水的孙平安。

"孙老师，下午能不能请个假？"

孙平安想也不想，直接道："肯定不能啊。小唐你也清楚，咱们这人手本来就少，拍摄任务重，所有人都在克服困难……"

"如果我能借到拍摄场地呢？"

孙平安没把她的话当回事，摇摇头："场地的事你不用操心，老钱在想办法找关系拉赞助，买不起就用租的。”

唐棉从手机里搜出一张照片，递到孙平安面前。

“这样的，免费。”

照片是唐棉从别墅出来那天早上随手拍的，正面独栋三层，进院一座别致的小木桥，桥下水池养着观赏鲤鱼，旁边依稀可见大理石板围出的露天泳池，池水在阳光下粼粼闪烁。

孙平安盯了几秒，又看看面前一脸认真的小姑娘，呆愣道：“你刚才说什么？免费？”

唐棉收起手机，平静地复述贺烛的要求：“房子主人同意借给我们，配套的家具都在，但是拍摄时不能泄露别墅地址和屋主信息，剧组人员也不能发有关别墅的私照到公众平台。”

“这些都好说。”

孙平安将手里的矿泉水瓶搁置一边，站起来拍拍屁股上沾的土，借来唐棉的手机，端详照片里独栋豪宅的外观。

他以前跟着导演团队天南海北，到处扎营拍摄，见过比这更气派奢华的房子，但同时，它们的租金也高得吓人。

保险起见，孙平安带唐棉去找钱易明，手机里的照片同样让制片人睁圆了眼睛，激动过后，不免生出几分怀疑。

在圈子里摸爬滚打久了，深知天上不会掉馅饼的道理，钱易明谨慎地问：“屋主人为什么要借我们场地，一不为宣传，二不为人情，他到底图啥？”

“请假。”唐棉说。

钱易明疑惑：“请什么假？”

孙平安解释道：“小唐下午有点事，想请假出去一趟。”

“朋友有事找我，他是屋主人……”

听及此，钱易明两眼放光，猛一拍手，高声道：“请！随便请，想请多久请多久！”

唐棉：“只请今天下午，明天我会按时上班的。”

钱易明像看到了手捧元宝、散财济世的金娃娃，轻拍唐棉的肩膀，慈爱地说：“晚到几个小时不碍事，正是长身体的时候，多睡一会儿没事的……真的免费啊？”

唐棉调出贺烛的微信消息，确认了一遍，应道：“嗯，免费。”

钱易明和孙平安左右拥着唐棉出剧组，体贴地询问需不需要送她，剧组的面包车这会儿用不上，停着也是停着。

唐棉客气地回绝了。

钱易明又想到什么，犹豫着问：“小唐啊，剧组任务紧，你请假不要紧，拍摄工作可不能停啊。你看你那位朋友，什么时候方便来一趟，带我们过去考察场地。”

唐棉：“他说大概半小时以后，有人来剧组接你们，你们跟那人走就可以了。”

“哦，好好。”

钱易明站在路口，目送唐棉坐上出租车远去，忽然有点忐忑。

“老孙啊，你说小唐的朋友那么有钱，怎么不派个人来接她，还让小姑娘自己打车？”

“我哪知道。”

“这有点不现实，我们是不是被忽悠了？人家借我们豪宅，就为了帮朋友请个假？”

孙平安也犯嘀咕，但人都走了，说这些也没用了，再说唐棉看着老实，为了请假撒这么大谎不太可能。他拍拍钱易明的肩膀，安抚道：“想这么多干什么，她要真骗我们，你明天把她炒了不就得了，左右咱不损失啥。”

半小时后，一辆黑色商务车停在剧组驻扎的片场外，车上走下来一位西装革履的年轻人，他四处看了看，掏出手机，拨了一串号码。

“钱易明先生对吧，您好，我是唐小姐的朋友。”

贺烛今天跟孔非、曹攸在超跑俱乐部的专用赛道飙了一上午车，几轮酣畅淋漓的速度盛宴过后，曹攸提议晚上找个地方一块喝酒。

“去‘跃影’。”贺烛出声道。

上回在“跃影”发生了点不愉快，孔非以为他已经把那家会所划进了黑名单，没想到这次会主动提议。不过他们这些人，只要酒、女人、香烟到位，去哪儿都一样。

三辆顶级超跑成一竖列，在高速公路飞驰而过，一行人驶入市区，最前方的贺烛突然打了方向盘，将车开到了地铁站旁边的停车场。

孔非、曹攸紧随其后，在路人的好奇张望中陆续打开车门。

贺烛下车后，倚着车门开始玩手机，孔非过去拍了他一下：“干吗呢，‘跃影’还在这附近开了分店？”

“等个人。”贺烛发完消息就收了手机，两条长腿交叠，宽阔的肩懒怠地倚靠跑车，颀长身影自带光芒。露天停车场偶有行人经过，眼神或明或暗地投过来，暗暗猜测是不是有剧组在这里拍电影。

孔非好奇：“等谁啊？于一亩今天被他爸抓去公司了，来不了。”

贺烛正欲张口，远处一个熟悉的纤瘦身影戴着口罩，打着遮阳伞缓缓靠近，他于是向她的方向抬了抬下巴。

“来了。”

孔非和曹攸一只手挡在眼前，眯眼望过去。地铁出口的位置，男的女的，老的少的都有，一时分辨不出贺烛等的人是哪个。

直到唐棉走到他们眼前，收起伞，摘了口罩跟他们打招呼，两人方才认出来，这是嫂子啊。

礼貌地打过招呼，唐棉又把口罩戴了回去，走到贺烛身边，仰头问：“现在去？”

“对，上车。”

孔非打断贺烛进驾驶座的动作，视线在两人之间转了转，不自然地问：“呃，你们约会，我们跟着不合适吧？”

“谁说是约会。”贺烛斜他一眼，“去了不用管她，玩你们的。”

跑车发动，唐棉在车上仍戴着口罩。贺烛闲看一眼，忽觉她这副样子有点眼熟，但熟悉感只是一晃而过，他没在意，漆黑双眸直视前方，随意问了句：“去夜店还戴口罩？”

唐棉按了按鼻头的金属条，调整了一下口罩位置，轻轻叹口气：“露出脸的话，门口的保安不会让我进门的。”唐白把她的照片纳入了企业入职培训课 PPT，严禁她靠近夜场一步。

抵达“跃影”，贺烛和唐棉一前一后下车。

代客泊车的侍者视线在唐棉身上停了一瞬，却见贺烛凌厉的目光扫过来，于是慌忙收回视线，不敢再乱看，兢兢业业地帮公子哥儿们停车。

日落时分，“跃影”结束白天的运营，夜场刚刚开幕，零星几个顾客分坐在高台附近，等待夜幕降临后的狂欢盛宴。

经理亲自接待了他们。

唐棉兴奋又紧张地跟在贺烛身边，她第一次成功进入正厅。跟之前去夜店的心情不同，来“跃影”不仅满足了她长久以来的好奇心，还有种偷窥到禁地的刺激感。

经理将他们带到给贵客准备的卡座，询问了男士们偏好的酒，而后微笑着看向在场唯一的女士。

唐棉拉紧口罩：“一杯果汁，再随便上一点吃的，谢谢。”

“好的，请稍等。”

点完单，孔非出去接了个电话，回来看了唐棉一眼，跟贺烛道：“等会儿有两个妹子要来，我带她们去另一边。”

贺烛前倾着身子，随手摆弄桌面的骰子盒，淡淡道：“说了不用管她，你们玩你们的。”

唐棉双手放在大腿上，乖巧地附和：“嗯嗯，不用管我。”

孔非与曹攸对视一眼，皆从对方眼中看到了无奈，带媳妇儿来夜店，贺烛这是玩哪一出？

/第四章/ 敞开心扉

天黑以后，随着落座的客人越来越多，夜场的预热活动开始了，一男一女两位 DJ 陆续出场。

男的穿无袖牛仔马甲，露出两臂蓬勃的肌肉，挥舞手臂，动作狂放，野性感十足；女的前凸后翘，黑色抹胸配银环 choker，火辣性感，手臂力量感完全不输身边的男 DJ。

“跃影”请来的夜场人员都不是吃白饭的花瓶，两人的音乐控场能力一流，很快，客人们一改冷静啜饮的状态，纷纷挥舞手臂，随 DJ 和控场主持的节奏摆动身体。

口哨声和欢呼声扰攘交杂，场子迅速热了起来。

躁动的音乐和客人的热情欢呼让店里的气氛又热又燥，唐棉用来遮脸的口罩逐渐让她憋闷气短，不得不经常调整口罩，让自己缓缓气。

乐队嘉宾登台，昼亮的顶棚大灯倏然关闭，四面八方的光线如潮水般轰然退却，独留狂欢舞动的霓虹光束烘托气氛。

他们所在的卡座正对舞台，两边坐着其他客人，唐棉小幅度转头，左右张望半天，没发现她哥的身影，于是悄悄将口罩摘了下来。

孔非和曹攸出去接妹子，贺烛跷着长腿，黑眸无波，漫不经心地欣赏乐队演出，指节无意识地随音乐在沙发坐垫上点动。

沙发上还剩唐棉和贺烛，谁也没说话。

他们之间交流的频率不高，就算夜晚睡在一张床上，也是沉默多于交谈，习惯了相顾无言，如今一言不发的静默并没有显得尴尬。

台上主唱一个浑厚高音将气氛推到顶点，聒噪扰攘中，孔非和曹攸带着人回来了，两个男人带了四个女人。

宽敞的沙发登时有些拥挤。

新来的四位相互熟识，热热闹闹地坐到了一起，唐棉只看见眼前闪过一条条雪白细长的美腿，身边响起声声“不好意思”，客气又傲慢，然后就被无声挤到了沙发最外围。

不过这次贺烛没交代要帮他挡女人，所以唐棉老老实实地给其他人让位，一句话也没抱怨。

新加入的妹子都是孔非联系来的，正依次自我介绍。

贺烛漫不经心地听着，余光一扫，他名义上的妻子正老实地坐在外侧，孤零零占据一角，白净的脸蛋无波无澜，找不到一点被冒犯的恼意。

不知为何，贺烛想到衣帽间的嵌墙衣柜，一开始，那些属于女人的衣物只规矩地占据一角，上下摆放，绝不多占一点面积，而现在，那些衣服已经理所当然、无拘无束地分享了一半领地，并且仍有扩大的趋势。

贺烛没由来地想，以后名正言顺成为贺太太的她，也会如今天这般没脾气吗？

“贺少，微信给你发了好多消息，好歹回下人家啊，我等了你一晚上呢。”抢在最前面落座的女人占据了优势，雪白的手臂伏在男人肩臂之上，说话间妆容精致的脸蛋缓缓贴近，下巴几乎贴在了他肩上。

贺烛飘远的思绪回笼，随后眉宇微皱，抛开脑中荒诞无意义的联想，像是没看到身上扒着的人，随手拿起桌面的酒杯，无言轻抿。

另一边的女人格外会来事，顺手摸过一个酒杯，倒了半杯酒，面朝贺烛，盈盈一笑：“我陪贺少喝一杯吧。”

贺烛摇了摇酒杯，不置可否。

曹攸和孔非不约而同地看向唐棉，发现正牌太太面不改色、无动于衷，甚至饶有兴致地欣赏起前方的热舞表演。

既然夫妻双方都不在意，他们也没必要拘着了。

孔非哂笑一声：“喂喂，你们打着想我的名义，实际全冲着贺烛去了，他可应付不来你们四个啊。”

离得远的两人知道今晚搭不上贺少爷了，于是知情识趣地坐到了孔非和曹攸身边。

一下子走了两个人，唐棉身边瞬间空出大片面积，半圆形的沙发泾渭分明地分成两方天地，一边伶仃安静，一边言笑晏晏。

唐棉坐了一阵，目光多数放在舞台表演上。“跃影”请的舞团和乐队都是外界小有名气的专业团队，为了迎合夜场气氛，演员的动作幅度也格外奔放。

唐棉光看着就觉得累，进而注意到了空落落的肚子。

中午没吃饱，晚上没吃饭，她现在好饿。

舞台上那个发亮的圆灯好像汤圆。

在意识被饥饿感吞没前，一只骨节分明的手将一个棕点黑圆盘送到了她面前，盘子里装有诱人的蓝宝石起司蛋糕，佐以三颗巧克力球，热量爆棚，却是唐棉的救星。

“谢谢。”

唐棉迫不及待地动手拿叉子。

递盘子的手倏而落到了她肩上，熟悉的嗓音掺杂着几分咬牙切齿：“你翅膀硬了是吧。”

“……”

孔非看了一眼这边，笑着打了声招呼：“好久不见，唐老板。”

唐白收回压着妹妹的手，俊容稍敛，微微一笑：“孔少。”

刮干净胡子、一身正装的唐白面容清俊，一派贵公子模样。孔非身边的女伴刚好认识他，便邀请道：“唐老板坐下一起喝一杯吧。”

“抱歉，今天不太方便。”

唐白皮笑肉不笑，视线越过众人，落到贺烛身上：“贺少，舍妹给你添麻烦了。”

贺烛薄唇微扬，暗色的眸子微转，轻声道：“确实。”

唐棉难以置信：“添什么麻烦，我不是很听话吗？”

唐白直接把人拎起来，咬牙道：“你听个鬼的话，赶紧跟我过来。”

唐棉不情不愿地被亲哥拖走。

孔非插了句嘴：“这什么情况？唐老板带小唐去哪儿了？”

贺烛没说话，心情忽然变得愉悦，眉宇舒展，懒散地动了动身体，倚向沙发靠背。服务生送来两个果盘，旁边的女人叉了一块蜜瓜腻腻歪歪地送到他嘴边。

贺烛抬眸，凉凉地看她一眼：“我讨厌甜味的东西。”

“啊，抱歉。”

女人连忙放下叉子。

“跃影”二楼的办公室，唐棉像个在教导处罚站的学生，两手背在身后，乖乖巧巧地站着。唐白坐在老板椅上，双手环胸，审视着她。

“行啊你，学会假借人势，掩人耳目了。”

“贺烛带我来的。”唐棉甩锅毫无压力。

“呵，又是你死乞白赖求人家带你的吧。”唐白知晓他们之间没有真感情。

第一次是，这次不是。

换作平时，她定要据理力争，但现在肚子还饿着，甜品也没吃上，于是她可怜巴巴地抬起头，微噘着嘴巴，用弱弱的、带点撒娇的语气说：“哥，我好饿啊。”

唐棉经常惹他生气，但她一示弱，唐白就没办法了，努力营造出的严肃神色飞速崩盘。他无奈地拿起办公室的内线电话，联系厨房做点吃的送到他办公室。

唐棉懒洋洋地趴到桌子上，办公室的暖灯照到她的脸上，是一副肉眼可见的虚弱模样。

唐白迅速起身，将她扶到自己的休息间，眉头紧锁，沉声问："贺烛不给你饭吃？"

唐棉摇摇头，有气无力地解释了前因后果。

唐白听完，果断地收起对妹妹的担心，不顾形象地翻了个白眼，说："活该。身上一分钱没有还想学我离家出走，结果就是换了个地方找罪受，饿死你得了。"

唐棉负气埋着头，小声辩驳："谁学你了。"

唐白从柜子里找出一条巧克力："吃完饭我送你回去，以后再偷跑过来，腿打折。"

唐棉根本不听他威胁，在办公室吃完热饭，趁唐白换衣服的工夫，自己溜了出去。

原路返回舞厅，台上表演结束。现在是客人的蹦迪时间，孔非和曹攸带着女伴，在人群中狂欢，贺烛身边还剩一个女人，规矩地坐在他旁边，时不时斟酒，没了之前肌肤相触的亲密。

她的位置空着，起司蛋糕维持原样摆放，唐棉悄然坐下，贺烛斜看她一眼，没有出声。

半晌，卡座周围的照明灯消失，四周暗成了黑夜。

不一会儿，暗幕退去，唐棉小心窥了眼沙发另一侧的两个人。

不知发生了什么，贺烛身边的女人面色难看，咬唇揉着自己发红的手腕，似乎终于放弃了这位不解风情的贺少爷。看到附近有认识的人，她匆匆交代一声，拿起自己的手包，飞快地加入了另一桌人的聚会。

贺烛依旧那副淡淡的样子，无所谓身边人是谁，一双多情的桃花眼带着挥不去的冷漠薄凉，有人心甘情愿地被吸引，大胆示好，他亦坦然接受，却残忍地不肯回报一点甜头。

这人真如传闻中一般风流多情吗？

唐棉看不懂他。

只是莫名觉得，孤坐一隅，闲然饮酒的贺烛，似乎有些寂寞。

出神片刻，唐棉忽然一激灵。

寂寞？

贺烛吗？

怎么可能，贺家的少爷，生来就注定了众星捧月，就算寂寞，也是他自己的选择。

唐棉晃晃脑袋，甩掉一些杂七杂八的念头。

身边走过一对卿卿我我的情侣，两人走路不忘低头耳语，男方不时亲亲女友的耳郭，弄得女友红云满面。

待他们走远，唐棉向贺烛的方向挪了挪，由衷地感慨：“跟他们比起来，你过得好‘清水’哦。”

贺烛唇线微扬，笑意却未抵达眼角：“怎么，想试试那种不‘清水’的？”

一句家常便饭似的戏谑调笑，说的人没认真，听的人也没放在心上，唐棉真心实意地说：“你如果跟刚才那个美女这样说，她应该会很开心，就不会走了。”

“哦？”贺烛轻笑，“可惜了。”

两人之间再无话题。

零点前，他们告别玩嗨了的孔非、曹攸，先一步离开“跃影”。

回到贺家，唐棉睡前看了眼一直调在静音模式的手机。

唐白发了一连串感叹号表达他的愤怒，她习以为常地略过，慢吞吞地打出一行字：

【哥，爱生气老得快。】

回到消息页面，钱制片给她发了一段长语音。卧室灯已关，唐棉点了语音转文字的选项，大段文字中透露着长辈对晚辈的谆谆关爱：【你朋友带我们去现场看了，好，非常好。哈哈，小唐要是跟朋友玩累了，明天可以接着请假，我跟导演说一声，你什么时候休息好了，什么时候来，啊，别累着自己。】

差点忘了贺烛借剧组场地的事，不过回想起来，今天贺烛貌似只是单纯带她去了“跃影”，什么要求都没提，不算帮忙，倒是满足了她长久以来的好奇心。

她想了想，翻了个身。

贺烛刚刚躺下，应该还没睡着，唐棉小声问：“你今天为什么要带我去‘跃影’啊？”

轻如羽毛的声音在静默黑暗中清晰可闻。

贺烛闭目而卧，片刻后，缓缓张口：“你一直吵着要去夜店。”

唐棉在黑暗中眨了眨眼睛，心里忽然像被羽毛刮了一下，柔柔的，又有点痒。过了一会儿，她压低嗓子，小小地反驳：“没有吵。”

贺烛翻身，背对她。

须臾，唐棉蒙着被子挪过去，用确保他能听到的音量说：“谢谢你带我去‘跃影’，还借我们场地。”

“嗯。”轻轻一声，分不清是回应还是梦中呓语。

尽管制片人和蔼地表示剧组的福娃娃可以请假吃白饭到剧组停工那天，但唐棉还是很有自制力地在上班时间准时出现在片场。

有了现成的布景，道具组再也不用费时费力地制造垃圾，折磨自己的审美，一早上看唐棉的眼神宛如看着救命恩人。

别墅主人不在现场，工作人员使用房间和调整家具摆放都会先问问唐棉的意见。

回答了两次，她突然想到主卧挂着一张临时拍的结婚照，说了是朋友的房子，如果被看到，解释起来有些麻烦。

她匆忙跑到楼上，打算趁人不注意，偷偷潜进主卧把照片藏起来，她按了两下，门把手纹丝不动。

唐棉继续拧。

一个摄影师路过，解释道："小唐，你朋友交代主卧不能动，临走前给锁上了。"

"好，我知道了。"

唐棉松开手，故作淡定地下楼。

别墅主要用来拍总裁的戏份，正式拍摄时，冉千柏穿一身黑西装，站在酒柜前，战战兢兢地取出一瓶红酒，动作缓慢僵硬。

"咔！"

导演无语道："你是个总裁，不是小偷。"

冉千柏抱着酒瓶欲哭无泪："导演这酒得多贵啊，打碎了我赔不起。"

"酒已经让道具换成超市打折品了，安心演你的。"

"哦，导演早说嘛。"

再次开拍，冉千柏按照剧本，给自己倒了一杯红酒，坐到吧台上，仰头就喝。

导演又叫停。

"你慢点喝，得有总裁那股劲儿。"

冉千柏无辜地说："我表舅就是这么喝的。"

他表舅就是钱易明，穷制片一个，连暴发户都算不上，典型的反面教材。

导演恨铁不成钢地怒吼："别学你舅舅！"

唐棉学着孙平安协助摄像，观察现场镜头，一眼看出冉千柏的问题所在，用她哥的话说就是——不够装。

唐白有段时间迷恋红酒，一度跟几个兄弟合伙搞了座葡萄酒庄，可惜长期入不敷出，没多久几个人就纷纷撤资跑路了。

她见过唐白品酒的样子，优雅、漂亮，像中世纪的贵族。

休息时，冉千柏垂头丧气地坐在一边，用手机搜索总裁怎么喝酒，唐棉递给他一瓶水，他伸手接过，丧丧地说了声谢谢，然后继续低头研究。

他一直找不到感觉，导演后来忍不住发了火，把他喷得一无是处，年轻人的自信心受到了狠狠的打击。

唐棉跟道具要来酒和高脚杯，搬了凳子坐下来。

“倒酒不能倒满，不同的酒倒在杯子里的量也不同，像这种红葡萄酒，倒入酒杯的三分之一即可，品酒时动作不能太粗鲁，先静止闻香……”

冉千柏被她的声音吸引，抬起头。

唐棉从倒酒到闻酒，一步步演示，柔白的手指握着高脚杯，衬以红酒热烈的颜色，像开在玫瑰丛的雪白茉莉，优雅又独特，异常迷人。

冉千柏有些发怔。

唐棉：“你在听吗？”

“啊，在。”

冉千柏脸颊泛红，移开视线问：“唐棉姐，你怎么懂这么多？”

唐棉轻描淡写地说：“见朋友喝过。”

想起她的有钱朋友，冉千柏没再多问，只是一些小心思刚刚发芽，就经历了巨大的现实差距洗礼，被迫齐腰斩断。

唐棉无知无觉，接着给他演示。

有了现场示范，冉千柏抓住了一点感觉，下午拍戏竟一遍过了。

导演满意了，唐棉却暗自摇头，有唐白和贺烛珠玉在前，冉千柏显得太稚嫩了，就算学到了形，表演出来，还是像个偷穿了大人衣服的少年。

经过点拨，冉千柏下午突然开了窍，戏份拍摄异常顺利。傍晚之前，导演大发慈悲，准许今天提前收工。

剧组兴高采烈，大家提议一起聚个餐。

唐棉负责剧组拍摄日程的准备工作，每天都要看天气预报，不得不出声扫兴：“晚上八点以后可能有暴雨。”

导演一听，连忙摆手道：“算了算了，都给我老实回旅馆睡觉，谁敢冒雨出去嘚瑟，明天要是感冒了，我亲自收拾他。”

兴致被打断，大家撇撇嘴，蔫蔫地收拾东西去了。

今天下班早，同组的人开面包车捎了唐棉一程。

路上，副导演难掩好奇，问出了大家关心的问题：“小唐，你跟那位有钱朋友，没有什么特殊进展吗？”

唐棉搪塞：“没，只是朋友而已。”

“小唐还是单身吧？”导演组的一个姐姐以过来人的口吻说，“可得把握好喽，昨天看你朋友，长得一表人才啊，人也是有钱又大方。听姐的，这时候就得趁早下手，以后便宜了别人，有你哭的。”

“哎，刘姐这是有经验啊。”

“废话。”

几人笑笑闹闹，话题又岔了过去。

唐棉松了口气，他们看到的应该是贺烛的助理，一个文质彬彬的年轻人。

误会就误会吧，制片人说他们这戏最多拍两个月，时间一到，她转去别的摄制组，这些小八卦也不会有人记得了。

贺宅今天的气氛有些不对劲，唐棉一进屋，以往第一时间来迎她的管家今天没出现。跟她见面次数多、关系最熟的王阿姨将她拉到一边，小声提醒道："贺董今天回家，刚跟小少爷吵了一架，夫人直接回房间吧。大小姐和二少爷不在，贺董这火一时半会儿消不了。"

唐棉点点头，没走大厅，转从保洁用的小楼梯间上了楼。

贺烛不在房间，她先洗了个澡，吹干头发换上宽松的休闲服，在沙发上坐下，打开电脑，跟孙平安讨论明天片场的戏份安排，一直到晚上八点，仍没有人喊她下楼吃饭。

今天的天气预报预测精准，八点一过，黑云笼月，窗外响起淅淅沥沥的雨声，没多久，雨滴清脆的拍打变成了噼里啪啦的敲击，雨势逐渐猛烈。

剧组没了场地压力，中午大方地请大家吃了顿好的，给唐棉的盒饭还是两荤两素，中午吃得饱，现在倒也不算饿。唐棉伸了个懒腰，从沙发上起来，想去床上躺一会儿。

门外走廊出现一阵凌乱的脚步声，管家和保姆的声音由远及近。

“少爷您吃点东西。”

“您这样要生病的，我帮您联系医生。”

贺烛开门，将关切声挡在了外面。

乌发浸湿，向下坠着水滴，浓黑睫毛搭着晶透的水珠，脸上、脖颈像洗过似的，身上的衬衣透了个彻底。看样子他一直待在屋外，不幸遭遇了暴雨洗礼。

唐棉见他唇线压得紧，未免触霉头，一句话没多问，安安静静地爬上床，盖上被子，听着浴室响起哗哗的水流声，与窗外雨声混在一起，杂而不吵。

白噪音舒缓了她的神经，疲惫一天，唐棉不自觉地闭上了眼睛。

将睡之际，浴室开门声又将她唤醒，她迷迷糊糊地睁开眼，贺烛头发依然湿漉漉的，凌乱地散开，他似乎不打算处理，扯下脖子上搭的毛巾胡乱擦了两下就想躺下。

唐棉偏头，呢喃一声：“当心感冒。”

身边的人顿了顿：“你没睡？”

唐棉摸到枕头底下的手机，看了眼时间，刚过九点。她小小打了个哈欠：“还早，等会儿再睡。”

睡太早意味着第二天醒得早，醒得早困得早，明天可不一定有提前收工的好事。

贺烛打开吹风机，吹起头发。唐棉背靠着她的腹肌抱枕，低头刷微博，等到风声停止，房间归于宁静，只是有人还处在低气压状态，空气静得沉重。

唐棉忽然想说点什么，问：“你晚上没吃东西？”

贺烛没回应，她继续道：“我也没吃。”

很难不把这句话当成一句暗示。

“厨房有人值班。”他说。

唐棉说：“贺董还在楼下吗？”

贺烛眼中闪过一丝冷意：“自己下楼看。”

“算了，我有点怕他。”

贺烛嘲讽地勾起唇角：“没什么好怕的。”

漫漫长夜，无事可做，唐棉产生了跟“室友”交流家庭情况的欲望：“贺董其实跟我爸有点像，婚礼那天他们穿西装坐在一排，我一度分不清他们谁是谁，都正襟危坐，严肃着一张脸。”

贺烛那天根本没看台下，不过光凭脑补，大概能想象出来。

一阵敲门声打断了他的联想，管家推着餐车站在门口，唐棉下床开门。

“夫人，很抱歉打扰到你们，您和少爷晚上还未用餐，我擅自让厨房准备了一些夜宵。”

唐棉将餐车拉到房间内，向管家道谢后关上房门，开开心心地推着迟来的晚餐走到床边，然后一个一个掀开餐盖，对着床上的人报菜名。

“番茄炖牛腩、西蓝花腰果炒虾仁、干贝冬蓉汤，啊，还有辣子鸡。”

“……晚上吃辣菜？”

“我喜欢吃辣，”唐棉推走餐车，“你不吃这些都是我的了。”

贺烛嗤笑：“胖死你。”

唐棉身体一僵，伸出一只手在腰侧和腹部捏了捏，还好还好，小腹平平坦坦，暂时没发现夸张的赘肉。

贺烛将她的小动作尽收眼底，薄唇上扬，黑压压的眸子里有了一点光彩。

唐棉似乎真打算吃独食，将所有餐盘一字排开摆到自己面前，执着筷子按顺序临幸这些菜肴。

贺烛心情好转，饭菜的香味散在房间，食欲随之而来。

唐棉刚动了两道菜，身边就坐下了人。

她吃了两块辣子鸡，唇瓣泛起一抹红，幸福地说：“你们家的厨师真好，还记得我喜欢吃辣。”

贺烛不能理解她的激动，厨师按照雇主喜好做饭是理所应当的事，有什么稀奇的。

事实上，唐家的阿姨们做饭都是严格按照陆山兰的要求安排菜谱，口味十年如一日的清淡，唐棉自己的喜好根本不被重视。

许是气氛太祥和了，贺烛也有了一点倾诉欲，就像两个朋友在吃饭时随性地闲聊，他语气平淡地说：“你说我……贺盛江跟你爸很像。”

唐棉往嘴里送了一口虾仁，点点头。

贺烛：“你爸也会调查你的同学朋友，阻挠你发展任何学业以外的兴趣，不允许子女脱离他的掌控，否则就不择手段，摧毁你所有的努力？”

贺烛见唐棉摇头，隐隐露出讥笑，然后便见她咽下嘴里的东西，缓缓吐出两个字：“不止。他还会出钱让学校监视我的一举一动，交朋友需要经过我妈审核，品性和成绩任何一样不过关，我妈都不同意。还有规定我们每餐该吃什么，考什么专业，上什么大学，哦，就算一切都如他们的愿，按部就班地进了家里的公司，我爸还要对每天的工作进展提出批评，稍有出错就是一顿打骂……”

贺烛蹙眉：“打骂？”

唐棉想了想：“打主要是对唐白，我高考成绩没达到要求，大学选了自己想学的专业，过得比我哥轻松一点。”

贺烛一时不知道说什么，该说人外有人吗？

唐棉惆怅地叹了口气，对比起来，贺董简直称得上慈父，起码那份文件里的红色字迹证明他真的在努力了解自己的孩子。

唐棉为了安慰“室友”，不惜自扬家丑，狠狠吐槽了唐家家长的教育方式。

她面无表情吐槽家人的样子实在有趣，贺烛不自觉地弯了嘴角，阴霾稍稍退却，终于有了笑模样。

“室友”的好心情是同居生活和谐的重要因素，唐棉见他笑了，满意地吃掉最后一口辣子鸡，打了个饱嗝，到洗手间刷牙。

夜聊活动结束。

早上，唐棉睡醒，难得看到贺烛还躺在旁边，胳膊露在外面，面色有些发白。唐棉皱皱眉，爬过去伸手摸了摸他的额头，滚烫的热度让她的手退缩了一下。

果然发烧了。

她推了推仍在沉睡的人，轻唤道："醒醒。"

没反应。

她只好先下床，换了衣服下楼，寻找管家。

贺烛发烧让整个宅子里的人慌乱起来，管家迅速联系贺家的私人医生，语气十万火急，好像贺烛不是发烧，而是身负重伤，马上要进重症监护室了。

厨房里的人则着急忙慌地按照医嘱准备贺烛的药膳，唐棉自己拿了两个小笼包，啃完回房间，医生、护士、管家、保姆一群人挤在床边。

贺烛被吵醒，烦躁地掀开眼皮，被身边围成圈的人吓了一跳，下意识看向床的另一侧，睡在那里的人不见踪影。

他揉了揉眉心，坐起来，眼睛在他们身上睃了一圈："我这是快没命了？"

管家几乎是看着贺烛长大的，闻言激动地替他拍了拍嘴："呸呸呸，少爷这可不能胡说！"

医生比他们好点，冷静地询问了贺烛目前的身体症状，淡定地说："感冒发烧，吃点药就没事了。"

管家规劝："少爷今天还是别出门了，好好休息，昨天淋雨……"

贺烛冲他们挥挥手："行了，知道了。"

考虑到病人需要休息，一群人又呼啦啦推门离去。管家临走前说半小时后会将早点送到房间，贺烛点点头，抬眼间，一个悄悄随大部队走出房门的纤细身影落入他的余光范围。

贺烛："你过来。"

自以为走在最后的保姆阿姨闻声回头，恍然发觉后面还有一个人，意味深长地笑了笑，在唐棉迈出门框前贴心地关上了门。

唐棉无奈地停步，挎着单肩包，站在门口，离得远远的："好好休息，早点康复啊。"

贺烛气笑了："清早招来一群人把我吵醒，我怎么康复。"

"我是怕你病到昏迷——"唐棉看了看手机，低头道，"不说了，我要迟到了，先走了。"

说完，她直接开门跑了出去。

片刻后，门再次打开。以为是送餐的人，贺烛慢悠悠坐起来，却见床边的镂空隔板外探出一个脑袋，唐棉去而复返。

四目相对，她眨了眨眼，轻启唇瓣，语气关切："你身体不好，今天不要出门了，好好养病。"

贺烛支着胳膊撑在床上，闲闲地掀起眼皮："管家还交代什么了？"

唐棉丝毫没有被拆穿的窘迫，坦然地说："让你乖乖吃药，按时吃饭。"

“几点了？”

“八点半。”

“你迟到了。”

“……”

“砰！”

关门声落下，贺烛压着上扬的嘴角，平躺下去。

半晌，孔非的电话打来。

“我们都到车道了，哥你人呢？”

想起昨晚约了人赛车，贺烛扶额，“马上就来”几个字在嘴里转了一圈，想到那人认真嘱咐的模样，低声回道：“去不了。”

“啊？为啥？”

“重病在床，不能出门。”

剧组今天拍外景，而女主角今天进组，拍男女主角初遇的一场戏。

经典老套的女主角不小心泼咖啡到总裁身上的戏码，制片人老奸巨猾，以免费宣传之名忽悠店家白借了他们一天场地，剧中龙套就由进入咖啡店凑热闹的客人真实出演。

唐棉负责跟客人们沟通，询问是否愿意出镜。

拍到第三场，有人碰了碰唐棉的肩，唐棉以为是同事，回头却看到一张快要淡忘的明艳面孔。

傅清妍一身藕粉西装，左手拿着手机，右手握着Prada迷你皮革手包，笑容明媚：“嗨。”

自从夜店见面过后，二人之间就只有朋友圈点赞评论的交集。

唐棉惊讶地说：“傅小姐怎么在这里？”

傅清妍指指上方：“上班呀，我公司就在上面。”

她看唐棉拿着手持小风扇仍满头大汗的狼狈样子，不禁疑惑：“你这是在做什么？”

唐棉忙里偷闲，不忘盯着摄像的走位，大声提醒两句后，方才回答傅清妍的问题：“我们剧组在这里拍戏。”

傅清妍见唐棉忙不过来，便不再打扰，正想离开，不远处偷听了对话的钱易明眼尖地挤过来，笑眯眯地递上自己的名片：“你好你好，我是剧组的制片，敝姓钱。”

制片人最近拉投资拉得有点魔怔，唐棉忙推着傅清妍往外走，钱易明不死心地跟过去。

傅清妍却很有兴趣，安抚地拍拍唐棉的手，笑着与钱易明握手，交换了名片。

瑞风电子科技总经理，瑞风主打的运动线电子产品在国内知名度很高。

钱易明更加热情，一套说辞练得滚瓜烂熟：“是这样的，我们剧组正在筹备……”

唐棉抿紧嘴，颇有几分担心。傅清妍是贺烛合作伙伴的太太，与她关系并不亲密，万一惹对方不快了，贺烛那边……

傅清妍微笑听完钱易明的介绍，礼貌地说：“钱制片，我能跟唐小姐单独谈谈吗？”

钱易明连声道：“没问题，你们聊。”

然后他背对傅清妍，双手合十，朝唐棉拼命拱手。

制片人不容易，她也不容易啊。

唐棉暗暗叹了口气，和傅清妍走到咖啡店外的遮阳伞下。傅清妍自己就是老板，倒也不担心上班迟到，将包放到户外白色餐桌上，顺势坐了下来，闲适地让唐棉也坐下。

傅清妍支着下巴，暗红色的指甲点在嘴唇边：“你好像很紧张？”

唐棉摇头，直截了当地说：“我们剧组很穷。”

傅清妍弯了弯眼睛：“看得出来。”

“所以投资可能回不了本。”唐棉语调平平，杏眼澄澈如水，一片赤诚。

在商场摸爬滚打久了，很难看到这样一双眼睛，傅清妍笑容更甚：“你是剧组的工作人员，多拉投资对你也有帮助吧，为什么要跟我说这些？”

唐棉坦诚道：“坑人不能坑熟人，而且骗了你就等于骗了那位……刘少，贺烛会找我麻烦。”

傅清妍好奇：“你们是夫妻啊，他能找你什么麻烦？”

离婚。

她现在最怕这个。

唐棉嘴唇嚅动，将话题引回最初：“虽然我们的团队很专业，演员认真好学，但前期投资不够，没钱做好的布景，宣传预算几乎为零，大概率红不起来。”

“你其实很想我投资吧？”

“嗯。”诚实得过分。

傅清妍失笑，轻轻转头，看着正在工作的剧组人员，井然有序，忙而不乱，导演因为效果不如意，正在大声呵斥演员，两个年轻人虚心低头，一句不敢反驳。资金不足，并没有影响这些人的敬业。

沉吟片刻，傅清妍道：“我们公司最近准备发布新款的蓝牙耳机，运营预算充足，也请了代言人，正计划找一部有潜力的作品做植入，哦对，你们现在的剧名不太行，不如，先改个名字吧。”

赞助植入不是小事，傅清妍没有立刻拍板决定，需要公司高层开会讨论，才能决定是否拨款。唐棉原话转达给制片人，钱易明顶着一脑门的汗，激动地握住唐棉的手：“小唐，你真是我们的大救星！”

唐棉不打算接这顶帽子，平淡地提醒：“其实我跟傅小姐不熟，她很可能只是客套一下。”

“好歹有希望。”

钱易明叹了口气：“老孙他们前前后后拍了不少剧，有两部我们都有信心能爆，结果因为各种原因，没能播出。大家都要养家糊口，再赚不上钱，团队只能解散各奔东西谋出路，这次算是最后的机会了。”

他说这话有五分真诚，五分卖惨。

不论其他，至少孙平安是个好老师，唐棉跟着他学了很多东西。受人恩惠，总该投以回报，于是她答应跟傅清妍那边争取一下。

钱易明又接了个电话，走之前拍了拍她的肩膀，语重心长地说：“干这一行，离不开‘人脉’两个字，哪怕只是一个酒桌上喝过酒，名字都不知道的人，只要用得上，他就是你的人脉，想在行业里爬得高，脸皮根本不值一提。”

唐棉神情微怔，若有所思。

在外流了一天汗，唐棉回贺宅第一件事就是洗澡，进房间撂下包，去衣帽间拿了换洗衣物直奔浴室。

洗去一身黏腻，又在按摩浴缸里泡了澡，唐棉清清爽爽地从浴室出来，打开房间的冰箱，拿了瓶冰镇果汁，咕咚咕咚喝了两口，哼着歌路过床边，余光一瞥，床上薄被隆起，一个黑色的毛茸茸的脑袋露在外面。

床头柜放着水杯和药盒。

唐棉突然心虚，悄声将只剩半瓶的饮料放回冰箱，小心翼翼地靠近床上的人。

贺烛早就被她吵醒了，感觉到有人靠近，睫毛抖动，黑眸缓缓睁开。

唐棉正侧着身子，睁着一双莹润的眼睛，略带点担心地看着他，发梢还湿着，嘴唇刚碰过冰饮，呈现娇艳的红。

贺烛眼睫颤了颤，重新合上眼睛。

合眼的瞬间，额头蓦然多了一抹柔软清凉的触感，接触过冰镇玻璃瓶的手留有瓶身的冰凉，轻轻覆在他的额间。

余烧未退，她的触碰驱散了一丝感冒带来的燥热。

“比早上好多了。”唐棉说。

“咳咳！”

贺烛咳嗽一声，倦怠地抬起眼皮。那双世人口中的情眼这会儿终于消了薄凉，眸光含水，病弱又多情，卷翘眼睫悠悠晃晃地颤动，如孱弱蝶翼一般虚弱扑闪，有种说不出的脆弱。

唐棉无意识多看了两眼，回过神来，深吸了口气，以缓解莫名加速的心跳。

一呼一吸间，她突然想到什么，猛地退后几步，顺带捂住了嘴。

贺烛侧卧在枕头上，眯起眼睛：“你见到鬼了？”

唐棉慢慢移动到床尾：“我怕你的感冒传染给我。”

贺烛翻身背过去。

桌上的透明药盒里还有两粒药片，杯子里的水也是满的，唐棉问：“晚上吃过药了吗？”

床上的人没有回答。

唐棉重新接了杯温水，走过去，手指在他肩背上戳了戳。

“怕传染就离我远点。”因为生病，贺烛的嗓子带点沙哑，语速很快，听起来居然有几分负气的意味。

唐棉反省了下自己，怎么说也是救她脱离父母掣肘的恩人，出去玩也愿意带她，还出借别墅给剧组，她不能恩将仇报。

知错就认，唐棉举着水杯，对着人轻声道歉：“我错了。”

贺烛不说话，她又靠近一些：“吃药能让身体好受一点。”

床上的人动了动，薄被压得紧，带着磨砂颗粒感的声音透出，语气无奈：“真的会传染，你今晚去客房睡，有正当理由，大姐不会说什么。”

唐棉倏然僵住：“你姐今天在家啊？”

“嗯。”

“不行，离开你我良心不安，我今晚留下来照顾你。”

唐棉突然就不怕感冒传染了，拖着贺烛坐起来，强势地把药盒塞到他手里，手上举着水杯，服务贴心到位。

贺烛半眯着眼睛，清楚传达出“你居然还有良心”的意思。

唐棉客气地给大佬递水：“夫妻一场，应该的。”

那份文件再次被她忘到脑后，之前贺桐抽查不及格，她承诺下次一定把资料背得烂熟于心，然而并没有做到，写有贺烛日常喜好的文件夹还放在书房，动都没动过。

比起感冒，唐棉更担心贺桐又给她安排临时测验，再不及格，她就该三振出局了。

贺烛听她提了一句大姐，大概能猜到她反常的原因，在房间待了一天，这会儿彻底清醒了，正好觉得无聊。

他浓黑的眉眼舒展，倚上床头的靠垫，对着唐棉慵懒地抬起一条手臂，说：“手麻。”

唐棉领悟，坐到床边，勤勤恳恳地帮病号捏手。

过了一会儿，病号大爷提了新要求。

“床太硬，空调开得太低，帮我拿瓶冰水。”

垫了枕头，调了总控，倒了温开水。

贺烛不甚满意：“我要的是冰箱里的。”

唐棉跟他讲道理：“发烧要多喝热水。”

毕竟不是任性的小孩了，贺烛迟疑片刻，妥协了，随后又闲懒地张口：“帮我把平板安到支架上。”

唐棉照做，见他两手都放在空调被下，不打算动一根手指，便半坐在床沿，倾身伸出手指，细心地帮他把额前碎发向外拢了拢。

她身上带着泡完澡后清爽撩人的薰衣草香，指尖柔柔地划过，像带了钩子，撩得贺烛心尖微颤。他身体滞了一瞬，喉结不自在地上下滚动，没了捉弄的心思，偏头看向一侧：“够了，我还没病到行动不便的程度。”

唐棉张张嘴，正欲说话，管家的声音穿过门板传进房间：“夫人，大小姐有事找您。”

一瞬间，唐棉好像回到了学生时代，老师当堂通知今天有期末考试，且考不好要单独约谈家人，偏偏她什么都没复习，考的还全是死记硬背不该错的题。

完蛋。

唐棉紧张地挺直腰板，攥着手机磨磨蹭蹭要出房门，手放上门把手的刹那，她突然福至心灵，灵光一现，飞快地跑到床边，抓起桌子上放的手机塞到贺烛手里。

“拜托。”

贺烛：“？”

管家在门外催促：“夫人？”

唐棉匆匆撂下一句：“记得看微信啊。”

贺烛发烧，贺桐才抽空回家一趟。距约定的一个月还剩一周的时间，说实话她心里已经不抱希望，这两人在房间外演得滴水不漏，房间里却一点水花听不到——贺烛卧室的隔音做得并不好。

贺桐红唇泛起苦笑，从前跟在她身后姐姐长姐姐短的弟弟，如今已经对她怀有戒心了。

唐棉推开书房的门，贺桐穿着米色衬衫连衣裙，仪态端庄，手指一页一页地翻过文件。

“贺总。”

贺桐抬眼：“坐。”

唐棉搬了个矮脚凳，坐到桌子前，方便待会儿作弊。

贺桐：“这回记熟了？”

唐棉支支吾吾：“呃，嗯，差不多。”

正好翻到贺烛喜欢的食物一页。

“他最爱吃的菜。”

唐棉低头，假装冥思苦想，手指飞快地在手机上打出一行字，同时在心里不停祈祷，贺烛千万要看手机。

几秒钟后，聊天框无声地蹦出一条回复：【没有最爱吃的，口味偏清淡。】

她念出答案，贺桐顿了下，翻到下一页。

“最常交往的女人类型。”

【没有。】

唐棉回答得有点忐忑，好在贺桐没说什么，继续下一题。

“最喜欢的甜品。”

这次那边回复慢了些，唐棉想干脆自己编一个算了，界面多出一行字：【我不吃甜食。】

唐棉说：“他不吃甜食。”

话音一落，贺桐抬头：“你再想想。”

唐棉低头，手指飞快打字：【你再想想？】

那边回复：【想不出来，自求多福。】

唐棉只好坚持原答案：“他确实说过不爱吃甜食，应该没错吧。”

贺桐摇摇头，说：“以前爸收的节日礼物里如果有点心，他总是第一个过去抢。”

唐棉沉默，她现在的心情好像做阅读理解遇到了文章原作者，自以为得到了标准答案结果阅卷老师无情地给了零分，理由是与出题人给的答案不符。

好在贺桐今天没有多为难她，或许是觉得榆木脑袋开不了花，彻底死心，问了几个问题就放过了她。

唐棉离开。

书房的门刚合上，高冷的贺大小姐迅速丢掉文件夹，掏出手机给自家二弟发消息：【这次有望成功。】

贺延：【哦，加油。】

贺桐：【我是说真的，她的回答没参考文件答案，却都答对了。】

贺延异常冷静：【了解不代表顺从。】

的确。他们想要的，是能管住贺烛，不再随性胡闹的人。

贺桐头疼地撑住前额，是不是应该降低要求，能让贺烛抽出心思顾家就行。奢求他听话，彻底收心，真有人能做到吗？

过了良久，贺延又发来信息：【爸去年看中的林场项目，竞标失败了。】

贺桐眸光一凛，眉心霎时间拧成了“川”字，谁有这么大本事从贺家手里夺标？

贺桐追问：【对方是哪家企业？】

贺延回：【明面上是一家新兴的联合集团，背后是谁还在调查。目前来看，盛焱的可能性最大。】

贺桐：【刘董？年初那会儿，他可是主动找上门来求合作的。】

贺延：【不是刘董，是他的儿子刘存池。】

“刘存池”这名字远不如他父亲有威力，贺桐思忖片刻，啪地合上文件夹，将其仔细塞回书柜夹层，然后踩着漆皮高跟去了隔音更好的办公间，开海外公司的视频会议。

/ 第五章 /
哄她

唐棉回到房间，贺烛已经洗了澡，精神好了很多，正在床上打游戏。

贺大小姐的召见倒也提醒了唐棉，她来贺家快一个月了，这意味着她跟贺烛的同居生活已经接近尾声。

唐棉眼睫低垂，缓慢地靠近床边。

这似乎是件值得高兴的事。但，好像没有预想中那么放松和开心。

说实话，刨去一些男女之别的不方便因素，她跟贺烛的相处还算愉快，夜里无聊了，偶尔说说话还能消遣时间，缓解寂寞。

唐棉一边走神，一边爬上床。

她居然跟贺烛同居了一个月，他们的关系比之最初的相顾无言，多多少少近了些，不知道能不能让这段婚姻更稳固点。

尤其是这几天在剧组目睹了钱易明打电话时的低声下气，唐棉对未来忽然没了信心。钱易明在圈子里奋斗了快十年，人到中年仍在为剧组辛酸奔波，为几十万的投资到处求人，愁白了头发。

而她只有短短几年时间，真的能在业内站稳脚跟吗？

“大姐跟你说了什么？”

唐棉想得出神，一道沉稳低哑的男声落在耳边，唤回了她的思绪。

“问了几个问题，没说别的。”

下意识回答完，唐棉睫毛轻抖，如梦初醒一般微扬了扬下巴。回过神来觉得刚刚的声音过于近了，她微微偏头看向旁边，旋即惊讶地眨了下眼睛，自己竟不知不觉躺到了贺烛的领地范围。

唐棉的脑袋枕在了鹅绒枕靠近贺烛的一侧，如瀑倾散的头发已经先一步侵入了对方的枕头，填补了两个鹅绒枕之间的缝隙，贺烛正倚床坐着，腰下垫着鹅绒枕，而她的肩膀几乎要触到他黑色睡衣下的腰线。

他一向不喜自己靠近。

短期内前途无光，她得尽量维护在贺烛心中的印象，起码不要那么快提离婚。

思及此，唐棉立刻用手肘撑着床单，灵活地扭动身体，一下子躺到了床沿的位置。

贺烛余光倾斜，将她的动作尽收眼底，手上操控虚拟遥杆的动作顿了顿，面无表情，眸色深邃如墨。

唐棉看不懂他在想什么。

可能是生气了？

她今天是有些逾越。

唐棉枕着鹅绒枕，抬眸道："抱歉。"

贺烛收回视线，顺风局队友不拉胯，他们很快结束了战斗。他指腹划过屏幕，退出游戏，随意地将手机丢到一边，抬臂抻了抻有些僵硬的肩骨，后背紧实利落的肌肉线条凸显，语气漫不经心："这次又说什么了？"

知道他在调侃上次她在贺桐面前乱说话的事，唐棉举手保证："我发誓，这次真没说多余的话。"

贺烛没再问，伸长胳膊，关掉了自己一侧的床头灯，唐棉也关了灯。房间暗下来，两人都没说话，身边只有翻身时被子布料摩擦的细微声响。

过了一会儿，唐棉小心翼翼地问："你现在有想结婚的对象吗？"

旁边的人还没睡，黑暗中的声音低低沉沉，听不出情绪："重婚判刑。"

"哦。"

再次安静。

贺烛翻了个身，又听她用比刚刚更低的声音，不死心地追问："如果离婚了呢？"

浓如墨潭的眸子在幽暗中缓缓睁开，贺烛用力掀开被子，单臂支着床垫撑起上半身，他弓着腰，上半身俯向今晚问题格外多的人，语调轻柔，却透着无法忽视的冷意："你想离婚？"

阴影笼罩，一股清冽的男士雪松香侵入鼻腔。

唐棉快速摇头，不敢再多话，乖乖闭眼，将被子往上拉，直到盖住半张脸。

在贺烛重新躺下之前，唐棉偷偷吸了吸鼻子，嗅了一腔淡淡的雪松余香。

味道有点好闻。

给唐白的生日礼物，就送这个好了。

关于剧组投资的事，傅清妍倒没敷衍唐棉，他们高层之间开了个会，最终同意拨款赞助，考虑到低成本网剧大火的可能性不高，投入数额并不多，只够剧组宽裕半个月。

钱易明感激涕零，拿到钱，跟导演组和编剧讨论了三天，最终决定压缩剧集，尽可能将钱用在刀刃，以保证剧的质量，于是真的只计划拍十集。

剧组上下紧锣密鼓地工作，演员亦是兢兢业业，跟着剧组早出晚归，男女主角经常帮忙做些灯光道具的工作，至于配角，基本都是他们剧组的工作人员客串，钱制片的妈妈还被拉来出演男主角不近人情的母亲。

老太太演技逼真，堪称专业，女主角一度被吓哭。大家不禁将怀疑的目光投向了制片人。

孙平安趁着休息时间，代表剧组找钱易明谈心。

“老钱啊，回去对嫂子好点，婆媳关系需要你这个做丈夫、做儿子的在其中调和……”

钱易明气得直踹他：“胡说什么，我妈以前在电影厂跑过龙套！”

小剧组乱七八糟的事少，大家说说闹闹，互帮互助，忙归忙，至少不糟心。

直到在市区商厦拍外景时，他们遇到了另一个剧组。

说来也巧，该剧的女主演就是传闻中他们组原定的女主角窦晴。

有对比才能凸显差距，比起他们，人家剧组简直是财大气粗，演员身边至少两个助理待命，房车保姆车全程候着，工作人员中午都是包下整个餐厅吃饭休息。

饰演女主角的杨卯卯坐在唐棉身边喝水。她是冉千柏的同学，进组晚，跟大家不熟悉，见冉千柏常往唐棉这里跑，她也跟着过来，一来二去，跟唐棉关系就近了。

常温的矿泉水入喉，解渴但不够过瘾，杨卯卯拧上瓶盖，看着远处左右有人簇拥的窦晴，羡慕地说：“小唐姐，你说，我什么时候才能享受到那种待遇呀？”

唐棉大学时期有幸在一个大剧组进行了几天的参观实习，见过真正一线二线演员的待遇。她鼓励道：“很快的，你保持现在的谦逊努力，以后肯定会比她更有名。”

杨卯卯又喝了口水，叹气道：“我这辈子都碰不上宛晴那种角色吧。”他们学校样样出色拔尖的校花仍在剧组跑龙套，她得到这个角色，还是托冉千柏的福，他们上学期分在一个小组，加上她片酬要得低——这是最重要的一点。

年纪轻轻怎么这么悲观，唐棉不理解，又不知道怎么劝，便没再说话。不过杨卯卯只是日常丧一丧，休息之后马上打起精神，投入下一场拍摄工作中。

商场入口处有个布局文艺又高级的品牌服装店，剧组租用了半天，下午，摄影师扛着设备准备进店，却被两个穿马甲的剧务拦了下来。

对方的表情隐隐露出轻视：“你们是旁边剧组的吧，没看里面拍着呢，现在不让进。你们等会儿吧，啊。”

透过玻璃门，的确能看店面已经架上了摄影机。

摄影师无语了，把制片人和导演喊过来对峙。

钱易明打电话给店面的负责人。

店长跟店员沟通了才知道，今天确实是他们拍，另一个都市剧约了第二天，但都市剧剧组下一个场景有变故，拍摄时间提前，店员以为来的是约在今天拍摄的剧组，就让他们进店布置了。

一个是有望上星的都市剧，一个是小成本网剧，宣传潜力毋庸置疑，店长的意思是总裁剧组让一步，拍摄挪到第二天，场地费减免一半，如果不同意就没办法了。

之前是口头约定，还没收钱，正式的协议也没签，他们不算违约。

但明天总裁剧组有别的场景行程，等不起。钱易明疏忽了协议的事，吃了闷亏，脸色铁青，当即拍板决定，不租了，换场地。

平日总是笑脸待人的制片人难得发火，前两天做的规划准备工作全白费了，大家心里也有气，但都没抱怨，顶着烈日将东西先搬到了阴凉的地方。

剧组男生们搬大型设备，女生则力所能及地搬些杂物，全组除了各组负责人的指挥声，听不到说闲话的声音。

烈日当头，四下无风，唐棉戴着剧组发的鸭舌帽，汗珠从耳侧一路淌到颈下，白皙的脸颊泛着燥热的红，她搬着一张放设备的木桌，从早上忙到现在没吃饭，太阳又晒，她体力有些顶不住，胳膊绷直，手指勉强握紧桌沿，缓慢前进。

杨卯卯看到了，跑来帮忙。作为女主演，她还帮化妆组背了大行李包。

从服装店门口路过，玻璃墙内，窦晴坐着摇椅，手边放着冰镇饮料，化妆师在给她补妆。不知道出了什么问题，窦晴细细的眉毛蹙紧，狠瞪了化妆师一眼，嘴上说着话，看化妆师连连鞠躬道歉的模样，她说的话应该挺难听。

杨卯卯看了两眼，跟唐棉说：“算了，我肯定达不到窦晴那种程度。”

唐棉平稳呼吸，等她继续说下去。

小姑娘愤愤不平道：“看她骂工作人员的刻薄样子，好像在骂我一样，拳头硬了。”

唐棉笑了：“你是主演，又不是幕后人员。”

杨卯卯叹气：“我现在差不多是半个幕后了，打一份工干两份活，昨晚被道具组拉去粘假花，今早眼睛生疼，冉千柏更惨，拍完夜戏还得帮摄像扛机器。”

将桌子抬到商场外的背阳面，唐棉泄了劲儿，轻轻舒出一口气，摘下帽子朝脸上扇风，看向身边的小姑娘，说：“所以，吃苦也是本事，你一定会比她红。”

唐棉清亮的眼睛盈着笑意，两腮打着自然的淡粉红晕，点缀了清淡的面孔，在炎炎盛夏，娇如四月盛放的垂丝海棠。

杨卯卯眨眨眼，忽然冒出一句：“小唐姐，我觉得你比窦晴漂亮。”

唐棉没在意，摆摆手：“好了，知道你嘴甜。”

“我说真的，小唐姐……”

“小唐来搭把手。”

“来了。”

唐棉重新戴上帽子，来不及喝水休息，接着忙去了。

杨卯卯的话被打断，不甘心地噘嘴，小唐姐确实比窦晴好看嘛，还是素颜完胜的那种。

原地站了半天，杨卯卯又突然想到做幕后的唐棉条件都这么好了，她更得努力，起码在专业领域不能掉链子，于是撂下背包，跑去找冉千柏对戏。

等到所有设备远离了烈日，一群人累得满头大汗，顾不得形象，找了个没人经过的阴凉地方集体席地而坐。钱易明自掏腰包，去商店买了一箱冷饮分给大家。

唐棉吃完一根草莓雪糕，恢复了体力，跟孙平安说了一声，走进商场的洗手间。出来时，她顺带去了商场地下的连锁超市，买了两袋吃的，打算回去跟同事分一分。

超市有南北两个出口，南面是大门，北面在家居用品尽头，只有一个收银台，来结账的顾客很少，剧组正好离北面出口近，她便从小门出来，路过侧门拐角，猝不及防听到了一个柔嗓撒娇的女人声音。

“贺少，今晚陪我吃饭嘛。”

“我订餐厅吗？你知道我不擅长做选择……好吧，上次约会那家确实不错，嗯，听你的。”

“啊，对了，我们导演想跟你见一面，你有空来探班吗？”

后面的话，唐棉没再听了。

那女声很耳熟，她在电视台实习时偶尔去隔壁棚帮忙，跟在那儿拍广告的窦晴接触过两天，听得出窦晴的声音，加上窦晴提了贺少，就更能确定身份了。

只是没想到平时对人颐指气使的窦晴，在贺烛面前竟然娇气得让人起鸡皮疙瘩。

另一边，窦晴甜甜腻腻地讲完电话，将手机交给助理，脸上娇羞的笑意很快又变成了高傲。她慢条斯理地捻着刚做的指甲，对等在一旁的导演说：

“他说没时间，下次吧。”

导演试探道：“下次是什么时候？”

窦晴眉眼一横：“我怎么知道，你自己问他啊。”

要是有贺烛的联系方式，他还用得着求她嘛。

导演赔着笑，说：“我哪里比得过窦小姐在贺少心里的地位，还得您费心引荐。”

“再说吧。对了，下午那场外景给我改成室内，太阳太大，我不想拍。”

“这……好吧。”

窦晴戴着宽大墨镜，昂首走向保姆车，助理亦步亦趋跟在她身后，在日光照到她之前，先一步撑起伞，挡住了烈日。

导演落后两步，暗自啐了一口，还没大红大紫就这么目中无人。

贺烛的作风他也有所耳闻，要不了多久身边就换人了，到时没人保，看你还怎么嚣张！

窦晴坐上车，小助理担心地问：“晴姐，在商场外面打电话，万一让人听到了……”

“听到又怎么样。”窦晴摘掉墨镜，懒洋洋地放倒座椅，平躺下来，等着助理帮她捏腿。

她巴不得昭告天下，贺烛正在跟她交往，反正以那位少爷的处事风格，一定不会主动澄清，这样她的资源又能上一层楼。

可惜了，应该叫个娱记来蹲守的。

窦晴遗憾地想。

唐棉提着两大袋吃的回到剧组的休息阵地，受到了同事们的热烈欢迎，雪糕和面包填不饱肚子，他们这会儿就需要高热量的零食抚慰身心。

钱易明在远处打电话联系人，场地未定，所有人原地休息。

唐棉用塑料袋垫着地面，坐下来吃了口巧克力，甜过头的口感让她嗓子发痒，正想喝口水，眼前蓦地出现一个防油纸包的热馅饼。

一抬眼，冉千柏在她面前弯腰站着，白净的手擎着香喷喷的牛肉馅饼，笑着说：“给。”

唐棉接过来，从手边塑料袋里摸出一包薯片：“跟你交换。”

这时杨卯卯给工作人员分完馅饼，跑了过来，无视冉千柏，直接贴在唐棉身边坐下，兴冲冲地说：“小唐姐，我们在馅饼店说全包的时候，店员和后面顾客的表情笑死我了，我买东西第一次这么豪气，太爽了。”

唐棉讶道：“你们请客吗？”

杨卯卯摇头：“制片给的钱，我们跑腿，剧务今天生病请假了。”

她们一来一往聊了起来，唐棉另一边坐着化妆组的老师，冉千柏不好挤进去，怨念地看了杨卯卯一眼。

小唐姐小唐姐的，杨卯卯进组比他晚多了，凑那么近，还叫那么亲。

杨卯卯无知无觉，贴着她的小唐姐还想说话，唐棉却忽然站了起来，朝前面的年轻人招招手。

冉千柏立刻上前，还没来得及高兴，人就被按下了，一屁股坐到了唐棉刚才的位置。

杨卯卯和冉千柏顿时挤在了一起，两人双双抬头看她，四只眼睛整齐地挂上了“迷茫”两个字。

唐棉弯腰拿走地上的瓶装水，满意地看着他们：“这样的距离好多了，你们平时得多在一起磨合找感觉，免得导演又说你们俩演戏没感觉。”说完，她咬着馅饼去找孙老师，将空间留给他们磨合。

“……”

孙平安正和导演还有制片人讨论场地的事，资金问题暂时解决，导演的要求开始变得严格，附近除了一开始选中的服装店，其他店铺布景都不符合他的要求，而一些有名的奢侈品店面根本看不上他们的剧，不肯出借店面。

孙平安说：“要不咱找个棚，现场搭景拍。”

钱易明第一个否决：“不行，太浪费了。”

“去瑞风的线下店怎么样？离得不远，差不多两站路。”清亮的声音加入谈话。

“好主意！”

制片人首先投赞成票，他现在对唐棉像对金娃娃似的，可以说是有求必应，有意见必采纳——合理且不花钱的话。

导演比较谨慎，问：“有店铺照片吗？”

唐棉调出傅清妍发给她的店面 VR 全景图。

导演看了看，还算满意，唯一的问题，今天要拍的场景是男主角带女主角买衣服，转去电子产品店就得改剧本。

导演说：“我先找编剧谈谈。”

他们剧组的编剧是经历过大风大浪的，道具组生产的破烂都能编成艺术品，何况简单一个场景，于是大手一挥，将男主角带女主角买衣服，改成了男主角看女主角体格弱，经常生病，于是强迫她锻炼身体，带她去了智能运动器材店。

巧妙地将剧情变得“沙雕”而不落俗套，顺便合理植入了一波硬广。

反正他们拍的是爱情喜剧。

一群人又浩浩荡荡搬着东西转移到瑞风的线下店铺，编剧在路上就把词改了，杨卯卯和冉千柏调动备战高考的脑力背台词，终于在晚上九点前，结束了原定计划的拍摄任务。

唐棉拖着疲惫的躯体打车回了贺宅，进房间甚至没有力气洗澡，直挺挺地扑在床上，恨不得直接睡过去。

贺烛正在软榻上处理文件，见唐棉灰扑扑地倒在床边，皱眉道："洗了澡再上床。"

"让我休息一会儿，要累死了。"

唐棉将脸埋在柔软的被褥里蹭了蹭，想想自己在外面邋遢了一天，确实有点脏，很快又强撑着身体从床上滑下来，在地板上懒懒地发了会儿呆，起身时看贺烛穿着睡衣经过，随口问："约会结束了吗？"

贺烛一愣，旋即蹙眉："什么约会？"

唐棉伸了个懒腰："窦晴啊，你不是要跟她吃晚饭？"

贺烛眼睫低垂，原地沉默片刻，之后似乎是放弃了在脑中寻找答案，直白地问："窦晴是谁？"

他忽然反问，唐棉一时也不知怎么回答。

窦晴是谁，贺烛应该比她清楚吧。

难不成他跟女人在一起都不记名字？

眼见贺烛那双桃花眼里闪着明晃晃的疑惑，唐棉无奈解释："你捧的女演员，《千秋》里演过丫鬟宛晴的那个。"

"我不看剧。"贺烛又搜刮了一通记忆。他很少接触女演员，为数不多的几个还是在酒局上话赶话加上的，更别提捧人了。

确定了身边没有这么个人，贺烛半眯眼睛，开始怀疑唐棉没事拿他开涮："你说我捧她，有证据？"

她又不是侦查案件，哪里有证据。

唐棉累了一天，只想赶快洗澡，完事爬上床闭眼睡觉，贺烛不承认，她也没再追问。她没精打采地挥了挥手："算了，当我没说。"

贺烛只当她无聊开了个玩笑，他今晚事情多，电脑上还有几封文件没看，没心情多计较，接了杯水又坐回了电脑前。

唐棉几乎在室外晒了一整天，进浴室想个冲凉水澡，伸手将调节器转到冷水那边，开关拨动的刹那，低于体温的水流从顶喷洒下来，冷水接触到皮肤，霎时给她冻清醒了。

老老实实地调回温水，唐棉畅快地洗完澡，精神焕发地走出浴室。

困顿感消失，甚至还能再熬个大夜。

她爬到床上，架起熟悉的三件套——平板支架、腹肌抱枕、床上小桌，接着拉开床头柜的抽屉，翻出一个本子一支笔，找了个舒服的姿势，躺下来在视频软件上找到近期热播的综艺，戴上耳机，从第一期开始看，边看边用本子记录，以便做观后感。

做这一行，向各大栏目组投简历的时候，一些有见地的观后感可以为简历加分。

唐棉看的是一部恋爱网综，一期七十分钟左右。

第一期主要是几对男女嘉宾互相认识，进行自我介绍。嘉宾都是些颜值出众的素人，其中一个运动型男生，长相干净，脸上不做表情时，有几分高中时期贺烛的影子。

唐棉记得高中那会儿，学校贴吧里到处都是求贺烛照片的帖子，一个偷拍的近距离照片能盖几百层高楼，只求楼主多发几张。

年少懵懂的年纪，她也曾混在其中，偷偷保存了两张。

贺烛的班级在楼下练队列，有老师在，女生们不敢明目张胆地围观，纷纷跑到教学楼窗台往下看，其他年级的学姐学妹混在其中，一群女生乌泱泱地在窗边人挤人，直到教导主任出现，她们才会依依不舍地散开，转去楼下花坛后面偷看。

这里面倒没有唐棉，学校老师受唐父唐母所托，看她看得紧，她只能在课间去办公楼送试卷的时候，故意放慢脚步，用余光瞄几眼。

私高的白衣校服穿在贺烛身上，清俊又迷人，他练队列时腰板笔挺，步伐有力,在一群青涩男生中傲然突出,不费吹灰之力就能成为众人视线的焦点，而传闻中和他关系匪浅的女生，也都是明艳精致、受人瞩目的类型，她这样寡淡无趣的就……

“啊啊啊——”

耳机里，女嘉宾见到虫子发出的一声尖叫将唐棉拉回了现实。

看了眼屏幕，进度条已经走过三十分钟，她却什么都没记住，只好又拖动进度条，回到一开始嘉宾自我介绍的地方。

第一期那位运动系男生跟一个温温柔柔的女生走得很近，洗碗买东西都走在一起，弹幕已经下注了，而女生明显对男生印象很好，但男生的眼神却似有若无地总往另一个开朗健谈的女生身上瞟。

唐棉看了一期半，已经在笔记本上写了六种男女配对的可能性，理到最后她自己也混乱了，感觉任意两人之间好像都有好感，又好像都没有。

其中一个男生条件最好，对所有女生态度一致，彬彬有礼，行为举止恰到好处，跟谁都不会过分亲昵。第二期开篇，他跟一个女生出去买东西，第一次给了暧昧的暗示，女生也开心地回应了，弹幕有人剧透，他第二天发短信约的其实是另一个女生。

唐棉："……"

恋爱真复杂，以后要避开恋综，她看不懂。

她合上笔记本，正要退出视频，贺烛这时洗漱完，躺在了她身边。唐棉犹豫一会儿，点了暂停键，将平板从支架上拿下来，递到贺烛眼前。

贺烛闲懒地掀起眼皮，看了眼画面定格的屏幕，轻吐出两个字："不看。"

唐棉远远抻着手臂，捏着平板解释道："不是要你看综艺，我是想问，视频里的黄衣服女生和红裙女生，如果你是男嘉宾，你会选哪个？"

贺烛兴趣缺缺："都不选。"

唐棉撇撇嘴，费力扯下桌板上的笔记本，拿在另一只手上扬了扬："我要做观后感，帮忙给个参考吧。"

她睫毛微翘，小扇子一样忽闪忽闪的，眼巴巴地看着他。

贺烛唇角不耐地下压，唐棉见他脸色不妙，想收回手，平板却被拿走了。

贺烛定睛在屏幕上扫了一眼，声调清冷平缓，无波无澜："红衣服的。"

唐棉表情纠结："为什么啊？"

"看脸。"

"噢。"

唐棉躬腰坐着，低头捧着屏幕仔细看了半天。红裙子的女生五官艳丽，身材曼妙，美得像娇艳的玫瑰；黄衣服的女生长相温婉，气质温柔，美得内敛。

弹幕和评论里两人的人气都很高。

高中班上那个跟贺烛有传闻的女生也长得很精致……

唐棉在笔记本上划拉两笔，脑子里都是些青春时期的片段，贺烛漫不经心扯着唇，淡声说抱歉的样子在她脑海里反复出现，甩都甩不掉。

飞速转换的画面之间穿插着白天杨卯卯的一句话。

——"小唐姐，我觉得你比窦晴漂亮。"

思绪繁杂，不宜动笔。

唐棉干脆放下黑色水笔，决定今晚最后再烦他一次。她偏过头，小心翼翼地问："黄衣服的女生不漂亮吗？"

贺烛在回复信息，闻言顿了顿，然后道："漂亮，但我没兴趣。"

他说话时头也不抬，故而看不到唐棉在他回答之后，轻轻舒了一口气，白净的脸上绽出一个满意舒心的微笑，眼睛半弯，像初八夜里皎白的上弦月。

原来她是输在了类型，而非颜值上。

她心里那点纠结不甘和小小的好胜心转眼间化为烟云。

关灯，睡觉。

房间安静，床上的呼吸声渐趋均匀平缓，另一边手机屏幕的亮度逐渐暗下，紧接着，房间最后一盏亮着的床头灯也熄灭了。

夜色如水，两人深深浅浅的呼吸声交缠在一起，难以分辨。

八月初，剧组完成了所有外景的拍摄工作，工作人员再也不用扛着设备东奔西跑。

室内戏拍摄起来快而有序，天黑之前基本能完成任务。唐棉想联系房屋中介，利用下班时间看看房子，但下一份工作暂时没有着落，房子不知道租在哪里，想来想去还是决定先把工作打算好。

孙平安曾问她愿不愿意正式加入他们团队，跟着导演全国各地拍戏，唐棉婉拒了，她的目标是电视节目制作人，对影视方面兴趣不高。

唐棉在本地范围投了一圈简历，皆石沉大海，于是便把心思放到了远地方，她大学就在S市，考虑到出去之后找工作会更难，毕业后便一直留在了这里。

带一丝侥幸，她重新投了几个外省的工作，如果还是没消息，她只能先租房子再考虑工作了。

剧组今天拍女主角出逃的戏份，唐棉负责带杨卯卯熟悉逃跑路线。

“你从厨房翻出来以后，沿着墙根走右侧，镜头在你左前方和后方，记住不要超出……”

“哎，我这边拍戏呢，不干，我一拍电视剧的，拍什么综艺啊，我不会，行了行了，别再打了啊。”

泳池后面的树荫下，有人在朗声打电话。

杨卯卯肩膀碰了碰唐棉：“是导演。”

唐棉点点头，没说什么，继续给她讲走位路线。等杨卯卯记得差不多了，唐棉让她自己演练两遍，然后趁导演还在乘凉，缓步走到他面前。

导演坐在折叠椅上，手里拿着小风扇，见她过来，抬起头笑呵呵地问：“小唐啊，有事吗？”

唐棉坦言刚才无意中听到了他打电话的声音，导演无所谓地摆摆手：“这有什么不能听的，又不是啥大秘密。”

唐棉眨眨眼，接着道：“其实我在找综艺节目组的工作。”

“哦，这样啊。”导演顿时明白了她的意思，“行，我帮你问问。我有个朋友现在确实在组人，弄一个什么真人秀，他们那导演组应该还有点名额。”

唐棉展开笑，眼睛亮亮的：“谢谢导演！”

导演笑道：“别谢了。也是托你的福，咱这剧组还有点赚回本的希望，回去等我消息。”

唐棉用力点头，再次道谢。

工作有了眉目，唐棉心情大好。她平时表情淡淡，行事低调，不太惹人注意，今天一整天脸上都挂着喜意，红唇带笑，面若桃花，弄得一些年轻人看直了眼，工作都不怎么专心了。

8月2号是孔非的生日，孔大少爷一向喜欢搞些排场大的活动，生日聚会包了个五星级酒店，借场地开派对。

他爱玩，平日交了不少朋友，生日请柬送了一大帮人，曹攸等人不用请，必到，只是今年他们之中出了个已婚人士，多出一个家眷。

好在唐棉性子乖巧又直率得可爱，人没那么事儿，孔非他们对唐棉印象不错，出去玩倒不介意带她。通知贺烛聚会地点时，孔非顺便提了一下唐棉："你可以把小唐带上。"

贺烛说："带她做什么？"

"她不就爱凑热闹，你副驾驶多个人的事，满足人家呗。"

自打上次去过"跃影"，他们几个就琢磨过来贺烛和唐棉的关系了，形式夫妻，互不打扰，圈子里并不少见。

就是唐家跟贺家差了不止一个层级，这种没有意义的联姻让他们摸不着头脑，不过贺烛看上去是自愿的，他们也不好说什么。

贺烛挂了电话。

唐棉下班回来，他随口一问："明晚孔非生日，办了个派对，你去不去？"

唐棉来了精神，但想到剧组明天还有工作，问："大概几点开始？"

贺烛说："晚上的聚会七点开场。"

"那来得及，我去。"

好事接二连三，唐棉整个人被喜气包围，走路都哼着愉悦的小调。进衣帽间换上睡衣，出来时，她突然想到什么，嗓子里冒出的曲子戛然而止。

"等等，你刚才说生日聚会？"

贺烛眼睛盯着电脑屏幕："嗯。"

唐棉纠结道："生日我应该要送礼物吧。"

"随你。"

孔非跟她算是熟人关系，每次见面对她也很照顾，于情于理她都不该空手去参加生日会，但孔非同样是富家少爷，一般的小礼物送不出手，送出去了他也看不上。

奢侈品她又送不起，剧组工资没发，她现在的身家只有唐白给的五万块，是她以后租房子的资金。

想来想去，唐棉脑中蹦出一个投机取巧的主意。她披着头发，穿着格纹排扣长袖睡衣，轻飘飘地移到贺烛身后。

"你准备送孔非什么礼物？"

贺烛听到了她趿拉拖鞋的声音，有了防备，没被她突然的询问声吓到，简单回答：“定制外壳的组装电脑。”

“可以分一点便宜的部件让我冠名吗？”

贺烛无所谓地点了点头：“行。”

唐棉松了口气，问：“音箱还是鼠标？”

“主机的螺丝。”

后来唐棉很有骨气地想买下配套鼠标的赠予权，随后得知一个小小的鼠标竟然价值四位数，骨气来得快去得也快。

反正她跟贺烛现在法律意义上是一家的，贺烛送礼就相当于她送了。

于是她心安理得地两手空空到了聚会场地。

贺烛和唐棉直接被孔非的助理领进酒店的露天场地，其他跟孔非关系没那么近的，进酒店需要请柬，宾客们带来的礼物有小份有大份，还有人让司机和保镖一道把礼物抬进去的。

贺烛则是让人把东西送到了孔非的家里。

酒店的高尔夫球场临时改成派对用地，曹攸和于一亩带着一群公子哥儿陪女伴玩桌游。孔非见他们入场，亲自迎出来，说：“你那电脑我收着了，谢了啊。”

贺烛瞄了眼左顾右盼略显心虚的唐棉，嘴角稍稍勾起，带着坏心眼儿的戏谑：“顺便谢谢你嫂子，礼物她也有份。”

孔非惊讶：“小唐还懂电脑？”

唐棉装没听到，避而不答。

曹攸和于一亩玩桌游双双出局，抽身跑过来。曹攸见到唐棉，夸张地挑了挑眉，舌头顶着上颚发出轻佻的弹舌音：“哟，小唐今天很漂亮啊！”

唐棉今天穿了一条淡紫色短袖连衣裙，头发松松垮垮地绾在脑后，前额自然地垂着两绺细发，嘴巴薄薄地涂了一层豆沙色口红，衬得皮肤在灯光下莹白似雪，清纯又淡雅，除此之外再无其他妆容。

唐棉认真道：“嗯，我可是打扮了一个小时。”

她的头发平时要么散着要么梳成马尾，发型太随意参加聚会总觉得不庄重，所以出门前她一直对着衣帽间的镜子研究发型，甚至点开了教学视频临时抱佛脚。

后来贺烛等得不耐烦，找管家要来保姆阿姨别帽子的黑色一字夹，勉强固定出了她想要的发型。

曹攸没想到她会这么回答，胳膊挎着于一亩的肩，“扑哧”笑了一声：“那下回我生日，你准备的时间必须比一小时久啊，这样显得我地位比孔非高。”

唐棉张了张嘴，想说什么，贺烛忽然将她拉到一边，指着不远处的自助餐台："晚餐在那儿。"

她下班回去就一直待在衣帽间，没时间吃晚饭，经贺烛提醒，饥饿感迅速涌了上来，于是直奔餐台，端着盘子，四处夹吃的。

酒店拼了四张长桌，将餐台拉得很长，唐棉从桌头一路夹到桌尾，每样挑一点，盛了满满两盘子。几个穿泳装的女生走在她后面，说说笑笑地挑选沙拉。

唐棉来了才知道，孔非的生日会不是正式的晚宴，到场宾客多是年轻人，穿着随性，有人西装革履，礼服长裙，有人T恤短裤，还有家离得远今晚住在酒店的，干脆穿着睡衣下楼。

酒店的泳池也是生日会场的一部分，好些妹子穿着泳衣围在泳池边喝酒聊天。

唐棉端着盘子，一边小口小口地吃东西，一边聚精会神地环顾四周。

她其实是第一次参加别人的生日聚会，高中因为父母管教严苛，她身边一个玩得好的同学都没有，大学的三个室友家境一般，且都有颗一心向学的心，整天寝室、教室、图书馆三点一线，少有娱乐生活。

平时生活单调，这些人的奔放潇洒在唐棉眼里显得十分稀奇有趣，哪怕只是看着，也能感受到解放天性的畅快。

挑选完食物，贺烛身边已经围了女生，孔非他们在跟人玩酒桌游戏，唐棉挤不进去，于是咬着餐叉到处转悠，解决了一个盘子里的食物，开始慢悠悠吃第二盘。

走着走着，背后突然被人撞了一下，瓷盘还攥在手心，她身体前倾，盘子里的食物洒了一地。

附近四处走动的酒店人员手疾眼快地过来清理地面。

身后不小心撞到唐棉的男人及时道歉："对不起，没溅到衣服吧？"

唐棉摇头："没。"

"你是……"男人看清她的脸，眼睛惊喜地放大，嘴巴张张合合，酝酿一阵，终于叫出了名字，"唐棉对不对，你是唐棉吧。"

唐棉疑惑道："你认识我？"

男人抓了抓头发："我李恒睿啊，还记得吗？咱俩高二分在一个班。对，我变化有点大，高中比现在胖些。"

唐棉努力将眼前高高瘦瘦的男人想象成高高胖胖的样子，仍记不起来李恒睿是谁。

孔非走了过来，身边跟着曹攸和于一亩。

孔非高三跟李恒睿一个班，对他知根知底，嘲笑道："喂，什么年代了，你还用老一套搭讪小姑娘呢。”

李恒睿百口莫辩：“真没骗人，我们高二是同班同学，不信你问问，她肯定是育今的学生，跟我们一个高中。”

此话一出，孔非、曹攸、于一亩一齐看向唐棉。

唐棉：“我确实是育今的学生。”

孔非“哇”了一声：“小唐你真跟我们同校？”

曹攸说：“我记得贺烛跟你是同一所高中毕业，这么说贺烛跟小唐还是同学？”

唐棉犹豫着点了点头：“嗯。”

“是吗？”

尾音刚落，淡淡的雪松香随着夏夜的晚风卷入唐棉的鼻腔，莫名心悸。

贺烛不知何时出现，冷白又骨节清晰的手指闲散地掐着浅碟香槟杯，颀长身躯立在她身侧，语气淡淡，却有着说不出的压迫感：“我竟然不知道。”

唐棉想解释，动了动唇，忽然发现她似乎没什么好解释的。

贺烛不记得她，那他们就只是素未谋面，抑或是偶然碰到又擦肩而过的同校生。事实也差不多如此，如果她没见过贺烛房间的合照，现在根本想不起来贺烛是谁，以及这段被埋在记忆深处的青涩往事。

于是她张口道：“我也是刚知道。”

贺烛低眸，静静地看着她柔软的发顶：“那还真巧。”

高大宽阔的影子投在唐棉身上，挡住一席灯光和天边淡白的月。她若无其事地仰起头，与他对视，平静地附和：“是啊，好巧。”

昔日同学成了夫妻，说出来还挺浪漫。

孔非扬手推了推李恒睿的肩，揶揄道：“行啊你，毕业这么多年了，还能一眼认出小唐，当年是不是对人家有企图？”

他只是开个玩笑，没想到李恒睿颇有些羞怯地挠了挠瘦尖的下巴，真承认了：“当年是写过一封情书。”

唐棉一愣。

高中受父母影响，她在班上交不到朋友，几乎是隐形人，时隔多年，能有同学认出她就很不容易了，竟然还说给她写过情书。

唐棉迟疑地说：“那个，你是不是记错人了？我高中没收到过情书。”

李恒睿说：“不可能，你当时还给我回了信，信封里夹了两张数学复习卷。”

在场其他人头顶齐齐冒出问号：这是什么操作？

听到复习卷，唐棉终于恍然大悟，小声“啊”了一下。

以前确实有几个男生给她写纸条，送信，依稀记得他们写的都是想跟她一起学习之类的话。高二她成绩在班上排前三，当时觉得不能辜负同学的信任，认真给每个人写了考试重点和背书技巧，顺便把自己认为有用的复习试卷一同送了出去。

效果好像不错。大家掌握了学习方法，就不再给她回信了。

夏季夜晚星云点点，会场满园灯光笼罩，高尔夫草地蒙上一层光纱。

唐棉兀自陷在回忆里，李恒睿被众人盯着，慢慢红了脸，接上之前的话："让我好好学习，别想别的事。"

唐棉："啊？"

"哈哈哈哈哈哈哈哈哈哈哈。"

孔非和于一亩笑得超大声。

曹攸直接笑趴在于一亩身上，捂着肚子乐不可支，边笑边对唐棉竖拇指："服了，小唐你拒绝人的方式够狠啊！"

贺烛一条手臂弯折，衬衫袖子挽到手肘处，肌肉线条流顺的前臂自然地搭上唐棉纤瘦的肩，低着头，露出冷白的一截后颈，笑声低沉磁性。

唐棉耳朵热热的，不好意思地说："抱歉，我不是那个意思。"

"别道歉呀，都是以前的事了，也怪我，情书可能写得隐晦了点。"

李恒睿话说一半，发现了贺烛的动作，脸色微变，视线在二人之间来回逡巡，不确定地问："贺少跟唐棉，你们在交往吗？"

贺烛淡笑："没。"

李恒睿还以为自己提了不合时宜的话题得罪贺烛，听到否定顿时松了口气，正要道歉，就听贺烛慢条斯理地补充："我们结婚了。"

李恒睿刚才还红着脸，现在满脸煞白。

他低头一个劲儿说对不起。

贺烛敛眸，收起搭在唐棉身上的胳膊，随意扬了扬手："没必要道歉。"

李恒睿如蒙大赦，找了个借口飞快逃走了，快步移动到泳池边。同行的朋友叫住他，李恒睿方才呆怔地停下，悄悄回头，恋恋不舍地寻找远处那抹纤细的身影。

当年的唐棉在班上文文静静，成绩出色，受老师重视，家里人也将她保护得很好，干净又纯粹，像一朵生活在玻璃罩下单纯脆弱的白花，以至于男生们表白都不敢太露骨。

而他当年貌不惊人，跟唐棉的交集只有体育课后一条干净的毛巾——当时下了体育课，有人捂着鼻子，嫌他出汗体味重，他在操场后面的水池边拼命冲水，然后，一只纤白的手将一条毛巾放到他手上。

女孩面无表情，声音却很温柔："你别嫌弃，我没用过。"

怎么会嫌弃，他几乎要哭了。

李恒睿不算他们圈子里的人，孔非没管他，笑嘻嘻地说："没想到小唐跟我们是同学，你们之前不知道？"

唐棉面不改色地摇头。

孔非奇怪地说："你没认出贺烛？这家伙当年可是学校的风云人物，到哪儿都一群小姑娘追着。"

见到照片前，确实没认出来。

人生第一次鼓起勇气背着父母，洋洋洒洒拟了一星期，信倒是送出去了，告白却失败了。

这些青春的小伤口，大可不必时常回忆。

唐棉说："时间太久了，李恒睿跟我同班，我现在也没想起来他是谁。"

孔非："李恒睿啊，他高中时两百多斤，你记不起来正常。"

印象里，确实有个胖胖的男生，总是坐在最后一排，经常被同班的人调侃，他也只会笑笑，脾气好得过分……

除此之外，再想不出其他了。

李恒睿勾起了大家学生时代的回忆，孔非想起一些好笑的事："说起试卷，贺烛当年经常丢东西，书包里的作业卷子一到学校就神秘失踪，老师一问，他就说丢了，班主任以为他整天不写作业，气得给他姐打电话。"

曹攸问："贺烛认了？"

"他姐说要查监控，他觉得麻烦，就认了，然后真的再没写过作业。哦，还有情书，情人节和圣诞节的时候，这人书包里的信封多到校外收废品的大爷看见会笑出声的地步。"

曹攸和于一亩跟他们不是一个学校，听着这些事觉得好玩，孔非有了听众，开始滔滔不绝。

唐棉跟贺烛站在一起，听到"废品"两个字，抬头问："你收到的那些情书，后来怎么样了？"

贺烛简单道："扔了。"

唐棉沉默，半晌，又开口："那，你收到过印象比较深的情书吗？"

"没有。"回答果断又干脆。

"比如信封塞得特别厚的，大概有十几页……"

哪有人会把情书当论文写，贺烛正想这么说，脑海中忽然闪过一点微妙的印象，一个白净乖巧的身影朦朦胧胧地掺在数不清的跟他告白的女生之中，眼睛好像很漂亮，干干净净的，纯得像白纸。

浅淡的记忆碎片似有若无，转瞬即逝。

"不记得了。"一些无关紧要的回忆，贺烛懒得再想，直接否认。

“哦。”

唐棉撇了下嘴，失落地垂下脑袋，定定地看着自己的脚尖。

她用心写了好久，十几张厚厚的信是她小心翼翼地避开父母和家里阿姨的视线，晚上在被窝里点着微弱的小夜灯，一笔一画写出来的。

还以为他至少会看一看。

早知如此，出现错别字的时候就不换纸重写了。

直到生日会结束，唐棉都没主动跟贺烛说过一句话。她平时话不算多，突然的沉默并不容易让人察觉。

回到卧室，她换了衣服直接上床睡觉，贺烛也没在意。

第二天傍晚，唐棉回到贺宅，照例跟帮她开门的管家说了谢谢，又跟做晚饭的大厨请教菜谱，然后上楼进了房间，又是一声不吭地爬上床。

贺烛拿了件黑色外套，穿戴整齐，马上要出门的样子。推门前，他回头问了声：“于一亩包了一家新开的主题酒吧，去吗？”

唐棉盯着手机，头都不抬：“不去。”

贺烛终于发觉唐棉在生气，而且是生他的气。

啧。他干什么了？

两人都在，房间里却安静得可怕。

贺烛双臂环胸立在门边，墨黑的眸子定定凝向挡住床身的装饰隔板。几秒钟后，他垂眸嗤了一声，利落地推门，迈了出去。

听到关门声，唐棉胸脯起伏，轻轻吐出一口气，手指一松，手机撇到了床上，脊背沿着靠枕慢慢滑到被子里，让柔软的空调被遮住半张脸。

唐棉眼睛露在外面，怔怔地盯着天花板。

这样赌气是不是有点无理取闹了。

少年时期的心意被无视轻待，似乎不能算贺烛的错，当年那个在人群中光芒耀眼的少年，其实并没有义务照顾和回应她一厢情愿的心思。

就像对李恒睿，她当年甚至没发觉收到的是情书，至今也想不起来跟他有过交集。

不放在心上的人，连记忆都不会留下。

唐棉闭了闭眼，道理都明白，可心里就是堵得慌。

思来想去，唐棉决定善待自己的情绪，放任自己气到明天，第二天就不这样了。

……贺烛应该不至于为这件事觉得她无理取闹然后提离婚吧。

可她生气归生气，还是有好好回他话的。

说起来刚刚的关门声好像有点大。

想着想着，唐棉胸腔里的小小怨气变成了忐忑。

房间门被推开，推门的人用力过头了，门板重重地抵在了角落的防撞器上。

会这样开门的人，只有贺烛——他心情不妙的时候。

唐棉：“……”

隔板另一侧的脚步声由远及近，唐棉迅速蒙上被子，假装在睡觉，企图将今晚的反常推给困意。

“别装。”

贺烛凉得直冒冷气的声音响在头顶。

唐棉一动不动装没听到。

“你手机屏幕还亮着。”

被抓到现行，唐棉慢吞吞地睁开眼，磨磨蹭蹭地坐起来，等他发话。

她眼角耷拉着，好像受了委屈。

贺烛眉梢微抬，将搭在手臂的外套抛到唐棉的床头柜上，盖住柜面杂七杂八的日用品，然后沿着床边侧身坐下，单手撑着床垫，倾身逼近，深邃的黑眸锁住她的眼睛：“说说，我怎么招你了？”

“没，我就是心情不好。”

唐棉垂首，避开他凌厉压迫的视线。

“只对我心情不好？”贺烛扯了扯唇，“吃完饭跟厨子聊得开心，在我这儿就一个字没有。”

唐棉小声指正：“有两个字，不去。”

贺烛气乐了，抬手捏住她柔滑的脸蛋，往外拉了拉，将唐棉半边唇线拉得又平又直：“给我说去。”

唐棉有求于人，很快屈服了，只是脸颊还扯在他手里，嘴巴只能张开一条缝，弱弱地飘出一个音：“去……”

贺烛勉强满意，松开了钳制她的手。

等唐棉换好衣服，贺烛跟她一前一后下楼，贺桐正好回家。

错身经过时，贺烛喊了声“姐”，她点点头，没说什么，听到身后管家提醒唐棉：“夫人，今天夜里降温，您穿件外套比较好。”

唐棉说了声谢谢，折返上楼。

贺桐没再听到开门声，转头余光一扫，贺烛正安静地等在原地，无聊地划拉手机。

唐棉没有着急的迹象，用正常走路的步调返回，他也没催，就那么等着。

贺桐心中微讶，她深知弟弟的性子，从来只有别人追赶他的份，他何曾屈尊等过人。

贺烛什么时候，这么有耐心了？

还是说，他们在故意演给她看。

察觉到贺桐的视线，贺烛抬眸看过去："姐，有事直说。"

贺桐顿了顿，问："刘存池借他爸的名义，联合其他公司从我们手里夺标的事，你知道吗？"

贺烛坦然："知道。"

"跟他合作的人呢？你也知道？"

贺烛微勾唇角，眼中一片清冷："调查别人，好像是你跟爸最擅长吧。"

贺桐一时语塞，细眉轻轻皱起，还想说什么，贺烛却不想听了，收起手机，扬起下巴示意管家开门，径直走了出去。

夜里起了风，天上有云团经过，看不到月亮，中式庭院里绿叶缠绕的银杏树被风吹得沙沙作响，石墙缝隙里隐藏的灯光将树影打得斑斑驳驳。

八月的晚上，难有这样清爽的凉气。

贺烛将外套搭在肩上，挥手让管家进屋，不必陪他。

没多久，唐棉出来，身上多了件薄款的米白色开衫。

贺烛带她进入贺宅的地下车库，选了一辆黑色的布加迪威龙。

唐棉疑惑，去酒吧需要开这么高调的车吗？

两人上车，奢华气派的黑色跑车缓缓离库，驶入大路。

夜色渐浓，车窗外的高楼景观越来越稀疏，唐棉忍不住问："酒吧不在市区吗？"

贺烛淡道："谁说我要带你去酒吧？"

唐棉眨了眨眼，不合时宜地想到月黑风高，山林野壑，人迹罕至，抛尸荒野……

"你要带我去哪儿？"

贺烛转了下方向盘，将车开进高速入口："待会儿你就知道了。"

车开了近一小时，最后停在了一个改造过的废弃机场旁边。

有个穿着黑色制服的工作人员出来，贺烛摇下车窗，那人认出他，立马扬起笑脸。

"车道已经帮您清好了。"

说完，工作人员退到旁边，挥臂为他们指路。

唐棉扒在车窗边，紧张地环视周围空无一物，黑漆漆的景色："这是什么地方，你带我来儿这干吗？"

"机场改的车道。"

贺烛手搭着方向盘，缓速驾驶："让你放松心情。"

黑色的布加迪威龙驶入超跑俱乐部日常飙车用的赛道，在起点处缓缓停下。贺烛侧头看向身边的人，眉首微扬，嘴角勾起，笑容恣意张扬：“准备好了吗？”

唐棉猜到他想做什么了，水润的杏眼有了光亮，紧张又有点期待地抓紧车门上方的扶手，而后轻轻点了点下巴。

天色深而浓郁，一轮明月拨开云层，清晰地挂在天边。

夜幕下，黑色跑车犹如追逐猎物的黑皮野兽，游刃有余，不断加速，在温柔月色的见证下似一发离弦之箭，迅猛威风，势不可当。

接连不断的排气声浪宛若野兽咆哮，撕裂阒寂无声的黑夜，跑车沿着笔直跑道风驰电掣，呼啸而过。

惊天动地，响彻云霄。

贺烛面不改色地将车速飙到临界值，唐棉死死抓着扶手，心脏似乎跑到了嗓子眼。明明前方宽阔平坦，一望无际，她却总觉得车马上就要开到尽头，前方是悬崖峭壁，这辆车将以惊心动魄的速度带着她一起冲入悬崖。

刺激，痛快，害怕……各种情绪交织，唐棉渐渐忘记了怎么思考。

耳边是呼啸的风浪和跑车发动的嗡鸣，她想大声喊出来，嗓子却好像被堵住了，发不出声音，叫不出口，

在唐棉感觉心跳马上要停止的时候，贺烛终于减速。

车窗外不再是一片黑影，四周景色逐渐有了轮廓。

五分钟后，布加迪威龙回到起点，贺烛按下副驾驶车门的开关，唐棉迅速冲了出去，弯腰扶着车，腿软得几乎站不住。

唐棉胸口剧烈起伏，大口吸入郊区凉爽的空气。

活过来了。

唐棉抚着胸口，庆幸地想，幸好晚饭吃得少，不然她现在可能要吐出来。

贺烛跟在后面下车，缓步走到她身侧，表情淡淡，仿佛刚刚拿命飙车的人不是他。

“怎么样？心情有没有变好？”

何止变好，唐棉差点以为自己要告别这个美丽的世界，根本无暇再想其他。

这时，工作人员打开了跑道边缘照明的路灯。有了光线，布加迪威龙的车身在灯光中闪闪发亮，光彩夺目。

唐棉平复后，看着车抿了抿嘴。

过了一会儿，她仰头看向贺烛，路灯照出的柔和光线坠在她清澈的眸子里，亮晶晶的，星星一样漂亮。

“再来一次吧。”

贺烛有些意外："你确定？"

"嗯嗯。"唐棉快速点头。

她有点喜欢刚刚那种刺激的感觉。

贺烛倒无所谓，转身去开车门。唐棉又叫住他，讪讪地说："这回能不能开慢点，太刺激了我遭不住。"

贺烛身体微顿，回头，见她眼睛亮若星子，脸蛋却泛着淡淡的白，轻笑道："行吧。"

唐棉一连体验了三轮，即将回程时，贺烛将布加迪威龙留在了车道。

工作人员从俱乐部车库调了一辆备用车给他们。

唐棉好奇："为什么要换车？"

贺烛随口道："轮胎磨损，撑不到下高速。"

唐棉顿时愧疚了，立正认错："对不起。"不该要求再来两次的。

贺烛伸手，拇指压着中指，修长的指节在她光洁的额头上轻弹了一下："我开的车，你道什么歉。"

"但是——"

"上车，回去了。"

"噢。"

两人离开机场跑道，专业车队的维修人员对布加迪威龙的车身进行了全面检查，发现除了报废的轮胎，由于经常长时间高负荷运转，车体的零件也出现了问题。

负责检查的工作人员道："这些零件车队没有能替换的，得从国外调。"

内勤将维修需要的高额预算统计出来，报给贺烛的助理，随后好奇地问同事："那位贺少是第一次带女人来赛道吧？"

维修队的老师傅抽了口烟："你来得晚，以前也有女人跟他过来，结果半道受不了车速，尖叫着要下车，被贺小公子丢在了外围赛道，穿着高跟鞋徒步两千米，从此再没人敢上他的车。"

"我看他今晚后面两轮开得不快啊。"

"可能是年岁长了，学会体贴了。"

进入市区，时间已经接近零点，唐棉刚在地面体验了云霄飞车的刺激，这会儿精神仍在亢奋状态，丝毫没有困意。

"你现在困吗？"唐棉问。

贺烛说："还行。"

唐棉睫毛扑闪，脸颊泛着浅浅的红晕："你说于一亩包了主题酒吧，是什么样的？"

“……你明天放假？”

“不放，但我现在躺下来应该睡不着。”

“带你去可以，”贺烛目视前方，“你先说说，这两天跟我置气的理由。”

唐棉看着车窗上自己的倒影，还是那个借口：“真的只是心情不顺。”

“我现在困了，回去睡觉。”

“等等。”

唐棉支支吾吾地编了个瞎话：“前两天跟剧组的同事闹矛盾，还吵了一架，那个同事跟你长得有点像。”

“不过，”唐棉低头揉捏着手指，小声说，“他今天有跟我道歉，我好像能原谅他了。”

“所以，”贺烛咬牙道，“你的意思是，我不仅莫名其妙被迁怒，还得帮那个人善后，哄你高兴？”

唐棉不说话了。

片刻之后，车内响起一声微不可察的叹息。

车在下一个红绿灯路口掉头，开往市中心的商业街。

/第六章/ 分居

他们在酒吧待到打烊，贺烛喝了点酒，于一亩让酒吧代驾送他们，凌晨三点才回到贺宅。

人一旦熬过某个时间点，想入睡就很困难了，唐棉不记得自己是几点睡着的，只感觉眼睛刚闭上，下一秒闹钟就响了。

唐棉脸埋在枕头里，手臂无意识地在床头挥扫，终于摸到响个不停的手机。

她努力让沉重的眼皮张开一条缝，手机显示时间是早上七点半，平时这个点已经出门的贺烛今早睡得正香。

贺少爷是老板，而她只是打工的。

熬夜一时爽，早起火葬场。

唐棉拼尽毕生的意志力从被子里挣扎出来，揉着昏涨的脑袋慢悠悠下床，进入卫生间，水龙头调到冷水一侧，用凉水洗了一遍脸，意识总算恢复一些。

睡眠不足，唐棉做什么都慢吞吞的，眼神涣散，到了片场，一边打哈欠一边没精打采地跟同事互道早安。

冉千柏和杨卯卯在片场对戏，小姑娘精力十足，扬起笑脸："早啊，小唐姐。"

唐棉耷拉着眼皮："早。"

冉千柏问了早安之后，看着她眼睑下方稍重的阴影，好奇地问："棉姐昨晚几点睡的，都有黑眼圈了。"

"三四点吧。"

杨卯卯说："跟我差不多，我两点半睡的。唉，本来想看看前辈的作品学习演技，结果一追剧我就停不下来。"

杨卯卯脸上带妆，黑眼圈应该是被遮住了，但表情神采奕奕，一点不见熬夜后的疲态。

年轻真好啊，比他们大不了几岁的唐棉如是想。

今天主演由唐棉负责，她又打了个哈欠，拿出剧本，跟他们对拍摄镜头和走位安排。

临场休息时，冉千柏送来一杯咖啡，唐棉感激地道谢，喝过之后，勉强精神了一点。

道具组和摄影组正在换场景，导演找人喊她过去。

“上次说的那个节目组，同意让你进组了。”

那边可是上星综艺。

唐棉混浊的眼神登时散发光亮，惊喜地说：“真的吗？谢谢导演！”

导演笑呵呵地说：“小事小事。不过我毕竟没帮人家忙，人情搭得不够，你去了可能接触不到重要职位。”

唐棉摇头：“能有工作我就很开心了，非常感谢您的帮忙。”

导演给她一个地址，那边的负责人近期会约她见一面。

新工作确定下来，唐棉一改早上睡眠不足的萎靡，提起精神卖力工作到晚上，亢奋状态持续到下班。

正好借着精神，唐棉临时找了一个中介看房。

导演帮她牵线的节目组录影棚就在市区附近，但市中心寸土寸金，租金高得离谱，一居室一个月五千，而且户型小，离节目组的录制棚仍有六站地铁的距离，性价比极低。

一个人住不起，唐棉便考虑合租，估算通勤时间在四十分钟内，选了三处两居室的合租房。

中介开车来接，路上直接告诉唐棉，三个房子中，有两个室友都是男生，她一个女孩不方便，他直接带唐棉去了唯一一个符合要求的地方。

房子是南向，进门客厅还算整洁干净，目前主卧租了出去，剩一个次卧。

房东和中介带唐棉进屋的时候，住在主卧的租客姚盈颜正好要出门。

姚盈颜化着全妆，拿着手包经过唐棉身边，眼梢上挑，淡淡地打量她一眼，撩了下头发，什么也没说，绕开他们走了出去。

未来的室友似乎不好相处。

房东滔滔不绝地给唐棉介绍屋内的装修和设施。唐棉转了一圈，这里确实家电齐全，而且次卧另有一台壁挂式空调，不用跟室友共用空调。

中介将她拉到一边，低声劝说：“最近房源紧张，我手里就这一套离市区近的房子，况且房东要价不高，今天不租，明天就没啦。”

唐棉没什么租房经验，听他语气诚恳，而她也确实急着找房子，便不再犹豫，直接定下了这间。

交了三个月房租和一个月押金，又付了中介费，唐棉拿到合同，中介热情地送她回去。

到达贺宅外围，中介面上难掩惊讶，问："唐小姐住这儿？"

唐棉说："暂时住在朋友家。"

"这样啊。"

中介暗想，身边有住在富人区的朋友，怎么还出去跟陌生人合租一间房，她那朋友手下房产怕是多到数不清，随便借一处都比今天看的房子强，搞不懂。

唐棉有了工作，顺便解决了未来的住房问题，便开始准备搬家。

她的行李都是衣物和书籍资料，不用出动搬家公司，整理起来也简单。

贺烛还没回来，唐棉将留在房间的部分衣服和小物件放到一个大包里，明晚下班直接带去新住处，后天期限一到，他们离开贺宅，她就能直接搬走了。

晚上，贺烛走进房间，发现唐棉旁边日常满满当当的床头柜今天只留下了边沿支架，柜面空无一物。

以为她是觉得乱，自己动手收拾了，他便没多想。

唐棉从洗手间出来，好心情地哼着歌，见到贺烛主动说："你回来啦。"

贺烛扬眉："心情变好了？"

"嗯，好多了。"唐棉笑容明媚。

贺烛轻嗤一声，眼睛却随她的笑容泛起丝丝缕缕的笑意。

唐棉去阳台拿东西，合上推拉门，转身时不经意瞄到了贺烛的床头柜。她一时兴起放在那儿的满天星还在瓷瓶里静静地待着，经过长时间的放置，花瓣早已干枯蜷缩，淡紫色的小花变成了暗紫色。

剧组资金问题解决，作为备用道具的满天星就被大家忘到了脑后。

唐棉提醒说："花都枯了，扔了吧，不是干花放太久可能招虫子。"

贺烛没在意，随口道："放那儿吧。"

也是，等他们离开，贺家的保洁会处理这些的。

唐棉看看与平时无异的贺烛，一想到离开贺宅，他们以后就没多少交集了，雀跃的心情突然打了个折扣。

希望跟新室友的相处也能这么轻松吧。

昨天熬得太晚，唐棉今天早早爬上床，合眼没多久就进入了梦乡。

贺烛放下从公司带回来的文件，进入衣帽间，鞋架角落一个硕大的手提包映入眼帘，推开柜门，衣柜里唐棉的衣物少了一半。

他忽然意识到什么，神情微变。

良久，贺烛单手扯掉领带，松开衬衣领子，唇角勾起嘲弄的弧度。

原来心情好，是因为这个。

第二天一早，唐棉醒来，阳光刺进屋子，她挥手挡了下眼睛，旁边的人已经出门，床头柜的瓷瓶不见了，连同里面枯掉的紫色满天星，一起躺在床边的垃圾桶内。

唐棉在床上怔了一阵，忽然觉得空落落的，有点莫名，有点奇怪，却说不上来为什么。

当天晚上，贺家餐厅只坐着贺烛和唐棉两人。这座气派奢华的大宅子多数时候都是如此，主人常年不着家，只有管家和保姆整日守在宅子里。

贺家二少爷最近在国外谈生意，入秋才能回国，大小姐贺桐一个月最多在家待五天，家主贺盛江更是忙得不见踪影，唯一一次露面，还与贺烛大吵了一架，间接导致贺烛生病，之后唐棉再没见这位大佬回来过。

晚上，厨师按唐棉的口味炒了杭椒肉丁，唐棉一边吃，一边不住地发出“嘶嘶”的声音，微张着嘴巴，舌头动来动去地挥散辣气。

管家有事不在，水壶放得离贺烛比较近。

唐棉吐着舌头，手背碰了下身边人的胳膊，嘶着舌头说：“帮我倒杯水。”

贺烛低头用餐，没有动作，保姆听到连忙过来帮唐棉倒了杯水。

唐棉喝了口温水缓解辣度，发觉贺烛情绪不对，暂时放下筷子，身子偏过去，试探地问：“你怎么啦？”

贺烛神色冷淡，没有回应。

唐棉推测，大概是贺董给贺烛打电话，两人又吵了一架？上次这人脸色这么难看还是淋雨回来那天。

前天她生气，贺烛带她飙车，半夜陪她去酒吧。今天贺烛心情不好，她觉得有必要想办法帮他改善心情。

但是，要怎么哄一个锦衣玉食的大少爷开心呢？

吃完饭，唐棉特意咨询了身边称得上富家公子的几个人。

曹攸：【灌他两瓶酒第二天什么事都忘了。】

唐棉面无表情地道谢，然后换下一个。

孔非：【谁生气了？贺烛吗？你俩咋啦？】

只顾八卦，不提正事，唐棉把他也叉掉。

于一亩昨晚嗨到了天亮，日夜颠倒，估计在补觉，一直没回，最后的希望落在唐白的身上。

唐白两个小时以后才给她回复。

【送钱，如果不行，那就是送得不够多。】

唐棉对亲哥就没那么客气了：【他有钱，我没钱，再想一个。】

唐白：【那就赞美，抓住一个优点使劲夸，把他夸到不好意思，你就成

功了。】

听起来可行。

唐棉若有所思，心中数着贺烛的优点，酝酿出一些成语，又觉得太浮夸，于是打开电脑的搜索引擎。

贺烛洗完澡，头发湿漉漉的，半敞的白色睡袍下紧实的腹肌若隐若现，毛巾绕在脖子上，睫毛上挂着水珠，他随意地扯起毛巾擦了把脸，走去衣帽间拿换洗衣物。

房间突然清晰地响起一声捧读般的夸赞："哇，老公，你穿这身衣服真好看。"

贺烛的动作顿时僵住。

唐棉随便点开一个排在前面的页面，在电脑前逐字念出网页上给出的例句，念完觉得这句并不适用她跟贺烛的关系，于是滑动滚轮回到网页上方看标题：聪明女人是怎样维护婚姻的，三句话，让老公将你宠成孩子。

她无语地叉掉页面，眼睛从笔记本屏幕离开，抬眸的一霎，她注意到前方多了一个人。

贺烛不知何时洗完了澡，乌发湿着，睡袍大大咧咧地敞开，僵硬地站在原地，表情复杂地看着她。

两人目光对上，他缓缓开口："你刚才叫我什么？"

唐棉也觉得刚刚说的话不大对劲，迅速想了句解释："我在熟悉剧本台词——刚才说的不算。"

贺烛面容更冷。

唐棉有点懊恼地低着脑袋："等一下啊，让我再想想。"

她奇奇怪怪的，贺烛一时看不出缘由。

不过，明天一早她就会毫不留恋地从这座宅子搬出去，而他也会。

他薄凉的唇抿起。

既然马上要分道扬镳，随她做什么吧。

发梢的水珠滴到领子里，顺着皮肤肌理滑入睡袍深处，贺烛将毛巾盖到头上，粗鲁地拢干头发末端不听话的水滴，转身去拿衣服。

出来时，唐棉从茶几转移到了更衣间门口，眼珠骨碌骨碌左转右转的，像在挖空心思想着什么东西。

贺烛冷面越过她。

身后的人随着他的脚步跟了上来，他停下，沉声问："有事？"

唐棉磕磕绊绊地说着不知所谓的句子："你像，呃，八月十五的月亮，迷人……"

她努力背了半天，实在说不出口。她放弃挣扎，仰起下巴，眼睛认真地看着贺烛，专注得好似在研究什么艺术品。

贺烛不耐烦之前，她终于又张口了："你在机场跑道开车的样子，特别好看，是我形容不出的好看。"

明亮的杏眼一眨不眨，眸子清澈，专注而诚恳。

唐棉曾经在电视台做过文案工作，带她的前辈说，简单真诚的叙述往往比华丽的辞藻更能打动人心。

贺烛垂眸，转身，留给她一个背影，冷声道："念台词对着墙就够了。"

唐棉说："这句不是台词，真心的。"

贺烛喉结滚了滚，没理。

唐棉想看看赞美的效果，小跑到他前面，发现他的表情依然没什么变化，冷冷淡淡的，古井无波。

刚刚的话好像并没有掀动他的情绪，唐棉有些失望，几不可闻地叹了一声，小声说："你还在不高兴啊！"

贺烛皱眉："你究竟在做什么？"

唐棉直白道："让你开心，我哥说夸奖能让人心情变好。"

他心情不好？

贺烛脸上闪过一丝茫然，很快又消失，恢复清冷的音调："你想多了。"

"是不是我夸得不够？你等等，我再想想啊，你个子很高，长相是我见过的所有人里最好看的一个，比唐白都好看，有钱又大方……"

更衣间到浴室的距离第一次这么漫长，不知道是时间的问题还是人的问题，贺烛推开浴室的门前，唐棉居然完整地说完了两大段无根无据的溢美之词。

贺烛都不知道自己有这么多优点。

后面唐棉没词了，开始机械地、没有感情地堆叠成语，直到成语也想不出来，终于问道："你怎么还不进去？"

贺烛迈进浴室，转身面向她，挑眉："这就没了？"

唐棉老实地点点头。

见他愿意开玩笑了，她心里觉得大功告成，随口说："你要想听，我可以再搜点。"

"哦，去吧。"

唐棉一噎。

浴室的门扣上。

五分钟后，贺烛走出来，换了一件深色短袖，刚吹干的头发蓬松柔软，让清寒的眉宇温和了几分。

唐棉转移到了床上，面前一张小桌，放着笔记本电脑，无腔无调地问："现在听吗？"

抄作业抄得理直气壮。

贺烛不置可否，走到床另一侧躺下，过了一会儿，状若不经意道："明天离开大宅，你有住的地方吗？"

唐家应该还在跟她冷战。

"有啊。"唐棉合上电脑，伸了个懒腰，"我租好房子了，昨天去打扫了卫生，明晚就能直接搬进去。"

等了很久，身边的人一直没开口。

灯灭，唐棉也睡下。

夜晚寂寥无声，贺家大宅的最后一晚，他们之间甚至没有一句再见。

第二天一早，贺烛一身西装下楼，将车钥匙交给管家。

"东西收拾完送到松华大道那里。"

"好的。"

贺烛交代完，直接走向大门口。管家跟在他身后，偏头顺着旋转楼梯看了眼楼上的方向，犹豫着说："少爷，夫人那边……"

贺烛止步，散漫地扯了扯嘴角，慢条斯理地提醒："大姐说的条件我做到了，剩下的事——"

余音拖长，他继续道："你想汇报也无所谓。"

管家低头，不敢多言。

早上七点半，贺宅二楼的卧房，闹钟嘀嘀嘀个不停，唐棉一如既往被吵醒，睁眼时脸正好朝向贺烛平时睡的一侧。

属于他的鹅绒枕干净平整，被子铺平，显然已经出门了。

唐棉眨了眨眼。

很快，她从床上爬起来，如往常一样洗漱换衣服，拿起最后的一袋行李，下楼吃早餐。

出门前跟值班的厨师、保姆以及等在大厅的管家道别。

谢绝了管家派司机送她的提议，唐棉一个人提着东西走出贺家大门。

管家摇摇头，没有大小姐的束缚，小少爷连对妻子的体贴亲昵都懒得装，任她一人离开。

管家替唐棉开门又掩上门板，挡住宅中人员好奇窥望的视线。

厨师跟管家关系不错，屋主人都不在，他从厨房出来，不解道："少爷怎么让夫人自己搬东西走？你为啥不拦着？"

管家瞥他，说话一如既往的高深莫测："做好你的工作，不该问的别问。"

厨师"嘁"了一声，转去休息间抽烟。

以后这宅子又该继续冷清了，可怜他大好的手艺，无处发挥。

唐棉提着行李到剧组，今天导演说要补拍两个外景，地点恰好离她租的房子近。晚上工作结束，她将仪器设备放到剧组的外拍车上，走十五分钟路就到了新住处。

用房东给的钥匙打开防盗门，首先入目的是门口的鞋架，上面堆得满满当当，亮面高跟鞋、绑带凉鞋、鱼嘴鞋等等各种款式的女鞋，一寸不留地占据了整整四层鞋架。

玄关地毯旁边的几双拖鞋东一只西一只地倒着，仔细一看，其中两只是她前天带过来的。

唐棉穿着袜子踩上地板，将自己那双居家拖鞋拣出来，犹豫了一会儿，皱眉穿上，踏进次卧。

房间面积不大，一个双人木床靠墙而放，厚实的床垫上铺了一层白色褥子，没有床单和枕头，床边的大衣柜占了四分之一的空间，另外有个窄小的桌子，可以做梳妆台或者书桌。

次卧有独立的卫生间，唐棉先去洗了手，然后将新买的床单和枕头拿出来铺到床上，又将行李中一些零碎的小物件分门别类装进床头柜和木桌自带的抽屉。

完全整理好，天已经黑了。

唐棉点了个外卖，等待的过程中，听到防盗门门锁转动的声音。

主卧的租客回来了。

毕竟是未来几个月的室友，她理应去打个招呼。

唐棉起身，正要推门出去时，忽然发觉进屋的脚步声不止一个，与室友交谈甚欢的醇厚笑声来自男人。

姚盈颜挽着新交的男友尤凯，没骨头似的靠着他，声音娇得好像能掐出水："亲爱的，今晚留下陪我嘛。"

尤凯坏笑，一双大手肆意抚摸她的腰肢："呵，你让我走我都不走。"

"讨厌死了。"姚盈颜嗔怪地打了他一下。

两人在客厅肆无忌惮地调情。

房子隔音不好，唐棉无意偷听，早就坐回了床上，仍将对话听得一清二楚，心底生出不好的预感。

姚盈颜没发现唐棉住进来了，跟尤凯在客厅看电视，有人按门铃，她熟练地撒娇，让男朋友去看一眼。

尤凯满脑子都是晚上的快活时间，对她有求必应，起身去开门。

门外站着提外卖的骑手。见开门的是个男人，骑手小哥愣了下："请问，是唐女士家吗？"

"唐女士是谁？宝贝，是你订的外卖吗？"

姚盈颜走到玄关，倏地瞄到鞋架边缘多出的一双白色休闲鞋，眼珠转了下，若无其事地接过外卖。

“另一个租客的。”

尤凯道：“你还有室友？”

“以前没有，前两天搬来的。”

“女的？”

“嗯，是个土包子，整天邋里邋遢的，不用管她。”

尤凯“哦”了声，瞬间失去兴趣。

姚盈颜关上门，随手将外卖袋子放到玄关的柜子上，挽过男友的手：“我们去卧室吧，别让她打扰我们。”

姚盈颜刻意将声音放低，唐棉没听到她对自己的评价。

唐棉前两次来这儿都是赶着下班后的时间，在剧组灰头土脸累了一天，看着是不体面，却远不到邋遢的地步。

门外的情侣终于进入卧室，唐棉趁机出去拿自己的晚饭。

将餐盒放到木桌上，她一边翻阅白天的工作笔记，一边吃饭。

主卧和次卧中间隔着卫生间，主卧那边正常音量说话，唐棉在房间听不到，晚上八点，她收起笔记，到狭小的卫生间冲澡。

空间有限，浴室花洒紧贴着马桶，淋浴的地方刚刚够她转身。冲到一半，唐棉忽然听到水流声之外隐隐约约夹着奇异绵长的叫声，声音似乎来自姚盈颜。

他们是不是忘了家里还有别人在。

犹豫再三，唐棉决定提醒他们。

她关掉花洒，屈起指关节，用力敲响墙面，“咚咚咚”的声音规律又清晰。

叫声停了。

唐棉松了口气，继续洗澡。孰料片刻后，一波更过分的叫声直接盖过了花洒的水流声，穿透墙壁，吵得她头疼。

当晚，唐棉不得不戴着耳机睡觉。

第二天早上，唐棉起床烧了壶开水，待水放凉，她站在餐桌边，往随身水壶里灌水。

尤凯从房间出来，见到客厅里的女孩，呆了一下，随后眼睛不自觉地黏在了唐棉身上。

女孩气质温纯，乌亮的头发扎成马尾竖在颈后，冰肌雪肤，杏面桃腮，低头专注的模样分外吸引人。

姚盈颜穿着吊带睡衣，跟在男友后面出来。

“亲爱的，怎么站着不动？”

尤凯回神，怔愣地问女友："这就是你室友？"

还有句话没敢说，长得这么标致，哪里土了。

姚盈颜这才看见唐棉，咬了下唇，嫌弃地催促道："跟你没关系。快走，你老板等着你呢。"

"哦对，要迟到了。"尤凯想起正事，着急忙慌地穿鞋出去。

唐棉灌好水，拧紧杯盖，将水壶放进背包。

姚盈颜吊着眼睛，环胸倚着餐桌旁边的白墙，讥讽地说："就这么喜欢给别人看？"

唐棉头都不抬，淡声说："昨晚我也想问你们这个问题。"

"呵，抱歉啊，没控制住。"姚盈颜丝毫不觉得难为情，撩起垂到脖子边的头发，用指甲捻来捻去地把玩，"麻烦你以后多回避回避，有意无意勾引别人男朋友，多少有点不要脸了。"

唐棉不言，走到玄关，换好鞋，抬头："你听说过敝帚自珍吗？"

姚盈颜皱眉。

怕她听不懂，唐棉自顾自地解释："就是一把破扫帚，别人看不上，你当个宝。

"它其实是谦辞，希望你多用用。"

姚盈颜脸色铁青，酝酿了一肚子脏话想骂人，唐棉不给她这个机会，说完就开门离开了，留姚盈颜一人在家憋得胸闷气短。

那天以后，唐棉跟室友的关系就降到了冰点，姚盈颜有事没事刺唐棉两句，唐棉多数时候采取无视对策，心情好的时候会回个话，每次都能把姚盈颜气个半死。

好在姚盈颜带男朋友回来的频率不算高，一周一次，唐棉戴耳塞睡觉勉强能忍。

而她与贺烛，离开贺家之后就再无联系。

中秋那天，唐棉收到了不少节日祝贺，大多数是群发，她一一回复，翻到最下面，贺烛的聊天框时间停留在上个月。

唐棉熟练地打出一段祝福语，给贺烛也发了一条，但没收到回复。

后面剧组的同事给她发文件，聊天框很快压了下去，她慢慢也忘了。

九月中旬，天气见凉，傅清妍带着公司的市场推广部经理来剧组探班。

因为是唐棉的朋友，制片人就让唐棉来接待。

唐棉上午被抓去客串剧里的卖花小妹，此时脸上黑一块白一块，正在化妆棚擦脸卸妆。

傅清妍被场务带到棚内，看见她的衣服和未擦净的妆容，笑道："我们投的钱不少吧，钱制片怎么还舍不得招群演。”

唐棉抽了张洗脸巾，边擦脸边说：“钱制片说他抠门成习惯，一天不省钱浑身难受。”

卸完妆，唐棉白净的脸蛋恢复如初，面朝傅清妍：“怎么亲自过来了？”

“找你有事。”傅清妍从链条挎包里取出一封黑底烫金字的请柬，封口用了红色祥云图案，典雅大气，“我老公打算办一场商务晚宴，贺烛的请柬由他送，你的我顺便带过来了。”

唐棉有点蒙：“商务晚宴为什么给我送请帖？”

“作为合作商女伴出席呀，一般都是给两张请帖的。”

唐棉把请柬推回去：“贺烛应该有其他女伴了。”

傅清妍困惑：“你是他太太，贺烛不带你带谁？”

她这个太太水分很大的。唐棉不好解释，只说请柬给贺烛，他会处理。

“我这两天回不去。哎呀，反正你俩是夫妻，给你相当于给他了，你们商量着来。”

傅清妍不由分说地将请帖塞到唐棉手里，揽过她的肩，一副过来人的样子道：“夫妻之间，有些事要多沟通，一些小矛盾说开了很快就过去了，尤其是咱们这样结婚还不到半年的，哪有隔夜仇啊。”

唐棉知道傅清妍误会了，犹豫着要不要解释，傅清妍马上又说起其他话题：“对了，我们公司打算再加一个产品植入，下午要找个剧组的人跟我回公司挑适合的商品，你跟我去怎么样？”

唐棉：“我没问题，不过得孙老师和导演同意。”

傅清妍搭在她肩头的手晃了晃：“没事，你们制片说一切照我的意愿来。”

投资方就是上帝，钱易明一向将这个准则贯彻得很好。

唐棉：“那没事了。”

傅清妍笑吟吟地说：“挑完产品，你陪我去逛街吧，我宴会当天要拿的手包还没选好。”

“行。”

唐棉跟孙平安和其他同事打了招呼，坐上了傅清妍司机开来的商务车。

路上，她抽空给贺烛发了两条微信。

【傅清妍给了我一张请柬。】

【需要的话我找同城给你送过去。】

和中秋的祝福一样，这条消息也石沉大海，久久没有回复。

中心区写字楼的会客厅，刘存池站在讲台后，针对下一个合作项目侃侃而谈。

贺烛倚着沙发椅，长睫低垂，一只手搭在桌面，修长的手指有一下没一下地来回划动手机屏幕。

屏幕画面停在一个聊天界面，上下只有三条信息，上面一条是客套的节日祝词，下面两条是刚刚收到的。

刘存池指着投影上的PPT单页讲得口干舌燥，一低头，他的合伙人正在刷手机，顿时怒从心头起。

敢怒不敢言。

没办法，贺烛找上他只是为了暗地给贺盛江添堵，成功夺标后，贺烛就当了甩手掌柜，刘存池却尝到了甜头。

贺烛这人无论是手段头脑还是市场敏锐度都出色得骇人，且他背靠贺家，资源、人脉一样不缺，不到两个月，刘存池个人名义下的公司借由贺烛扶持，已经能脱离盛焱光环，自主占据市场了。

他们这些公子哥儿，真正想做事业的，谁不想干得比家里长辈出色呢。

刘存池朝秘书扬了扬下巴。

秘书会意，弯腰走到贺烛身边，恭声提醒："贺总。"

贺烛抬眸，闲懒地瞄了刘存池一眼："继续。"

"第一阶段企划和项目目标已经讲完了，贺总给点见解？"

"根据你们的策划方案，第一阶段目标只是妄想，我听听下一阶段的。"

企划部的经理主动请缨，替自家总裁挡了尴尬，接过讲解任务。

贺烛按灭手机，终于将视线分给前方的投影。

过了一阵，手机振动，他再次点开，属于唐棉的聊天框多了一条信息。

【已读不回会让人生气。】

贺烛微怔，下意识地退出界面，看了眼其他人的对话框。

没有已读功能。

贺烛凝眸看了良久，轻嗤一声，手掌反转，将手机倒扣到会议桌上。

唐棉在傅清妍公司挑了两个小时，剧本已经烂熟于心，比对男女主角的人设，出现的场景以及对话剧情，跟导演编剧群聊商量之后，最终选择了一款运动系蓝牙耳机。

耳机在主角跑步时能用到，植入没那么硬，槽点少。

傅清妍将耳机信息报给市场部，之后就拉着唐棉下班了。

走出瑞风总部，唐棉口袋里的手机响动，拿出来看了一眼，屏幕顶端拉开一条消息横幅。

贺烛：【刚才在开会，没看见。】

聊天框内，贺烛最近的两次回复之间隔着唐棉之前发的四句话。

上次的聊天时间清晰地显示在页面中间，时间差了大半个月，显而易见的忽视与冷漠。

唐棉很认真地敲出一行字：【是从中秋开始就在开会了吗？】

另一边。

企划部经理逐渐进入状态，发现贺烛正在抬头看 PPT，样子颇为专注，不禁暗自得意，果然还是他的陈述讲解更有吸引力些。

唉，他们刘总到底经验少，抓不住重点，一开始他就该坚持自请上阵的。

经理有了底气，似乎将会议室当成了演讲台，陈词慷慨激昂，一个劲儿展望未来。

中间谈到合作条目，他情绪上来，还向台下寻求互动，将期待的目光投向贺烛。

然而下一秒，他饱满的情绪卡壳，之后像戳破的皮球一般泄了气。

贺烛又在盯手机了。

这回比刚才正经了些，宽阔的肩离开了沙发椅靠背，半弓着，眼睛紧盯着手机屏幕，放在桌面的手指高频率地来回揉捻，不知在看什么难搞的案子。

经理体贴地停了讲解，先看向刘存池，又朝着贺烛的方向微抬下巴，提醒他，贺总那边有事。

刘存池跟秘书坐在会议桌边侧，贺烛坐中间。意会了经理的暗示，他转过去，注意到贺烛在看手机，清了清嗓子，提高声音："贺总，是不是有事要处理？"

贺烛蓦然抬眼，视线正对前方，脸色冷沉，一瞬间散出的锐利气场让经理胆颤了一下。他立刻直起腰板，说："贺总有什么建议我们马上——"

"方案重做。"贺烛轻描淡写地打断，"另外，下回开演讲会不用叫我了。"

刘存池头疼地朝经理挥挥手，会议室其他人连忙拿着文件离场。

四下安静，刘存池让秘书也出去，起身顺平西装衣摆，坐到贺烛旁边的位置，笑着说："贺总脸色这么难看，项目又出问题了？"

他们合作久了，称得上是朋友关系，私下语气便随意了些。

"又？"贺烛漫不经心地抓出关键字眼。

刘存池的笑容僵在脸上。

先前找的外包公司出了岔子，老板是他高中同学，坑他一点不手软，卷钱出国跑得不见踪影，后来是傅清妍找人顶上，解了燃眉之急。

这事刘存池没敢告诉贺烛。

贺烛警告性地扫了刘存池一眼，懒得跟他计较。

贺烛低眼，骨节分明的手指不停歇地折腾桌面的手机，倒扣又翻回，两个动作重复无数次。

手机屏自动黑了。

重新解锁，贺烛怔怔地盯着页面，脑袋向后一仰。

他手指离开手机，揉了两下太阳穴，瞥向一旁干坐的刘存池，突然问：“你跟傅清妍吵过架没？”

话题骤然跳脱，刘存池一时没反应过来，隔了两秒才答：“吵过，谈恋爱那会儿经常吵，吵多了发现没什么能吵的了，就结婚了。”

贺烛犹疑一阵，问：“你们一般怎么和好？”

“道歉啊，”刘存池眼睛飘了一下，“一般是她跟我认错，我偶尔吧。”

贺烛皱了下眉：“具体点。”

刘存池说这个比讲企划案熟练，讲起来流利又顺畅：“首先要分析她的怒气等级，肯跟我吵是安全级别，吵了一会儿气走了是危险级别，吵都懒得吵直接不理人属于高危级别——这种情况我没遇到过。”

“如果，”贺烛停了一秒，低声道，“如果是你先不理她呢？”

“我哪敢——最好还是别搞冷战那一套吧。夫妻之间，冷多了就真热不回来了。”

冷战吗？

贺烛回忆，从大宅搬出来那天，他的确打算跟唐棉切断联系，本就是互相利用，唐棉能为他提供的帮助也极其有限，一月期满，大姐和贺盛江以后不再插手他的生活，那么于他而言，这段婚姻最后的价值也没了，他随时可以提离婚……

最后两个字似乎触动了他。

贺烛眼睫颤动，心烦意乱地压了下唇角。

刘存池继续讲和好的过程：“分析完她的怒气值，就可以有针对性地哄她。安全级别的怒气送个包，准备点礼物就能哄好；危险级别考验的是态度，诚恳认错，保证发誓一样不能差；高危级别嘛——得有耐心，要持续做到前两点，唔，后面我就不知道了，我还没犯过这种大错。”

贺烛一字不落地听完，单手支着下巴若有所思。

刘存池又想到什么，掏出自己的手机，乐颠颠地给他发了一串消息。

贺烛随手点开，对话框一竖下来，全是表情包。

刘存池得意地说：“这都是我的珍藏，你先收藏着，以后用得着。”

商务车开到汽车站路口，红绿灯时间长，旅客多，提着行李箱来来往往，车停了好半天，一直不能前进。

唐棉关掉手机，平视车窗外单调的风景。

傅清妍看她刚刚在打字，好奇道：“在跟贺烛聊天？”

“嗯。”

“你们确定好一起参加晚宴了吗？”

唐棉想了想，道：“清妍，你说让贺烛主动道歉是不是不太可能？”

贺烛啊，圈子里出了名的傲慢、不可一世，偏偏他无论是家世、外表，还是手段能力都配得上他的傲气。

傅清妍沉吟片刻：“道歉对象是其他人，不可能，对你应该是会的，你们是夫妻啊，关系平等。”

唐棉神色微滞。

其实在她工作稳定前，他们不算平等，两人之中，她更需要这段婚姻。

或许是在贺宅时，贺烛表现得过于平易近人了，她总忘记这件事。

唐棉挠了挠脸颊，手指解锁屏幕。

刚刚的回复夹了点火药味，她想说点什么岔开话题。

对话框蹦出一条新消息。

贺烛：【算我错了。】

唐棉眨眨眼，仔细确认是贺烛发的消息。

她确认无误后，嘴巴弯出一道小小的弧度，认认真真地打出三个字：【没关系。】

唐棉满意地想，能坦率道歉和原谅对方，这样他们就算是朋友关系了吧。

等了一会儿，贺烛又道：【给我地址，周末去接你。】

唐棉：【接我去哪儿？】

贺烛：【商务晚宴。】

唐棉：【剧组那天可能要拍夜间戏。】

贺烛：【请假，我帮你请也行。】

那还是算了。

因为当天拍戏不一定在哪个片场，唐棉就把新家地址发了过去。

贺烛没再回复。

下一个绿灯亮起，车终于从拥堵的路口撤出去，半小时后，她们抵达市区新开的一家商厦。

傅清妍日常是雷厉风行的女强人姿态，逛起商场居然也战斗力惊人。

最开始说是买包，唐棉陪她逛了两家店，傅清妍勉强挑了两个，然后又心血来潮带唐棉逛女装店。

商场一共五层，占地辽阔，各大品牌服装店一应俱全，傅清妍连走路带换衣服，气息都没变。

唐棉却受不了，她跟着剧组扛设备拍外景都没这么累。

逛到三楼，唐棉实在走不动，瘫在商场的休息长凳上一步不愿再走，惨兮兮地说："放过我吧，明天还有工作，我的腿有别的用处。"

傅清妍不理解她怎么累成这样，问："你平时不逛街吗？"

唐棉疲惫地摇头，整个人像被抽干了精气，懒趴趴地倚着墙："不逛，以前穿衣服都是由我妈安排决定，工作以后靠网购。"

傅清妍表情复杂，贺家的少夫人怎么比她老公过得还糙。

傅清妍遗憾地叹了声气，拎起七八个手提袋，大发慈悲地同意收尾回程。

司机先送唐棉回家。到了目的地，傅清妍在车里不可置信地左看右看，迟疑地说："小唐你不用觉得不方便，你陪我逛街我送你回家是应该的，多远都没事。"

唐棉指指旁边的老式小区："就是这儿啊。"

傅清妍皱眉："贺烛破产啦？"

唐棉简单解释一番，点明她是因为工作暂时租在这里，跟贺烛没关系。

傅清妍还是不能理解，唐棉只好借口天色不早，向她道别。

晚上，傅清妍跟刘存池打电话，说起唐棉的住处，茫然又费解："老公，贺烛跟小唐怎么回事啊，他俩是已经分居了吗？"

刘存池："不会吧，贺烛今天还问我夫妻吵架怎么办，看他后来满脸喜气，应该是之前吵架现在和好了，估计过两天就搬回去了。"

"这样啊。"

第二天，唐棉跑去问导演这星期的拍摄安排，得知因为大家连续工作了半个月，精疲力竭，钱易明跟导演组决定这周放两天假，让大家休息休息，恢复体力。

假期在周六周日，她正好不用请假了。

周末下午，唐棉在衣柜翻翻找找，最后从行李袋底下找出一件在贺宅时，管家让人为她准备的小礼服。

收拾衣服的时候没注意，一起带过来了，之前一直没用上，现在参加晚宴正合适。

礼服是简单的秀场款黑色及膝礼裙，灰色薄纱连接，衣带是一串精致的珍珠。

裙子异常贴合唐棉的身材，上身后，中心收腰部分将她盈盈一握的腰线完美勾勒出来，气质一下子提升。

她腰背笔挺，白玉似的手臂优雅地端在腰侧，隐约可见富养出身的贵气。

唐棉从为数不多的口红里选出一支暗红色调的修饰气色，站在房门上贴着的拼接穿衣镜前，小幅度转了半圈。

发型差了点，但足够撑起挑剔的宴会礼仪了。

四点钟，唐棉收到贺烛的微信，带着钥匙和包下楼。

出了楼梯口，一拐弯，正遇上吃完饭回来的姚盈颜和尤凯，两人黏在一起亲亲热热地往这边走。

唐棉低头无视，疾步而过。

她头一回这么打扮，姚盈颜一瞬间没认出来，等唐棉走到面前了，才从熟悉的眉眼中辨认出她。

姚盈颜突然意识到什么，猛地转头。

果然，男朋友眼都直了，色眯眯地盯着人家看，连她都顾不上了。

姚盈颜气得几乎咬碎了牙，甩开尤凯的手，自顾自上楼，高跟鞋踩得台阶噔噔作响。

尤凯眼见唐棉出了小区门，这才反应过来，大步追上楼哄道："宝贝别生气，她根本没你好看。"

小区外的水泥地旁，一辆黑色奥迪车停在树荫下，副驾驶的车窗完全打开。

唐棉隔了一段距离，弯腰往里看了看，确认里面的人是贺烛，方才走过去。

车内，贺烛坐在驾驶座，手搭着方向盘，凝视手机，面带几分怀疑。

唐棉拉开车门。

贺烛闻声转头，唐棉不同于往日的明艳模样猝不及防闯入他的视野，他先是怔了怔，随后摸摸鼻子，别开目光。

附近设施陈旧的老式小区再次映入眼帘。

贺烛不自觉蹙眉："你就住这儿？"

语气跟傅清妍如出一辙。

唐棉："嗯，这里离下一个工作地点近，我住一段时间就搬走了。"

贺烛抿了抿唇，握着方向盘，似是随口一说："我在中心区有套房子，你可以搬进去。"

"不用了，"唐棉淡道，"这里其实还可以。"

贺烛嗤笑："哪里可以？"

唐棉想了想："附近有大型超市，餐饮店也多，交通便利……"

总体来说，房子性价比不错，只是室友有点奇葩。

不过比起阴阳怪气的姚盈颜，唐棉更介意的是姚盈颜的男朋友。偶尔碰面，那人看她的眼神总让她不舒服。而看他们刚才腻腻歪歪难舍难分的样子，尤凯今晚恐怕又要留宿。

这周是第三次了。

唐棉轻轻皱眉。

贺烛不知道唐棉还有室友，听她说的全是优点，似乎真住得开心。他神情转冷，淡声道："随便你。"说完发动车，踩下油门，驶向晚宴会场。

进入市中心，外面车水马龙，车内安静无言。

唐棉低着脑袋，不由自主地回想贺烛刚才的提议。

房子本身确实不错，市区附近这样物美价廉的房源可遇不可求。

就算有室友，她的工作性质是早出晚归，跟姚盈颜的上下班时间错开，房间电器又都是独立的，平时两人没有交集，面对面碰上的次数不多，姚盈颜跟男友在房间亲热，她只要戴上耳塞，就什么都听不到了。

总的来说，如果不遇到姚盈颜的男朋友，其他都还好。

但刚才遇到了。

那种不舒服的感觉再次出现，搬家的念头一瞬间就冒了出来。

唐棉保持低头的姿势，余光悄悄瞄了眼旁边目视前方、专心开车的人。

那一个月，贺烛帮了她很多。

唐白以前跟她说过，在外打拼，欠了人情得立马想办法还上，不然越欠越多，迟早有一天还不完，最后给人家当牛做马。

他们的关系本来就趋向不平等，唐棉不想再欠贺烛什么。

房子的事，以后再想办法吧……或许可以拜托唐白？

念头一闪而过，唐棉忽然坐直身体，脑中豁然开朗。

对呀，她还有个拜托起来没有负担又不用欠人情的哥哥啊！

明天就跟他说！

/ 第七章 /
我想跟你走

宴会厅设在盛焱旗下的一家星级酒店。

贺烛与唐棉将邀请函交给门口的侍者，一前一后进入大厅。

对比前后方亲密携手的夫妇，他们生分得像两家人。

大厅灯光亮如白昼。

晚宴用餐前，宾客多在大厅聚着，旁边有酒店准备的酒塔，方便宾客之间敬酒交谈。

大厅人群聚集最密的地方往往是在场地位最高的大佬，除却几位德高望重的金融界前辈，就属贺烛身边围着的人多，不断有人来拉关系、敬酒。

这些人于贺烛而言没有合作的价值，他逐渐不耐烦，前面又有一波人往这边走，其中两个中年人还带了女儿过来。

贺烛轻轻"啧"了一声，低头寻找唐棉的身影，没找到。

四面环视一圈，发现在他被围堵的时候，唐棉仗着没人认识她，自己溜出了包围圈，此刻正远远站着，若无其事地看着这边。

贺烛面前七嘴八舌跟他说话的人太多，暂时迈不开步子。

他略有些烦躁地抬眸，视线略过众人，唐棉还在那儿等着，寸步不动，抬眼就能看到，乖巧又安静。

贺烛眸光微闪，无意识地扯了下唇。

算了，她老实站那儿也行。

然而没多久，贺烛再抬头时，前方那抹穿着黑色礼裙的身影好像看到了谁，倏地往后退了两步，接着一改之前事不关己的淡定，三步并作两步，眨眼就跑离了他的视线。

唐棉步履飞快，越过一众边走边聊缓慢前进的宾客，一直奔到主厅才停下。

唐棉胸口慢慢起伏了下，环顾四周，提步走向夹在两厅之间的玉雕拱门，躲在拱门内侧，小心翼翼探出半个头，观察前厅动向。

直到视野中见不到那两人，她才捂着胸口，轻轻舒了口气。

没想到爸妈也在。

唐棉把着拱门的镂空内饰，内心惴惴。

唐父唐母好面子，当众不会说她什么，但宴会结束，他俩这段时间压住的火气肯定要来一次爆发，最好的情况是追过来训斥她几句，拂袖而去。

最坏的情况，她爸会让人跟车，找到她住的地方……

不行，不能待了。

等下用餐时，所有宾客都会在主厅落座，爸妈一眼就能发现她。

唐棉正犹豫着要不要偷偷跑掉，突然一道阴影落下来，淡淡的、清冽的雪松香气漫至鼻息之间。

她转头，贺烛冷着脸，语气不善："你乱跑什么？"

她抿抿嘴，灯光映射下姣好俏丽的面庞严肃又认真："我得提前走了。"

贺烛不知就里，皱眉道："什么意思？"

唐棉看向拱门的另一边，来不及解释，拿着手机冲他挥了挥："微信跟你说。"

她说完就转身，贺烛下意识想抓住她，但慢了一步，唐棉压着裙子兔子一样跑得飞快，绕过长条餐桌，直奔主厅侧门。

唐棉从侧门出来，沿着酒店绕了半圈，走到酒店外的马路边沿，挥手拦了一辆出租车。

上车后，她喘着粗气向司机报了小区地址，然后一边平稳气息一边给贺烛发信息解释。

贺烛大概是手机不在身边，迟迟没回复。

司机将她送到小区门口，付了车钱，她下车，拐进租住的楼洞。

小区没有电梯，楼道的声控灯微弱又难以触发，唐棉摸黑上楼，从包里找出钥匙，摸索着钥匙孔拧开了防盗门。

熟悉的旖旎声今晚提早开始了。

唐棉习以为常，淡定地进入次卧，换掉礼裙，戴着新换的耳塞进浴室洗澡，然后上床睡觉。

同一时间，晚宴马上要正式开始，客人纷纷离开前厅，主厅的餐桌周围逐渐热闹起来。

贺烛的手机落在车里，他百无聊赖地在主宾席坐着，漫无目的地打量四周。

他对面空了三个位置，一直没人坐下。

开场前五分钟，大门口忽然一阵躁动，众宾客接连起身，迎到厅门前。

三个人走进来，最前面引路的是刘存池的父亲，盛焱的董事长刘木辉，后面两人，一个人过中年，器宇轩昂，气场迫人，一个风华正茂，美艳飒爽。

刘存池快步上前招待，看清他爸后面的人是谁，心里“咯噔”一声。

糟糕。

“贺董，这就是我那不成器的儿子。”刘木辉笑容满面，语气难掩骄傲。

刘存池一面恭敬问好，一面尴尬地看了眼主宾席的方向。

他爸说要带人来给他撑场面，结果居然是把贺盛江请来了！

别人不清楚，刘存池跟贺烛合作过，了解得很，贺烛跟贺盛江虽是父子，关系却形同水火。

刘存池一边恭恭敬敬地应付贺大佬，一边心惊胆战地脑补贺烛大发雷霆，跟他散伙的场景。

他忐忑地带着贺盛江走到主宾席。

贺桐先看到了贺烛，诧异地叫出他的名字。

随后贺盛江看过来，贺烛闲懒地抬眼，声音冷淡：“贺董。”

第二天早上，唐棉醒来习惯性看了眼手机，贺烛整晚没有回复。

可能喝了酒，现在还在睡吧。

唐棉没多想，起床洗漱，赶在姚盈颜和她男朋友出门前走出了小区。

剧组马上要杀青了，唐棉从早忙到晚，天黑之后才有时间看手机，解锁屏幕，上方消息显示了今天下午两个来自同一号码的未接来电。

本地号码，没有标记骚扰电话。

唐棉直接按提示号码打了回去，对方接得很快，是她意想不到的声音。

贺桐有些急切：“贺烛今天有跟你联系吗？”

唐棉返回微信，贺烛依然没有回复，于是道：“没有。”

贺桐顿了顿，语气缓和一些：“好吧，如果他跟你联系，烦请你通知我。”

唐棉一怔：“他出什么事了？”

贺桐犹豫几秒，觉得这事告诉唐棉也没关系，她叹了口气，简单说明了唐棉昨晚离场后发生的事。

从晚宴开始那一声贺董之后，贺烛一直视贺盛江为空气，刘木辉等人不知道他们家的关系，一个劲儿在贺盛江面前夸贺烛年轻有为，后生可畏。

贺烛一句不答，笑脸都欠奉，弄得场面有些尴尬。

贺盛江脾气上来，狠狠瞪着小儿子，但也顾忌着脸面，没有当场发作。晚宴结束，主宾席客人见势不妙，迅速离场。

贺盛江一再被忤逆，终于发了火，贺烛又是个不服软的，贺桐两边都劝不住，直到贺盛江气到头上，口不择言。

而后贺烛没再呛他，周身冰冷，头也不回地离开了大厅。

贺盛江说了什么，贺桐没提，只说："我爸强势了一辈子，让他低头难于登天，我不想贺烛一辈子不回家，所以……"

唐棉说："我知道了。他联系我，我会跟你说的。"

究竟说了什么能让贺烛跟家里彻底决裂，唐棉没问，这是人家的家事。

她更担心贺烛，连贺桐都找不到他，会不会出什么事。

唐棉回想贺烛可能去的地方，酒吧、赛车场、夜店、住的地方、公司。

这些贺桐都能查到，剩下的可以发泄又不用登记身份的地方……

唐棉给孔非他们一人发了一条信息。

过了半小时左右，孔非回了条语音："小唐，贺烛是不是遇到什么事了？"

唐棉：【跟他爸吵了一架。】

孔非这次回得很快：【那怪不得，你来我这儿看看吧。】

孔非：【再喝下去我怕他进医院。】

"医院"两个字触目惊心，唐棉顾不得联系贺桐了，按照微信定位的地址，直接从片场打车去了外环的独栋别墅区。

天色已晚，孔非派的人在别墅区的安全门外等唐棉。

进入别墅院子，一股醇厚的酒气夹在满园花香中扑面而来。

夜色正浓，天边挂着一轮弯月，夜空看不到星星，院子里有个小喷泉，四周点缀着星星点点的白灯，水花四溅，天空失去的星星好像映在了喷泉水里，亮闪闪地铺成一片。

水雾朦胧中，唐棉看到了喷泉侧方白色休闲椅上坐着的人。

喷泉周围浅淡的光线映出贺烛冷白的皮肤，照得他面容半明半暗，清冷又矜贵。

他手上攥着酒瓶，距离太远，唐棉看不清他的表情。

贺烛旁边坐着两个女人，一左一右，娇笑连连，不停在他身边轻声说着什么。

孔非站在房门口，朝唐棉招了招手。

唐棉缓步走过去。

孔非像看到了救星，压着嗓子说："他来我这儿半天了，从中午坐到晚上，一直喝酒，问他问烦了还让我滚，你说还有天理吗？"

唐棉说："他心情不好。"

"我心情更不好！"孔非激动地提高了声音，"我高高兴兴地带妞来这儿休假，他一来，人给我勾走了不说，还浪费了我几瓶好酒，而且就准他一个人喝，我想过去安慰两句还被骂了。”

听到孔非的下场，唐棉顿时打起退堂鼓，犹犹豫豫地说：“那个，你看住他别再喝了，我先……”

孔非难以置信地拉住她：“你来干吗的？”

唐棉：“确认他活着。”

“……你把他拉走。”

唐棉沉默，看看他，又看看院子里的贺烛，露出爱莫能助的表情。

想到贺桐的电话，她又说：“不然，交给他姐处理？”

孔非否决得很干脆：“不行，贺桐来了就是火上浇油，贺烛酒醒非杀了我不可。”

唐棉没办法了：“那怎么办？”

孔非思考一会儿，不确定道：“他在我这儿喝个没完，我劝不住，叫来的那妹子就知道奉承他，也用不上。你们好歹是夫妻，你劝劝，他没准能听。”

酒喝多了确实伤身。但她跟贺烛才认识几个月，孔非是他多年的朋友了，他说话都不好使，她又能有什么办法。

唐棉无奈地说：“你是知道我们真实情况的。”

“哎，你就试试，我这不是没辙了嘛。曹大宝和于一亩出差去了，就剩我一个受他折磨。”

架不住孔非一直怂恿，唐棉只好硬着头皮去试一试。刚一走近，左边的女人恰巧开了口，嗓音缠绵：“贺少，今晚让我陪你吧？”

右边的女人不甘心地咬了下唇，她虽然也对贺烛心动，但毕竟是孔非拉来的，不敢太明显地暗示，只能含恨瞪着自己临时喊来的塑料小姐妹——让你来陪人，没让你自荐枕席！

贺烛手肘撑着桌子，没说话。

女人把这当成是默认，无视姐妹嫉妒的怒视，笑眯眯地又帮他开了一瓶红酒，递过去时，酒瓶忽然被一只白皙的手拦住。

示好被打断，女人不满道：“谁啊？”

唐棉还穿着在剧组工作的白色短袖，看着贺烛，淡淡地说：“酒喝多了不好。”

女人愣了下，贴过去问贺烛：“贺少，你认识她吗？”

贺烛散漫地掀起眼皮，粗略看了眼出现在身侧的人，眉心皱了一下，冷淡地转回视线，声音又低又沉：“不认识。”

女人松了口气，刚要回头发作，唐棉已经走开了。

喷泉后面，孔非期待地问去而复返的唐棉：“怎么样？”

唐棉耸了耸肩：“他连我是谁都不知道。”

孔非失望地抓了把头发，道：“唉，真不能让他喝了，明天猝死了我也得进去。”

“你再想想办法吧。”她说。

麻烦唐棉白跑一趟，孔非不好意思地朝她笑笑，让自己的司机送她回去。

唐棉没拒绝。

她目不斜视地穿过院子，软底的运动鞋踩过大理石地面发出轻微的声响，不知落在了谁的耳朵里。

她站到别墅门口，等司机把车开过来。

两分钟后，一辆白色轿车驶出车库，停在唐棉面前。她拉开车门，弯下脖子正要将上半身探进去,白色上衣的衣摆忽然被什么东西扯住了,动弹不得。

唐棉回头。

贺烛不声不响地出现在她身后，低垂着脑袋，下颌线流畅利落，冷白修长的手指正拽着她的衣服。

他也不说话，就这么一声不吭地站着，固执地拉着她。

唐棉想拨开，没拨动，无奈道：“你认识我吗？”

贺烛缓缓抬头，眼神混沌，吐字缓慢却很清晰：“不认识，但我想跟你走。”

晚风将贺烛的话音吹得又轻又散，酒气裹挟着绿化墙的清香一同吸进鼻子里，复杂，但不难闻。

唐棉抓起他的手背向外扯了扯，还是没能拉开。

她轻叹道：“你这样我怎么带你走。”

贺烛浓黑的睫毛动了动，不知是不是听懂了，手劲松了一些。

唐棉趁机从他手里抽出衣服，白色布料被攥得皱皱巴巴，像块抹布。

坐进车后排，她努力将衣服上难看的褶皱顺平，好不容易整理得能看了，跟在她后面坐进来的人安静看了一会儿，突然又出手夺走了她可怜的衣摆。

刚刚捋平的布料再次扭曲到一起，在他手心攥成球状。

他喝醉了，不跟他计较。

唐棉由他拽着，告诉孔非贺烛跟她一块上了车，让他别担心。

孔非：【不担心，不担心，你别让他露宿街头被人捡走卖掉就行。】

话语之歹毒，看得出来他今天怨念颇深。

人领到了，该送去哪儿又是个问题。

贺烛身上只有外套有一个口袋，唐棉侧身过去摸了摸，掏出一串钥匙，其中一把车钥匙，还有两个看起来像单元门的备用钥匙。

光凭这些没办法判断他的住址，唐棉只好又去问孔非。

仅仅过去不到三分钟，孔非好像就地入睡了似的，一直不回复，唐棉打电话他也不接。

司机开到岔路口，往左可以通往她住的小区，往右就不知道了。

贺烛上车后就一言不发，眼睛也闭上，似乎睡着了。

唐棉没办法，只好让司机往左边路口开。

晚上九点，他们到达小区门口。唐棉使劲推推贺烛，他沉吟一声，眉头锁起，极为缓慢地睁开眼，因为暂时弄不清身在何处，眼中闪过一丝茫然。

唐棉抱着最后的希望问："你记得自己家在哪儿吗？"

贺烛眉心皱得更紧了，继续保持沉默。

唐棉放弃，无奈地拉起他的胳膊："走吧。"

反正姚盈颜整天带男朋友回去，她偶尔带个人也不过分。

贺烛动作迟钝，慢吞吞地随她下车。

司机好心地问："唐小姐要不要帮忙？"

唐棉婉言谢绝："不用了，时间很晚了，您早点回去吧。"

司机摇上车窗，将车开走。

九月晚风透着凉意，不似夏天的凉爽舒适，冷得更刺骨一些，唐棉还穿着短袖，抚了抚胳膊，拉着身边人的手腕慢慢往楼洞走。

冷风阵阵地吹，唐棉步子不自觉加快。

走了两步，衣服又被扯住，风从上衣下摆灌进来，唐棉打了个哆嗦，瑟缩一下，回身问："怎么了？"

身后的人顿了顿，挣脱出手腕，然后将外套脱下，披在了她身上。

带着酒味和体温余热的衣服为她挡住了晚风。唐棉一愣，突然狐疑道："你酒醒了吗？"

贺烛的表情仍有些木讷，看样子只是被风吹得恢复了点意识，离正常交流还有段距离。

路程不远，唐棉也没跟一个喝醉了的人客套，披着贺烛的外套，重新牵起他的手往楼道赶。

声控灯怎么也触发不了，楼道暗沉沉的，唐棉拉着人走得格外慢，爬到四楼用了近十分钟。

用钥匙打开门进屋，客厅的灯没开，看来姚盈颜今晚上夜班，还没回家。

唐棉直接带贺烛进了她的房间。

次卧地方小，没有接待客人的地方，唐棉便将他按到床边，取下身上的男式外套，去客厅帮他倒了一杯水。

贺烛乖乖喝完。

"今晚先睡这里，你半夜不能乱动，老实睡到天亮，听到了吗？"唐棉一本正经地交代。

贺烛没有动作，不知道听没听进去。

好在屋里不冷，她有一条多余的空调毯，可以临时当被子用。唐棉将贺烛安置到床的一侧，盖上毯子，见他听话地合上眼，终于舒了口气。

唐棉进浴室换了件宽松的长袖，出来后躺到了双人床的另一边。

之前跟贺烛在一张床上睡了一个月，现在同床而眠也没什么不自在的感觉，她很快睡了过去。

入眠不久，唐棉似乎听到防盗门打开又关上的声响，她皱了皱眉，将脸埋进枕头，不想理会。

贺烛也被吵醒了，他酒劲儿过去，清醒了许多，顿觉口干舌燥，脑袋像有钝器压着，又疼又沉。他揉着太阳穴坐起来，记忆逐渐回笼，浓黑的眸子斜向身侧。

他的记忆断在孔非的别墅里，再接上就是唐棉将他从车里拉出来的画面。

旁边的人睡得正沉，贺烛放缓动作，掀开毯子下床，打开卧室门。

客厅的吊灯亮着，屋内通明。

贺烛没想到唐棉家还有别人在，愣了一下。

姚盈颜回家拿东西，也被突然出现的男人吓到了。

但当她看清贺烛的脸，以及手腕上看着就价值不菲的手表时，惊吓转瞬被惊喜取代，她心思一动，调整表情，用比在尤凯面前还娇的语气开口："你是谁啊？"

贺烛没回答，而是说："帮我倒杯水。"

"哦，好。"

姚盈颜用自己的杯子倒了水，扭着腰，婀娜地走向他。

贺烛接过杯子，恍然发现杯口浅淡的一点口红印，眉首下压，嫌恶地将水杯放到一边。

姚盈颜还在问："怎么不喝啊？人家特意给你倒的……"

话说一半，发觉贺烛看着她的视线冷而凌厉，气场骇人，她便灰溜溜地住了嘴，不敢再继续。

客厅聒噪的声音戛然而止。

唐棉被说话声吵醒，发现贺烛不见了，从卧室走出来。

贺烛转向她，忍无可忍道："保姆哪里找的，入户前公司没有培训吗？"

"保，保姆？"姚盈颜五官都扭曲了。

唐棉沉默了几秒，平静地解释："她是我室友。"

她说完迅速将贺烛推进卧室，关上门，隔绝了姚盈颜气急败坏的尖叫声。

幸好姚盈颜只是临时回家，接下来还要上夜班，没待多久又走了。

屋内只剩他们两个。

“有话明天再说吧。”

时间才到深夜两点，唐棉第二天还要准备剧组的收尾工作，打了个哈欠又躺回床上。

然而这一觉注定睡不安稳。

早上天刚露白，离唐棉的起床生物钟还差两个小时，卧室的门把手竟然自己转出了声响。

门外的人发觉卧室被反锁，不甘心地敲门。

床上两人几乎同时睁眼。

贺烛睡眠不足，眸色暗得可怕，语带嘲弄道：“这就是你口中还可以的房子？”

唐棉烦躁地爬起来，觉得不能再客气了，正想去跟姚盈颜理论，门外的人忽然开口。

“醒了吗？颜颜不在，咱俩聊聊。”

尤凯从女友那里偷偷配了一把防盗门钥匙，特意选了姚盈颜不在的时间，一个人来找那个他觊觎了很久的漂亮室友。

门内无人应答。

尤凯锲而不舍地说：“小美女，其实我们第一次见面的时候，我就——”

油腻恶心的话被开门声打断。

尤凯来不及高兴，腹部猝不及防中了一击，对方不留余力的一脚踹得他直不起腰，还没反应过来，脸上又猛然遭了一拳重击，这一下他半边的牙好像都要碎了。

钻心的疼痛让尤凯捂着肚子缩在了地上。

贺烛走到尤凯身后，脸色冷得可以掉出冰碴，眼神森冷，紧接着又重重给了地上的男人一脚。

“啊！”

尤凯痛呼一声，整个人毫无还手之力地被踢翻。

贺烛居高临下，提起长腿，皮鞋肆意又恶劣地踩上他的脸，说话音调长而缓慢，声音骇然：“就什么，接着说啊。”

尤凯说不出话，疼痛和压迫感逼得他喘不过气，哆哆嗦嗦地喊了一声“救命”。

“啧。”贺烛低着头，脚下用力，像在碾着什么脏东西，语调森然，“再大点声。”

“救，救命……”

担心贺烛惹上麻烦，唐棉拉了下他，无声摇了摇头。

贺烛还没说话，大门的门锁忽然动了。

“亲爱的是你吗？”

姚盈颜提前下班，听到男朋友凄惨的号叫，犹豫着进屋，看到眼前一幕，她也叫了一声。

“啊！你们在干什么？”

唐棉面无表情地跟她复述了一遍尤凯刚刚的话。

尤凯侧趴在地上，狼狈地说：“别听她胡说，颜颜，颜颜，快，报警！”

姚盈颜了解尤凯，知道他绝对干得出这种事，新做的尖长指甲羞愤地捻进肉里。

尤凯不仅跟唐棉的男人没法比，现在还因为意图骚扰唐棉，被人家踩在脚下，姚盈颜脸皮一贯很厚，此时却觉得满脸燥热，一辈子的脸都丢在今天了。

“报警？你是死是活都跟我没关系！”姚盈颜骂完就跑回房间，她顺带关上了门，彻底无视尤凯的喊叫。

贺烛揍了人，胸口仍闷着，最后踢了一脚地上的男人，转头面向唐棉，声音带着几分咬牙切齿：“给我一个，宁愿跟这些垃圾住一块，也不愿意跟我走的理由。”

贺烛扯了下唇：“说不出吗？”

唐棉莫名有些心虚，低头盯着脚尖，不敢说话。

贺烛：“给你十分钟，收拾东西。”

“……去哪儿？”

“我家。”

房间外，贺烛跟她说句话的工夫，尤凯就趁机溜掉了，防盗门关得震天响。

唐棉不至于心大到继续在这儿住着。

以姚盈颜的人品和脑子，今天撕破脸，改日听几句软话又接着跟尤凯来往的可能性不是没有。

权衡之后，唐棉选择听贺烛的话，老老实实地开始收拾东西。

贺烛借她的手机去客厅给孔非打电话，让他把手机和车送过来。

次卧面积小，加上唐棉这段时间工作忙，一直没空添置家用，行李数量跟搬来那天差不多，主要是一些衣服，装进袋子提起来就能走。

唐棉去浴室拿洗漱用品和日常的护肤品，拉开玻璃门，贺烛正好打完电话，走进卧室，道：“只有这些吗？”

“嗯。”唐棉抱着一堆瓶瓶罐罐出来，用塑料袋套着，放进包裹里，“收拾好了。”

贺烛将手机还给她，顺势提起她的包，大步流星地迈出房间。唐棉嘴唇动了动，终究什么也没说，默默跟上。

孔非的司机开着贺烛的车过来，将落在别墅的手机交还给他，顺便送他们去贺烛的住处。

司机坐在驾驶座，转头说："贺少，您给个地址。"

贺烛暂时没回答，他坐在后排，微微侧头，同唐棉说话："你之前说住在这儿是因为工作需要？"

唐棉小幅度点头："这里离录影棚近。"

贺烛："录影棚在哪儿？"

唐棉："府河口附近。"

贺烛看了眼手机，而后跟司机说："去山词苑。"

路上，唐棉给房东发了微信，她把防盗门和次卧的钥匙一起放在了房间衣柜里，并如实跟房东说明提前搬家的原因。

房东人还不错，说是晚上去那儿看一眼，房间用品没有损坏的话，晚上就把押金和剩下的租金退给她。

唐棉又给唐白发消息：【哥，我要搬家了，你有认识的人在市中心附近出租房子吗？】

"跃影"会所今天有活动，唐白忙得晕头转向，回复慢而简洁：【没，贺烛肯定有，问他。】

唐棉沉默了一阵，手指飞快打出一行字：【我不能总欠他人情。】

唐白嫌打字慢，改成发语音："那你之前欠的能还上吗？"

唐棉：【好像不能。】

唐白："反正都还不上，欠多欠少都一样，而且贺家单在本地就有两处楼盘，不差这一套房子。"

唐棉：【你不是说，人情欠多了还不上，以后要给人家当牛做马的吗？】

唐白："我什么时候说过……那种仅限于人品高尚、道德感极强的人，我们这种俗人脸皮厚点就没事了。"

唐白回完最后一条，应当是实在抽不出时间了，没再给她回复。

唐棉兀自捏着手机，对着黑掉的屏幕发呆。

十分钟之后，车开到市中心有名的山词苑外墙入口。

孔非的司机将车和钥匙交给贺烛，之后自行离开了。贺烛带唐棉去门口物业登记了脸部识别信息，方便她以后进出，而后开车带她去住的地方。

在寸土寸金的S市中心区，山词苑内竟然建有大片的人造湖景和绿植公园，高耸入云的几栋高楼旁边，另有三排独栋洋房，每栋之间用小片绿化树林隔开，洋房对面是长长一排保安室，看起来极富安全感。

服务越好意味着房价和物业费越高。

唐棉内心挣扎，唐白说脸皮厚点就没事了，但这得多厚的脸皮才能心安理得地借住在这种富人区啊。

贺烛的房子在独栋二排中间，院子没有市郊别墅那么大，但园艺修得极为精致，门口双开铜制大门华贵典雅。

围栏门用的是脸部识别锁，入户门则是指纹锁。

贺烛手指在指纹识别器上按了一下，房门打开，洋房内部装修简单冷清，看不到一点生活气息，似是无人居住的样板房。

贺烛提着唐棉的行李直接上了二楼，他随手拧开一间卧房，将她的行李放到床边。

屋内落地窗清透明亮，外伸一个小阳台，放了遮阳伞和摇椅，秋日午后在这里喝一杯茶，迎着阳光，惬意又安适。

唐棉面露迟疑："我还是——"

贺烛打断她："旁边还有两间客房，不喜欢这间你可以另外挑。"

"没有不喜欢。"

"那就没问题了。"

贺烛今天格外专横，似乎从尤凯出现后，他的脸色就一直不大好看。

唐棉还想说什么，贺烛又道："我的房间在隔壁，有事叫我，我不在家你就按墙上控制屏的安保按钮，保安室二十四小时有人值班，随叫随到。"

唐棉有点蒙："你也住这里吗？"

贺烛挑眉："不然我搬出去？"

她还能说什么呢。

口袋里的手机振动，唐棉设定的闹铃响了，她只好先去洗脸刷牙，准备上班。

贺烛进了隔壁的房间。因为不常来这里住，房间显得空旷又冷清，他坐到窗边的沙发上，倚着皮革靠背，缓缓合眸，敛去眼中淡淡的疲惫。

半晌，他指骨清晰的手倦懒地擎起手机，掀眼拨出一串号码。

那边接通，贺烛闭着眼，脖颈后仰，声音低沉："帮我查个人。"

根据赞助商的建议，剧组正式更名为《错觉宠爱》剧组，戏份拍得差不多了，导演组计划两日内全剧杀青。

工作量重大，剧组近来连午餐八卦的时间都没有，一群人任劳任怨地从早忙到晚，中午有时都顾不上吃饭。

唐棉昨晚一直没睡安稳，睡眠不足，白天眼皮总觉得睁不开。

杨卯卯在减肥，将发给演员的雪顶咖啡分给她，关切地问："小唐姐脸色好差，是不是工作太累了？”

“谢谢，”唐棉摇摇头，“就是没睡好。”

杨卯卯理解地说：“唉，马上要杀青了，你们压力肯定很大。”

唐棉没多解释，看着她一脸即将解脱的样子，笑了笑：“你才应该有压力吧，剧火了，你就能正式挤入女演员行列了。”

杨卯卯耸耸肩：“不可能的。我们又穷又没名气，火不了，钱制片本来说杀青那场戏要给冉千柏租一辆豪车撑场面，结果今天发现经费不够，又把豪车换成了普通 SUV。”

她们忙里偷闲聊了会儿天，冉千柏也想加入，但下一秒唐棉就被孙平安叫走了。

少年脸上肉眼可见地浮现失落。

杨卯卯目睹了他的表情变化，小声嘲笑道：“省省吧，小唐姐一看就不喜欢你这种没长开的毛头小子。”

冉千柏愤愤：“我是毛头小子你是什么，黄毛丫头！”

杨卯卯吐吐舌头，冲他做了个鬼脸，然后故意气他似的，借问戏的名义，小跑到唐棉身边，黏黏糊糊地挽住唐棉的胳膊。

“小唐姐，这块是不是要看左上的镜头啊？”

唐棉今天穿了长袖，在片场到处跑，出了一身汗。她推开凑过来的杨卯卯，绝情地说：“别靠太近，热。”

冉千柏：“噗。”

杨卯卯恼羞成怒，龇牙咧嘴地过去揍他。

精力真好啊。

唐棉看他们吵吵闹闹地跑远，满意地在孙平安给的计划本上添了两笔。

男女主追逐嬉闹，趁着情绪还在，下午安排他们多补拍几个发糖镜头应该没问题。

晚上从片场出来，唐棉习惯性地步行到地铁站，到了地铁口才反应过来，她已经从那个小区搬出来了。

打开手机，房东一小时前给她发了两段语音和六千块的微信转账。

唐棉点开语音，贴在耳朵上听。

“小姑娘啊，我检查过了，房间没问题，钱给你转过去了，主卧那个租客也要搬，哎哟你说说，怎么找了那么个畜生当男朋友。楼下的住户说那个男的下午带了一帮地痞蹲在小区门口，后来不知道是谁报了警，一伙人全给抓走了，似乎是以前犯事了没抓着他，最近让人举报了，弄不好得关两三年。小姑娘你最近别往这边走啊，我也是道听途说的，说不好两三天就给放了呢，你多加点小心。”

唐棉收了钱，礼貌地回了句谢谢。

她仰头看看地铁口，原地静站了一分钟，轻轻叹了口气，转身往反方向走去。

山词苑的物业服务可谓周到至极，唐棉在大门口刷脸，本打算步行入内，一个穿着制服的工作人员匆忙喊住她："唐小姐等一下，路程有点远，我们派车送您。"

唐棉没拒绝，坐进车里，由工作人员带她来到洋房门口。

下车后，她突然想起，大门是脸部识别开锁，贺烛不在的话，她没办法进去，正犹豫要不要发消息给贺烛，院子的栅栏门忽然"啪"的一声自动打开了。

唐棉抬头，二楼走廊间的玻璃窗内，一道熟悉的身影恰好转身，视野中只剩一抹穿黑色衬衣的背影。

房门开着，进门时贺烛正好下楼，站在旋转木质楼梯的拐角，懒洋洋地搭着扶手，微低下头，望着走进来的唐棉，出声道："饿不饿？"

唐棉愣了下，下意识回答："有点。"

"保姆做饭不好吃，厨子暂时没联系上，晚上我们出去吃饭。"

"行。"

唐棉放下背包，说道："我请客吧，算是谢谢你让我住在这里。"

贺烛倒没跟她客气，拿上车钥匙，开车去了附近一家米其林法餐。

一共上了十三道菜，量少精致，但两人吃足够了。

用餐结束，服务生微笑着递上账单。

唐棉去付钱，眼睁睁看着刚入账的六千块瞬间消失。

贺烛跟在她身后，没心没肺地笑："还过意不去的话，可以再请一顿。"

唐棉面无表情地收起手机，当没听见。

唐白说得没错。

人生在世，脸皮厚一点，烦恼就少一点。

她决定做个厚脸皮的人。

吃完饭，他们从餐厅回去。

贺烛安静地开车，唐棉坐在副驾驶翻看手机，手指无意中点开了通信记录。

她后来随手将贺桐的号码加在了通信录里，故而那两次未接来电提示不再是一串数字，而是将来电者的名字显示了出来。

唐棉答应过贺桐，有贺烛的消息会立刻给她打电话，只是后面又是照顾喝醉的贺烛，又是搬家，电话的事就被彻头彻尾地忘记了。

唐棉想了想，决定先问贺烛的意见："你姐姐让我给她打电话。"

贺烛神色如常，平静道："没必要，她今早找过我。"

"噢。"

唐棉低头，还是给贺桐发了短信，解释不回电话的原因。

几分钟后，她收到回复。

【知道了。】

唐棉刚要退出去，又见短信页面多出两个字。

【谢谢。】

仔细看了眼发件人，确认这是那个一贯高高在上的贺大小姐发来的。

唐棉颇觉稀奇："你姐跟我说谢谢了。"

"嗯。"贺烛淡淡地应道。

唐棉认真回复：【不客气。】

之后便不再开口了。

晚宴结束贺盛江说了什么以及贺烛把自己灌醉的原因，唐棉没问，贺烛也没提，就这么轻描淡写地揭了过去。

谁都有难以言说的秘密，不过问，是体贴，也是尊重。

正式入住山词苑，唐棉好像回到了在贺家时的居住环境。

宽敞的独立居室，明亮的落地窗，浴室有按摩浴缸，下班可以舒舒服服地泡澡放松。

跟之前的合租屋相比简直是一个天上一个地下。

由俭入奢易，由奢入俭难。

唐棉住了一天就开始担忧，以后从这里搬出去，她能不能适应一般的住宿条件。

还得更努力赚钱才行，收入水平起码要在市中心租得起一室一厅。

大概是远离了姚盈颜的噪声，加上床又大又软的缘故，唐棉一不小心睡过了头。

昨晚熬夜改拍摄剧本，忘记定闹钟，睁开眼，视线所及之处，日光透过窗帘在地板上形成一圈弧形的光斑，昭示白日的降临。

这一觉睡得异常满足，唐棉伸了个懒腰，不情不愿地拿起手机，用指纹解锁屏幕。

她掀开眼皮，瞄了眼手机上的时间。

八点零五分。

他们八点半开工，今天还是杀青日！

睡意霎时间退得干干净净，唐棉噌地坐起来，掀开被子，着急忙慌地下床，以最快的速度洗漱换衣服。

八点十五分的时候，唐棉趿拉拖鞋，小跑下楼。

新来的阿姨站在楼梯尽头等她，笑容得体："夫人，早餐做好了。"

唐棉根本没时间吃饭，疾步跑过，边跑边挥手："谢谢，我来不及了。"

话音未落，人已经冲出了家门。

庭院外，贺烛站在围墙的栅栏门边，面前停着一辆宾利。

上午约了合作商，今天由助理开车。

张助理从驾驶座下来，为老板拉开后排车门。

贺烛俯下身，忽见一个穿着灰色卫衣的身影像风一样奔出房门，步子迈得又大又急，路过时，仓促地跟他们说了声早，随后脚步不停，拐了个弯继续往前飞奔。

贺烛手疾眼快地拉住唐棉的卫衣帽兜，将人抓到眼前，浓黑的眉梢微蹙着："你这是在晨跑？"

唐棉粗声喘了口气，语速飞快："早上的工作很重要，我要迟到了，快撒开我。"

贺烛轻叹一声，往旁边侧开一步，朝车的方向扬了扬下巴："上车。"

张助理在前方笑笑："夫人，我先送您去片场。"

唐棉没有推辞，时间确实来不及了，道了声谢后，便跟贺烛一起坐进后排。

最后一场戏要补一个男主角开车的镜头，外景片场就在山词苑附近，开车十分钟就能到。

道具和摄影组已经布置好了片场，唐棉本应该提前过来协调，但她睡过了头，进组后不好意思地跟同事们一一说抱歉。

大家笑着摆摆手，说都认识这么久了，怎么还这么客气。

唐棉从剧务老师那里拿了自己的马甲，利落地穿上，左手剧本，右手规划表，一秒进入工作状态。

过了几分钟，导演组的同事过来找她，乐呵呵说："小唐，你朋友来找。"

唐棉茫然道："清妍来了吗？她昨天不是刚来过？"

"不是，是那个，那个借我们场地的年轻人。"

同事笑容暧昧："小伙子手里提着东西，你去看看吧。"

当初大家私下里没少猜测唐棉和那位有钱朋友的关系，但那人后来再没出现，大家慢慢忘了这个八卦，没想到最后一天突然出现，还贴心地买了早餐。

现场版的霸总追妻戏码。

可惜编剧老师还没来，错过了绝佳的剧本素材。

唐棉走到片场外围，本应紧锣密鼓布置场地的工作人员，这会儿时间突然多起来，一个个不务正业，探头探脑地往路边瞅。

制片人竟然也在其中，而且亲自上阵，占据了前线位置。

唐棉远远看到钱制片站在张助理旁边，先是递了一张名片，接着嘴巴不停地说着什么，一双眼睛滴溜溜地直往旁边宾利的车标上瞟。

剧组的人见怪不怪，基本都猜能到他想干吗。

张助理全程面带微笑，好脾气地听着他的介绍。

唐棉走过来，奇怪地问："还有什么事吗？"

"给您的早点。"

张助理将手中装着早餐的纸袋交到她手上，由于不确定贺烛和唐棉对外是否声明了夫妻关系，故而他贴心地没有提及夫人和贺总这几个字。

唐棉接过早餐，知道是贺烛让他送的，笑了笑，视线移向车窗紧闭的宾利车，张口，口型明显地说："谢谢。"

张助理完成任务，笑道："那我就不打扰了，祝您工作顺利。"

"哎，小唐。"化妆组一个四十多岁的大姐看了半天，忍不住起哄，"人家小伙子不错，还知道来送早餐，给人家一个机会。"

唐棉："？"

张助理泰山崩于前而面不改色的笑脸终于出现裂痕，慌忙回头往车内看，拼命用眼神证明自己的无辜。

那位大姐日常说话嗓门大，她一开口，周围的同事基本都能听见，心照不宣地笑起来。

钱易明察言观色的本事不错，见年轻人脸色变了，转头瞅了化妆师一眼，呵斥道："瞎说什么，你看你一句话弄得人家两个都不自在。"

"哎呀我嘴快，不好意思啊。"

"没事，其实——"唐棉想解释。

钱易明看张助理要走，忙拉住了他，间接打断了唐棉的话："那个，你看你跟小唐才说了两句话，年轻人之间得多聊聊才能有发展，走，我带你去里面坐坐。"

张助理急着回去跟老板解释实情，直截了当地说："钱制片不妨有话直说。"

"其实吧，是这样的，我们这片子还差个开车的镜头，需要一辆车……"钱易明拼命给唐棉使眼色，拜托她帮忙说点好话。

张助理明白了他的意图，无奈道："钱制片，这车是我们老板的，而且老板现在就在车上。"

钱易明表情呆滞，怎么还有老板。

张助理怕贺烛等得不耐烦，说了句抱歉，稍稍用力，挣脱钱易明的手。这时，宾利后排车门被推开。

贺烛长腿一伸，躬腰从车上下来。

迎面立着一棵高大的行道树，树影投下，衬得他神情晦暗。

贺烛薄唇压成一条直线，明显面色不豫。

边上凑热闹的剧组人员没想到车上还有人，一瞬间视线都跟了过去。

只见后来下车的男人面容俊美，身形颀长，容貌、气质、身材皆是万里挑一，不自觉叫人看直了眼。

尤其是组里几个小姑娘，兴奋地互相拍打，掩着嘴无声叫起来。

张助理紧张地说："老板，让您久等了，我马上开车。"

贺烛没有回应，径自迈开腿走向钱易明，站定时，眼尾斜扫了一眼他后面的唐棉，扯了扯唇，说不上是笑是讽。

唐棉顿时有种不妙的感觉。

贺烛收回视线，淡声问："要借车？"

钱易明没见过贺烛，不过单看气度便知道这人地位不凡，嘴都不利索了："是，啊不是，我就随口说说，您别介意，您忙您忙。"

贺烛顿了顿，道："张助理，把车钥匙给他。"

"好的，贺总。"

钱易明也不知该不该接，求助地看向在场唯一跟他们有关系的唐棉。

贺烛也看着唐棉，不等她说话，勾唇，扯出一个笑容，轻声道："拿着吧，毕竟我太太长时间受你们照顾，帮点忙是应该的。"

"太太"两个字似乎被有意无意地加了重音，落入在场听众的耳朵里，清晰又响亮。

片场像按了暂停键，众人齐齐止住手上动作，四面八方的目光集中到唐棉身上。

他说什么？太太？

唐棉："……"

/第八章/
吃了自己的醋

同事们的目光热烈而迫切，激动又复杂，好像要把唐棉看出朵花来。

钱易明诧异半天，干笑两声，两只手来回交叉摩挲，不确定地问："您说的太太，是指小唐吗？"

贺烛点了下头。

唐棉很想装作无事发生，悄悄溜进片场的大棚里面，但从四面八方聚过来的视线越来越多，盯得她无处可逃。

她只好低头，安静地看着自己的脚尖，暂时回避同事们的目光。

张助理一直关注着他们，误会解开，他的危机似乎解除了。于是他整理表情，回车取下车钥匙，微笑着对钱易明说："请您尽快，十点之前我们得离开。"

"好的，好的。"

正事要紧，钱易明正颜厉色，严肃地赶走附近越聚越多、工作都忘了的剧组人员，然后吩咐副导演给两个主演打电话，通知二人拍摄提前，让他们尽快赶来片场。

冉千柏跟杨卯卯住同一个旅馆，听副导演催得急，两人便一块打车过来。

他们从另一个入口进入片场的化妆棚，还没来得及问发什么了事，就听化妆老师一边给他们上妆，一边激动地讲着什么高富帅之类的话。

杨卯卯也来了兴趣，问："老师在说谁啊？"

化妆师笑了笑："我们在说小唐的老公。"

"老公？！"原本安静的冉千柏突然拔高声音，吓得化妆师差点没拿稳手里的散粉刷。

不过他的反应不算夸张，刚听到的时候她们也险些惊掉下巴。

平时低调老实、年轻能干、不显山不露水的唐棉居然已经结婚了，老公还是个有钱人，之前那个别墅想必也是他借给剧组的。

杨卯卯看了一眼反应过度的冉千柏，压下震惊，追问道：“小唐姐结婚了？”

“对，没想到吧。”化妆师工作、八卦两不误，一边给她上眼影一边说，“她老公长得可帅了，是那种不化妆上镜都能惊艳一片的类型。”

另一个化妆师道：“别着急，你们待会儿就能看见了，千柏今天要用的车就是钱制片跟小唐她老公借的，还是宾利呢。”

冉千柏：“……”

演员化完妆，去各自的更衣室换上剧里的衣服，冉千柏心里有事，走得慢腾腾的，杨卯卯倒是没什么顾忌，迫不及待地跑了出去。

一出片场，就看见不远处，摄影机的摄像范围之外，唐棉正跟一个穿着黑色西装、身高腿长的男人说话。

两人面对面，男人微低着头，挡住侧投过来的阳光。

唐棉被他的影子包裹，白净的脸被阴影覆盖，神色平静无波，嘴巴一直在动。

男人的视线始终落在她身上，安静地听着。

杨卯卯轻手轻脚地走近了些，直到看清他们的面庞。

一个俊美矜贵，一个清雅恬淡，站在一起，分外相配。

听到身后紧随而来的脚步声，杨卯卯叹了口气，没说什么刺激人的话。

唉，输得太彻底了，任何安慰都显得苍白无力。

然而，事实情况其实并没有她想得那么美好。

唐棉仰头看着一脸事不关己的贺烛，实在想不明白他突然在同事面前说明他们关系的原因。

她不带任何埋怨，纯粹是出于好奇地问：“你怎么突然说出来了？”

贺烛似是没听明白，黑眸向外一瞥，随口道：“说什么？”

“我们的关系。”

“哦——”尾音稍稍拉长，贺烛重新凝视她白净的面孔，“你能接受跟张助理传绯闻，接受不了公开真实的夫妻关系？”语气透着点冷，心情极差的样子。

“没有接受不了。”唐棉说，“今天剧组其实就杀青了，晚上要办杀青宴，我不想被大家围着问东问西。”

贺烛浓长的睫毛轻微抖动一下，旋即挪开视线，看着远处，嘴边讽意更深：“是我的错，我不该返回来给你送吃的，你饿死跟我有什么关系。”

唐棉顿了下，道：“饿一早上其实没关系的，死不了。”

说完她又觉得重点好像不在这儿，在贺烛气到拂袖而去之前，找补了一句：“不是你的错，谢谢你的早餐，收到早餐我很开心。”

贺少爷相当不给面子，脱口而出：“我不开心。”

唐棉双眸澄澈，真诚地问了一句：“为什么？”

贺烛一噎。

他下意识地不愿细想，胡乱找了个理由：“我们结婚又不是机密，一些无中生有的流言传进知情人耳朵，那成什么了。”

“对哦。”唐棉恍然大悟，“这样张助理就成插足别人婚姻的第三者了，对他名声不好。”

贺烛咬牙，怎么又是张助理，她能不能不提这个人?

另一边。

张助理不知道自己又成了某人的眼中钉，正打算走过来询问接下来的日程安排，走到一半，忽地感觉背后一阵冷风吹过。

他缩了缩肩膀，随后犹豫地看向贺烛，脸色不妙。

张助理直觉这个时候应该自动消失，于是若无其事地调转脚步，又回去找钱易明。

拍摄现场，冉千柏正在车里发呆。

导演站在车外，隔了半步给他讲戏，边讲边时刻注意着自己的动作，生怕一个不小心，给这车磕掉一星半点的外漆。

导演小心翼翼地跟男主演隔空喊话，冉千柏也不知听没听清，机械地点头。

顺了一遍戏，导演一拍手：“行了，你待会儿按照孙老师教你的路线开，就这一小段，争取一遍过啊！”

冉千柏没回应。

几秒钟后，他脸上浮出几分纠结，喊住即将离开的导演，小声问：“这车怎么开啊？”

导演一愣，探头往车里看了一眼。

然后两人双双沉默。

研究半天，仍找不到门路，导演打算去找见多识广的制片人过来看看。

一回头，年轻但可靠的张助理正立在他身后，犹如天神降临，带着标志性的微笑，拍了拍导演的肩：“总裁怎么能亲自开车，让我来吧。”

大概是心情不佳的原因，冉千柏今天很快就找到了角色设定中的高冷感，表情淡淡又不显得呆板，台词念得也很顺畅。

导演拍了一条，又补了个备用镜头，一小时内结束了这一场景的拍摄。

钱易明跟在贺烛身边道谢，没敢再唐突地递名片，恭恭敬敬地把人送上了车。

对比钱易明的热情，贺烛态度显得很冷淡，俊颜绷紧，直到唐棉过来跟他说再见。

他坐在车里，车窗摇下，像是随口一问："晚上几点回去？"

唐棉看向钱易明。

她没参加过杀青宴，不知道剧组通常会庆祝到什么时候。

钱易明十分有眼力见地说："下午拍完我们就去吃饭，晚上八点，啊不，七点之前，肯定把夫人安全送回家。"许是受了张助理影响，他说话也不由自主地用上了夫人这个称呼。

唐棉听着有点别扭，小小地皱了下眉。

贺烛倒是接受良好，语气自然地回道："麻烦了。"

随后，宾利车从片场驶离，在前方路口拐弯，消失在众人的视线里。

像是打开了什么阀门，整个片场霎时间沸腾了，平时跟唐棉关系不错的同事们迅速跑过来，七嘴八舌地问问题。

"小唐你老公是做什么的啊？"

"太不够意思了，怎么结婚都不告诉我们。"

"他身边有没有兄弟姐妹之类的亲戚，介绍一下嘛。"

有些话就是随口开的玩笑，唐棉也好脾气地一一回答了。

纤细的身影被人群团团簇拥，轮廓都看不见。

杨卯卯也想过去凑热闹，但是下一场戏马上要开拍，她得等冉千柏对剧本，只能遗憾地留在原地。

剧里的总裁换了一身衣服从更衣室出来，沉默着走到她身侧。

静了半晌，杨卯卯听到旁边人心有不甘地嘟囔："我也要健身。"

她终是没忍住，说了句伤人的大实话："健身是没用的，还是多多行善积德，争取下辈子投个好胎，重新练号吧。"

冉千柏："……"

下一场是男女主角的暧昧感情戏，但他现在只想掐死女主角怎么办。

拍摄的最后一天，剧组工作只多不少，大家八卦了一会儿就被导演和制片驱逐，各归其位继续干活。

傍晚时分，天边卷起火焰一样明艳的云絮。

导演最后一声"咔"郑重落地，演员和片场工作人员不约而同地鼓掌，在热烈的掌声和欢呼声中，全剧正式杀青。

唐棉的剧组生活也宣告结束。

贺烛的出现让剧组省了一笔租车的开支，财务给大家发完基本工资后，账上还剩一点富余，钱易明决定大度一回，在附近包了个饭馆，请整个剧组吃饭。

白天的事大家还没忘，这会儿工作结束了，等餐过程中，唐棉身边又围满了人。

同事抛出的问题层出不穷。

类似于他们怎么认识的、谁先追的谁、怎么追到的这种问题，唐棉只能半真半假地扯谎。

“相亲认识的。”

“应该算……算我追的他吧。”

“怎么追的，写情书？”

众人惊讶，现在的霸总居然喜欢这种清纯又老套的追求方式吗？

剧组工作结束早，吃完饭喝了酒，仍有精力闹腾的人提议组团去KTV。

唐棉属于有精力的那一批。

她第一次参加这种热闹的聚会，随着气氛喝了点酒，两腮红扑扑的，眸子里像带着星星，明亮又精神，兴奋地跟同事一起举手报名。

钱易明还记得在贺烛面前的保证，说好七点前得把这位小祖宗送回家。他冲过来，将她举高的胳膊按下来，劝道：“太晚了，下次吧，下次再玩。”

唐棉困惑：“都杀青了，哪里有下次？”

此话一出，周围笑声明显减淡，欢乐的气氛缠上一丝落寞。

杀青意味着离别，孙平安和钱易明这样的前辈已经习以为常，但对这些年轻人来说，分离还是尚未习惯的伤感情节。

杨卯卯激动地扑过来，抱住唐棉，似真似假地哭：“小唐姐，你等我，等我红了，我请你当我的御用导演。”

“谢谢，”唐棉回抱了一下她，“但我的目标是当制片人。”

杨卯卯有点醉了，说话不经大脑：“那就当我的御用制片人，不要钱制片，他太抠了。”

钱易明：“……”

唐棉笑了笑：“行，那等我成为制片人，第一个请你当我节目的嘉宾。”

杨卯卯一边呜呜呜地假哭，一边疯狂点头。

这时，统计人数的同事举着记事本，站起来喊道：“还有谁没报名，马上订包厢了。”

唐棉又把手举起来。

同事记下她的名字，算上一个人头。

钱易明无奈地说：“小唐要不跟你先生打声招呼吧，回家晚了，他肯定要担心的。”

“担心我？”唐棉诧异地重复一声，显然不认同他的话，摆摆手道，“他不会的。”

她跟贺烛名义上是夫妻，其实就是室友关系，时间长了，也称得上是朋友，贺烛白天应该只是随口一问，说完估计他本人都没放在心上。

唐棉不以为意，但钱制片坚持，唐棉只好当着他的面，给贺烛发了报备的微信消息。

唐棉：【剧组晚点还要去 KTV 唱歌，大概会玩到十点左右，我晚上坐剧组的车回去，不用担心我。】

最后一句是受制片人影响，他在旁边念叨多了，唐棉下意识就发了出去。

剧组的大巴车开到 KTV 门口，唐棉收到贺烛的回复。

简单又冷漠的三个字：【想多了。】

确实是钱制片想多了。

唐棉没放在心上，将手机放进口袋，兴致勃勃地跟同事们进了 KTV。

一群人在包厢扯着嗓子唱到晚上十点，由于多数人要回旅店收拾东西，在本地的今晚要坐车回家，大家玩不到太晚。

要去车站的人自行打车离开，剩下的人由剧组同事开大巴车，按距离远近依次送回住的地方。

从 KTV 出来，杨卯卯喝多了，抱着唐棉不撒手，翻来覆去地重复几句话，以后剧组没有小唐姐她该怎么办，她能跟谁说话，她是不是要被世界抛弃了。

冉千柏一面用手机录下杨卯卯醉酒的窘态，一面恶毒地回击她白天的挖苦：“放心，你以后接不到戏了。”

唐棉温和地哄着身上树袋熊一样的小姑娘，好不容易才把人哄上车坐好。

大巴车上只坐了一半的人，另一半人要么在付账，要么在去洗手间的路上，车得等一会儿才能发动。

唐棉坐在靠窗的位置，车窗被拉开一半。

清凉的晚风徐徐吹进车厢，拂过脸颊，将聚会过后的疲惫和困顿吹散了一点。

她酒喝得不多，脑袋基本上是清醒的。

等待过程中，她的视线漫无目的地飘向旁边的一排门店，其中一家鲜花蛋糕店竟然还亮着灯，店主正将外面陈列的商品搬进店里，应是在准备打烊。

不知怎的，唐棉忽然想起之前放在贺烛床头柜上的紫色满天星，贺烛任由它在床头摆了一个月，后来干枯了，被丢进了垃圾桶。

大脑放空了一阵，回过神，唐棉慢慢从位置上站起来，小心地跨过已经睡着的杨卯卯，迈下车，快步走向花店。

老板在屋里收拾东西，店门没锁，唐棉推门走进店里。

甜品柜已经空了，单左边的货架上还有几个花桶，里面装着几束用塑料纸包裹的鲜花。

老板没想到这个时间会有客人进来，愣了两秒，随后扬起笑脸，手在围裙上擦了两下道：“美女需要点什么？”

唐棉环视一圈，说：“我想买花。”

“好的，”店主走到花桶旁边，“是送给谁呢？”

唐棉想了想，回答：“朋友吧。”

店主翻动花桶：“我帮你看看啊，现在还剩马蹄莲、百合、郁金香……粉色郁金香不错，花语里有友谊长存的意思。”

唐棉摇头：“有没有适合表达谢意的。”

“稍等一下，我记得还剩几枝——啊，找到了。”老板弓着身子，从最里面的货架取出一个装有白色钟形小花的塑料桶。

“风铃草，花语里好像有感谢的意思，剩最后九枝，美女都要了吧，我算你便宜点。”

“行。”

老板从柜台顶层抽出一张透明带斑点的包花纸，仔细包裹住花束，最后在花梗底部用白色丝带打了个蝴蝶结。

唐棉付完钱，抱着风铃草走出花店，正好遇上最后一批从 KTV 里出来的人。

同事看见她手里的东西，打趣道：“小唐家里管得很严嘛，晚回家还要买花道歉。”

唐棉弯了弯嘴角，没多解释。

一车人中，唐棉住的地方离得最近，负责开车的同事便先送她回去。

车停到山词苑门口，同事们扒在车窗边，挥手跟她告别。

“回家记得在群里报个平安。”

“小唐以后有机会再合作啊。”

“别忘了我们。”

唐棉笑着挥手。

冉千柏伏在车窗边，冲她挥手挥得最用力，少年露出一排白牙，笑容爽朗而灿烂：“唐棉姐，再见。”

唐棉：“再见，等下记得帮我跟卯卯道别。”

“知道了。”冉千柏蓦地提高了一点声音，“唐棉姐，你的节目不能光请杨卯卯，也记得要请我啊。”

唐棉笑着说：“没问题。”

车上的人都笑了，冉千柏也笑了。

时间不早了，送完唐棉，大巴车没多停留，缓缓开走。

唐棉从栅栏侧面的小门进入住宅区，物业二十四小时有人值班，负责晚间工作的经理体贴地派了一个女性工作人员开车送她。

洋房内大厅和二楼房间的灯都亮着，几十平方米的小院子里不知何时多了一些装饰灯具，夹在花丛中，如星火一般点缀着夜晚。

唐棉抱着花束，用自己的指纹解锁房门。

从外面看，贺烛房间的灯亮着，他应该还没睡。

走到二楼，唐棉敲了敲贺烛的房门。

等了一阵，听见里面的人不紧不慢地踱到门口。

贺烛刚洗完澡，发梢滴水，身上还穿着浴袍。

一开门，一束包装精致的可爱白色小花映入眼帘。

贺烛保持着开门动作，短暂地呆滞了片刻："什么意思？"

"送给你的。"

唐棉擎着花，脸颊因为酒劲儿浮着淡淡的红，微微仰头，双眸直视他的眼睛，真诚又坦率地说："早上多亏了你送我，我才没迟到，后来的早餐也很好吃，谢谢你。"

贺烛接过花，无意识抽了抽鼻尖，嗅了下花香。

一股清淡的草涩味，若有若无，闻着很舒服。

"这是什么花？"他问。

唐棉："白色风铃草，代表感谢。"

贺烛弯了下唇，心里萦绕一整天，说不出道不明的郁结忽然就被这清浅的花香治愈了。

"不用谢，谁让你是我太太呢。"

剧组杀青第三天，唐棉收到了财务老师打来的基本工资，两个月发了八千块,比预期多了两千,想来是制片人将傅清妍和贺烛的帮忙算在了她身上。

有了定居市中心的目标，唐棉越来越像个小守财奴，看着钱款进账就觉得很开心。

同事们都在朋友圈发文感慨，唐棉闲下来，躺在床上依次给大家点赞。

红心点了一个又一个，翻到最下面，突然出现一条画风不一样的。

是一张亲子照片，照片上的女人抱着一个可爱的小男孩，噘起嘴，作势要亲他，小男孩嫌弃地把头撇到一边。

唐棉点了赞，又留下评论。

【浩浩是不是长高了？】

几乎是发出去的下一秒，她的评论就有了回复。

姑姑：【怎么都关注浩浩呢！棉棉快夸我保养得当，显年轻！】

唐棉听话地发了一条，然后姑姑就将聊天地点转移到了私聊界面。

【棉棉什么时候来玩啊，浩浩可想你了，拍这张照片的时候，浩浩还说要是亲他的是棉棉表姐，他肯定不嫌弃。】

唐棉脸上露出浅浅的笑意，回复：【我最近放假，过几天就去看你们。】

姑姑：【记得来啊，我得睡美容觉去了。】

唐棉也回了个小表情，然后躺到了枕头上，盯着天花板发呆。

以前唐父唐母忙于事业，无暇看管两个孩子，就会把他们送到姑姑家暂住。

那是唐棉成长记忆中，最放松最快乐的一段时光。

姑姑跟唐父不一样，她思想开放，为人率性，爱美又爱玩。那时候姑姑还没遇到姑父，整天带着唐棉和唐白去周边的城市旅游，给他们拍照，带他们认识不同行业的朋友。

可惜时间一长，唐父发现两个孩子在家越来越不愿意遵守他所谓的规矩，得知他们整天在妹妹那儿随心所欲地玩，气得大发雷霆，之后便禁止两个孩子再跟他们姑姑接触。

直到有了一点自主能力，唐棉和唐白才有机会悄咪咪跟姑姑联系，又怕父亲迁怒姑姑，每次只敢用手机问候，很少上门拜访。

大学毕业后，兄妹俩逢年过节都会去姑姑那里看看，关系一直维系着。

说起来，唐棉想做节目制片还是受姑姑的启发。

当时她在姑姑家看电视，姑姑拿着遥控器把各个台调了一遍，说这个节目看过了没意思，那个节目老套没新意，最后跟唐棉说："等棉棉长大了，专门给姑姑做一档电视节目好不好？"

"好。"小唐棉很乖地应了。

姑姑当时只是随口逗小孩玩，说过便忘，唐棉却很认真地记在了心里。

长大后，这成了她的目标。

翌日。

唐棉想去商场给姑姑和小表弟买点礼物，刚坐上出租车就收到一条短信，发件人是下一份工作的负责人。

可能是导演又跟朋友联系了，得知他们剧组已经休假，便让唐棉今天去面谈具体的工作事宜，顺带签工作合同。

唐棉告诉司机转道去录影棚。

负责人比她早到五分钟，是个看起来很和善的姐姐，担心唐棉找不到路，还在路口等她，一见面就主动跟唐棉说话。

“你好，是叫唐棉对吧，我是你的组长，蒋昕倩，他们都叫我倩姐。”

唐棉礼貌地叫了声“倩姐”，然后跟她进了录影棚旁边的办公室。

蒋昕倩递给唐棉两份文件，一份录用合同，一份保密协议。

“我们是艺人管理组，平时负责艺人的饮食起居和接送工作，没事的时候也兼任现场导演，说白了就是四处打杂的劳动力。我看你简历上写在地方台和网剧剧组工作过，这些任务对你来说应该没问题。”

唐棉认真听着，点了点头。

蒋昕倩又跟她说了很多注意事项，着重强调了保密问题。

唐棉快速将两份文件看了一遍，之后在上面签了自己的名字，按了手印。

交代的东西有点多，她们在办公室坐了近两个小时。

临走时，蒋昕倩将唐棉拉进小组的微信群，告诉她以后有新通知都会在群里说。

从办公室出来，唐棉看了眼时间，下午乘高铁赶去姑姑家还来得及，于是重新打车去往附近的商厦。

在商场给姑姑挑了一条丝巾，又去玩具区买了个新出的遥控玩具，唐棉两手提着东西，准备去高铁站买票，等车时，忽然收到贺烛的微信。

贺烛：【中午回不回来吃饭？】

贺烛：【保姆问的。】

唐棉将购物袋套在手腕上，抽出手缓慢地打字：【不了，帮我谢谢阿姨，我下午要去坞口，可能晚一点回去，晚餐不用做我的份。】

坞口是姑姑一家居住的市区，就在S市旁边。

贺烛：【没事去那儿做什么？】

唐棉：【见一个亲戚。】

过了须臾，贺烛直接打电话过来。

“你坐上车了？”

“还没，”唐棉说，“现在要打车去高铁站。”

贺烛好像在穿衣服，等了一会儿才说：“发个定位给我。”

唐棉有点疑惑：“什么定位？”

贺烛语气漫不经心：“你在哪儿，我正好要去坞口见个客户。”

唐棉：“不用麻烦——”

话音未落，手机里传来“嘀”的一声，对方挂掉了电话。

五分钟后，贺烛开车出现在商厦旁边的停车场。

说是去见客户，他却穿得相当随意，一身简单的休闲家居服，鞋子是晨跑用的运动鞋，连文件包都没带。

唐棉坐进副驾驶，说：“我在坞口汽车站下车就行。”

贺烛扬眉：“你亲戚就住汽车站？”

“姑姑住在市里，我在汽车站打车，很快就到了，你还要见客户，不耽误你时间。”

“具体地址。”

他坚持要把唐棉送到姑姑家门口，唐棉只好接受。

路上，贺烛的手机一直响个不停，他皱了下眉，将手机丢给唐棉。

“电话一个都别接，然后把未接电话拉进黑名单。”

唐棉看了看贺烛的手机屏幕，算上刚刚拒接的，未接来电一共有十五个，她迟疑道：“所有号码吗？”

“嗯。”

唐棉照办，正在一个个操作的时候，又一个电话打了进来，她手一滑，不小心点了接听键。

那边似乎没想到会有人接，停了两秒，方才惊喜地出声：“贺少，是我，你还记得我吗？”

贺烛直视前方的路况，手指在方向盘上点了一下，不耐烦道：“挂掉。”

“我是——”女人的自我介绍被唐棉无情按断，黑名单再提一名新成员。

唐棉没忍住好奇，问：“你的手机号是被写到街头小广告上了吗？”

贺烛没回答，脸色看着更冷了。

另一边，躺在夜店包房醒酒的孔非突然打了个喷嚏。

他昨晚干什么来着？好像是有人跟他要贺烛的联系方式。

哦对，他嫌一个个说麻烦，直接把号码写在吧台上了。

孔非一个激灵，瞬间酒醒，坐起来抱着手臂打了个冷战。

老天保佑，千万别让贺烛知道是他干的。

车开到通往坞口区的高速，短短半个小时，唐棉已经按掉十个电话，阅读并删除三十多条奇奇怪怪的短信。

唐棉不禁怀疑，贺烛执意要送她是不是为了找个人替他拉黑骚扰电话。

有几个发件人在手机上有备注，询问之后，贺烛仍让她把人拉黑。

其中一个女人在贺烛的通信录里留有详细的介绍，信息写得很仔细，电话住址邮箱能填得一个不落，甚至还设了本人的照片作为通信录头像。

唐棉觉得对方有点眼熟，但想不起来哪里见过。她又看了眼信息，轻声念出备注上的名字：“若若。”

名字好听，照片上的人也长得好看，是标准的美女脸。

贺烛听到，轻皱了下眉：“什么若若？”

唐棉："你手机里的，信息很详细，是前女友吗？"她随口一问，手机上正好收到姑姑的微信，便低头看消息。

贺烛却嗤了一声，道："你翻翻通讯录，这样的'前女友'起码有四个。"

以前在夜店喝酒时，有人跟他要微信，贺烛懒得理会，免不了有喜欢磨人纠缠的，便直接把手机丢过去，让她们自己加。

信息详细的，全是自己动手输入的。

唐棉还真去数了一遍，说："不止，一共有五个。"

"哦，一块拉黑了吧。"

唐棉默默照做。

久久没听到回应，贺烛分心往副驾驶的位置瞥了一眼。

唐棉低头看着放在腿上的手机，唇线抿紧，眉头略微蹙起，似乎是在介意什么。

贺烛呼吸一滞，没由来地一阵心慌。

车内静了片刻。

贺烛半敛着眼睫，状似不经意地问："觉得我很过分？"

"嗯？"唐棉茫然地抬头，"哪里过分？"

贺烛："……前女友。"

"不过分啊，"唐棉说，"我表弟也这样。我姑姑拜托我去接他，能不能麻烦你——"

进入坞口市区，贺烛按照唐棉说的地址，停在了一家幼儿园门口。

恰好赶上放学时间，好些家长站在外面等孩子，一群小豆丁排成好几队站在幼儿园的栅栏门内，吵吵闹闹地等待自己的爸爸妈妈。

贺烛奇怪地说："你表弟在幼儿园上班？"

唐棉摇摇头，按下车窗，专心寻找表弟的身影。

新的一队小朋友抵达园区门口，唐棉看到了要找的人，立刻解开安全带下车，贺烛也随她下去。

栅栏门里，一个穿着背带裤、粉雕玉琢的小男孩牵着同班小女孩的手，安静地站在老师身边。

见到唐棉，小男孩嘴巴一咧，乐颠颠地跑到栅栏前，大声道："棉棉姐，我好想你呀。"

跑的时候他不忘拉着自己的小伙伴，小女孩被他一起带过来。

因为旁边还有其他家长在排队，唐棉蹲下来，隔着栅栏跟小女孩说："你知道他其实有三个女朋友吗？"

小女孩异常淡定："知道啊，没关系，我有六个男朋友。"

唐棉"哇"了一声，仰头看向旁边的人："你输了。"

贺烛：“……”

车上没有儿童座椅，安全起见，唐棉抱着浩浩坐到了后排车座。

浩浩自从见到贺烛就一直沉默。

上车后，见他自动坐进了驾驶位，小孩特别明显地松了口气，仰头跟唐棉说：“棉棉姐，司机可不能找这么帅的。”

唐棉：“……你哪里学来的这种话？”

浩浩一本正经地回答：“电视剧里的叔叔说的。”

唐棉尴尬地看了眼前面开车的人，解释道：“浩浩，他不是司机，是——”

“浩浩。”贺烛一边打着方向盘，一边开口叫了声小朋友的名字。

小孩不情愿地应道：“干吗？”

贺烛懒洋洋地说：“考你个问题，人们通常怎么称呼自己表姐的丈夫？”

浩浩不假思索，迅速道：“表姐夫。”

贺烛应声：“哎。”

唐棉：“……”

是错觉吗？这人最近好像格外热衷跟别人表明他们的关系。

被骗着叫了姐夫，浩浩一路上垮着小脸，闷闷不乐的，唐棉拿出遥控玩具都没能让他开心。

浩浩爸今天出差不在家，妈妈跟姐妹出去踏秋，路上耽搁了两个小时，晚些才能到家。

本来唐棉是想自己带浩浩在附近玩一会儿的，但贺烛在车上瞄了眼手机，又说客户临时有事，见面取消了，随后便开车载他们到附近的儿童商城。

到达目的地，唐棉抱小朋友下车。

浩浩一脸的富贵不能淫，骄傲地将小下巴别到一边，就是不看贺烛。

可惜这种高贵的品质只坚持到商场的大型玩具店门口，在贺烛不经意说出“店里的东西，乖小孩可以随便挑”的时候，浩浩就屈服了，兴冲冲地跑进玩具店，抱出来一堆平时爸妈不给买的玩具。

贺烛财大气粗地刷卡付账，唐棉阻止不能，说要把钱转给他，贺烛当没听见。

傍晚，姑姑唐仪回家，正好在楼下碰到带浩浩回来的唐棉，她远远跑过来，猛地给了唐棉一个拥抱。

看见侄女手里提着大包小包的袋子，其中几个还是品牌玩具店的包装袋，唐仪惊诧道：“棉棉你怎么给他买这么多东西？”

浩浩插嘴说：“是姐夫买的。”

吃人嘴软拿人手短，小朋友收了东西态度大变，一口一个姐夫，叫得十分亲近。

“姐夫？”唐仪来了兴趣，四处张望，“棉棉交男朋友啦？在哪儿呢，快让姑姑看看。”

唐棉犹豫地回头，贺烛还待在车里，似乎不打算下车。

唐仪顺着唐棉的视线看过去，车窗半开着，只能看清车里男人的半张侧脸。她天生性子直，大大方方地走近，敲了敲车窗：“小伙子怎么不下车啊？”

知道这是唐棉的姑姑，贺烛顿了顿，打开车门。

从车里出来，贺烛收敛起在小孩子面前的散漫张扬，面带微笑，得体地向唐棉的长辈问好。

唐仪满意地笑道：“哎哟，没想到棉棉找了这么帅的男朋友。好了好了，一起进屋吧，我晚上多做两道菜，一块留下吃饭，啊。”

贺烛微微点头：“打扰您了。”

“都是一家人，不用说这些客套话。”说完，唐仪牵起浩浩在前面领路，唐棉和贺烛落后一步。

唐棉不好意思地问：“没耽误你谈工作吧？”

贺烛看她一眼：“婚都结了，你总跟我客气什么。”

唐棉一噎。

贺烛收回视线，好心情地弯了弯嘴角。

进了家门，唐仪热情地招待贺烛到客厅坐，顺手将想去厨房帮忙的唐棉也按在了沙发上：“你留下，怎么能让男朋友一个人在这儿坐着。”

唐仪又想到什么，跑进家里的书房，翻出一本厚厚的相册交到贺烛手上。

她笑着说：“里面都是棉棉小时候的照片，有些还挺有意思的，你们慢慢看，我先去做饭啊。对了，贺烛有没有忌口的东西？”

贺烛道：“没有，我吃什么都可以。”

唐棉闻言，不可思议地睁大眼睛，好像今天第一次认识他似的。

姑姑走进厨房，将空间留给他们。

贺烛将相册放到茶几上，随意地翻开。

相册按照时间顺序排列，主角都是唐棉和唐白，从需要人抱着的年纪排到穿上校服，孩童时期的照片最多。

照片里的小唐棉总是一副怯生生的样子，拍照时永远在哥哥后面猫着，几乎找不到她的单人照。

贺烛慢条斯理地翻看，神情不自觉柔和下来。

唐棉也很久没看过这些照片了，于是坐到旁边，跟他一起看。

相册翻到中间，两个孩子长大了一点，贺烛眼睛眨了一下，手指滑向单页的右上方，问道：“怎么哭成这样？”

唐棉看了一眼，是一张她张嘴大哭的照片，也是她为数不多的单人照之一。

“好像是在水泥地上摔了一跤，膝盖磕得很惨，我比较怕疼，没忍住就哭了。”

贺烛淡淡地“哦”了声，继续往下翻。

幼儿园和小学的都看完了。

唐棉蓦地想到，高二放寒假的时候，她偷偷跑来姑姑家，那时候也留了一张照片。

不确定贺烛看到以前的照片会不会想起她，以防万一，唐棉阻止了他继续翻阅的动作，手按在小学时期的最后一页，道：“后面没有了。”

剩余两页的照片都露出边缘了，她的举动有些欲盖弥彰。

贺烛挑了挑眉，却也没坚持要看，如她所愿地合上了相册。

浩浩在房间摆弄刚买来的玩具，客厅只有他们两人，看完照片就各自低头玩手机，无言地坐着，直到唐仪喊他们洗手吃饭。

饭桌上，唐仪问了贺烛一些无伤大雅的问题。

唐棉没敢告诉姑姑她已经结婚了，以姑姑的性格，要是知道她跟贺烛结婚的真相，没准会去唐家跟她父亲打起来。

幸好贺烛也默认了男朋友的说法，没有说出结婚的事。

唐仪越看越觉得他们般配，笑道：“贺烛还是棉棉第一个带回家的男朋友呢。”

贺烛眼睛侧向唐棉，忽然扬起笑：“这么说，我算是你的初恋？”

某种意义上，这么说也没错。

唐棉心里叹气，当着姑姑的面，轻轻点了点头。

看似专心吃饭的浩浩转了转眼睛，突然开口：“不是，棉棉姐以前很喜欢一个男孩子，放学还要偷偷绕路去看他，给他送信。”说完为了增加可信度，刻意加上了消息来源，“妈妈说的。”

唐棉面无表情地看向姑姑，说好不把这事说出去的。

“咳！”唐仪给儿子夹了一块肉，试图堵住他童言无忌的嘴，“瞎说什么呢，吃你的饭。”

贺烛目光落在唐棉身上，微笑：“是吗？没想到啊，你还有这样一面。”嘴角还弯着，笑意却从眼底散了去。

唐棉含糊地说：“都是小时候的事了。”

唐仪帮忙打了个哈哈，将话题岔了过去。贺烛态度如常，似乎并没有放在心上，配合地回应唐仪抛出的话题。

吃完饭，唐棉婉拒了唐仪让他们留宿的提议，跟贺烛一道回去。

返程的路上，车内安静得有些沉闷。

贺烛一声不吭，一改在姑姑家笑容满面的样子，脸色冷沉，心情很差的样子。

唐棉以为是今天耽误他太多时间，惹他不耐烦了，小心翼翼地道歉："对不起啊，今天麻烦你送我，还浪费了你的假期。"

贺烛好像听不到她的话，面无表情地开车。

唐棉也不敢说话了。

过了很久，车进入市区，停在一个红绿灯道口。

贺烛双手捏着方向盘，出声问："你后来跟那个人在一起了吗？"

唐棉没反应过来："啊？"

"你那位初恋。"

该怎么说呢。可以说在一起了，也可以说没在一起。

防止他追问下去，唐棉选了前一个答案："没有，他拒绝我了。"

"哦。"

车里的气压好像回升了一点，唐棉不明所以。

这人最近总是喜怒无常、阴晴不定的。

嗯——

大概是跟贺盛江吵架的后遗症吧。

/ 第九章 /
他真的栽了

唐棉的假期持续了两天，艺人管理组的工作群就更新了一条通知。

【明天上午十点，全组在影视大楼门前广场集合，带上纸笔以便记录，非特殊情况不能请假，严禁迟到。】

当天九点半，唐棉背着在剧组工作时的背包，提前到达集合地点。

未来的同事们大部分都到了。

节目组分工很细，单艺管组就有十个人，蒋昕倩站在队伍前面的台阶上，后来的人很容易就能看到她。

找到位置，唐棉默默站到队伍尾端。

临近十点，所有人都到齐了，蒋昕倩清点完人头，带着自己的组员进入演播厅，边走边讲解在影视大楼工作的注意事项。

组里多数人员是长期在同一个团队工作的前辈，对演播厅的工作驾轻就熟，她的话主要是说给少部分新招人员听的。

节目组的名字暂定为《学做手艺人》，虽说是上星综艺，但并不是卫视主推的节目，播出时间在工作日晚上，拟邀嘉宾也多是三线艺人。

他们第一期邀请的素人嘉宾是位甜点师，节目前三分之一，场上嘉宾会跟甜品师学习制作一款甜点，中间三分之一嘉宾会分成两队，合作展示学习成果，之后由现场观众投票选出优胜队伍，最后三分之一则是奖励环节和惩罚游戏，是节目主打的看点。

奖励内容由节目组定，惩罚由嘉宾现场发挥，或是随机选出一名现场观众，让观众来决定惩罚内容。

趣味性不足但互动性很强，容易让观众有代入感，收视率不至于太惨。

唐棉一边听蒋昕倩讲解，一边在心里分析。

后面蒋昕倩又带他们走了两遍演播厅和嘉宾休息室，确保正式开工他们不会迷路，之后便是分派任务了。

根据常驻嘉宾咖位，艺管组的工作人员细分出一个三人组，三个二人组和一个单人组。

蒋昕倩将每组负责的嘉宾资料分发下去，分到单人组的是个男生，年纪轻轻，一脸桀骜不驯的样子。

他拿到名单，不太高兴地说："倩姐，这人是谁啊，段意深，听都没听过，是不是跟素人名单拿混了？"

蒋昕倩好脾气地说："段意深是嘉宾之一，一个不太出名的男演员。"

男生嫌弃地甩了下资料纸："我本来都要去另一个组当导演了，听说可以跟冯思婵接触才留在这儿的，现在算怎么回事啊。"

冯思婵是嘉宾中咖位最大的二线艺人，也是唯一的常驻女嘉宾，日常出席活动女神范十足，吸引了很多男粉。

男生这么嚣张是因为家里有关系，蒋昕倩拿他没辙，用商量的语气跟三人组的成员说："要不，你们谁跟他换换？"

三人合作远比一个人单干轻松，谁都不想换。

唐棉也分在三人组，可能是蒋昕倩觉得她是新人，需要人带，人多方便她学习适应。

她低头看着手里的资料单，她以前在窦晴身边待过两天，像这样在圈内有些名气又不是很红的艺人，"作"起来简直要人命。

担心碰到第二个窦晴，唐棉主动举手："我可以换。"

蒋昕倩皱眉："你属于新人，没接触过——"

话未说完，那男生已经急不可耐地把名单塞给了唐棉，顺便从她手里拽走了冯思婵的资料，吊儿郎当地撂下一句"谢了啊"。

蒋昕倩叹了口气，想着大不了她以后多教教唐棉，便没再说什么。

唐棉重新看起手里的资料，对比冯思婵那张写满了注意事项的纸，这位男演员的资料简直单调得可怜。

住宿无要求，饮食无要求，派车无要求，互动提问无要求……

究竟是真没有还是不敢提，就只有他自己知道了。

唐棉想起冉千柏和杨卯卯，他俩如果现在上这种节目，估计也是小心翼翼的，对节目组言听计从，谁都不敢得罪。

想着想着，唐棉不自觉对这位素未谋面的男演员代入了一丝怜惜之情。

分完名单任务，蒋昕倩开始交代今天的重点，他们在第一期开拍前的准备工作。

"你们回去研究一下某样甜品的制作流程，嘉宾来的时候，你们得提前教他们一点甜品知识，不指望教会了，在节目上别显得一问三不知就行。另外，嘉宾上场时要交出一份手艺老师给的课前作业，第一期的作业是每人准备一份小甜点，嘉宾没时间就由你们完成，必须是手作的，这样观众看不出破绽。”

说到这儿，蒋昕倩顿了下：“甜点的质量按照我给你们的嘉宾定位来完成，冯思婵、翟沂、柴兴珂要求做得尽量完美，米飞定位是搞笑，他的就做成黑暗料理，段意深的……中规中矩即可。”

唐棉一一记下。

回去的路上，她特意跑到附近的超市买了些做甜品的材料。

因为暂时不知道做什么，她干脆将能用到的东西都买了一点，最后提着两个重重的塑料袋走出超市。

回到洋房，保姆做晚饭的时候才会过来，白天家里没人，唐棉就自己进了厨房。

她其实没做过甜点，只在大学研究美食节目的时候记了一些理论知识，现在已经忘得差不多了。

唐棉将买来的东西分门别类放好，掏出手机，临时搜起教程。

找来找去，她决定做一款简单的戚风蛋糕，不加奶油，只做不起眼的蛋糕底，这样既不会抢走黑暗料理的搞笑噱头，也不会太出彩以至于将其他人的作品比下去。

唐棉按照教程一步步操作，先把牛奶倒进奶锅，再慢慢倒入沙拉油，然后是细砂糖，接着开小火边煮边搅拌……

步骤进行得很顺利，唐棉一只手缓慢地搅着牛奶，另一只手腾出来，划拉手机屏。

教程跳到下一步，页面上出现了开头准备材料里没写到的鸡蛋，并且注明打鸡蛋时需要分离蛋黄和蛋清。

之前大概是作者遗漏了。

唐棉正纠结找鸡蛋的时候要不要关火，玄关传来开门的声音。

她以为是保姆阿姨，心里一阵庆幸，在厨房喊了一声：“张姨，麻烦你帮我找四个鸡蛋出来。”

她背对着厨房门，看不到身后，只听见一道不疾不徐的脚步声从玄关处靠过来，紧接着，来人打开了冰箱门。

厨房安静了下来。

迟迟等不到鸡蛋，唐棉奇怪地转头：“张姨？”

没见到保姆，提前回来的贺烛正弓着身子站在冰箱前面。

唐棉见他在冰箱冷藏室里翻翻找找，似乎一无所获，然后他抬起手，准备打开冷冻室的门……

“等等，”唐棉阻止道，“不可能在那里吧。”

贺烛顿了顿，直起身，回头瞥她一眼：“自己找。”

唐棉手上捏着搅拌牛奶的勺子，无奈地说：“我腾不开手。”

片刻后，贺少爷皱着眉头把厨房所有的柜子翻了一遍，最终确认家里没有鸡蛋这种东西。

唐棉的牛奶也彻底变成了牛奶糊糊。

第一次尝试宣告失败。

万能的物业这时候发挥了作用，几分钟后，唐棉拿到鸡蛋，重新开始。

这回没有意外，除了蛋糕底部烤得有点煳，基本算是成功。

唐棉本着不能浪费的原则，将煳的部分切掉，然后端着看起来有模有样的戚风蛋糕跑去找试味的人。

蛋糕的香味融入空气里，从未关牢的厨房门缝中丝丝缕缕地溢出来，充盈了洋房一楼的空间。

贺烛在客厅沙发上看文件，不经意抬头。

唐棉双手端着盘子，慢慢走到他眼前。

“帮我试试味道吧。”她说。

贺烛垂首，淡声道：“我不吃甜食。”

唐棉小心地把盘子放到茶几上，坐到他旁边，一边将蛋糕切成小块一边问：“是食物过敏吗？”

“没，就是不喜欢。”

“那就尝尝吧。”

唐棉第一回做蛋糕，成就感满满，有点急于寻求认同。

蛋糕的香气近在咫尺。

贺烛侧头看她。

唐棉面向他，热情地举着餐叉，顾及他不爱吃甜食，只叉了一小块，蛋糕擎在他嘴边，微微低头就能咬到。

他下意识松开唇，绵软的蛋糕顺势送进他的嘴里。

贺烛微不可察地蹙了下眉，蛋糕浓郁的甜香萦绕在舌尖，口感又干又腻，余味还有一点淡淡的奇异的焦苦。

唐棉眼睛亮亮的，迫不及待地追问：“怎么样？”

他的确不喜甜食，但是看她眸子里溢满了显而易见的期待，小扇子似的睫毛紧张地眨啊眨，明显是在等表扬。

挑剔的话说不出口了，贺烛勉为其难地咽下口中蛋糕，回了一声：“还不错。”

唐棉看起来很高兴，也尝了口。兴许是对自己做的食物有了滤镜，她十分赞同贺烛的评价，兀自开心了一阵，随后又变得很苦恼。

“你不喜欢吃甜食都觉得不错，放到节目里被表扬了怎么办？”

贺烛：“……”

他有种不好的预感。

因为他违心的一句评价，唐棉好像对做甜点产生了浓厚的兴趣。

十月份，节目组还未开工，唐棉在家舒服地享受了一整个国庆假期，贺烛则跟她相反，这段时间一直早出晚归，经常出差，已经连续三天没回来了。

晚上，唐棉躺在客厅沙发上看近期热播的综艺。

贺烛出差回来，进门面容疲倦地走到客厅，倒在另一侧的长条沙发上，闭着眼睛久久没有动作。

唐棉将电视关掉，打算留给他一个安静的环境补充睡眠。

她刚要起身，贺烛保持仰躺的动作，慢腾腾地从外套口袋里抽出一张邀请函，沿着沙发靠背的边侧轻推到她面前。

“10 号有慈善晚会。”

唐棉打开邀请函看了一眼，问：“你要去吗？”

“不一定，”贺烛将问题抛给她，“你想去吗？”

这种晚会全程只能坐着，很无趣，而且可能会被镜头扫到。

唐棉摇了摇头：“11 号我们的节目就要正式录制了，我应该没精力参加。”

“哦。”贺烛淡淡地应了声。

后来，他没再提晚会的事，唐棉觉得跟自己没关系，也没放在心上。

结果 9 号晚上，蒋昕倩突然在微信群发布通知，一号演播厅人手不够，由于《学做手艺人》还没开录，只有他们组有空，便临时被调派过去帮忙。

假期提前结束。

唐棉当晚设好闹钟，提前两个小时休息，以便第二天有充足的精力早起。

第二天清晨，唐棉早早地坐在餐厅吃饭，贺烛在她吃到一半时走了进来，身上穿着家居服，头发也有点乱，看起来不打算出门。

保姆迅速送上贺烛的那份早点。

唐棉抬头，对面的人像是刚睡醒，眼皮半耷拉着，眉宇之间的倦意还未消散。

她开口道：“早。”

这时，桌子的手机响了，是唐白打来的电话。

她哥很少主动找她，唐棉疑惑地接起。

唐白的声音穿过听筒，不见平日的吊儿郎当，难得出现了几分温柔：“最近有什么想要的东西吗？”

唐棉猜不到他想干吗，咬了口面包，回道：“钱。”

“你确定？”唐白道，“先说好，一块钱也是钱啊。”

他的行为实在反常，唐棉想了想，忽然严肃，声音也低下来：“哥，你是不是遇到麻烦了？”

唐白：“嗯？”

唐棉：“传销组织还是勒索绑架？”

唐白：“……”

唐棉语气带了遗憾：“超过五万就让他们撕票吧，我还要生活。”

唐白狞笑着说：“我本来是想问你想要什么生日礼物，现在好像不用了。”

唐棉愣住，终于反应过来，10号是她的生日。

唐宗志和陆山兰实在称不上合格的父母，对唐棉来说，出生那天并不是什么值得高兴的日子，因为不放在心上，她常常会忘记这一天的特殊意义。

毕业以后，家里就只有唐白会帮她庆祝生日了。

小小的愧疚感涌上心头，唐棉手指抠着桌子，心虚地放软语气：“哥，谢谢你。”

唐白冷笑：“呵，谁是你哥，你哥早被人撕票了。”

唐棉假装没听见，继续道：“生日礼物不用太铺张，一笔四位数的转账就可以了。”

那边挂了电话，过了一会儿，她的支付宝收到了两万块的入账提醒。

早起的沉闷顿时烟消云散，唐棉嘴角扬起来。

贺烛坐在她对面，垂着眼睫，轻声问：“今天是你生日？”

“嗯。”唐棉点头。

贺烛似是随口一问，之后便没再开口。

吃完饭，唐棉加快了动作，出门直接打车赶去工作地点。

蒋昕倩站在一号演播厅门口等她的组员，唐棉赶到后，蒋昕倩快速交给唐棉一张新工作牌，安排唐棉进入内场。

演播厅吵吵嚷嚷，舞台上还在彩排节目，各组负责人拿着喇叭一时不停地指挥。

好在领导人员经验丰富，安排工作井然有序，没有出现手忙脚乱，推搡争执的情况。

中午各组一起到影视大楼的餐厅吃饭，唐棉和艺管组的同事坐一起。

几个小姑娘兴奋地谈论晚上的入场嘉宾。

“太棒了，我男神今晚要来。呜呜，我干这一行累死累活的就是为了这一天啊！”

“唉，可惜我们只是临时工，不能接待嘉宾。”

“给负责接人的那几位送点礼，求他们帮忙要个签名还是可以的吧。”

唐棉不追星，只能安静地听她们讨论。

同事人都不错，见她默不作声，以为她是不适应，便主动把话题抛给她。

“唐棉你有喜欢的演员吗？”

唐棉诚实地摇头：“没有。”

同事说：“不一定要自己喜欢啦，今天晚会办得挺正式的，好多大佬都要来，运气好的话，弄几张签名合照发微博，多有排面啊！”

唐棉听她说晚会，想起贺烛之前拿到的邀请函，问了一句：“是慈善晚会吗？”

“对啊。”同事道，“听说今晚好些大佬都拿了私人收藏出来拍卖，起拍价没有低于百万的。”

于是话题又转移到了拍卖的商品上。

用餐时间有限，大家聊了几分钟便有人来催，只好放下碗筷，重新回归工作岗位。

唐棉负责现场纪念品的装配发放以及场地补给品的准备事宜，忙到下午，琐碎的工作基本完成。

慈善晚会必备的红毯和签名牌设置在一楼大厅。

傍晚时分，各大媒体扛着摄影机拿着话筒陆续进场，来帮忙的工作人员暂时退到候场区。

候场的地方跟红毯离得很近，工作人员缩在媒体后面，兴致勃勃地等着看嘉宾入场。

唐棉兴趣缺缺，待在后排静等下班。

“来了，来了。”

同事兴奋地喊。

今晚第一个入场的嘉宾身着昂贵的晚礼服，优雅地踏上红毯，拍完照，又慢吞吞地走到签名板的位置，留下自己的名字。

整个过程很漫长，走进来的还有一些叫不上名字的素人大佬，工作人员激动了没多久，疲惫感上来，新鲜劲儿就过去了。

“还有多久啊，我腿都站麻了。”

“再忍忍，红毯结束我们就能下班了。”

“啊……”前排一个女生突然激动起来，回头招呼他们，“你们快来看，有帅哥！”

其他人好奇地涌上前，四处张望：“哪里？哪里？”

“前面，刚下车，我的妈呀，他也是今天的表演嘉宾吗？”

“不是吧，娱乐圈要有这种级别的帅哥我必不可能错过。”

唐棉站得太靠后，光听她们讨论了，什么都看不到。

好不容易熬过红毯时间，蒋昕倩说想看表演的可以留下，想下班的现在就能回家。

唐棉几乎站了一整天，腿酸得难受，组长话一落下，她立刻归还工作牌，离开了影视大楼。

回到山词苑，洋房的灯全暗着，贺烛还没回来，唐棉推测他应该去了慈善晚会。

回房间洗了个澡，让身体放松下来，唐棉侧躺到床上，也懒得拿支架了，直接用手机看综艺。

不久，微信群有人发了一张照片，是留在现场的同事发的。

拍的是现场的大屏幕，内容是当晚的第一轮拍品——某国际珠宝品牌推出的收藏级水滴状无瑕粉钻项链。

【有钱人的少女心，我好酸。】

耐不住疲惫提前回家的人纷纷冒出来凑热闹。

【哇，这钻石好大，谁拍走了？】

【还在出价。】

现场的同事在群里直播。

【出到三百万了！】

【五百万！】

【哇，七百万定下了！】

【我的天，是白天那个帅哥拍走的！！！】

微信群顿时热闹起来。

男生酸不溜秋地说肯定是富人拍来讨女人欢心的，女生则艳羡地表示晚上做梦有素材了。

唐棉看了两眼，配合地在群里“哇”了一声，之后暂时屏蔽群聊，继续研究综艺节目。

大概一小时后，她有了困意，关上手机准备睡觉。

窗外传来了刹车声。

唐棉闭上眼睛。

须臾，有人敲响了她的房门。她坐起来，谨慎地问了句："谁啊？"

门外的人开口："是我。"

听出贺烛的声音，唐棉放心地下床开门。

门外，贺烛刚回家，衬衣上方解开了两颗扣子，西装外套折搭在手肘处，脸上没什么精神，看起来昏昏欲睡的。

他动作随意地将一个正方形的礼盒塞到她怀里，低着眼睛，漫不经心地说："生日快乐。"

唐棉怔怔地接住盒子。

贺烛送完礼物，懒洋洋地打了个哈欠，顺势走进隔壁房间。

唐棉没来得及说谢谢，他已经利落地关上了门。

礼盒沉甸甸的。

唐棉揭开上层的盖子，那条不久前刚见过的、熟悉的、华贵的粉钻项链静静地躺在礼盒中间，光芒四溢，熠熠耀目。

大概是手上的钻石太闪太沉，唐棉困顿的大脑登时就清醒了。

按照同事说的成交价，粗略估算一下，她现在正捧着市中心的一套高级楼盘房，还是装修豪华、自带车库的那种。

颤颤巍巍地将项链放到房门口的立柜顶端，唐棉迅速跑回床上拿手机，打开聊天消息已经过百的微信群，手指压着屏幕飞速往上划拉，翻到同事发的那张照片。

她将手机放在项链旁边，眼睛在图片和实物之间来回比对。

终于确定，它跟图片上的拍卖品长得一模一样。

唐棉心算了一下，以她目前和未来可能的薪资水平，不吃不喝不休息至少要工作十五年才能赚够，这还是建立在她两年后成功当上制片人的前提下。

项链要是丢了，后半生就真得给贺烛当牛做马还债了。

这时候也顾不得贺烛是不是已经睡下，唐棉小心地合上礼盒盖子，端着各种意义上都很沉重的项链走到贺烛房间门前。

敲门。

没有回应。

继续敲。

门内传出杂乱急躁的脚步声。

房门猛然打开，带出一阵风。

贺烛单手压着门板，眼睛半眯，眉宇间尽是不耐和倦意。

低眸，唐棉正站在门外，两手端端正正地捧着盒子，好像在给谁上供。

贺烛深吸了口气，耐住脾气说："道谢就免了。"

唐棉口中的谢谢憋了回去，把盒子抵入他怀里，仰着头，干巴巴地说：“太贵重了，我不能收。”

贺烛倚着门框，又打了个哈欠，随口说：“收着吧，不值钱。”

“……这样的还算不值钱吗？”

贺烛动作一顿，掀起眼皮，狐疑地说：“你怎么知道它值钱？”

唐棉道：“同事说的，我们去帮忙布置晚会用的演播厅，晚上同事留在那儿看到了。”

“所以——”贺烛看起来有些不满，“你今天其实到了会场？”

唐棉点点头。

贺烛表情逐渐危险，接着说：“但是你没等我，自己溜回来睡觉了。”

唐棉眨了眨眼，这么说好像有哪里不对。

贺烛扯了扯嘴角：“现在你清醒了，又不准干坐了一晚上的我上床睡觉。”

唐棉呆住，她还在捋这段话里两人行为之间的因果联系，贺烛已经关上了门。

她叹了口气。算了，明天再还给他吧。

翌日早上。

唐棉出门的时候贺烛还没起床，项链被她谨慎地放在衣柜夹角里，打算晚上再找出来物归原主。

今天节目组的工作内容主要是让各部门熟悉场地和分工，外加布置演播厅，嘉宾要明天晚上才会来。

唐棉正在帮服装组整理开场舞蹈演员的演出服，隐约听到更衣室隔间有人在聊天，声音很小，但唐棉就坐在推拉门边收拾东西，听得还算清楚。

“你说那事今天会不会上热搜？”

“不好说，也不知道有没有人拍到，唉，我胆子再大点就自己拍下来把照片卖给杂志社了。”

“没看出来窦晴胆子那么大，现场全是媒体记者，她竟然敢在后台直接约见男友。”

“窦晴就是个小演员，没准是故意的呢。”

唐棉听她们提起热搜，出于好奇，中午休息时，她一边吃饭一边打开了微博。

从热一往下一个个看词条，很快，她在热搜第六位发现了窦晴的名字：

#窦晴恋情曝光#

点进话题，一个专门做八卦新闻的营销号发了两张照片，其中男方做了模糊处理，只露出女方的脸。

照片中，窦晴穿着走红毯时的晚礼服，在后头亲亲热热地挽着男方的手，眼睛正好看向镜头，顺势被拍到了正脸。

点赞最高的前排评论中，一个自称是晚会内部人员的网友透露，窦晴男友也是慈善晚会的嘉宾，今天出圈的那条少女心钻石项链就是他拍走的。

层中评论：

【为谁拍的很明显了。】

唐棉看了两条就没看了，将关注点放在照片上。

她越看越觉得眼熟，男方的衣服，好像是昨晚贺烛穿的那套。

说起来，以前剧组就有这个传言，窦晴是贺烛要捧的人，因为贺烛，她的资源才突然好了起来，唐棉还无意中听过窦晴给贺烛打电话。

现在是打算公开了吗？

贺烛一觉睡到中午，浑浑噩噩地起床，一开手机，蹦出来六个未接电话，其中四个是贺桐打来的，另外两个来自陌生号码，微信消息也炸了锅。

他皱眉点开。

孔非、曹攸、于一亩一个不落地对他进行了消息轰炸。

孔非：【贺烛你这样做稍显不地道了，就算是形式夫妻也得给对方留点面子啊。】

曹攸：【啧啧，你不是不找娱乐圈的女的吗？而且我看她化了妆都没小唐漂亮，劝你再想想。】

于一亩：【兄弟，你上热搜了。】

贺烛刚想一人回一句有病，视线一顿，忽然从他们的留言里抓住了几个关键词。

娱乐圈，上电视……

记忆回到昨晚。

贺烛出差几天一直没睡好，昨天又在晚会现场干坐了两个小时，困得要命。拍到项链，他立刻从后台绕了出去，中途被一个女人拉住。

那女人过来就挽住他的胳膊，被甩开之后，女人依旧寸步不离地跟着他，直到走出影视大楼，助理过来拦住了她。

娱乐圈红的手段就那么几种，贺烛很快明白了昨晚那一出是为了什么。

他烦躁地揉了揉眉心，正准备找人撤热搜，贺桐的电话打了过来。犹豫两秒，他按了接听键。

“你终于肯接了，”贺桐好似在压抑着怒气，厉声说，“贺烛，别胡闹——”

那边像是嫌他心情不够差，贺盛江的责骂声紧随其后，掺在背景音里，犹如火上浇油。

“丢人，结了婚还不消停，赶紧把那些乱七八糟的关系处理掉！”

语气是比贺桐更明显的命令。

贺烛冷笑一声，直接挂了电话。

丢人吗？他不介意让他们更丢人一些。

晚上，唐棉下班回来，贺烛正好迈下楼梯，与她打了个照面。

他脸色比昨晚还差，神情冷淡，招呼也不打，径直走向餐厅后面的酒柜。

唐棉平静地看了他一眼，然后上楼，在贺烛回房之前，拦住了他。

她带着昨晚的首饰盒，神情认真又郑重：“这个还给你。”

贺烛看也不看，抬手推门：“不要就扔了吧。”

唐棉一噎，旋即跟在他身后，随他一道进门，顺手将礼盒放在他房间的柜子上。

“你还是自己扔吧。”

唐家在当地算大户人家，陆山兰平时穿金戴银，身上最贵的首饰也没超过百万，她偶尔带唐棉一起去珠宝展会买用来投资的彩宝，预算每次也都控制在一定范围以内。

唐棉觉得自己的消费观还是保守了，对贺烛这种挥金如土的行为颇感肉痛，忍不住劝道：“其实它还挺好看的，送给女朋友应该不错。”

贺烛背影一滞，回头：“你看热搜了？”

唐棉点头，面上浮现几分纠结，思忖片刻，道：“我现在的工作已经稳定了，签了正式合同，我爸妈也干涉不了卫视推出的节目……”

贺烛听她说起这些，莫名有些心慌，沉声打断她的话：“所以？”

“所以，”唐棉挠挠脸颊，“呃，如果你现在提离婚我也没意见。”

“离什么婚？”贺烛忽地提高音量，眉心锁紧，脸色沉得吓人，“我什么时候说要离婚了。”

唐棉跟他摆事实讲道理：“你看你都有公开的女朋友了，我们还保持着婚姻关系，这样不好。”

说完，唐棉抬眸，静静等待贺烛的回复。

空气沉寂下来，顶灯将房间照得昼亮，在十月秋风呼啸的夜晚显得有些冷。

贺烛抿了抿嘴，下颌线条绷紧，胸口明显地起伏了两下。

之后他目光缓缓下移，像是跟什么妥协了，漆黑的眼睛对上她的目光，轻声解释：“我今天才知道窦晴是谁。”

唐棉明显不信：“我之前听到你们打电话了。”

贺烛将手里的酒瓶放到茶几上，走到床边，拿起枕头上的手机丢给她：“自己看。”

唐棉手忙脚乱地接住。

查手机这事儿过于暧昧了，她觉得别扭，把手机还了回去。见贺烛坦坦荡荡的，她又觉得奇怪：“既然是误会，你为什么不澄清？”

贺烛沉默。

过了半晌，他低下头，划开手机屏幕，在通信录里找到一个号码，语气带了一丝无奈：“没来得及。”

临市。

开往S市的一辆保姆车上，窦晴刚见过一部动作电影的导演和制片，在车上优哉游哉地闭目养神，全然不见白天提心吊胆、草木皆兵的样子。

上一部戏的导演三天两头求她引见贺烛，她推三阻四、一推再推，导演起了疑心，加上新戏播出一点水花都没有，圈里人慢慢也不信她那套说辞了。

之前在地方台拍广告，偶然间遇到贺烛，她趁机凑过去让人抓拍了一张照片，作为跟贺烛交往的证明。

可惜时间久了，那照片已经发挥不出作用。

拿不到资源，她只能铤而走险，再利用贺烛一次，只是万万没想到，剧方那边看到照片，为了给新剧宣传造势，直接弄了个热搜增加她的热度。

幸好，那位少爷一如既往地不在乎名声，贺家也是一整天没有动静，应当是不准备计较了。

计划进展顺利，窦晴庆幸又得意，嘴里不由自主地哼起歌。

“晴姐，你今天表现太好了，制片人和导演都对你的演技赞不绝口。”小助理一边给她捏肩一边熟练地拍马屁。

窦晴细细的眉梢张扬地上挑，神情倨傲：“当然了，他就算看不上我，也得给贺少几分面子。”

小助理看她心情好，笑着问道：“晴姐，网上传的项链是不是在你那儿啊？”

窦晴面不改色：“是啊。”

小助理讨好地说：“晴姐改天戴出来让我们开开眼——”

“开什么开！”旁边的经纪人一直在看手机，闻言突然抬头，高声斥了一句。

助理当场噤声。

窦晴皱眉，不满道：“发什么火呀，今天试镜不是挺顺利的。”

“你当人家还看得上你吗！”经纪人掌心拍着胸口，几乎是将手机摔到了她身上，“自己看！”

窦晴拿过手机，页面停在一条点赞过十万的微博上，博主是刚刚注册的企业号，关注人为零，粉丝也没多少。

文案篇幅很长，窦晴越往下看神情越凝重，看到最后，手指已经握不住手机，“砰”的一声，手机落到车里。

她面无血色，两条胳膊颓唐地垂落身侧，怔怔地说不出一句话。

这条微博不仅做了澄清，而且将当天照片被拍下的过程做了详细的、不留一点余地的说明，并在最后点明项链是老板拍下送给夫人的生日礼物，目前他们正通过法律途径追究造谣者责任。

没多久，贺氏的企业大号转发，热度暴增，微博很快被顶上了热一。

经纪人恨铁不成钢地看着她：“好自为之吧。得罪贺家，公司不可能保你的。”

窦晴欲哭无泪，呆怔地捂住嘴。

她知道，自己的演艺生涯，彻底完了。

许是娱乐圈风平浪静太久，网友吃瓜的心异常迫切。

临近零点，热一后面已然多了个“爆”字。

一众嘲讽窦晴的声音中，有几个人独辟蹊径，在这条声明里抓住了一点狗粮的气息。

【可能是天赋异禀吧，我竟然靠着最后一句话脑补出了一部言情小说。】

【+1，高价拍下钻石项链送给夫人当生日礼物，这也太甜了吧！】

然而，网友口中的女主角目前正在为如何保管天价项链而苦恼得睡不着。

贺烛为了证明自己的清白，非要当着她的面打电话给张助理，让他即刻以公司名义注册微博，拟出澄清文案。

至于为什么是张助理而不是公关部或者法务部的人，唐棉猜测可能是因为张助理属于全能型人才，任何事件都能游刃有余地处理好吧。

误会解除，贺烛又把礼盒扔给她。

唐棉不想收。

贺烛直接拿起手机，将界面划拉到微博文案最后一行，然后把手机递到她眼前，特别理直气壮：“现在所有人都知道这是我送给夫人的礼物，放我这可以，但丢了算你的。”

“……”

“记得经常戴一戴，让我知道它没丢。”

项链一波三折又回到自己手上。

唐棉没保管过这么贵重的东西，坐在房间愁了一阵，最后咬了咬牙，决定给自己的生日礼物下单一个保险箱。

几百块的看起来不安全没敢买，唐棉忍痛从哥哥给的生日大红包里抽出一部分，买了个小偷抬不走的大号保险箱。

睡觉前，唐棉躺在床上，翻来覆去睡不着，渐渐琢磨出不对味来。

凭什么她过生日，要倒贴钱保管贺烛送的礼物啊。

离婚之后就把它卖掉！唐棉愤愤地想。

第二天上午，窦晴事件逐渐平息下来。

唐棉午休时再看微博，有关窦晴的话题全都掉到了热搜末尾。

由于事情发生在演播厅后台，相当于瓜田种在了家门口，同事们对这件事津津乐道。

唐棉被迫听了一整天没有根据的猜测，后面甚至扯到了豪门纠葛，什么贺家看不上窦晴，豪门婆婆阻挠之类的。

唐棉默默吃饭，心说贺董夫人去世好多年了，应该是公公阻挠才对。

傍晚，艺人管理组负责的嘉宾依次赶过来，除了咖位最大的冯思婵身上另有通告不能到场，其他人均按时来到演播厅，由工作人员带着熟悉节目流程。

唐棉负责的段意深刚从电影学院毕业，长相精致秀气，性格腼腆，说话小声，看起来乖巧内向。

这样的性格在影视作品里或许会讨喜，但在综艺舞台上，内向话少就等于没存在感的花瓶，观众不会买账的。

唐棉试图在节目开录前点拨他一下，可惜只得到了声如蚊蚋的几声“谢谢”，成效甚微。

将段意深安排到酒店住下，唐棉便可以下班了。

出了酒店，一辆黑色路虎停在马路边，似乎在等人。

唐棉没在意，招手拦下即将路过的出租车。

这时，路虎车门打开，一位妇人走下来，拢着羊绒披肩，冲她喊了一声：“棉棉。”

唐棉浑身一僵。

晚上九点，贺烛刚从公司出来就被孔非和曹攸拉到酒吧，他俩一唱一和地调侃起热搜事件，笑声肆意夸张。

然后，各自挨了顿揍，老实了。

孔非捏着鸡尾酒杯，闲闲地说：“今晚酒吧请了有名的摇滚乐队来演出，待会儿有几个妹子要过来，你这样有家室的还是把小唐叫来吧，别回头让人拍到，又得费事做公关。”

他末了不忘嘴欠两句，贺烛就近踹了他一脚。

沉思须臾，贺烛给唐棉发了微信。

这个点她应该躺在床上对着综艺做观后感，照理说很快就能回复。

然而，贺烛发出的消息宛如石沉大海，半小时之后也没得到回应。

贺烛又问了家里的保姆，得知唐棉晚上根本没回去，他意识到不对劲，神色微变，蓦地从沙发上站起来。

孔非和曹攸吓了一跳，问道："咋啦？小唐还在生你气吗？"

贺烛没心思回答，一边往酒吧外走，一边给唐棉打电话。

孔非和曹攸对视一眼，皆从对方眼里看到了茫然。

贺烛越走步伐越快，脸上难得显露出焦急，心脏好像被什么东西抓住了，呼吸都变得迟缓。

他紧张地等待电话接听。

好在手机响到第四声时，那边接了电话。

"喂。"手机里传出唐棉的声音。

贺烛一瞬间松了口气，问："你在哪儿？"

唐棉情绪不高，没精打采的："我家。"

贺烛皱眉："你回唐家了？"

"嗯。"声音闷闷的。

贺烛已经走到了酒吧外面。

今晚看不到月亮，晚风刮得紧，吹在脸上像刀子割过似的。不过突然的降温并没有影响酒吧街的生意，街道四周亮着五彩斑斓的霓虹招牌，人来人往，说话声与音乐声交织，扰攘又嘈杂。

贺烛没挂电话，往前走了一段路，在停车场旁边寻了一处僻静的空地。

他重新开口："今晚回来吗？"

唐棉："不知道……你是不是在外面，我刚才听到音乐声了。"

"嗯。"贺烛没带外套出来，此刻觉得有些凉，慢腾腾地将挽至手肘的衬衣袖子放下，接着回答，"跟孔非他们在酒吧，今晚有乐队表演。"

唐棉沉默一会儿，低声说："我也想去。"

"那就过来，"贺烛声音淡淡的，"我去接你。"

唐棉顿了两秒，慢慢吐出一个字："好。"

孔非和曹攸从酒吧追出来，在停车场找到贺烛，正赶上他说最后一句话，走上前疑惑地问："你要去哪儿？"

贺烛道："唐棉家。"

曹攸诧异道："她家在临市吧，大晚上的你上人家家里干吗？"

贺烛没说话，回去拿外套和车钥匙。

孔非走在后面，语气欠欠的，笑嘻嘻地说："看你最近一遇到小唐就特别反常，别是真喜欢上她了吧？”

贺烛脚步一顿。

他想回头像刚才一样踹孔非一脚，让孔非别乱说话。

话到嘴边，却忽然没了底气。

孔非说得没错。

他好像真的栽了。

/第十章/ 我不离婚

唐家。

唐棉打完电话就坐在自己房间的窗边发呆。

陆山兰从接她上车开始，嘴就没停过，一直到进了家门。

见唐棉不为所动，陆山兰又去给唐宗志打电话。

贺烛不知道多久能到。唐棉抿了下唇，目无焦距地看着窗外。

夜色暗沉，天上找不出一颗星星，风刮得呼呼作响，吹在玻璃上，发出砰砰的冲击声。

房间门敞着，玄关处开门又关门的声音可以听得很清楚。

唐父回来了。

皮鞋踩在地砖上，脚步沉重有力，步伐急促地停在唐棉房间门口。

唐宗志沉着脸，手握成拳，捶了下她的房门，命令道："出来。"

唐棉攥着手机，随他走到客厅。

没坐下，就那么站着。

陆山兰今天似乎打算扮演慈母，手掌温柔地抚摸女儿的背，温声细语地说："棉棉，先坐，我们不是要责备你。"

唐宗志冷哼一声，鼻孔重重喷了股气。

唐棉没动，低头看着地板："没事的话，我一会儿要回去了，明早还要上班。"

陆山兰手疾眼快地安抚住丈夫，继续做女儿的工作。

"棉棉啊，之前是你爸做得太极端了，你先回家住几天，咱们慢慢商量，你在贺家待着也只是受委屈。你看贺烛结婚以后还是跟以前一样，收不住心，你跟他早晚有一天要分开的。你还年轻，你俩结过婚的事没人知道，现在后悔还来得及。"

唐棉抬头，看着自己的母亲，眼神平静无波："我没受委屈，我在贺家待得很开心。"

贺盛江和贺延整日见不到人，贺桐虽然对她不假辞色但也没刁难过她，贺烛有事没事带她出去玩，多数时候都对她很好。

无论是在贺家还是在洋房，都比住在亲生父母这里轻松。

唐宗志终于忍不住了，瞪着唐棉，高声道："丈夫都明目张胆地在外面养人了，你还想怎么委屈！"

唐棉习惯了他大声说话，丝毫没有受惊的样子，淡定地说："那件事已经澄清了。娱乐新闻不能只看一半，后续反转很多的。"

"好，行。"唐宗志手搭在大腿上，粗喘了两声，"这事先不提，还有件事，刘家小儿子办的晚宴，贺烛身边的女伴可不是你，你作为贺家的少夫人，连陪他出席宴会的资格都没有，你说你这少夫人当得多可笑。我怎么教出你这么个拎不清的女儿。"

唐棉耳朵熟练地过滤掉难听的话，好奇地问："那他身边的女伴是谁？"

她那天是在晚宴开始前溜掉的，贺烛哪儿来的时间重新找个女伴。

唐宗志噎住。

眼见女儿顽固不化，软的硬的都不吃，陆山兰也有点压不住火气："棉棉，我们是为你好，别再任性了。"

唐棉往旁边挪了一步，或许是贺烛承诺过今晚会来接她，给了她底气，她直视着父母，从容地说出心里的想法。

"爸，妈，当初是你们觉得没面子，刻意隐瞒了我的婚事，现在所有人都不知道嫁给贺烛的是我，不是正合你们心意吗？"

"你这孩子！"陆山兰赶在唐宗志之前开口，"你还要不要名声了？"

唐棉觉得唐父唐母的做法前后矛盾又不可理喻。

说来说去，就是见挽回不了唐白，只能挑好欺负的她下手，软硬兼施地将她绑回家，继续做他们掌控下的提线木偶，之后按照他们的安排，按部就班，机械死板地过完一生。

她不想再过这样的日子了。

无人说话，屋里死一般的沉寂，落针可闻。

唐棉攥在手里的手机忽然振动了一下，她旁若无人地看起手机。

贺烛：【我到了。】

唐棉自顾自往大门的方向走。

陆山兰拦住她，一贯听话的女儿自从大学毕业就像变了个人，一再忤逆他们，陆山兰觉得荒唐，厉声道："棉棉，你越来越不知规矩了。"

唐棉默不作声，侧身绕开她。

唐宗志站起来，怒喝道：“不在家老实待着，你还想去哪儿！”

唐棉拉开门，有风灌进来，吹走了心底最后一点胆怯。

她回头，淡声说：“有人来接我。

“接我回家。”

她刻意在最后一个字上加了重音，带了负气的意味，说出来却格外爽快。

没有他们，她也可以有家。

虽然是唬人的。

唐棉心情放松，加快了脚步，在他们追上来之前，找到了停在楼下的红色跑车。

亮面的红色喷漆张扬夺目，不太符合贺烛平时的品位，唐棉通过半开的车窗看到了里面的人才敢确认。

贺烛正准备给她打电话，见她出现，又放下手机。

唐棉坐进来，贺烛将车窗按上去，挡住了外面的冷风。

重新发动车，他随口问：“现在去酒吧还是直接回家？”

听到他语气自然地说出第二个选项，唐棉微愣，旋即轻轻笑了下，舒服地倚向靠背，答道：“回家。”

今晚去临市跑了个来回，抵达洋房时，时间已经过了零点。

贺烛将跑车停在围栏外面。

唐棉问：“不用开进车库吗？”

贺烛随手锁了车，道：“这是孔非的车，我们俩的车换了，明早让人直接开到他那儿。”

唐棉不解：“为什么要换车？”

贺烛一顿，偏过头，目光落在她身上，意有所指道：“这样能开快点。”

“噢。”唐棉一无所觉，搓着手推开栅栏门。

贺烛优哉地跟在后面，缓缓补充：“怕你等得急。”

唐棉一点反应没有，小跑到房门前输入指纹，随后站在门口，一只手压住门板，另一只手冲同样衣着单薄的贺烛招手：“快进来，外面冷死了。”

屋内开着恒温空调，唐棉暖和过来，仰头对后面的人说：“谢谢，今天又麻烦你了。”

贺烛眉梢微抬，屈指在她头顶轻敲了下：“道谢已经听腻了，下回换个词。”

唐棉笑了笑，说了声“晚安”，兀自上楼，跑回房间休息。

贺烛望着她的背影，眸色深邃而柔和。

再等等吧。

还不是时候。

《学做手艺人》今天正式开录。

唐棉要准备节目上用的甜品，起了个大早，一晚上只睡了五个小时。

保姆张姨六点半上门做早餐，唐棉这时已经做好了蛋糕，坐在餐桌前享用自己的劳动成果。见张姨进来，她乐颠颠地切开多余的蛋糕，装在盘子里递过去。

“张姨你尝尝。”

蛋糕芳香四溢，但外形欠缺，看起来松散易碎，好像碰一下就能化成渣的样子。

张姨笑呵呵地接过，叉了一大口放进嘴里，嚼了两下，夸赞道：“夫人手艺真好，这蛋糕味道比店里卖的都好。”

唐棉不疑有他，高高兴兴地接受了夸奖。

吃完早餐，她将蛋糕装进保鲜盒里，拿起背包就出门了。

张姨目送唐棉离开，关门的下一秒，她迅速跑回厨房，给自己接了一大杯水。

太甜了，至少放了半袋糖。

希望夫人带蛋糕只是为了当饭后甜点吧。张姨心虚地想。

去演播厅前，唐棉先到酒店接段意深，四个常驻男嘉宾和他们的随行人员同坐一辆车。

都是年轻人，资源暂时没有冲突，昨晚他们自己互相在酒店串了门，除了段意深，另外三个已经混熟了，在车上叽叽喳喳说个不停。

到了演播厅，唐棉将保鲜盒交给道具组，之后便带着段意深去后台化妆换衣服。

段意深在几人之中年纪不是最小的，脸却是长得最嫩的，像个青涩的高中生。

他化完妆，五官显得更为精致漂亮，拘谨地站起来，小声对唐棉说：“我好了。”

正好编导来后台催进度。

唐棉直接带他去了候场的地方，帮他别好耳麦，最后又叮嘱一遍：“我帮你做的课前作业是戚风蛋糕，味道不错，记得自信一点。”

段意深乖巧地点头。

上台后，手艺老师检查课前作业，问到段意深。

他想起唐棉的话，把蛋糕交给老师，小声又认真地说了一句：“是自信之作。”

老师信了他，放心地尝了一大口，然后迅速放下盘子，一口气喝掉大半杯水，表情古怪地说："你的自信是'糖'给的吗？"

某种意义上，这算是一语双关。

还真是唐棉给的。

老师笑道："自信是好事，但还得多加练习。你看蛋糕都没成型，下回少放糖吧，你今天差点齁死我。"

现场响起一片哄笑。

段意深面露茫然，下意识地往舞台侧方瞄了一眼。

唐棉低下头，羞愧地捂住脸。

她是按照第一次做蛋糕时的用量放糖的。

贺烛明明说不错！

一小时后，节目中场休息，嘉宾纷纷下台，化妆老师迎过去补妆。

唐棉对自己带的嘉宾倍感抱歉："不好意思，我真的以为那个很好吃。"

段意深腼腆地笑笑："没关系，我后来尝过了，我也觉得很好吃。"

他嗜甜，对甜品的接受度很高，所以是真觉得好吃。

唐棉不知内情，以为他在安慰自己，更愧疚了。

接下来的环节是嘉宾分组进行手艺比拼，段意深分到的任务是甜品装盘，唐棉决定趁此机会弥补开场的失误。

以前陆山兰时常带她参加富太太们的下午茶会，一群贵妇人闲着没事干，单聊红茶就能说一下午，桌面上甜品也摆得讲究。

耳濡目染中，唐棉也懂了一点门道。

"摆盘的关键是选好主题，场上给的材料很齐全，你可以选择几样东西往你想的主题上靠，盘子不需要摆太满，单边做留白收拢会更简洁……"

段意深安静听着。

唐棉说了一大堆，问他："明白了吗？"

段意深扬起下巴，微笑道："明白了，谢谢。"

唐棉欣慰地点头。

"可是……"段意深慢吞吞地开口，"节目组给我的设定不是平庸的花瓶吗？"

唐棉顿住。

这个好像不是硬性规定吧？

那边导演在喊人，段意深站起来，与她擦肩时，低头轻笑了一声，温声道："那主题就定为秋天衰落的花园吧。"

节目后半场，嘉宾在规定时间内完成作品，观众打分。

两组做的成品不相上下，但段意深的摆盘主题明确，细节专业，深得场上老师喜爱，所以额外得到了加分。

段意深被队友和老师夸奖，不好意思地低下头，表现得谦逊又内敛。

唐棉觉得他超常发挥好像并不是自己的功劳，也没多想，随台下工作人员一块带动观众为获胜组鼓掌。

第一期录制顺利结束，嘉宾们由多人组的同事带回去，唐棉一个人带嘉宾，交汇报材料比较麻烦，蒋昕倩批准她可以提前下班。

坐车回去的路上，唐棉在微信上跟其他组的同事对接工作，等待对方回消息的时间，她顺手点开了朋友圈。

最上面一条是唐白两分钟前发的，文案是有关乌鸦反哺的故事。

再往下翻，发现他昨晚也发了朋友圈——一条有关投桃报李的典故讲解。

哦对，他们兄妹的生日都在 10 月份，指向性非常明确了。

唐棉看了眼日历，还有七天就是唐白的生日，估计接下来他每天都会意有所指地发一个寓言小故事，以提醒她不能忘恩负义。

礼物她其实已经想好了，贺烛衣服上偶尔出现的清淡雪松味让她记了很久，那味道有冬日细雪覆盖松木的清冷沉稳，夹杂着润泽辛凉的淡苦木香，闻起来像被森林拥抱住一般让人安心。

很久之前，她就决定把给哥哥的礼物定为这款木质香调的男士香水。

唐白粗糙了太久，是时候提提气质了。

时间还早，唐棉让司机开到附近的商场，打算提前把给哥哥的礼物安排上。

将各大品牌的香水专柜逛了一遍，挨个闻了闻跟雪松有关的香水小样，香味混杂，试到后面唐棉也记不清想要的是种什么香味了。

她给贺烛发消息：【你常用的香水是什么牌子呀？】

等了一会儿，没收到回复，唐棉只能先打车回去。

碰巧在山词苑大门口遇到了贺烛，于是她顺道坐上他的车。

唐棉问：“你看到我给你发的微信了吗？”

“没。”贺烛说，“刚从公司回来，开车没看手机，你发了什么？”

唐棉：“我是想问你平时用的香水是什么牌子的。”

贺烛表情有点困惑：“什么香水？”

唐棉：“就是一股很淡的、很好闻的雪松味。”

贺烛没什么印象，道：“可能是保姆熨衣服的时候喷的香氛。”

唐棉转头看向他，忽然动了动身体，弯下脖颈，将脸凑到他肩侧，秀气的鼻头微微颤动，似乎在用力地吸气。

贺烛余光扫到她的动作，脊背一僵，喉结上下滚了滚：“你在做什么？”

“闻一闻。”唐棉抬起头，目光清明又坦然，诚实地说，“我想记住你的味道。”

他要疯了。

接下来一路，贺烛脸部线条始终是绷紧的，下车后两条长腿迈得飞快，看着好像在生气。

他经常莫名其妙不高兴，过段时间又会恢复，唐棉也没在意，淡定地跟在他后面上楼。

走到阶梯拐角，贺烛忽地回头，奇怪地问道：“你怎么会突然关注香水的味道？”

唐棉：“我想买同款做礼物送人。”

送男士香水？

贺烛眉心皱起，还想说什么。

话到嘴边，脑中突然想起，他的生日就在11月。

结婚登记那天他们互相看过身份信息，11月1号这个日期很好记，可能是那个时候顺便记住了。

唐棉常来往的男性只有他身边圈子的人，她又不知道孔非他们的生日……

却忘了她还有个哥哥这回事。

贺烛面色柔和下来，颇为愉悦地说：“我帮你问问。”

唐棉眨眨眼，不明白他怎么又开心了，照例说了声谢谢。

贺烛后来问了保姆，得知雪松调的香水其实是贺宅管家给的，因为贺延有在衣服上喷香水的习惯，管家也会顺便帮贺烛准备一些。

保姆从贺宅调过来，受管家培训，熨完衣服也习惯喷上一点香氛。

贺烛将香水瓶拍了个照片发给唐棉，收到一声谢谢，便再无下文。

一星期后的晚上，唐棉下班回来直奔房间，没多久，又提着一个礼品袋下楼。

贺烛坐在一楼吧台看杂志。

唐棉路过时，顺嘴问了一声：“你今晚想去‘跃影’吗？”

贺烛看到她提了袋子，问：“你要去‘跃影’？”

唐棉点头：“嗯，把礼物给我哥。”

贺烛呼吸微滞：“……给你哥？”

唐棉没察觉到他的情绪变化，解释说：“他今天生日，我想亲手把礼物送给他。”

贺烛咬了咬牙，不甘心道：“你知道11月1号是什么日子吗？”

唐棉想了想：“万圣节？”

尽管心里不痛快，贺烛还是心不甘情不愿地把人送到了“跃影”，等唐棉出来的间歇，他心头冒出一个主意，掏出手机打了个电话。

之后几天，唐棉的朋友圈被孔非刷屏了，他的文案内容都差不多，全是在给他的好兄弟进行生日倒计时。

因为四人圈子里只有孔非在锲而不舍地发，文案也没指名道姓，唐棉以为是他另外的朋友要过生日了，心里感叹孔非真是很重情义，朋友过生日还要提前七天倒计时。

见他发得执着，唐棉顺手点了个赞。

另一边，孔非收到点赞提示，松了口气，截图给某人发过去：

【成了。】

贺烛正在公司开会，听到消息提示音顺势看了眼手机，然后无语地打字：【你确定她知道吗？】

孔非自信道：【都点赞了，放心，妥妥的。】

贺烛：【我是说，你这么发，她知道过生日的是谁？】

孔非返回去看文案，终于意识到自己忘记打上名字了，讪讪回复：【失误失误，还有三天，我马上改正。】

贺烛没再回。

过了一会儿，孔非实在按捺不住好奇心，问道：【你以前从来不过生日，今年怎么突然要过了，还非得让小唐知道？】

贺烛冷漠地回：【不该问的别问。】

孔非怒了：【免费给你干活还这么对我！】

贺烛坐在会议室，漫不经心地听着下属汇报工作，慢悠悠在手机上敲出一行字：【度假酒店的亏损是谁帮你填的？】

孔非秒怂：【贺大爷，小的这就去帮您办事。】

唐棉不常看朋友圈，但架不住孔非一天三遍地发，早中晚一次不落。

经过他的不懈努力，唐棉终于明白他朋友圈文案的主角其实是贺烛。

她复而想起那条烫手山芋一样的项链至今还锁在保险箱里。

不如连着箱子一起当礼物送给他吧。

保险箱花了她近两千块呢。

第二天就是 11 月 1 号。

唐棉这几天连休，早上多睡了两小时懒觉，醒来就一直坐在床沿，神情呆滞地盯着那个巨大而笨重的保险箱。

这东西当初送来的时候，快递小哥搬不动，最后联系物业，找了两个身强力壮的保安一起帮忙抬上楼。

她总不能把贺烛喊到房间来，跟他说：“看，这是你的生日礼物，想办法搬走吧。”

唐棉仰头看着天花板，深吸了口气。

一种名为良心的东西似乎在隐隐作痛。

贺烛这段时间帮了她很多，允许她搬进洋房，晚上开车将她从唐家带回来。

唐棉看多了唐白的寓言小故事，越发觉得给恩人的礼物不能这么草率，可她寻思了半天，仍旧想不出能送什么。

昂贵的东西送不起，便宜的东西送不出手。

纠结一上午，唐棉依然没有合适的选择，最后决定效仿唐白的做法，直接去问他本人。

贺烛今天没出门，二楼有专门的书房，他空闲的时候通常会在里面看书或者处理文件。

唐棉敲了敲门。

贺烛不咸不淡地回应：“进来。”

唐棉推开门，贺烛正靠在沙发椅上，微低着头，手边放着一本书。

阳光透进来，落在他乌黑柔顺的发丝上，如同镀了一层暖融融的金边，衬得他眉宇柔和，气质也没那么生人勿进了。

唐棉酝酿了一阵，刚要开口，贺烛忽地抬起头。

似是疑惑保姆为何进门之后就没动静，他轻蹙着眉心，正欲发问，抬眼间，看清了前面站着的人，脸色倏而舒缓下来。

对上贺烛探究的视线，唐棉没再扭捏，直说来意：“我知道明天是你的生日，但想了很久也想不出要送你什么。”

贺烛的业余兴趣不多，也没有格外偏爱的，只偶尔跟孔非他们在车道飙车或是去酒吧夜店喝酒。

豪车和名酒唐棉都负担不起，所以不予考虑。

“我一般不过生日，”贺烛随手合上书，慢慢站起来，低声客套一句，“你不用费心准备礼物。”

唐棉：“真的吗？”

“……”

贺烛抿了下唇，声音像是从牙缝里挤出来：“假的。”

“呃，”唐棉顿了顿，真诚道，“那可以给个建议吗？嗯——建议之前请务必想想我目前的经济实力，一些普通又昂贵的东西我暂时买不起。”

贺烛微不可察地叹了口气，拉开书房的门往外走，唐棉跟上他。

他进了自己房间，走到阳台，将正在晒太阳却已经蔫了很久的白色小花拿进屋子。

这些风铃草早已不复当初的新鲜娇嫩，花苞枯黄，叶片也焦得不成样子，静静地垂在卡地亚的陶瓷花瓶里，身价一下翻了数百倍。

贺烛将花瓶放在桌面，看向唐棉："救不活了。"

唐棉想了想，说："那就扔了吧，再放下去要发臭了。"

贺烛手指摆弄着枯萎的花苞，低睫，轻声道："我特意买了花瓶。"

意思很明显了。

唐棉恍然大悟，明白过来："礼物只送花就好了吗？"

贺烛眼尾扫她一眼，唇角微勾："你想多加点小惊喜也可以。"

"……"

她要是知道可以送什么小惊喜，就不会来问他了。

下午，唐棉独自出门，去往市中心奢侈品聚集的大型商厦给贺大少爷选礼物。

在三楼逛了一整圈，终于找到一家做花艺的品牌店铺。

省得贺烛再折腾枯花，唐棉打算送他一束永生花，放个三年五载都不会褪色，一劳永逸。

走进店里，唐棉四面看了一圈，发现永生花品种多是玫瑰，什么颜色都有，价位从单枝几十到几百不等。

唐棉回想着那花瓶的瓶口大小，忍痛挑了十枝百八十块的，又从百元以上的品种里每样挑了一枝。

包成一束后，不同品种的玫瑰拼在一起，颜色纷繁，艳而不俗，有种奇异的美感。

收银台设在门店尽头的位置，唐棉付完账，抱着花束走向门口。

路过一面展示区，发现玻璃展架上放了一个举玫瑰的小熊摆件，通体灰色，做工精细，不显廉价。

小熊单手托腮，懒洋洋地趴在玻璃罩里，另一只手随性地举起一枝玫瑰，看着特别可爱。

见唐棉在展架前驻足，店员立刻走过来为她介绍："我们店里这款小熊摆件卖得特别好，价格也不贵，自己留着或者买来送朋友都很合适，美女刚才消费已经满两千，这件包下可以给你打七折。"

想到贺烛说的小惊喜，唐棉沉吟片刻，让店员把小熊也包起来。

第二天上午，唐棉起得比较晚，贺烛已经出门了。

礼物放在房间，晚上再给也来得及。

上回买的材料还剩下大半没用，闲着也是闲着，唐棉又琢磨着做蛋糕。

第一期节目里的甜点老师在现场教了他们不少有用的小知识，唐棉当时都认真记下了，正好还在放假，她兴致勃勃地将剩余的甜品材料摆出来。

这回换了个靠谱的教程，用上了厨房秤和量杯，严格按照教程里的配料制作蛋糕。

过程很顺利，唐棉将做好的蛋糕液放进烤箱，又开始准备奶油。

案台上的手机忽然响了，是贺烛打来的。

"孔非主持办车展，去吗？"

唐棉一边将奶油放进冰箱，一边问："地点在哪儿啊，开始了吗？"她的蛋糕还有三十分钟才能做好。

贺烛道："十点半正式入场，我在公司，等下回去接你。"

唐棉算了算时间，爽快地应道："行。"

三十分钟后，烤箱准时发出"叮"的一声。

唐棉戴着防烫手套，用夹子托起烤盘，小心翼翼地将成品带出烤箱。

这回她严格把控了糖的用度，蛋糕表面金黄又蓬松，比前两次做的蛋糕像样多了。

唐棉切了一小块，吹凉放进嘴里。

口感绵软柔滑，甜度适中。

张姨不在，她担心自己又对作品有亲妈滤镜，想着孔非他们今天肯定要帮贺烛庆祝生日，她带点吃的也不唐突，于是把蛋糕分出三块装进餐盒，一起背了出去。

车展的人很多，其中有不少是超跑俱乐部的公子哥儿想清车库，将一些新鲜劲儿过去了的跑车摆出来，低价出售。

开场前，孔非请了一群专业模特来做 T 台表演。

唐棉背着双肩包，跟贺烛一块到二楼的贵宾间，边喝茶边欣赏演出。

车展由孔非一手操办，他今天比较忙，一直在现场主持售卖活动，曹攸和于一亩先一步到二楼坐下。

曹攸早上没吃饭，这会儿有点饿了，顺便跟负责接待的服务生要了一些茶点。

唐棉听到后，迅速打开背包，将透明餐盒拿出来，放到桌面推给他。

贺烛见状，眼皮跳了一下。

曹攸揭开盖子，一股香甜温热的气息弥漫出来。

他瞅了眼盒子里的蛋糕，好奇道："小唐你来车展还随身带吃的啊？"

唐棉："上午刚做好，现在还是热的，你帮我试试味道。"

曹攸也不客气，直接叉起一整块。

蛋糕又绵又软，很快就配合着口腔的热度融在嘴里，再喝一口热茶，三两下就吃完了。

“还挺好吃的。”曹攸肚子饿着，顺手叉起另一块。

于一亩看他吃得香，拿走了最后一块蛋糕，真实地评价一句：“小唐手艺不错。”

他们两个都说好吃，唐棉确定这次是真的成功了，杏眼亮晶晶的，期待地说：“下次我做新品，再带给你们吃。”

“行。”曹攸吞下蛋糕，大大咧咧地说，“我爱吃甜的。”

不喜甜食的某人隐约有种被排除在外的不适感，兀自抿了口茶。

唐棉高高兴兴地收起餐盒，因为心情愉悦，嘴边始终带着浅浅的弧度。

贺烛唇角下压，眼睛瞥向曹攸和于一亩，视线凉飕飕的，不爽道：“你们吃完赶紧下去干活，别赖在这儿白吃白喝。”

他们又不是主办方。

不过下面的确有几个车模长得不错，刚才经过时，她们有意无意地靠近，委婉地留下联系方式。

有了目标，曹攸和于一亩也不多待，垫过肚子就下楼了。

碍事的人消失，贺烛单手支着下巴，看向对面的人，淡声问：“我的呢？”

唐棉正专心欣赏台上的走秀表演，随口应声：“什么？”

“蛋糕，”贺烛说，“我的份呢？”

唐棉微愣：“没准备，你说过你不喜欢吃甜食的。”

贺烛轻啜了口茶，慢悠悠道：“下次就喜欢了。”

唐棉一时没明白。

“以后不准给他们带。”

这人的心思，她越来越难懂了。

车展持续到下午三点钟，孔非留下来收尾，其他人开车去酒吧。

曹攸和于一亩都带了新认识的模特，进酒吧就各坐一边撩妹，谁也不打扰谁。

唐棉跟贺烛待在卡座，觉得哪里不对。

今天不是贺烛生日吗？

孔非在朋友圈隆重地预热了一个星期，真到这一天，居然谁都没有表示。

难道他们在准备惊喜，晚上一起庆祝？

唐棉暗自猜测着。

然而直到天黑，夜幕降临，酒吧来了一批又一批客人，四周坐满了陌生人，孔非仍然没到场，曹攸和于一亩也不知去向。

唐棉待得有些无聊了，以为生日惊喜还在后面，便没提要走。

她四处张望另外两人的身影，这时贺烛接了个电话，酒吧里很吵，他就去到外面接了。

贺烛一走，唐棉迫不及待地站起来，寻找曹攸和于一亩的身影，找了半天，认错了两次人，最后在吧台旁边发现了于一亩。

他正在点单，唐棉拍了拍他的肩。

于一亩回头，疑惑道：“你怎么没跟贺烛在一块？”

唐棉问：“你们晚上是不是另有计划？”

于一亩一脸茫然：“什么计划？我不知道啊。”

他神色自然，不像故意作伪。

唐棉皱眉：“贺烛生日，你们不帮他庆祝吗？”

出乎意料地，于一亩表情忽然变得奇怪，好像听到了什么匪夷所思又惊世骇俗的话：“帮他庆生？别吧，我还想活命。”

唐棉：“？”

于一亩没解释，怕聊得太久惹女伴误会，朝她挥挥手，快步走向散台区。

唐棉一头雾水，一时半会儿找不到曹攸，只能先原路返回。

没多久，贺烛接完电话回来，不知是不是外面天气的原因，他脸上的情绪比刚才低了些，带了点冷。

确认其他人并没有特殊计划，贺烛又一直干坐着，唐棉试探道：“我们要不先回去？”

“走吧。”

贺烛似乎也觉得没意思，利落地站起来，随手扯起外套穿上，静等着唐棉收拾东西从对面走出来。

他喝了酒，找了代驾开车，唐棉就跟他一起坐进车后排。

路上，她试着给另外三人发微信。

曹攸和于一亩这会儿心思都在女伴身上，一时没有回复，孔非忙了一天，晚上一步不愿多动，正在家瘫着看电视。

半小时后，他回给唐棉一个问号。

唐棉偷偷瞥了眼贺烛，别过身子，手指飞快打字：【你的好兄弟生日，你预告那么久，就只在朋友圈庆祝吗？】

可能是觉得他们没义气，她说话难得有点冲，不过孔非整天被贺烛打击惯了，也没在意她的语气。

他纠结的是要不要委婉地告知唐棉其中缘由。

不过贺烛的家事一向是他们圈子里的忌讳，孔非不敢像大喇叭一样到处传，又摸不准贺烛让他在朋友圈发文案的意图，没把话说太满，含混不清地回：【这样就够了，你不懂。】

唐棉发挥刨根问底的精神，追问：【是哪里不懂呢？】

孔非：【你跟贺烛说要帮他庆生了？】

唐棉：【没，只是说要给他送礼物，已经买好了。】

孔非松了口气：【那没事了，你把礼物给他，其他的不用管，最好连生日快乐也别说。】

唐棉：【这又是为什么？】

她还没看回复，山词苑近在眼前。

贺烛注意到她一直在打字，掀眼问了句："在和谁聊天？"

唐棉觉得没必要隐瞒："孔非。"

贺烛轻皱眉心："你跟他有什么好聊的。"

唐棉支支吾吾，磨蹭到下车，在贺烛进车库锁车时，先一步跑进房子里。

白天剩的蛋糕还在餐桌上，上面盖了一层保鲜膜，应该是保姆阿姨进餐厅的时候给扣上的。

看着蛋糕，唐棉脑子里骤然闪过一个念头。

来不及多犹豫，她动作飞快地端起蛋糕，接着打开冰箱门，把冻好的奶油也拿了出来，脚踢着冰箱门合上，在贺烛进门前跑上楼。

花束还完好地躺在房间的小茶几上，小熊作为惊喜装在小盒子里，塞在花束深处。

唐棉本打算当面给他，店员听说她是要送人，因为永生花一般是插在花瓶里做装饰用，便建议她制造一个小惊喜，对方整理花的时候发现另有礼物，一定会更高兴。

主意听起来不错，唐棉欣然采纳。

担心奶油溅到花瓣，唐棉先将花束移到沙发，又把奶油和蛋糕放到一起，拿房间里的水果刀做抹刀用，一点一点将奶油抹到蛋糕表面。

蛋糕没了五分之四，只剩一个切块，奶油涂起来比较快。

唐棉厚厚地抹了一层。

抹完觉得纯白的蛋糕有点单调，正好房间的小冰箱里有半盘草莓，是她昨晚吃剩的。唐棉找出来，往白色切块中间点缀了一颗鲜红的草莓，奶油蛋糕顿时变得像模像样。

一切准备妥当，唐棉把东西全放到门口，等待贺烛上楼。

她扒在门上听了半天，一直没听见动静，便慢慢推开门，往外看了一眼。

贺烛的房间门敞开一半，屋里黑漆漆的，空无一人。

唐棉不想干等下去了，左手拿着礼物，右手端着小蛋糕慢腾腾地下楼。

往左看，餐厅没人，往右看，客厅没人。

唐棉把东西放在了餐桌，满屋子寻找贺烛，一楼没找到，她又去二楼寻了一遍，也没人。

停个车要这么久？

唐棉困惑地推开玄关的大门，贺烛就站在院子里。

颀长身影背对着门，指尖闪烁着微弱的猩红火光，身前迷蒙似纱的烟雾悠然上升，又随风而散。

唐棉第一次见他抽烟。

听到推门声，贺烛转身。

四目相对，唐棉发现他的眼睛在回头的刹那是没有焦距的，漆黑又深不见底，好似落了一整片夜空。

渐趋消散的烟圈在他眼前悄然荡开，隔着烟纱，平添一抹落寞。

但他这种陌生的样子只维持了一瞬间，像是她看错了。

贺烛走近，将烟抵在门口的垃圾桶上轻轻按灭："要送礼物了？"

"嗯。"唐棉轻轻点头。

贺烛随她走到餐厅，餐桌上除了一捧混搭的玫瑰花束，还有一块抹了厚重奶油的小蛋糕。

刚才弄得仓促，没注意看卖相。

唐棉不大好意思地伸手，想挪走蛋糕，贺烛却先她一步，将盘子端到手上，果断吃了一口。

奶油于他而言又甜又腻，却能奇迹般地抚平那些冲撞在胸口的扰人烦绪。

贺烛默不作声地吃着。

空气有些安静了，唐棉觉得该说点什么，想到白天他说的话，出声道："这是你的份。

"只有这份加了奶油和草莓。

"跟他们的不一样。"

贺烛没开口，拿叉子的手悬在半空，眼睛好像带着幽不见底的旋涡，紧紧凝视着面前自顾自说话的人。

如果不是熟知唐棉的性格，他几乎要以为她是故意的，好像天生知道如何讨他喜欢。

每句话落在他心里，都能激起一片雀跃的涟漪。

他嘴角不自觉绽开笑，说："谢谢，我很喜欢。"

唐棉总算放心，舒了一口气，将摆在一边的花束拿过来："给你的礼物。"

贺烛接到怀里，忽然沉默，好半晌才道："这是假花？"

"是永生花，"唐棉解释，"可以保存好多年。"

那以后岂不是没借口让她送花了，贺烛略带遗憾地想。

唐棉看着他，眼神直勾勾的，似乎有话要说。

贺烛心情不错，柔声道：“想说什么？”

唐棉眨巴眼睛问：“我能说生日快乐吗？”送生日礼物不接这句话总觉得少点什么。

贺烛一顿：“为什么不能？”

唐棉倒没把孔非卖了，直接扬起笑容，大声说：“生日快乐。”

想着天色不早了，她明天还要早起上班，又接了句：“早点休息，我先去睡了。”

唐棉上楼后，贺烛也带着他的礼物回了房间。

枯萎的风铃草终于得以安息，进了垃圾桶。

他耐心地将各种颜色的玫瑰一枝枝插进花瓶，放到一半，他在花束中间摸到一个长方体的东西，大概有三分之二个手掌那么大。

贺烛将东西掏出来，是一个礼盒。

打开盖子，一只手举玫瑰的灰色小熊映入眼帘。

他拿到手心里，上下翻看，意外地发现小熊肚子下面印着一句英文：

I love you with all my heart

我全心全意爱着你。

唐棉一定不知道下面还有这行字，但不妨碍他因为这句话而高兴。

就当是预支的情话好了。

贺烛扬着嘴角，动作轻柔地将小熊摆件收起来。

晚宴那天，贺盛江说：“当初就不该让你妈生下你。”

该说不愧是他爸吗，知道什么话最能戳他痛处。

贺桐今天还在为这句话替贺盛江道歉。

其实也没说错，母亲生下他之后身体一直不见好，最终没撑过他两岁那年的冬天。长大后，贺烛也渐渐觉得，好像自己的出生就是为了让哥哥姐姐失去妈妈。

大概是高中以后吧，他不再过生日了，也不喜欢别人为他庆祝。

因为没什么值得庆祝的。

但唐棉笑着说生日快乐的时候，他真实地感觉到，出生在这一天，是件幸运又值得高兴的事。

/第十一章/
再等等

周一早上，新一期节目开始录制，唐棉又恢复早出晚归的作息。

她现在已经不需要蒋昕倩费心多带了，一个人就能妥帖地处理好所有工作。

唯一的麻烦是每期必交的艺人观察报告。

节目组要根据嘉宾当期的表现对他们的舞台人设做出调整，故而节目结束后，艺管组的人都要交一份报告让编导参考。

其他人的都还好，唯有段意深，雷打不动的寡言少语，一期下来不超过五句话。镜头切到他，不是在帮忙干活就是在低头发呆，连走高冷学霸人设的翟沂都比他话多。

报告有硬性要求，汇总不能低于三千字，唐棉每次都写到头秃，头发挠掉了好几根才勉强凑够字数。

今天的开场环节段意深又是一个字没说。

中场休息，唐棉找到他，循循善诱：“综艺做好了也会有一夜爆红的机会，你这样一直不争不抢不开口，镜头根本没办法给到你。”

段意深还是那副好脾气的样子，专注地看着她。他眼睛很大，眼角略微向下，稍一眯起来就有种楚楚可怜的感觉，好像对她很抱歉，又不知道怎么弥补。

他这模样在节目组其实挺吃香，工作人员知道他性子内敛，都不会在他面前大声说话，另外三个男嘉宾在台下也对他很照顾。

可惜，唐棉在贺烛身边待久了，对美色的免疫力直线上升，根本不吃他这一套。她自顾自说下去：“所以，能不能请你至少在台上说足十句话。”

段意深低头，小声说道：“其实我对红没有要求的，你不需要这么为我操心。”

“啊，倒也不全是为你。”唐棉诚恳道，“一句话够我分析三百字，你说够十句，我的报告就不难写了。”

段意深呆滞了两秒，腼腆地笑笑，答应道：“那好吧。”

下半场的录制中，段意深果真见缝插针地说了几次话，但都是“嗯”“好”好之类的没有意义的单字。

录制结束，段意深特意跑过来，开心地问她有没有超过十句。

唐棉：“有，加起来超过十个字了。”

段意深似乎没听出她的绝望，高高兴兴地坐上回酒店的车，还跟她挥了挥手，看上去心情不错。

嘉宾尽数退场。

唐棉回到艺管组，羡慕地看着其他同事，冯思婵那组几乎是边录边写，当天拍完他们报告就写出来了，而她今晚又得熬夜编材料。

唐棉头疼地收拾东西。

偏偏屋漏偏逢连夜雨，导演组的人在他们下班前突然过来找人，这两期连录，明天舞台上的道具来不及准备了，让其他组今晚各自带一点回去帮忙组装。

为了增加可看性，《学做手艺人》最近几期都会给舞台套上一个场景，下一期的手艺老师是调香师，导演想把场景弄成魔法世界的感觉，需要的道具也就更多更复杂。

唐棉领到了一个纸箱，里面是些零七八碎的装饰物部件，成品需要自行拼接。

她回家换了衣服就在客厅坐下了。

这里空间比较大，方便她把所有部件都摆出来。

本以为很快就能结束，但由于东西堆在一起，说明图又印得不清楚，唐棉一个个挑选拼贴，一不小心就粘错了位置，晚上十点，她的报告还没动，道具才完成了四分之三。

十点半左右，贺烛回家，发现客厅的大灯亮着，他疑惑地往那边看了一眼，就见唐棉坐在地板上，专心致志地研究着什么。

她秀气的眉微皱，表情拧巴巴的，又愁又烦。

贺烛走过去：“你在做什么？”

唐棉正聚精会神地粘一个木娃娃的胳膊，听到声音惊了一下。

细细的木制胳膊掉到地板，唐棉连忙弯腰捡起，闷声回答：“做手工，这些都是明天节目上要摆的道具。”

“很难？”

“也不难，”唐棉边说话边继续干活，“就是比较麻烦。”

她捏着娃娃继续拼，旁边有人坐了下来，接着一只修长好看的手从她面前掠过，伸进纸箱里兀自拿出一把零件。

贺烛脱了外套，衬衣照例解开两颗扣子，袖子挽到手肘。他也没上楼换衣服，就这么直接坐到她身边，语气自然地问："说明书呢？"

唐棉垂眼，贺烛忙到现在才回来，实在不好意思麻烦他。

"我自己能完成的。"

贺烛歪头，看到了她手边的图纸，倾身便能够到："你回去睡，剩下的交给我。"

唐棉把纸箱往自己这边扒拉一下："真的不用。"

贺烛挑眉，随手拿起她放在桌面的万能胶，语带威胁："想让我自由发挥？"

唐棉拗不过，只好把东西给他。

起身时，贺烛低着头，后颈露出冷白的一截，纤长又骨节分明的手指转笔似的把玩一根假树枝，眼睛专注地盯着潦草的说明图解。

似乎游刃有余。

唐棉忽然有点不自在。

她见过贺烛捏着高脚杯优雅饮酒，见过他紧握方向盘，操纵跑车在赛道风驰电掣，也见过他指尖夹烟，身边烟云环绕，却是第一回看他做这种粗糙的手工活。

有种把人拉下神坛的感觉。

唐棉抿抿嘴，缓步上楼。

明天得想办法感谢他，或许可以再请他吃顿饭？

第二天早上，唐棉在闹铃声中不情不愿地睁开眼，昨晚写到两点多才把报告写完，脑袋一沾枕头就失去了知觉。

只睡了四个小时，唐棉困得不行，几乎是靠本能爬起来，浑浑噩噩地下床，慢腾腾地走进洗手间。

下楼吃早饭时，她脑子才勉强清醒一些，记忆也恢复了。

唐棉放下手中的早点，跑到客厅，茶几上乱七八糟的零件消失，纸箱放在沙发上，客厅空无一人，不知道贺烛昨晚弄到几点。

唐棉愧疚地抱起箱子，拿出里面的玩偶，发现每一个都黏合得很好，比她做得还仔细。

她心头泛起密密层层的感动，鼻头有点酸酸的。

除了唐白，好像只有贺烛会对她这么好了。

到达演播厅后台，唐棉把纸箱给道具组，熬夜写出的材料交给蒋昕倩。

环顾四周，同事们都和她一样，带着黑眼圈，没精打采。

箱子是随机拿的，有人分到了大型的机关道具，几乎熬了通宵，整组今天都不在状态。

导演组和制片组最近在为收视率发愁，总导演脾气一天比一天差，看他们效率低又频繁失误，终于开骂了。

唐棉也是倒霉，导演骂人的时候她刚好站在旁边跟编导说话，于是直挺挺地对上了他充满怒火的视线。

接下来，难听的话好像都落在了她身上。

熬了五分钟左右，导演发了一通火出去接电话，大家才如释重负。

唐棉得以解脱，闷头走回后台。

段意深在化妆，瞄见她心不在焉的，低声问："怎么啦？"

"没什么。"

唐棉公事公办地给他说流程，声线平平。

段意深沉默地听完，忽然问："今天的标准还是十句话吗？"

唐棉："不用了，你开心就行。"

他那十个字说了跟没说一样。

段意深"哦"了声，上台又恢复常态，一个字不愿多说。

唐棉从来没这么累过。

精神从昨晚开始一直没得到放松，早上又累又困还挨了通骂，下午艺管组联系的司机家里出事，新来的司机听岔了地点，跑错路，耽误了不少时间，最后他们全组挨批。

艰难地熬过一天，唐棉的情绪前所未有的低沉。

她忽然对这份工作产生了迷茫——自己真的适合继续干这行吗？

这样没有尽头地熬资历，多少年才能熬出头。

唐棉心事重重地走出影视大楼，没打车，背着包沿路慢吞吞地往前走。路过商业街的南口，她抬头往里看了看。

上次那家法餐店好像离这里不远。

正好她中午没吃饭，肚子也饿了。

唐棉掏出手机，给贺烛发微信，问他是不是还在忙。

贺烛回得很快：【正准备回去。】

唐棉：【谢谢你昨晚帮我的忙，我请你吃饭吧，还去上次那家法餐厅。】

贺烛爽快地应了。

他的公司大楼就在附近，开车几分钟就能到。

唐棉等在门店外，垂着脑袋，显而易见的不开心。

贺烛停了车，眉头轻皱了下，走到她面前，缓缓说："嗯……请客吃饭应该要先问被请人的意见吧。"

唐棉收敛神色，抬头，勉强挤出笑："嗯，你想吃什么，多贵都可以。"

贺烛漫不经心地扫了眼四周，目光定在一家开在两店夹缝中，十分不起眼的火锅店："就那儿了。"

唐棉没想到他会提议吃火锅，不解道："你能吃辣吗？"

贺烛偏头："不是有清汤？"

唐棉笑了笑："对哦。"

这个点正是下班时间，天气冷，火锅店客人很多。

唐棉和贺烛走进店里，只剩最后两个位置。

店里忙不过来，服务员提示他们可以扫座位上的二维码，用手机点单。

唐棉胃里空空，却没什么食欲，她点了鸳鸯锅，又随便选了一份肉、两份菜，就把手机交给贺烛。

他划拉得很快，似乎也没点几道菜。

唐棉拿过手机付账，发现算上锅底，他们两个人只点了一百二十块的东西，其中锅底占了一半的钱。

页面下拉，除却她刚才点的，贺烛只点了一些素菜。

她提醒道："你吃这么少晚上会饿的。"

贺烛慢条斯理地"嗯"了一声，说："你点的有比我多？"

唐棉低头看手机："我不饿。"

贺烛问："在公司吃过饭？"

唐棉："没。"

"那是为什么，"贺烛看着她，"你平时下班能一个人吃完两菜一汤。"

唐棉："……我也没那么能吃。"

说着，她重新打开菜单，按照保姆平时常备的菜，又点了三分肉和一份主食，之后便盯着前方的某个点发起呆。

她提的请客，也很努力地隐藏起丧丧的情绪，可她就是控制不住低落。

说不上为什么，就是突如其来的情绪低谷，提不起精神，对工作也失去了以前的热情，甚至觉得就算今晚蒋昕倩突然告诉她，节目组把她开除了，她也不会很难过。

或许这份工作真的不适合她。

唐棉以为在大节目组可以学到更多东西，但其实职位不匹配，她接触不到台前的东西，每天只有数不尽的杂事，待在后台忙来忙去，剩余时间就用来照顾一个消极怠工的嘉宾。

之前积累的经验完全得不到实践。

然而以她的资历，暂时也找不到别的更好的工作了。

服务员端着菜盘过来，桌上摆不下，又放在旁边的菜架里。

唐棉夹了些菜入锅，煮好后，贺烛吃了两口，她还没动筷子，贺烛盯着她看了一会儿，她开始咀嚼，然后发呆。

贺烛放下筷子，忽然问："你遇到什么事了？"

唐棉还在愣神，迟了两秒，才道："工作上的事……也没什么，就是有点累。"

贺烛没体验过这种感觉，轻描淡写道："那就换份工作。"

唐棉没说话。

须臾，她深吸了一口气，展开笑笑："真的没事。"

贺烛望着她，没戳穿她的伪装。

这时，隔壁空着的座位来了一家三口。

女儿拿手机点菜，爸爸说："你点完告诉我要花多少钱，爸给你转红包。"

唐棉："要什么红包，我又不是小孩了，放心，我请得起。"

妈妈在一旁开口："你刚毕业，实习的工作又黄了，能有几个钱，以后赚大钱了再请我们。"

女儿满不在乎地说："工作遍地都是，我想找马上就能找到，你们就别操心了。"

一家人温馨又轻松地聊天。

唐棉默默听着，不知怎的，心底那点委屈在他们的对话声中不受控地、无声无息地扩大，压得她再也挤不出笑脸。

唐棉不想听了，低头，快速地往嘴里塞东西。

吃完饭，两人回家。

刚才唐棉在贺烛的半哄半催下填饱了肚子，她忽然发现吃东西的时候可以暂时忘记那些烦恼，于是回到家就直奔冰箱，找出一个哈密瓜和一袋葡萄。

将瓜放在案板上，唐棉拿水果刀将其对半劈开，抽刀的刹那，另一只手没注意，手指被刀刃轻刮了一下。

细细的伤口慢慢渗出血，带出轻微的疼。

一瞬间，好像一切都不受控制了。

唐棉只是动了下眼皮，眼泪便决堤而出，泪珠沿着脸颊一路滑至下巴，消失在颈间的肌肤中。

贺烛许久没见她出来，担心地进厨房，看到唐棉呆呆地站在那儿，脸上没什么表情，眼角和鼻尖都有些红，两颊印着泪渍。

心揪了起来，贺烛一时有些手足无措，脚步也轻下来："怎么哭了？"语气放得轻缓柔和，像是怕吓到她。

唐棉没想哭，更没想让人看见，觉得自己这么大个人了，莫名其妙哭鼻子还被人看到，有点丢脸。

不过她现在脑子算不上清楚，胡乱给自己找了个理由。

唐棉擎起刚刚伤到的手指，用自以为心平气和其实可怜巴巴的声音吐出一个字："疼。"

说完她觉得这理由听起来好像更可笑，又想把手缩回去，手腕却被人抓住了。

力道很轻，几乎是虚握着。

贺烛脸色紧绷，异常小心地牵着她走到客厅。

柜子里有应急药箱，他从里面找出碘伏棉签。

唐棉乖乖跟着他。

贺烛动作轻缓地捏住她受伤的那根手指，接着用棉签一点点擦掉皮肤表面的血迹。

伤口很浅，这会儿血都止住了。

唐棉见他要拿出纱布，连忙把手缩回来，小声道："已经不疼了。"

贺烛放松下来，扯了下唇："这么怕疼？"

唐棉没应声，想道谢，又听他说："带你去飙车怎么样？"

他说得随意，好像只是随口一提。

唐棉摇摇头。

沉默片刻，她说："你今晚去夜店吗？我想去'跃影'。"

夜里很凉，唐棉多穿了件衣服，脸上的眼泪已经干了，情绪恢复了些，一路安安静静。

她今天没特意戴口罩躲门卫，到了目的地，理所当然地被拦下来。

贺烛皱着眉，想开口，唐棉先一步说："我找唐白。"

经理知道她是老板妹妹，马上吩咐人把老板喊过来。

片刻后，唐白敞着西装外套，打着哈欠走过来。

"唐棉我看你是——"

他的声音在看到旁边面色不善的贺烛之后戛然而止。

他正了正神色，还没打招呼，唐棉突然站到他面前，低着头，轻声说："哥，我想你了。"

唐白受宠若惊。

贺烛明白了什么，淡声说："你带她进去吧。"

唐白终于发觉唐棉的异样，没说什么，直接带她去了楼上办公室。

贺烛原地站了一会儿。

经理走过来，关切道："贺少，外面冷，您要不先进屋？"

贺烛收回视线，踏进门，迈出两步又停下，他犹豫须臾，果断转身去往楼梯间。

"跃影"二楼的办公室里，唐白给妹妹倒了杯热水，语气难得温柔："跟我说说，你是不是受委屈了？"

唐棉嗫嚅一阵，闷声道："工作好难啊。"

"那就不工作了，"唐白笑着说，"哥哥养你，养一辈子也没问题。"

唐棉抱着水杯，总算露出笑："那还是算了，我要是没了工作，你以后破产怎么办，我们俩就得一起喝西北风。"

唐白龇牙咧嘴地敲了她一下："你就不能盼我点好。"

唐棉又跟亲哥吐了几番苦水，听他半挖苦半安慰地说了几句话，心头的郁闷总算消了去。

人一旦有了后路，前方的困难就没那么可怕了。

在办公室坐了一会儿，唐棉觉得不能没义气地让贺烛一个人喝闷酒，便起身跟唐白道别。

有贺烛在，唐白倒也不担心她被人缠上，任由她出去。

唐棉推开门又合上，抬眼间，见外面站着一个人，身影高大，双臂环胸，倚墙站着，不知等了多久。

走廊的灯很暗，唐棉不确定地喊："贺烛？"

那人似乎吸了口气，从阴影中走到她面前，不咸不淡地说："回去吧。"

"你不进去吗？"她问。

贺烛说："没必要。"

唐棉没听明白，仰头看见贺烛的侧脸，冷峻深沉，又不敢多问。

她心情恢复，贺烛好像又不对劲了。

唐棉小心翼翼地跟着他。

两人形势对调。

上车后，贺烛面无表情地发动车，挂挡。

车开出一段距离，半晌，他像是忍无可忍，他猛打了下方向盘，接近路沿，推动变速杆，刹车。

车停在了路边。

贺烛双手撑着方向盘，微垂着脑袋，碎发在额前投出一片阴影，薄唇抿得很紧。

良久，唐棉听到他说："你跟唐白诉苦，跟我就不行？"

声音又低又沉。

唐棉有点蒙："我跟唐白是兄妹啊。"

贺烛视线移向她："我们是夫妻。"

"……"唐棉犹疑着说，"我们又不是真的有那种关系。"

贺烛沉默，他现在想是了。

车里静下来。

须臾，贺烛问："孔非生日会那个人，叫李什么的——"

唐棉接道："李恒睿？"

"嗯，如果你当初知道他送给你的是情书，你会怎么做？"

这话问得突兀，唐棉还是认真想了想，回答："应该会回信跟他说清楚，然后尽量和他保持距离，时间久了，他应该就不喜欢我了。"

"哦。"

贺烛找回理智，移开紧锁着她的目光，压下了蠢蠢欲动、几欲脱口而出的话。

算了，还得再等等。

丧了一整天，唐棉当晚早早地睡下，努力将失去的睡眠补回来。

近期的倒霉事仿佛都挤在了一天，熬过这一天，后来一个星期她做什么都显得异常顺利。

导演组看过了她交的报告，觉得唐棉能在段意深贫瘠的表现中归纳整理出还算有用的三千字，应该是个有天赋的人。

渐渐地，唐棉摆脱了四处干杂工的生活，录制间隙，她就混在编导组里做协助策划的工作，提的几个建议也被采纳，运用到了节目里。

第六期录制当天，唐棉早上刚到演播厅，同事就兴奋地围过来，几乎是异口同声地说："小唐，你带的嘉宾火了！"

见她两眼迷茫，同事说："你看微博了没？"

"没有，"唐棉说，"段意深怎么了？"

同事热情地掏出手机，打开微博的热搜界面，指着前排一个话题道："你看这个。"

唐棉疑惑地接过来，话题好像跟一部古装剧有关。

点进去，发文的博主截了一段近期热播的古装剧片段，并附文案：【赵陌黑化太带感了，重复舔屏一万遍！】

视频中，少年面如冠玉，大片猩红的血浸染了他身上的白衣。少年眼睛空洞无神，木愣地注视着身边的亲人，然而他们已经变成了冰冷的尸体。

有背景音乐烘托，场景悲壮而凄美，不禁让人心疼起画面里的少年，然而下一秒，少年缓慢垂首，像是想通了什么，笑了一声。

镜头切近，那双单纯的眸子骤然染上阴狠，一瞬间营造出的反差感让人不寒而栗。

评论里好多人对角色表示心疼，前排有四条都在问这个男演员是谁。

返回热搜榜单界面，下排带有段意深大名的词条已经挤到了众人视野中。

唐棉心里倒没什么波澜，她只是负责安排艺人起居日常的工作人员，又不是经纪人，段意深火了钱又不会分给她。

而且，她觉得以这人的性格，就算红了也不会在舞台上有所改变，她的报告还是要写到头秃。

唐棉将手机还给同事，本来心里风平浪静，不带一点激动的水花，但同事接手机的时候，嘀咕了一句："他火了咱这节目是不是有救了？"

唐棉如梦初醒。

对啊，嘉宾突然有了热度，节目不得跟着沾光吗？

节目有名气意味着她的履历会更漂亮。

唐棉最近在考虑申请转编导组，段意深咖位上去，节目组自然要多给他配几个工作人员，她在不在艺管组就没差了。

如她所料，新一期节目录制时，导演们对段意深的态度大为转变，特意把几个有趣的梗和高光时刻分给他。

段意深答应得爽快，正式录制却完全不接茬，温暾地站在台上，一句不愿多说。

导演也愁，最后把任务丢给蒋昕倩，艺管组的人和嘉宾走得最近，让他们来沟通更合适。

于是，劝导的任务理所当然落到了唐棉头上。

午休期间，段意深一个人在新分到的休息室吃饭，见唐棉来，大方地分出一只鸭腿给她。

唐棉刚吃饱，没接。她不擅长拐弯抹角地旁敲侧击，直接问："你明明能说会道，为什么在台上不爱说话啊？"

能说会道……

这个形容让段意深愣了一下，他表情复杂地说："你对我是不是有什么误解？"

唐棉道："没有吧，你私下话还挺多的。"

她说的"话多"是以自己为标准，有时候录完节目坐车去酒店，她忙着想材料该怎么编，在车上一言不发，段意深常常出声打断她的思路，非要跟她聊天。

段意深也没深究，随口回答之前的问题："不说话是觉得没必要，节目组给的设定就是让我当花瓶，你见过会说话的花瓶吗？"

独立的空间里，只有他们两人。

段意深好像哪里变了，脸上依旧带着笑，却不再温和，而是多了几分顽劣的戾气。

换作其他人，这会儿心里已经犯起嘀咕，唐棉倒是全然不在意，因为她压根儿没看出来有什么不对，继续道："希望你可以认真考虑一下，在节目里好好表现，你的热度会更上一层的。"

"不考虑。"段意深耸耸肩，"我进娱乐圈就是为了好玩，反正红不了还能回去继承家产，无所谓。"

唐棉没话了。

这人比她想象中还要神奇一点，随性又不讲理的样子跟贺烛有点像。

不过，贺烛看着比他成熟可靠一些。

嗯——

也更好看。

唐棉不自觉地把天平往"室友"那边挪了又挪。

节目组下午就把新增人员安排到了艺管组，唐棉压力小了很多，现在她只需要写材料，其他事情都可以交给新同事。

不用考虑派车和酒店的问题，她下班也早。

张姨还在厨房准备晚餐，唐棉回房间拿了她习惯用的抱枕，靠在客厅沙发上看综艺，手边放着餐前水果。

贺烛正赶上开饭时间进家门。路过客厅，他余光扫到唐棉的身影。

她正窝在那个所谓的腹肌抱枕怀里，做工滑稽的两条毛绒胳膊穿过她的腋下，被她压在胸前固定。

看到节目里的笑点部分，唐棉笑着往后仰，彻底压住枕头中间可笑的"腹肌"。

贺烛瞳色黑如浓墨，觉得唐棉背后那玩意儿怎么看怎么不顺眼。

他在原地待得有点久，唐棉转头时看到了他，嘴边笑意未消，说了一声："你回来啦。"

贺烛眉眼放柔，轻轻点头："嗯，回来了。"

他今天穿了一身休闲装，脱下外套，顺势坐在沙发另一端。

唐棉接着看电视，贺烛视线落在她身上，进而又看到那个碍眼的抱枕。

今天跟朋友见了面。

孔非那些人和他不一样，从学生时代开始，他们几乎没有过空窗期，正儿八经谈过恋爱，于一亩曾经还有个真心想结婚的对象，可惜对方为了事业出国打拼，定居国外，两人遗憾分手，于一亩后来就嚷嚷着以后找对象只走肾不走心。

贺烛记得于一亩当初追那女生费了挺大劲儿，于家管得严，那会儿他手头没什么存款，跟他们几个陆续借了不少钱。

贺烛一边喝酒，一边有意无意地把话题往那件事上引。

时隔多年，于一亩早过了心里那道坎，大大咧咧地讲起当年轰轰烈烈的追求过程。

“为了给她送早餐，我冬天起了个大早，在她宿舍门口站了两个小时，都给我冻感冒了。”

曹攸笑他：“看你那没出息的样。”

“你懂个锤子。”于一亩叹气，“那会儿人还年轻，不懂卖惨装可怜的重要性，不然也不用遭那么多罪。”

贺烛挑起话茬就不说话了，只默默听着，若有所思。

卖惨和装可怜吗……

“后来，我就给她送礼物，贵重的她不肯收，我就买些她日常需要的，我说她不收我就扔了，她只能收下，又不好意思白拿我东西，后面也会送我点小物件，一来二去关系就熟了。”

贺烛想，那条项链唐棉好像收得不怎么情愿，是因为贵重吗?

于一亩又断断续续说了很多。

贺烛决定一步步来，从互送一些小礼物开始。

现在目标已经有了，他盯着那个抱枕，眸光深邃而阴暗。

这时张姨做好饭，将餐盘摆到餐厅，喊了他们一声。

唐棉起身去吃饭，腹肌抱枕便孤零零待在客厅。

用餐结束，贺烛若无其事地上楼，唐棉继续回客厅看电视，走到沙发边，发现靠枕不见了。

她疑惑地朝厨房那边喊：“张姨，你有看到沙发上的抱枕吗？”

张姨在收拾碗筷，应声否认。

唐棉在客厅找了一圈，没发现她的抱枕。

家里就这么几个人，除却她和保姆阿姨，就只剩一个人。

但是，贺烛以前就很嫌弃这个抱枕，应该不可能拿吧。

唐棉不想为这点小事打扰他，没多在意。

第二天，差不多的时间段。

唐棉又是提早下班，贺烛也提前一小时到家，进门时，手里提着一个纸袋。

他走进客厅，刚想开口，恍然看到昨天神不知鬼不觉处理掉的东西，今天又出现在唐棉背后了。

唐棉照例打了声招呼。

贺烛皱眉：“你从哪里找到它的？”

“嗯？”唐棉顺着他的视线回头，奇怪道，“你怎么知道它丢了？”

贺烛面不改色：“张姨说的。”

“哦，”唐棉向后靠了靠，“那个其实没找到，不知道去哪儿了，这个是当初买一送一赠的。”

贺烛有点印象。

当时在贺家，唐棉还问他要不要，他拒绝了。

他捏紧袋子，快步走近，将抱枕从她背后揪出来，又取出纸袋里新买的小熊抱枕塞过去，语气理直气壮：“这个给我，你用这个。”

唐棉：“？”

12 月初，唐棉之前参与幕后工作的网剧在某平台上线。

因为是小制作，没有大公司支持，平台也不重视，他们宣传资金不够，甚至上不了平台的新剧推荐页，观众得按时间排序搜索才能找到。

故而前两集放出去，剧集播放量惨淡，其中不少点击是剧组人员贡献的。

唐棉也看了，她的名字出现在末尾的幕后人员名单里，和孙平安并列，还用了大号加粗字体。

这是她珍贵的履历之一，唐棉认真地截了个图，保存在手机里。

与此同时，《学做手艺人》栏目收视平平，冯思婵作为咖位最大的女星行程有变，缺席两期后，收视率就直线下滑。

现在每天都有观众在官博底下问，为什么不多给段意深镜头。

导演组欲哭无泪，他们倒是想啊，可段意深一期节目下来最多说五句话，镜头切过去有时候都见不到他人，能有什么办法。

终于，在第十期播出之后，台里决定让预计录制十三期的《学做手艺人》提前收官，给后面的节目让路。

节目组解散，唐棉又得为工作发愁。

就在她走投无路，准备把简历投到外地的时候，杨卯卯一个电话打了过来。隔着话筒都能听出小姑娘的激动：“小唐姐，我好像真的要红了！”

唐棉先道了声恭喜，又问：“你被大导演发现了吗？”

“不是啊。”杨卯卯说，“就是《错觉宠爱》，网剧播放量最近暴涨，看热度应该很快就能上热搜啦。”

“啊？”唐棉有点蒙，“怎么回事？”

杨卯卯便给她解释。

由于对自己拍的第一部戏很有感情，杨卯卯闲着没事就去网站看两眼，或是去其他平台搜一搜有没有这部剧的相关话题。

前段时间，一个叫“老八爱看剧”的吐槽博主可能是实在没素材了，从犄角旮旯找到了《错觉宠爱》这部小网剧。

他的原话是：“看到海报和剧情简介，我就知道来活了，抱着找槽点的心看，结果越看越上头，剧情搞笑，节奏紧凑，男女主角颜值和演技均在线。最重要的是，我在这部剧里看到了货真价实的古董！还有男主角家里的几个大型珠宝摆件，懂行的朋友说基本能确定都是真品，拍卖行的抢手货，他现在已经抱着视频停不下来了。”

“老八爱看剧”的视频播放量极为可观。

有第一人发这个素材，接着就有第二个人。

一些拥有百万粉丝的影视解说博主也纷纷做了《错觉宠爱》的相关视频，知道这部剧的观众也越来越多。

杨卯卯笑着说：“他们说我们剧组真有钱，我要乐死了，哪里有钱啊，我们连配角和龙套都请不起，观众说的那些排面都是多亏了小唐姐才有的。”

唐棉听她说着，也有些急切地想亲自看看情况，跟杨卯卯聊了几句便挂断电话，登入微博，刚点开热搜就看到了排在末尾的话题。

#错觉宠爱宝藏网剧#

评论夸赞声一片，点赞最高的热评说：【看完就一个感受，剧组真是又穷又富。】

底下几百条跟评。

【哈哈哈，总结到位，剧里的演员表百科一个都搜不到，但用的道具都是货真价实的东西，动不动就价值百万。】

【笑死，有钱搞奢侈品摆件，没钱请宣传。】

唐棉看了十分钟的实时搜索，总算确定，他们拍的网剧是真火了。

好在网剧才播到第五集，拿到播放权的视频网站瞅准机会，丧心病狂地加广告。

算上点播收益和广告分成，分给剧方的收益呈现井喷式暴增。

钱还没到时候，制片人已经乐不可支，在工作群疯了一样发红包。

于唐棉而言，这是件天大的好事，有热播剧在手，她的简历含金量可以说是成倍增长。

很快，一些之前对她不闻不问的栏目组给了她回复邮件，希望能与她面谈。

唐棉看了几封，没找到满意的。

手机振动，出现微信提示音。

她划开屏幕，是钱制片给她私发的消息。

钱易明：【小唐啊，最近忙吗？我有个同学正在筹备一部网综，原定的执行制片家里出事，不能干了，我就跟他推荐了你。怎么样，有空去面试吗？】

执行制片的职务离她的目标只有一步之遥，如果做得成功，她再积攒一年的人脉和资金，就有资本制作自己的节目了。

唐棉喜出望外，飞快打字回复：【谢谢制片，我随时有空。】

钱易明办事利落，当晚就给了她确切的面试时间。

那边着急找人，直接把面试定在两天后，唐棉如期赴约。

如今她的资历已经足够拿出手了。

参与制作过大热网剧，有过地方台乃至卫视节目的工作经验，由于平时常做积累和总结，面试过程中，对各大综艺的模式和爆点如数家珍。

对方很满意，当场录用了她。

一切都在往好的方向发展。

没过几天，网剧第一阶段收益下发。

财务老师补发收益分成，唐棉傍晚收到了银行卡入账的提示短信，捏着手机，仔细数了下开头数字后面的零。

她倒吸一口气，差点以为自己在做梦。

缓冲了几秒，唐棉忍不住欢呼出声。

得到了执行制片的工作，拿到了巨额分成，双喜临门，她高兴的心情几乎要收不住，急迫地想找人分享。

看了眼时间，唐棉从床上跳起来，穿上拖鞋，跑到贺烛的卧室外，咚咚咚敲门。

贺烛开门。

他穿着浅灰色的羊毛长袖衫，领口有点低，露出一截锁骨，像是刚洗完澡，吹了头发，发丝看起来又软又蓬，很温顺的样子。

唐棉怔了怔，要说出口的话卡在嗓子眼。

她手指微动，不由自主地蜷缩起来。

看到贺烛的一瞬间，她竟然有伸手摸一摸他头发的冲动。

唐棉打了个冷战，她怕不是跟范进中举似的，高兴过度，疯了吧。

过了须臾。

贺烛见她干站着不说话，眉梢微抬，主动问："怎么了？"

唐棉回神，甩掉脑子里大逆不道的想法，说出正事："我们晚上出去吃吧。"

贺烛无所谓道："可以啊。"

"我请客。"她咧开嘴，露出一排白牙，笑容明媚灿烂，又带点小得意，"请你吃大餐！"

贺烛慵懒地倚着门框，挑眉："你哪儿来的钱？"

唐棉笑："网剧火了，我一夜暴富。"

《错觉宠爱》蹿红，究其原因，多是归功于贺烛出借别墅，并把里面的家具全部免费给剧组当了拍摄道具。

法餐不足以表达唐棉的感激，她找到一家私房菜馆。

点了个包厢，入座后，服务员递上菜单。

唐棉财大气粗地让贺烛随便点。

服务员等在旁边，眼神突然有些奇怪，又偷瞄了眼贺烛，慢慢露出了然的神色。

贺烛淡定地点了一道口味较重的川菜和一份清淡的汤品。

唐棉问过服务员菜品的分量，又点了两道硬菜，足够两人吃饱又不浪费。

点完餐，服务员拿着菜单出去。

唐棉稍稍侧身，视线追过去，奇怪地说："她刚刚是不是一直在看我们？"

贺烛低头刷手机，漫不经心地"嗯"了一声。

唐棉下意识地摸摸脸腮，问道："我脸上粘了东西吗？"

"没。"

"哦。"

片刻后，贺烛视线从屏幕上移开，坐在旁边，单手支着下巴，侧头悠悠看着她，表情似笑非笑："你知道她为什么看我们吗？"

唐棉抬头："为什么？"

"她以为你是个小富婆，"贺烛语调平平，"而我正被你包养。"

唐棉傻眼，一时不知道怎么接话，半晌挤出一句："我还没富到那种程度。"

想包养贺烛，暂且不考虑他本人的意愿，金主的自身条件至少得是富可敌国的水平吧。

她这辈子是达不到了。

贺烛扯起唇角，黑眸一眨不眨地盯着她，慢条斯理地说："嗯，换作别人，倾家荡产都做不到，你的话——"

贺烛停了停，笑意在眼中扩散："一顿饭足够了。"

这话意味深长，唐棉却只从字面意思猜。

他们结婚，的确是始于一顿饭的契机，她走错餐厅，误把贺烛当成陆山兰安排的相亲对象，于是有了后来的合作式婚姻。

唐棉点头："这么说起来，我真的很幸运。"

遇到贺烛以后，她身边的好事就接连不断，甚至不是"幸运"二字可以概括的。

贺烛知道唐棉没听懂，笑了笑，没多说什么。

急于求成的后果极有可能是前功尽弃，功亏一篑。

他得保持耐心。

菜上得很慢，两人断断续续又聊了会儿天。

贺烛手边放着茶水，有意无意地问起唐棉新工作的事。

唐棉心情好，回答得特别详细，连节目的名字和临时办公室的位置都说了。贺烛垂着眼睛，默默听着，脸上若有所思。

话匣子打开，唐棉喝了口茶，把心里那点小烦恼也交代了出来："这个节目组各个方面都挺好，只是他们筹备的是恋综，我最不擅长的类型。"

贺烛问："为什么不擅长？"

"节目里的恋爱环节我根本看不懂，每次都猜不对，而且有些环节，我十分不理解。"唐棉叹口气，目光移向旁边的人，似乎在寻求赞同，"男女嘉宾一起做饭，不小心对视，画面就出现飘泡泡的粉红滤镜，弹幕也在说好甜好甜……可他们只是互相看了一眼，如果不用慢镜头，最多不超过三秒。"

唐棉撑着下巴，顺手夹了一点前菜放进嘴里："究竟有什么特别的呢，我甚至没看出来女生对男生有意思。"

贺烛大概能理解，却附和着说："或许是找不到节目亮点，只能抠细节。"

"也是，"唐棉点头，"我还得再研究研究。"

吃完饭，天彻底暗下来，两人迎着夜色回家。

唐棉回到房间，倚着贺烛送的小熊抱枕，找到之前看过一遍的恋综，从头放起，对比着弹幕慢腾腾地做了两个小时笔记。

盯着屏幕看了太久，她眼睛有点酸。

差十分钟到零点，唐棉关掉平板，打算睡觉，睡前最后瞄了眼手机，正巧看到网综的制片给她发来一份文件，并通知她后天到外环的临江区开会。

唐棉回复一句"收到"，然后放下手机，乖乖合眼入睡。

/第十二章/ 心动悄然而至

会议当天，网综各个组的负责人到齐。

全是些年轻人，年纪最大的是制片人和制片主任，但看起来也就三十出头。

大家进行了简单的自我介绍外加聊了各自负责的职务范围，制片人王铭宇又提出目前最大的困难——拍摄场地的选址。

要在S市租下一栋八人住的别墅，要求公共区域宽敞，有足够多且面积相当的卧室，附近最好有购物中心，方便出外景。

资金首先是问题，另外符合他们条件的住宅一般很注重私密性，通常不接受拍摄请求。

这个任务最后落到唐棉身上，也算是一项隐性的能力考查。

唐棉想到曾借给剧组拍戏的临江别墅，不过那房子虽然大，内部房间面积却参差不齐，客房面积比主卧小了一半，嘉宾可能有意见。

节目组的打算是请八个嘉宾，四男四女，两人一间卧室，每间有独立卫浴，晚上拍摄结束后可以做到互不打扰。

唐棉在市区范围找了两天，联系了好多房产中介公司。

确实有符合条件的，然而房子租金远远超出他们的预算。

唐棉叫上制片主任一起讲价。

高海滨有经验，提前让唐棉跟他打配合，但两人磨破了嘴，对方也只同意打八折，再低就不肯谈了。

一筹莫展之际，高海滨给制片人王铭宇打电话，询问是否能再找一家赞助，增加租房预算。

王铭宇那边像是遇到了什么好事，接电话的语调分外轻松，隐隐透着兴奋："不用拉赞助了，今天有人主动找到我，给我们投了一大笔钱。"

高海滨好奇："哪个赞助商这么大方，是不是要改植入广告的顺序？"

王铭宇说："不用，对方只投钱，最后拿分成就行。"

资金问题解决，唐棉和高海滨当场就跟屋主签了合同，拿下房子两个月的使用权。

拍摄在即，第二天各部门赶到别墅，抓紧时间布置现场。

唐棉在和编导协调工作，听到王铭宇手持扩音器，不厌其烦地在各部门间游走提醒："下午节目最大的投资方要来视察，你们注意点，别冲撞人家。"

有人问："资方长啥样啊？"

王铭宇答："没见到幕后老板，他们当时派了个年轻代表来。这样，你们见到四五十岁，穿西装，身边跟着秘书的男人，就主动打个招呼。"

"成。"

众人应下，唐棉也听在了心里。

下午过了三点，现场一直不见人来，大家忙起来就把这事忘了。

临到傍晚，室内放着各种未成形的道具，塑料和木材的味道交杂，冬天又不好开窗，屋里憋得慌，唐棉走到房子外透气。

白日的时间越来越短，天这会儿已经见黑，屋外飘着寒气，冬日寒风扫过，脸颊感到丝丝阵阵的刺痛。

吹了会儿风，因劳累产生的困倦感登时消退许多。

唐棉呼了口气，吹在冻僵的手心，一边搓着手一边往屋里走。

别墅大门外，忽然传来刹车的声音。

摄制组都在里面忙，栅栏门没关，紧接着，门口进来一个人。

唐棉抬头望过去，随后愣在原地。

这时，王铭宇正好出来找她，瞥见踏进院子的人，显得有点疑惑。

他看了看唐棉，问："那是谁，小唐你认识不？"

唐棉不知怎么开口。

来人不紧不慢地走近，他上身穿着灰色夹克外套，下身深色休闲裤，格外显出腿长的优势，跟模特似的。

贺烛走到他们面前站定，看了眼唐棉，又把视线移向王铭宇，淡声道："制片人在吗？"

王铭宇迟疑地说："我就是制片，请问你是？"

贺烛："前两天有人找过你，给了你一笔投资。"

王铭宇点点头："没错。"

"我是他老板。"

王铭宇张了张嘴，没说出话。

空气尴尬片刻，他反应过来，连忙补救道："不好意思，您太年轻了，我没看出来，失礼失礼。”

唐棉的视线不停地在两人之间打量。

贺烛怎么成了投资方？她为什么不知道？

王铭宇带贺烛进屋，唐棉茫然地跟在他们后面。

贺烛慢悠悠地踱步，在房子里象征性地逛了一圈。

王铭宇为了讨好他，开玩笑说：“贺总，不知道您是不是单身？如果您愿意当我们节目的男嘉宾，节目收视率肯定爆。”

这也不算完全拍马屁，贺烛的条件几乎是恋综嘉宾的天花板了，年轻有为，身高腿长，帅得离谱，是单靠外形就能出圈的程度。

听到他的话，贺烛脚步悄然顿住，转过头，悠悠往后瞧：“这得问她。”

唐棉随贺烛的步子停下。

没注意听他们聊天的内容，她仰起头，不解地看向身前的人。

贺烛缓缓重复：“你们制片人说，要请我当嘉宾。”

还能这样吗？

唐棉眨眨眼，然后歪了下头，似是真的在思考提议的可行性。

贺烛彻底转过身，从容的样子不见，直盯着她，眼神变得深沉而危险：“你敢答应试试。”

唐棉干笑两声：“我没想答应。”

说完又想到，她答应与否好像并不重要，贺烛也不会真听她的。

而且，他们俩这对话，似乎有点不对味，好像太亲密了。

唐棉觉得有些别扭。

不是硌硬，是不好意思的那种别扭，她也说不上来，就觉得哪里怪怪的。

觉得奇怪的还有在场的另一人。

王铭宇看出气氛的微妙，忍不住问：“贺总跟小唐认识？”

“嗯，”贺烛没看他，语气随意地说，“我们结婚了。”

王铭宇：“？”

唐棉扶额。算了，她都习惯了。

贺烛淡定地丢下一则重磅消息，之后便不开口了，站在唐棉身边，她去哪儿他跟到哪儿。

王铭宇兀自消化这则大新闻，拿不准这事能不能说给别人听，放下蠢蠢欲动、想打字八卦的手，忍住了没外传。

其他人不清楚内情，只知道唐棉身边跟着个大帅哥，寸步不离地等她下班。

编导把第一期的策划总结交给唐棉，瞅了眼她身后的人，凑近一些问：“你男朋友啊？”

唐棉摇了摇头："不是。"

"哎呀，这有什么害羞的，"编导以为她是不好意思，低声说，"我要有这么帅的男朋友，巴不得昭告天下，拉着他四处炫耀。"

"真不是……"

"啊对了，正好你有对象，帮我们试个东西呗。"编导神神秘秘地把唐棉拉到一边。

贺烛以为她们要说工作上的事，便没跟过去。

唐棉随编导一起进到放杂物的隔间，编导从柜子里取出一个礼物盒，外面用丝带缠着，丝带下方还夹了一朵干花。

"这是什么？"唐棉问。

"整蛊礼物。"编导说，"我们想试试让嘉宾给心仪对象送这个，对方被吓到的时候，再拿出真正的礼物哄对方，正好圣诞节要到了，你拿回去帮我们试试效果。"

唐棉犹豫了下，抬头对上编导期待的眼神，只好将东西接过来："行吧。"

王铭宇看着唐棉若无其事地带金主爸爸四处转悠，心提到了嗓子眼。

虽说是夫妻俩，但城门失火殃及池鱼，万一夫妻吵架，说不准就要波及他可怜的节目。

偷偷关注了半个小时，他实在受不了提心吊胆的滋味，于是发话，今天全组提早下班。

唐棉将那个礼物盒装进背包，跟贺烛上了车。

一路上，她谨慎地抱着包，时不时打开看一眼，背包拉链就这样开开合合，拉链的滑动声在车内十分清楚。

贺烛目不转睛地看着前方路况，什么也没问。

唐棉心里直叹气，不该一时心软应下的。

潜意识里，她很排斥捉弄贺烛这件事。

但是都答应人家了……

她纠结地再次打开包，里面包装精致的盒子现在像烫手山芋一样，送也不是，丢也不是。

多了个心事，唐棉甚至忘了问贺烛为什么会投资他们的网综。

一路沉默到家。

进屋后，唐棉抱着背包马不停蹄地往楼梯那边走，贺烛优哉地跟在后面，在她即将踏上台阶的一刻，他忽然开口："你包里装了什么？"

唐棉停下。她好像卡了壳，动作机械又迟缓，她没回头，低着声音回答："没什么。"

“是吗？”贺烛语调上扬，“我刚刚好像看到，里面是个礼物盒。”

他说：“你要送给谁？”

唐棉咽了咽口水，转身，像是下定了决心，她松开手臂，一只手伸进背包里，掏出那个盒子。

“是给你的。”声音低得几乎听不到。

贺烛欣然接过来。

唐棉的力度下意识在盒子上多停留了一阵，对方好似无所察觉，抱过盒子，弯了弯唇，看起来很开心：“谢谢。”

“不，不客气。”

明明充其量就是个普通的玩笑，她却心虚得像做了什么罪无可赦的坏事。

唐棉试图让自己看起来轻松一些：“你不拆开看看吗？”

贺烛没回答，拿着盒子端详了一阵，又道：“你怎么想起送我礼物？”

唐棉眼神游移，说话支支吾吾：“啊，那个，圣诞节要到了，这是圣诞节礼物。”

贺烛似乎没有怀疑：“那就等圣诞节再拆。”

他双手捧着礼物盒，低着头，一直在看外面的丝带和装饰小花，眼神好奇，又带点期待。

唐棉的良心隐隐作痛，张口欲言，贺烛却突然迈开步子，往楼上走。

她忐忑地跟在后面，边爬楼边回想编导的话，把盒子给她的时候，编导好像还说了别的——

“送完整蛊礼物，对方吓一跳，然后把真正的礼物拿出来……”

真正的礼物。

唐棉终于想起自己忘了什么，心里“咯噔”一声。

她还站在楼梯拐角，贺烛已经走到了二楼，楼上传来关门声。

不确定贺烛是不是真能做到圣诞节再拆盒子，唐棉拉上解开一半的外套拉链，小跑下楼，走出了洋房。

附近有很多商场，最近的购物中心，打车五分钟就能到，唐棉坐出租车抵达商场，看了眼大门口的指示牌，直奔二楼。

路过两家品牌专卖店，终于在第三家门口发现了应季的礼品。

她只顾着看店内的商品，没注意店名，一进去，利落地选好一条黑色羊毛针织围巾，因为着急回去，也没看价钱。

直到刷了卡付完账，手机收到银行卡的支出提示。

她取出手机，看了眼短信。

余额减三千九。

店员微笑着把包装袋递过来，黑白配色的手提袋上赫然印着几个字母。

唐棉吸了口气，心中发誓，绝对不会再干这种蠢事了。

买完东西，唐棉乘扶梯下楼，正好商场的出口旁连着超市，想着买点清凉口味的口香糖，下午困了可以含一片，提提神。

收银台旁边就摆着口香糖货架，唐棉随便挑了几种，拿了两个罐装的和三个盒装的。

“要袋子吗？”收银员问。

“不用，谢谢。”

唐棉手里还提着购物袋，直接把东西装在袋子里，然后出了大门，打车回去。

张姨在厨房准备晚餐。

贺烛不在一楼，唐棉拿着购物袋，回房间把暂住里面的口香糖取出来，之后坐在床边发了会儿呆。

她想了想，拿起手机给编导发微信。

唐棉：【那个盒子里装了什么啊？】

编导：【就是一些仿真虫子，蝎子、蟑螂、蜈蚣什么的，打开盖子它们会一起蹦出来。】

那好像还挺可怕的。

唐棉烦闷地抓了抓头发，滑到联系人界面，点开贺烛的头像，慢吞吞地打出一行字：【你有没有什么特别害怕的东西？】

隔壁房间，贺烛坐在沙发上，一边面不改色地把仿真蜈蚣塞回礼物盒，一边在微信上回复。

【虫子，尤其是蜈蚣，看到可能会晕过去。】

唐棉感觉太阳穴突突地跳，慌忙打字：【你千万别打开那个盒子。】

贺烛将丝带原模原样地绑回去，勾了勾唇，慢条斯理地回：【为什么，我开始好奇了。】

【我放错礼物了。】唐棉打完字，提起古驰的购物袋，跑到隔壁敲门。

大约了过了半分钟，门打开。

贺烛穿着羊毛衫站在门内，碎发散在额头，目光有些涣散，面色看着不大好。

唐棉瞬时紧张起来：“你没事吧？”

贺烛似乎受了什么刺激，迟钝地抬头：“你真的放了——”

“对不起！我马上帮你收拾。”不等他说完，唐棉飞快认错，接着心虚地绕过他，钻进卧室。

果不其然，她在茶几上发现了一堆仿真虫子，她三下五除二收进盒子里，一回头，贺烛仍站在门边，像在等她收拾完。

“都整理干净了，”唐棉咬着嘴巴，又道了声歉，“对不起。”

贺烛沉默几秒，微微叹了口气，呢喃道：“你说这是圣诞礼物，我很高兴，等不到圣诞节，就迫不及待地拆开了。”

“嗯？”唐棉犹豫着说，“我说千万别打开之前，你还没拆开吧？”

贺烛瞥她一眼，似乎在埋怨他都这样了，她居然还在挑他错处。

唐棉住嘴了。

房间沉寂一会儿。

贺烛见她只顾低头，一句话也不说，挑眉道：“你就没点表示？”

唐棉这才想起手里的东西，连忙把装有围巾的袋子交给他：“这是真的礼物。”

贺烛自然地接过，然后说：“我因为你受到惊吓，你起码应该负起责任，安慰安慰我吧。”

唐棉茫然：“怎么安慰？”

“比如——”贺烛边说边走过来，坐进她旁边的沙发，扬起下巴瞧她，“抱我一下？”

唐棉歪了下头，怀疑自己听错了。

贺烛垂睫，似在敛去眼底的失望：“不行吗？”

等了很久，没听到唐棉的回答，贺烛正欲放弃。

蓦地，一阵清淡的若有似无的香味闯入他的鼻息，带着温暖的体温，迎面倾覆而来。

气息很浅，动作也很轻。

却轻而易举地，夺去了他的心神。

唐棉回想着小时候受委屈，哥哥安慰她的样子，微微弯腰，脸颊虚蹭着他的头发，两条纤细的胳膊环过他的肩，一只手放在他背后轻轻拍打。

贺烛身体好像有点僵，一动不动的。

唐棉想起上次想做没敢做的事，目光一动，瞟向他柔软乌黑的发丝。

她慢慢地抬起胳膊，将手移到他的头顶，轻柔地摸了摸，嘴里说着：“别怕。”

做完动作，唐棉放下手，直起身子看他：“这样可以吗？”

贺烛仍低着头，看不清表情，只听到他微不可察地“嗯”了一声。

之后像在掩饰什么，他擎起左手覆在脸上，刚好遮住嘴角，另一只手打开纸袋，胡乱在里面摸了两下。

感觉底部放着毛茸茸的针织品，正要拿出来，手指忽然碰到了别的东西。

是个方正的纸盒。

贺烛先把它拿出来，视线落在盒子正面。

看清牌子后，他彻底僵住。

过了半晌，贺烛放下盖在脸上的手，喉结不受控制地滚动，嗓音带点哑：“你这是暗示——”

他顿了顿，继续道：“还是明示？”

唐棉没明白，面色平静地从他手里拿过方盒，正想说这是她不小心落在里面的口香糖，然后便看到盒子底部印了一行小字。

前缀不重要，她只看到了最后触目惊心的三个字：

避孕套。

唐棉尽量保持淡定的表情，以证明这真的是个误会：“拿错了，我买的是口香糖。”

贺烛意味不明地“哦”了一声，掀起眼皮，全然不见几分钟前的虚弱，眸色深暗，像能把人吸进去：“那给我吧。”

唐棉迟疑地将东西递给他，表情古怪：“你要用？”

“现在用不上，”贺烛把玩着手里的小盒子，勾唇轻笑，“总有一天用得着。”

虽然过程有波折，但道具至少是用掉了。

第二天上班，编导来找唐棉要反馈。

唐棉正了正神色，略带严肃地说：“我建议取消这个环节。”

“为什么啊？”编导不解，“你男朋友生气了吗？”

“生气倒没有，”唐棉说，“但他受到了惊吓。你想想，万一有嘉宾格外怕虫子，打开盒子，直接晕过去怎么办。”

“嗯——好像有道理。”

编导想了想：“不然把里面的东西改改，虫子换成弹射玩偶之类的，会不会好接受一些？”

唐棉考虑到安全问题，仍坚持：“还是算了，惊吓环节容易出问题，碰到心脏不好的人，搞不好要出意外。”

她说得虽然夸张，但不否认的确有这种可能。编导撇撇嘴，只得暂时放弃这一环节，研究新套路去了。

当天，唐棉拿到了《恋爱观察室》的嘉宾名单。

有了资金支持，王铭宇去掉原来拟邀的十八线小艺人，大胆地邀请了当下观众比较眼熟的几个演员，目前已经成功了三个。

唐棉在最后一行看到了一个熟悉的名字：段意深。

他来估计只能负责观察。

段意深的名字还在洽谈一栏，唐棉真心实意地向制片人建议：“不如请个善谈的嘉宾来吧，段意深应该不适合我们这种需要交流的节目。”

王铭宇请人之前做过调查，自然也看过《学做手艺人》里段意深的表现，他没所谓地摆摆手：“请他只是为了带热度，他现在两部热播剧在手，流量大，只要他人出现在节目里就够了。”

他坚持要请，唐棉也不再劝了。

反正她现在不用写艺人报告，随他吧。

网综正式录制时间定在圣诞节之后，圣诞节当天，编导又兴冲冲地来找他们的执行制片。

节目组一群万年单身汉，好不容易逮到一个有对象的，俨然把她当成了恋爱环节的试验员。

“唐制片。”

唐棉现在见到编剧组的人就头疼，无奈道：“我不会再试道具了，你死心吧。”

“不是，不是，”编导笑嘻嘻道，“这回真的是好东西。”

说着，编导将手里的东西交给她：“喏，市游乐场的门票，今天有圣诞节活动，票很难买的。”

唐棉捏着两张门票，皱了皱眉，想还给她：“你可以带朋友去玩，这我不能收。”

编导解释：“别误会，不是我买的，王制片出的钱。”

他们第三期想让嘉宾们到游乐场出外景，预备先找个人过去踩踩点。

“这票能用到夜场，王制片说今天三点就能下班了，你正好回去准备约会。”

她倒是没问题，不知道贺烛是否有空。

录制现场有高主任看着，唐棉进入休息间，给贺烛发微信：【你今天几点下班？】

贺烛应该没在忙，回得很快：【随时。】

嚣张又理所应当的回答。

唐棉顿了顿，继续打字：【同事给了我两张游乐场的门票，你要去吗？】

贺烛这次隔了一会儿才回：【我不去的话，你打算找谁？】

唐棉：【我哥。】

下一秒，贺烛的电话直接打了过来：“你现在在哪儿？”

唐棉说：“片场，王制片给了我半天假。”

贺烛道：“行，我去接你。”

下午三点，贺烛准时出现在拍摄地外，给唐棉发消息。

外面寒风吹得极为用力。唐棉刚离开别墅就感觉到了刺骨的冷，打了个哆嗦，迈开腿快步跑到车边，拉开车门。

她身上穿着早上出门时的挡风外套，衣服的帽子上带了一圈厚厚的白色毛领，看着软乎乎的。

唐棉脸缩在帽子的软毛里，双颊被风吹得有点红，刚准备坐进车，忽地发现副驾驶的座椅上放了一个袋子，黑边白底，字母印得明显。

她前两天刚在这家店消费过。

她一抬眼，只见贺烛倚着座椅靠背，穿着简单的休闲装，脖子上绕着她送的黑色围巾，动作闲懒地朝那袋子点了点下巴："我的回礼。"

唐棉拿起包装袋，关上车门，挡住了外面的寒风。

车里开了空调。冻得通红的手总算缓和了温度，唐棉慢腾腾地打开袋子，看到了里面的东西。

一条亮红色的针织羊毛围巾，边缘垂着流苏，一端靠下的位置用线缝着品牌的标签。

跟贺烛戴的围巾同属一款，除了颜色不同，其他细节设计都一模一样。

"谢谢。"

唐棉揭下帽子，下意识瞄了一眼贺烛，觉得他那样随意的围法挺好看，便也学着他的方式，将围巾绕了两圈，两边垂在前胸，正好露出边缘的标签。

这样看着十分像情侣款。

唐棉没长这根弦，不觉得有什么，贺烛却是不经意地笑了笑，低头发动车。

游乐园离得远，五点左右，他们正赶上夜场入园时间。

今天整个园区都布置成了圣诞主题，门口的工作人员打扮成圣诞老人的模样，背着白色的大布袋，验票时，游客可以凭票领取一个随机小礼物。

园内游客爆满，各个设施排起长队，两人在园内晃晃悠悠走了半圈，终于找到一个队伍没那么长的。

前面大概排了十个人，全是成双成对的情侣。

这是个室内项目，可能人气不高，外面仅有一个工作人员在维持秩序。

唐棉先走过去，抬头看了眼牌子，上面写着项目名称：圣诞惊魂夜。

"圣诞"两个字是后来贴上去的，原本的名字估计是万圣惊魂夜。

节目组之前讨论决定，不做惊吓类的环节，知道是鬼屋，唐棉便没了兴趣，跟贺烛说："我们去第二园区看看吧。"

贺烛却没动，望着前方从后门出来，紧紧抱在一起的情侣，出声道："你怕这个？"

唐棉摇摇头："不怕。"

贺烛语气随意地说："那我们进去看看？"

唐棉讶道：“你想玩鬼屋？”

“嗯。”

贺烛想进去，她也没反对，时间还早，过会儿园区内循环表演开始，游乐设施就空出来了，他们找个地方打发时间也挺好。

鬼屋做成了微缩古堡的样子，一共两层，内有真人NPC，工作人员在门口强调，不能殴打里面扮鬼的工作人员，实在不敢前进可以用大声要求暂停，会有人进来带他们出去。

房子里尖叫声不断，排在最前面的女生听到声音有点害怕，踟蹰半天，还是拉着男朋友走了。

唐棉和贺烛提前了一位，只差一组就能轮到他们。

工作人员让前面的情侣做好准备。

男生温柔地问女友：“害怕吗？”

女生紧紧抱着他的胳膊：“还行，你进去必须抓紧我的手，不能松开。”

男生说：“绝对的，肯定不放。”

他们甜甜蜜蜜地走进去，半分钟后，新一轮尖叫开始，男女高音混杂。

贺烛双手放在口袋里，闲闲地站着。听到声音，他眼睫低垂，忽然问旁边的人：“你真的不怕？”

唐棉点头，肯定地说：“唐白以前带我去过鬼屋，他自己吓得不敢动，后来是我把他拖出来的。”

“哦，”贺烛顿了顿，慢悠悠吐出两个字，“我怕。”

唐棉头顶冒出问号，眼里明晃晃地写着：怕你还玩？

与此同时，前面那对情侣似乎放弃了，外面能听见女生在扯着嗓子喊暂停。

负责接待的工作人员笑着喊他们：“请二位做好准备，注意观看游玩提示。”

贺烛面色从容，朝唐棉伸出手。

唐棉微愣。

贺烛略微抬高手臂，坦然地说：“我害怕。”

唐棉愣了下，诚恳规劝：“那我们就别进去了吧。”

贺烛没理，眼睛直直地看着她，淡道：“你牵着我，就不怕了。”

唐棉思维有些混乱，正巧里面的工作人员出来，给了她一个光线微弱的手电筒。

口口声声说害怕的人已经掀开门口的帘子，钻了进去。

没办法，唐棉只能带着手电筒跟上。

屋内漆黑一片，贺烛就等在门口。

唐棉想起他的话，犹犹豫豫地抬起手，虚抓住他的手腕：“进去之后你跟在我后面。”

周围没有光，手电筒的光线打在地板上，看不清旁边人的表情，只听到他轻轻应了一声。

唐棉就这样牵着人，一面用浅淡的光线探路，一面不停地解说前面的情况，安抚后面的人。

按照房子里的提示，他们跨过各类惊悚道具，走到楼梯旁边。

鞋底触到做旧的木板，发出咯吱咯吱的响声，在阴森的环境中尤为刺耳。

唐棉抬脚，刚踩上木台阶，身侧的一处昏暗角落突然钻出一个白衣长发的人，兔子一样从他们面前跳过去。

她下意识往前靠了一步，手也松开，接着，手指被一片温暖的热度包裹。

贺烛抓住了她的手。

唐棉以为他是在害怕，便也没挣脱，顺势回握住他。

NPC 跳出来没吓到他们，就从另一边跑走了。

唐棉牵着贺烛继续上楼梯，走到拐弯的位置，她脚步微顿。

考虑到安全问题，楼梯两边的围栏中间都装了灯串，光线充足，她依稀看见上方楼梯口出现了一块衣角布料。

她知道前面又会有人出来，于是想转身提醒。

一回头，正撞上贺烛的视线。

他瞳眸明亮，眼中清晰地流淌着温柔的笑意，目光的尽头只有一个人，哪怕四目相对，谎言被拆穿，他也没有移开。

无论怎么看，这人都不像是在害怕。

唐棉不禁怀疑起来：“你真的怕吗？”

两人的手仍牵在一起，贺烛眼底笑意不减，轻道：“嗯，怕死了。”

后来，也不知道是忘了还是贺烛抓得太紧，唐棉一直没松开手。

关于某人是否真的怕鬼这件事就这么被糊弄了过去。

从鬼屋出来，冷风一吹，唐棉一下缩回了自己的手，放进外套口袋里，脑袋往衣领里缩了缩，半张脸埋在红围巾里，只露出鼻梁和一双清亮的杏眼。

她的声音隔着围巾传出来：“接下来去哪儿？”

贺烛迟了一会儿，也将手放进口袋，漫不经心地说：“随你。”

鬼屋出口附近刚好有块园区指引牌，唐棉走过去，仰头看了看路线图。

再往内走就是过山车、大摆锤、跳楼机之类的刺激项目。

鉴于贺烛怕的东西有点多，唐棉体贴地问了句：“你能坐过山车吗？”

贺烛点了点头。

唐棉不放心地说："这个上去就没法停下来了，你害怕的话，还是不要逞强比较好。"

贺烛眼尾扫她："我不恐高。"

"那好吧。"唐棉放心了，继续看地图，"我们先去排过山车，再去跳楼机，然后……"

她一口气说完了所有刺激项目，路线图上有的一个都没放过。

贺烛安静听完，没什么意见，跟着她去项目地点排队。

过山车是乐园里的热门设施，排队栏杆几乎站满了人。

他们排了半个小时队，终于坐上去。

唐棉格外喜欢这些项目。

坐完坡度陡峭的惊险过山车，她没事人似的拉着贺烛又去排跳楼机的队，所幸这会儿乐园里的乐队表演开始，好多人跑去看演出，其他项目的队伍长度大幅度缩减，他们排十分钟就能轮上。

还剩最后一个海盗船没玩。

唐棉兴冲冲地又往那边赶，刚跑出一步，外套后面连着的帽兜忽然被人拉住。

她疑惑地回头。

贺烛单手插兜，另一只手稳稳拽住她："等等，先去买个东西。"

"哦，好。"唐棉乖乖走回他身边，"你要买什么？"

贺烛没回答，松开手，移步迈向不远处的礼品店。

店门口露天摆了一圈商品，多是圣诞帽、发光头箍之类的东西，好些小孩子拖着家长在这里买小饰品。

贺烛在外面扫了一圈，没发现他想要的东西，又进到店里。

里面商品种类就很多了，衣服、水杯、玩具等等，贺烛慢慢走到第二排货架，找到了他想要的。

唐棉跟在后面，看到他拿了一双红色带白边的棉手套，之后抬手，从上层的帽架取下一顶白色毛线帽。

他挑完就去柜台付账。

店员正要把东西装起来，贺烛阻止了她，将东西拿到手里，转身面向唐棉，不由分说地把毛线帽扣在唐棉脑袋上。

唐棉的外套自带帽子，只是有点松，风一吹就掉，围巾挡脸又会堵住鼻子，闷得喘不过气，她便只围到下巴。

刚开始她还会不厌其烦地扣上帽子，后面就懒得弄了，任由风吹着脸，最后两边脸冻得红扑扑的，像纯白雪地里落了两片淡红色花瓣。

贺烛买的帽子上带了两个毛绒球球，左右各一个，垂在她脸颊两边，可爱又灵动。

他终是没忍住，伸手捏了捏唐棉红润的脸蛋，摸到的皮肤又凉又滑，他低声道："这样就不冷了。"

说完他又把手套给她："戴上。"

唐棉倒没跟他推拒，小声道谢后，看了看贺烛单调的围巾，决定礼尚往来地给他也选一套御寒装备。

他们后面进来一对情侣，进店时恰好看见贺烛帮唐棉戴帽子的一幕，女生向旁边的男友撒娇道："你看看人家男朋友，多体贴啊。"

男友摸摸鼻子："不就是帽子嘛，我也给你买。"

他们离得不远，唐棉听到了对话，稍扬起下巴，低声跟贺烛说："他们好像误会了。"

贺烛也听见了，挑眉："误会什么？我不够体贴？"

唐棉一噎，接着道："误会我们是情侣。"

"哦，那确实误会了，"贺烛低眼看她，"我们跟他们不一样，我们是合法夫妻。"

唐棉不说话了，看似镇定地继续挑着货架上的商品。

两人还不算熟的时候，贺烛就这样偶尔冒出一句暧昧又亲昵的玩笑话，唐棉从来不往心里去，只是最近的频率好像有点高。

她偷偷抬起胳膊，隔着毛线帽摸了摸耳朵。

感觉有点热，是帽子的作用吗？

货架上男款的保暖物品不多，唐棉找到一款灰色的针织帽，勉强配得上贺烛的气质，手套款式更少，仅有一款黑色的毛线手套，还只剩最后一副。

买完东西，唐棉把帽子和手套递过去。

贺烛没接，他微弓下身体，眉眼柔和，脑袋乖顺地低下来，意思不言而喻。

唐棉只好也帮他戴上，顺便贴心地将帽子往两边拉了拉，挡住他的耳朵，又觉得把头发全挡住，影响了贺烛的帅气，便用手指仔细地将额前的碎发往外拨了两下。

"好了。"她提醒贺烛可以抬头。

"嗯，走吧。"

贺烛直起身，嘴角弯着，心情很好的样子。

坐完海盗船，唐棉总算想起编导给的任务——多去看看摩天轮、咖啡杯、旋转木马之类的。

天黑以后，摩天轮亮起梦幻的夜灯，排队人数暴增，比过山车的人还多，唐棉只看了一眼就放弃了，转去坐人没那么多的咖啡杯。

咖啡杯转速很慢，唐棉扒在边沿位置，悄悄观察附近的情侣。

有拥抱的，有靠肩聊天的。

单看氛围，这里算是比较适合嘉宾培养感情的项目。

唐棉坐完咖啡杯又去排了旋转木马，下来时，已经接近晚上九点，乐园今天有圣诞特别节目——烟花表演，很多人都是冲着这个才买了门票。

唐棉也想去凑热闹。

最佳观景点坐满了人，他们只能站在桥上看。

乐园最高的建筑顶端建了一个大钟，时针指向数字“9”的一刹那，第一朵烟花腾空炸开，由聚集的圆圈化成一缕缕光束，从无垠夜空中竖直坠下。

紧接着是第二朵，第三朵。

夜空被无数垂落的流星占据，漫天花火闪烁，像镀了光的雨滴，淅淅沥沥地降临人间，慢慢融化了黑夜。

烟花表演到中期，并行升起的花炮数量逐渐增加，场面也越发梦幻壮观。

身边多是二人并行的情侣，男女成双，互相依偎着。

在浪漫的烟花下，冷静地并肩而立的两人显得格格不入。

唐棉注意力都被绚烂的烟火吸引。

又一朵光束升入上空，唐棉目不转睛，忽觉头上的毛线帽动了动。

她偏过头，贺烛的手指还停在她脸颊一侧，帮她盖住露出一截的耳朵。

他正垂着眼睫，目光并没有分给夜空之上的灿烂，但腾空直上的星火却好像落在了他黑夜般的眼睛里，随着烟花一同盛开，发光，好看得叫人移不开眼。

唐棉失神地看着。

贺烛收回手，觉察到她的视线，低眸看过来。

目光相接的瞬间，她的心跳似乎漏了一拍。

唐棉慌忙转回去，移开视线，继续看烟花。

天边出现了烟花秀最大的一簇光团，如昙花绽放，漂亮夺目，身边响起观众的赞叹和惊呼。

唐棉却没了刚才的激动，看得也不专心了，满脑子都是贺烛垂眸帮她整理帽子的画面。

对比起来，好像是贺烛更好看一些。

圣诞节之后，网综便正式开始录制，嘉宾们也正式入住别墅。

除了摄影师，其他人都待在三楼的一个房间里看监视屏，这里算是导演的主场。

而唐棉今天要和高主任去见一个赞助商。

到达对方公司，他们跟负责人聊了好半天，多是高主任在说话，唐棉在一边旁听学习。

因为最近火了一部上星综艺，这边投资方就想着人家有的他们也要有，提了一堆不切实际的建议，全然不考虑一个室内恋综要怎么加户外竞技对抗环节。

好不容易让对方打消乱加设定的念头，从写字楼出来，天已经暗了下来。

摄制组录制预计到十点结束，他们还得赶回片场。

唐棉拍网剧的时候常常熬夜工作，对新环境适应得还算良好，为了公私区分，她买了个新手机用来装工作号的电话卡。

执行制片做的事情比她以前的工作加起来都要烦琐，唐棉最忙的时候一天能接打四十几通电话，常用的手机就一直放在包里，等下班才有空拿出来。

她近期头一回工作到天黑，忙起来也忘了告诉贺烛一声，晚上不回去吃饭了。

晚上七点左右，别墅后门的路边停下一辆黑色商务车。

工作人员看清车里下来的人，认出是唐制片的男朋友，为难地将人拦下："抱歉啊，现在是拍摄时间，外来人员不能进，要不你给唐制片打个电话，或者我进去帮你叫她？"

贺烛顿了顿，道："不用麻烦了。"

之后他又回到车里。

唐棉这会儿正在三楼的办公点跟运营部门对接，旁边几个编导在写方案，其中一个女生临时接了个电话，是节目组定制的道具送过来了。

女生起身，要出门的时候，回头看了眼窗户，外面刮着大风，吹得玻璃窗砰砰作响。

她今天穿的外套没有帽子，这么出去，脸都得冻僵，看到墙上挂着的红色围巾，便试着问了一声："这围巾是谁的啊，我能借用一下吗？"

唐棉抬眼，发现对方指的东西是自己的，张了张口，正想说可以，心里骤然闪过一丝难言的别扭，让她的话停在了嗓子眼。

很快，唐棉意识到自己并不愿意。

墙上还挂着她的羽绒服，借外套没问题，围巾不行。

唐棉抿了抿嘴，她自认为不是小气的人，只是借人家出去挡挡风，几分钟就还回来了，借出去好像也没什么。

但同意的话就是说不出口。

她觉得自己有点奇怪，又说不上来原因。

反正就是，不想借。

像是为了掩饰，唐棉挪开视线，重新低下头，假装没听到。

没人回应女生的问话，旁边跟唐棉比较熟的编导抬起头，瞄了一眼，随口答："那是唐制片的吧。"

女生找到了物主，刚想征求意见，又听同事用开玩笑的语气说："你悠着点啊，万一被风刮跑了，一个月工资就没了。"

"啊？那还是算了。"女生吐吐舌头，没再看围巾。

高主任听到对话，笑着说："我忙着忙着差点忘了，后勤弄了一批保暖的衣物给大家御寒，放在杂物室，手套、围巾、军大衣什么都有，你们待会儿过去看看，一人领一套。"

"有好看的吗？我现在就去。"

"等等我。"

有福利可以领，大家暂时放下工作，纷纷往杂物间跑。

唐棉待在原位没动，胸口起伏，轻轻舒出一口气。

高主任说："小唐不去领吗？去晚了，好看的那些就都被挑走了。"

"不用了，"唐棉笑，"我自己有带。"

工作到十点半，嘉宾全部熄灯，摄制组里的多数人可以下班了。

唐棉背着包从后门出来，路过停在道边的黑色商务车，也没在意，只低头看手机，准备用软件打车。

工作时手机调成了静音，她一点开屏幕，跳出来两个未接电话和几条未读消息。

全是一个人发的。

贺烛：【工作这么晚？】

这之后隔了半小时，他又发了一条。

贺烛：【我到了。】

到哪儿了？唐棉一头雾水，正想回复，聊天框又钻出一条消息。

贺烛：【回头，上车。】

这条跟上一条间隔了三个小时，唐棉按照他的提示，转过身，看到身后停着的商务车，犹豫着走过去。

副驾驶的门弹开，唐棉看到了里面的人。

虽然有所准备，她还是为他的出现感到惊讶。

想到他三小时前在微信里发的"到了"，唐棉意识到，他独自在这里等了很久。

贺烛却好像无所谓的样子，见她系好了安全带，便发动车，往山词苑开。

车开上马路，唐棉悄悄转头，看着他的侧脸，有些抱歉又觉得不可思议，问道："你怎么会来？"

贺烛漫不经心地回答："来接人。"

接的是谁，现在已经不用多问了。

“其实没必要等那么久，”唐棉小声说，“我可以自己打车回去的。”

贺烛不知是没听到还是不想回答，专注开车，没吭声。

唐棉轻轻补了一句：“谢谢。”

片刻后，贺烛忽然出声问：“以后都要这么晚下班？”

唐棉：“已经很早了，我们是轮班制，后天轮到我值班，晚上就不能回去了。”

贺烛皱了下眉：“一晚上不睡？”

“也不是，”唐棉说，“就是睡在片场。”

车内安静下来。

唐棉把脸转回去，低下头，盯着自己的手。

她还戴着圣诞节那天买的手套，离开了特定的日子，它的造型显得幼稚又奇怪，但是里面的毛绒内衬很保暖。

这是贺烛送的，围巾也是。

唐棉身体靠着座椅往下滑了一点，半张脸埋在围巾里，觉得温暖又安心。

回到家，两人互道晚安各自进了卧室。

唐棉洗完澡，吹干头发，躺在床上又没了困意，时间不早了，现在看综艺只会越看越精神，她便拿起手机，随便刷了一会儿。

正好微信有同事发来工作汇报，她看完后，给了一些回复，离开聊天窗口，她顺手点进朋友圈，唐白几分钟前发了一条“跃影”的夜场活动海报。

唐棉睡不着，就给哥哥发消息：【哥，你好像有危险了。】

唐白秒回：【？你跟人打架报我名字啦？】

唐棉：【那倒没有，我的意思是，你在我心中的地位有危险了。】

唐白瞬间冷静：【哦，好事啊。】

唐棉没理他，自顾自说：【你以前在我心里排第一，现在有人要跟你并列第一了。】

唐白语气颇为幸灾乐祸：【啧啧啧，另一位倒霉蛋是谁？】

唐棉：【贺烛啊。】

她想了想，又觉得他的说法不好听，补充道：【你不要乱说，他不倒霉。】

唐白好半天没回复，唐棉以为他又去忙会所的事了，于是放下手机，闭眼酝酿睡意。

须臾，手机铃声响。

唐棉意识尚清醒，翻了个身，顺手接起电话：“喂？”

“喂什么喂，”唐白的声音有些着急，“有危险的哪是我啊，明明是你！”

也不知道贺烛怎么做到让唐棉开窍的，唐白了解她，这人从小神经粗得要死，不然也不能在爸妈手底下老老实实待到成年，精神状态还一直保持良好。

唯一出格的一次，就是高中那会儿突然有了暗恋对象，听说后面告白被拒绝了，但也没见她多难过，想来只是一时好奇，没动真感情。

不承想，现在居然栽到了贺烛手里。

这可不是什么好事。

唐白严肃道："你当初怎么跟我说的，你说你们只是合作，不谈感情。"

唐棉懵："没谈啊。"

唐白："那你刚才的话是什么意思？"

唐棉："就只是字面意思。"

唐白一噎，不死心地追问："你跟贺烛发展到哪一步了？"

唐棉想了想，回答："应该算是好朋友吧。"

唐白扶额，暗暗叹了口气，这个傻妹妹啊。

接下来一段时间，唐白苦口婆心，不厌其烦地给她分析了很多有的没的，翻来覆去地强调贺烛花名在外，又背靠贺家，跟他动真感情，风险性极高。

唐棉把手机放在枕头旁边，听着哥哥滔滔不绝的念叨声，左耳进右耳出，一点没在脑子里留痕迹，甚至渐渐有了睡意。

唐白："他手机里不知道放了多少女生的联系方式，你好好想想吧。"

唐棉也不知道自己要想什么，困意袭来，眼皮不由自主地往下耷拉，迷迷糊糊地说："已经都删掉了。"

"你怎么知道，你看到了？"

"嗯……"

唐棉打了个哈欠，缓缓闭上眼睛，在失去意识前咕哝了一声："我删的。"

早上，唐棉醒过来，手机掉到了枕头底下，她找了一会儿才看到，想起昨晚好像听着电话就睡着了，便打开微信。

唐白果然用感叹号轰炸了他们的聊天界面，睡前撂下一句：【再管你我就是小狗！】

哥哥生气还是得哄的。

唐棉拿着手机进到洗手间，一边刷牙，一边单手打字。

【汪汪。】

【这样我们又是一家人啦。】

唐白大概忙了个通宵，唐棉在玄关穿鞋，即将出门的时候，他居然回复了：【……你这是跟谁学的？】

唐棉：【自己想的啊。】

发完她看时间快来不及了，便摁灭屏幕，急匆匆推门跑了出去。

他们的节目要先拍三到四天的素材，然后整理成一期内容，待后期完成得差不多了，《恋爱观察室》的嘉宾再开始录制。

后期剪辑组加班加点，赶在 30 号完成了第一期内容。

制片人王铭宇刚过三十岁，想法也比较年轻，觉得跨年这种有意义的事应该要跟家人朋友或者恋人一起过。

征求组里意见后，他们决定在 31 号提前两小时上班，争取当晚七点之前完成工作，全组放假。

上午八点，接送嘉宾的专车抵达节目组预定好的演播室。

高主任在别墅监制，唐棉负责带演播室这边。

观察员一共六位，三男三女，段意深是第二个到的。

下车后，他依然保持以前那副腼腆的样子，走路低着头，看着怯生生的。

公司给他配的两个助理跟在后面。

唐棉守在演播室门口，把安排表给了他的助理。段意深听到声音，不经意抬眼，随后面上展露惊讶，提高声音喊了她的名字：“唐棉？”

唐棉礼貌点头：“你好，又见面了。”

“你怎么在这儿？”段意深走向她，似乎想继续攀谈。

唐棉解释：“我是这档节目的执行制片，负责演播室的录制工作。”

“这样啊，”段意深笑了笑，忽然低头靠近，用仅有两个人能听到的声音问，“这次是什么人设？”

唐棉觉得这没什么值得小声说的，坦然地将手里的流程表交给他：“重点在素人嘉宾，你们不需要人设，多聊聊天就好了。”

“知道了，我会照做的。”

段意深弯了下眼，笑得很乖。

唐棉深知他我行我素的作风，没把他的话当回事。交代完这边，她就去了其他嘉宾那里，并不打算继续叙旧。

自从上回晚下班没有提前说，让贺烛在片场外等了三个小时，唐棉就被愧疚包围，每次下班都会跟他说一下时间。

然后贺烛会按时来接她，无论多晚。

唐棉推拒了几次，贺烛压根儿不听，她也没办法了，只能尽快完成手头的工作，争取早些下班，不让他等太晚。

明天就是元旦，嘉宾也要回家过节，傍晚时分，按原定计划，两边的摄制组差不多都能结束工作。

贺烛照旧来接人。

唐棉收到信息，回道：【抱歉，嘉宾出了点问题，可能要晚一点。】

本来确实是要下班了，但是《恋爱观察室》的一个男嘉宾有了点情绪，他是所有人里年纪最大的，算是观众眼里的实力演员，近些年才开始接综艺。

镜头里看着人还挺和善，到了现场却是事最多的一个。

空调太热不行，矿泉水不是他常喝的牌子不行，盒饭没有四菜一汤不吃，好不容易录到最后一小时，又说其他嘉宾抢他的话，死活不录了。

唐棉一个头两个大，只能好声好气地劝，毕竟调节嘉宾之间的矛盾也是她的工作内容。

她态度诚恳，说话也不急不躁、温声细语的，对方就是不买账。

其他嘉宾咖位不够，不敢惹他，均是默不作声。

段意深看热闹似的听了一阵，在二人同时沉默的间歇，他慢悠悠地开口："唐制片，我们什么时候能录完啊？好不容易有假期，我妈说晚饭都要做好了，让我早点回家。"

他声音很弱，好像是鼓足了勇气才敢提出来，搭配他少年感十足的外表，影响力翻倍。

旁边的女演员已经有点心疼了，出声附和道："是啊，早点结束吧，我们也赶着回去过节。"

话是对唐棉说的，眼神却都不约而同地飘向那个挑事挑刺的男嘉宾。

可惜那人心理素质不是一般的强大，冷哼一声，把锅强行扣给唐棉："人家问你呢，制片。"

唐棉依旧冷静，镇定而诚恳地说："您有要求可以提前与节目组沟通，我们一定尽全力配合，但录制相关事宜合同上写得很清楚了，我相信您的人品跟您的演技一样，足够令人折服，不会公然做出违约的事。我记得您十年前在古装剧里饰演的年轻将军，光明磊落，行事豁达，那部剧我看了很多遍，您能将这样的角色塑造得惟妙惟肖，想必在现实里也是如此为人，对吗？"

一口大锅换了一顶高帽，男嘉宾陷入沉默。

等了几分钟，确认他不会继续作妖，唐棉趁机道："各位应该休息得差不多了，我们继续吧。"

嘉宾们回到各自在《恋爱观察室》的位置，段意深路过她身边，停了一下，眼神颇具深意。

录制结束，演播室的编导冲唐棉竖拇指："唐制片你刚才好帅啊，要不是看气氛不对，我都想给你鼓掌。"

唐棉笑了笑，没接话。

编导好奇地问："你怎么会记得他十年前的戏，十年前他好像还没出名？"

唐棉淡定地说："确认嘉宾名单的时候特意去了解的，其实只看了百科简介，没看剧。"

编导回头看了眼闷不作声、憋屈离开的男嘉宾，忍不住捂嘴偷笑。

贺烛还在外面等，唐棉没跟编导多聊，指挥各组收拾完现场，她便围上围巾，背着包往外走，没想到在别墅门口遇到了段意深。

他像是在等她，见她出来直接迎了过来，笑吟吟地说："我记得你住的地方就在市区，正好顺路，我送你回去吧。"

唐棉客气地说："谢谢，有人接我，不麻烦你了。"

话音刚落，她听到身侧有人靠近，紧接着一道低沉的男声插入两人之间，语调冷淡，带着一丝似有若无的轻蔑："你们这里还招未成年？"

段意深笑意减弱。脸嫩常被他当作伪装的利器，但在这一刻，他觉得自己明显是被看轻了。

尤其同为男性，面对面站着，他显而易见地输了一截。

出于某种自尊心，段意深收敛起平时刻意营造的内向腼腆，目光阴沉地望向对方。

唐棉没发觉空气中淡淡的火药味，径自解释道："他不是未成年，已经大学毕业了。"

贺烛浑不在意地"哦"了一声，似乎并没有把这人放在眼里。

他看也不看旁边多余的人，伸手揽过唐棉的肩膀，动作自然，好像已经这样做了无数遍，话也说得暧昧："回家吧。"

唐棉猝不及防靠在他怀里，大脑倏然放空。

她由他揽着，闻着那股熟悉的雪松香，蒙蒙地回应："嗯。"

两人就这样亲密地离开。

上车后，贺烛没急着开车，偏过视线，看到站在门口的男人独自离去，意味不明地问："他就是出问题的嘉宾？"

"不是他，"唐棉说，"是另一个。"

她慢慢说起刚才演播厅发生的事，重点讲了自己的临危不乱、机智沉稳。

贺烛听完，皱眉道："问题都解决了？"

唐棉点头。

贺烛拿出手机，阴恻恻地说："不如把人也解决了。"

唐棉：？

作为节目最大的投资方，贺烛当然有资本决定嘉宾的去留，那点违约费他也不放在心上。

耍大牌的男星，以及明显对唐棉有不良企图的段意深，最好都一并换掉。

唐棉适时阻止了他的"昏君"做法。

暂且不提为什么要无缘无故换掉段意深，耍大牌的行为在圈内较常见，因为这种事主动毁约，事后定会跟对方打一场舆论战。

不给证据，他们不占理；给了证据，相当于公开了艺人的隐私，其他艺人心中也有了计较，上节目时就会有意无意避开这个团队。

“人脉资源受损，对一个年轻的制作团队来说是致命的。”

唐棉平声平调地说了一大堆。

贺烛垂着眼睫，没应声，但应当是听进去了，不大痛快地收起手机，开车回家。

/第十三章/
贺烛属于她

今天是一年之中的最后一天，市里起码搞了三个跨年活动，宣传海报贴满了地铁站和公交站点。

唐棉很久不坐公交车和地铁，不清楚哪里有活动，对倒数仪式也没兴趣，但她每年都会看跨年晚会的直播。

贺烛也没有这个意识，吃完饭便回了房间，觉得无聊，打开了很久没碰的游戏。

游戏还停在登录界面，手机屏上方拉出一条消息横幅，是曹攸给他发的微信。

贺烛随手点开，聊天界面放着一张截图。

曹攸：【孔非以为删了我们就没法笑他了，怕你没看见，给你留了图。】

截图内容是孔非两分钟前发的朋友圈，一张自拍照，镜头里孔非似乎在睡觉，闭着眼睛，女生露出半张脸，跟他合拍了一张照片，顺带用他的手机发了朋友圈。

文案配的是一串不同颜色的爱心符号外加一行字，跨年前的纪念。

尽管孔非很快就发现并删了这条朋友圈，底下一群闲得没事干的人还是及时留下了嘲笑的评论。

他们这些人，私下多浑都没人在乎，但要是大大咧咧放到了台面上，那必然会成为众人的笑柄。

他们笑得欢，贺烛的注意力却放在了文案上，跨年纪念吗？

隔壁房间，唐棉觉得用平板看直播不得劲，于是从被窝爬出来，带着抱枕和小毯子，慢悠悠下楼。

张姨已经收拾完餐厅回去了，客厅只开了一盏落地灯。

唐棉把带的东西放到沙发，盘腿坐下，脊背靠着抱枕，再用毯子把自己包起来，只露出脑袋，之后把电视调到她常看的卫视台，静静等待晚会开始。

没多久，贺烛也下楼。

唐棉转过头，正好与他对上视线。

“吵到你了吗？”

唐棉把电视音量调小，主持人激情饱满的声音立刻减弱。

“没，”贺烛走过来，坐在她旁边，“明天放假？”

唐棉点头：“嗯，能放三天。”

简短的对话结束，贺烛的注意力好像也放在了屏幕上，唐棉又把音量调回来。

洋房里有暖气，可能是一楼面积太大，暖气并不是很足。

唐棉一直裹着毯子，只觉得脸有点凉，余光扫向贺烛。他什么也没带，闲懒地坐着，上半身是宽松的灰色羊毛衫，下身就是普通的纯色居家长裤。

看着不太保暖。

唐棉包着毯子，往他的方向挪了挪，靠近一些后，出声问：“你冷不冷？”

贺烛目光移向身侧，瞄到她身上的毯子，几秒钟后，他轻微点了点下巴。

“那你上楼拿件衣服吧，”唐棉把脸埋进毯子的绒毛里，“别感冒了。”

贺烛抿了下唇，收回视线，身体往后一靠，没了动作。

唐棉盯着他的线条分明的侧脸，眨了眨眼睛，轻轻说：“真的有可能感冒。”

贺烛垂着眸子，不带感情地“嗯”了一声。

“要不……”唐棉再次开口，语调有些迟疑。

贺烛迅速偏头，目光灼灼地看着她。

唐棉慢慢掀开毯子，接着说：“我帮你拿？”

贺烛直起腰，终是放弃了等她开窍，面无表情地指向她身上的毛毯：“分我一半。”

唐棉愣了下，原来还有这个选项。

她的毛毯还挺大，盖两个人也不勉强。唐棉将堆在身后的毯子拽出一个角，交到贺烛手里，为了缩小散热的空隙，自己又往他那边移了一点。

慢慢地，两人贴到了一起。

他们包在一条毯子下面，贺烛略偏头就能触到唐棉的发丝，她应该洗了澡，头发又软又蓬，带一点洗发水留下的桃子香气，甜而清新。

贺烛下意识做出吞咽动作，不敢多动了。

客厅依然只有一盏落地灯照明，屋外是无边无际、寒冷暗沉的夜，屋内立着暖黄的灯，像雪地里的火把一样，发光的同时好像也在发热。

电视屏幕里劲歌热舞，气氛热烈，客厅的两人都很安静，却不觉得沉闷。

两个人的体温让毛毯下的温度快速升高。

刚刚移向他的时候不觉得有什么，突然都不说话，唐棉后知后觉地发现，他们似乎有些过于亲近了。

之前睡一张床，都是各占一边，互不打扰，倒是头一回挨这么近。

贺烛的上衣其实很暖和，羊毛袖子贴到了她的睡衣，隔着衣袖都能感觉到对方手臂的温度。

很快，她的胳膊也热起来，进而蔓延至全身，像待在了火炉边，哪里都滚烫的。

热气缠绕，唐棉甚至无心分神给晚会热闹的节目，她缓缓伸出一条手臂，给自己找了个借口，试图摆脱这种陌生的燥热感。

“冰箱里有切好的水果，我去拿——”

话音未落，贺烛先她一步起身，走向厨房，没多一会儿又回来，将保鲜盒放到她面前，盖子上还放了叉子。

“谢谢。”

唐棉低头，叉了一块蜜瓜放进嘴里。

贺烛站在旁边，似乎顿了两秒，而后又泰然自若地坐回原位，重新将毯子包在身上。

唐棉努力把注意力转移回电视屏幕。

现在表演的是一位男歌手，唱歌中途加了一段钢琴独奏，镜头切到台上年轻的演奏家，导播给了琴键一个近景，画面中，黑白琴键灵活跃动，流出一段明快灵动的曲调。

唐棉听着听着，开始走神，思绪回到了不常想起的高中时期。

那是在她决定送情书之前的事，学校寒假前举办了一场校庆演出，贺烛作为年级代表登台表演。

他没换演出服，就穿着冬季校服，在暖气充足的礼堂里，将外套袖子挽至手肘，淡定自若地坐到了钢琴前面。

台下掌声与欢呼声热烈，他是当天最受欢迎的演出者。

唐棉的班级运气好，抽到了第三排。

她能清楚地看见少年在台上的从容优雅。

修长手指触到琴键的刹那，校服好像变成了特殊的礼服，服饰的随意分毫不减他身上与生俱来的倨傲与矜贵。

表演结束，好些女生偷偷离开观众席，私自跑到后台。

唐棉借着给候场同学送东西的名义，也跟了过去。

贺烛当时被人群包围，清俊的面容分外冷淡，目不斜视地往前走，看也不看身边围着的人。

自然也看不到远处角落里，悄悄关注他的唐棉。

如果当时她也追上去，贺烛又碰巧愿意和她说话，她会说什么呢？

唐棉有点想象不出来。

应该是“弹得真好”“谢谢”这样？

电视里的表演结束，钢琴撤了下去。

唐棉彻底没了看节目的心思，满脑子都是贺烛演出的样子。

楼上就有钢琴，在顶楼的玻璃屋顶旁边摆着，因为长时间无人问津，阿姨就把琴罩上了，免得落灰不好清理。

她慢慢转头，两人靠得近，稍微一动，脸就能碰到身边人的肩膀。

视线所及是贺烛颈项间的皮肤。

唐棉觉得耳根有点发烫，胡乱扒开身上的毯子，由于动作幅度大，不可避免地连带着贺烛那边一起往下坠。

察觉到她的动作，贺烛低头看过来。

唐棉扬起下巴，撞入他漆黑的眼睛，可能是最近贺烛过于好说话了，也可能是两人亲密的距离给了她勇气。

她听到自己说：“楼上的钢琴，还能用吗？”

“应该吧，”贺烛想了一会儿，俨然忘了家里还有这东西，“你要用？”

唐棉顿了顿，低声说：“我想听你弹。”

听到她的话，贺烛神情微怔，而后蹙起眉，像是在犹豫。

这要求的确有点唐突，唐棉忙道：“我就是说说，你不用太在意。”

贺烛却站起来，顺手揉了下她毛茸茸的脑袋，扯唇道：“楼上冷，先回去拿件外套。”

唐棉眨眨眼，旋即露出笑，眼睛弯成了月牙：“好。”

洋楼顶层的一块区域是用三面玻璃和金属框架搭建的简易阳光房，可以用来做室内园艺，或喝下午茶，但贺烛和唐棉都对花草没兴趣，也没时间享受下午茶时光，这片区域就变成了小杂物间。

唐棉穿着羽绒外套，踩着棉拖鞋跟贺烛上楼。

白天阴天，晚上这里就更冷了。

贺烛走在前面，在门口摸到灯的开关，打开后，房间有了光亮，他走向许久没碰的三角钢琴，随手扯下琴罩，将琴盖打开又撑起。

这里每天都有保洁来打扫，琴身干干净净，没有灰尘。

定制钢琴的地方每隔三个月都会派人来做售后保养，贺烛随意按了几个键，没有跑音，能弹。

“想听什么？”

贺烛坐下来，问：“刚才那首？”

他说的是跨年晚会上那人弹的曲子，以为唐棉是喜欢那首曲子，才会突然提出想听他弹钢琴。

唐棉搬了把椅子到离他两米远的地方，双腿并拢，乖巧地在他侧后方坐下，然后回答：“弹什么都可以。”

贺烛听她声音隔得远，回头看了眼，皱眉道：“怎么坐那儿了？”

“这样方便欣赏。”唐棉含糊过去。

贺烛没多问，目光回到琴键上。

他有段时间没碰琴了，一些难度高的谱子弹不下来，便选了一首较为容易的。

十指按动，曲声开始。

唐棉听出他弹的是《水边的阿狄丽娜》，曲调舒缓唯美，跟校庆表演的《冬风练习曲》根本不是一个难度级别。

但，现在的贺烛好像比那时更吸引人了。

唐棉双手放在大腿上，视线牢牢凝视着前方的人，看着他修长好看的手指在琴键上灵动跳跃，心跳逐渐加快。

高中的时候，她坐在台下，舞台上的少年优雅贵气，看着高不可攀，难以接近。

如今的贺烛依然倨傲淡漠，却愿意在小小的一方空间里，为她演奏。

这个人现在属于她……

匪夷所思的念头在刹那间凭空冒出来，唐棉错愕地睁大眼睛。

是不是有哪里不对？

贺烛属于她。

她怎么会有这么可怕的想法……

耳边是轻柔唯美的钢琴曲，唐棉脑子里却像遭遇了重锤击打，砸得她措手不及。

须臾，唐棉咽了下口水，摸摸发热的脸颊。

不得不承认，这个想法让她有些小欣喜。

反正贺烛不知道，就当是给高中的自己一个小小的补偿好了。

只偷偷这么想一会儿。

一曲终了，贺烛手指离开琴键，看向现场唯一的听众。

唐棉笑着说：“弹得真好。”

“手生了，”贺烛似乎有些不自在，轻声问，“还要听吗？”

唐棉神情微怔，之后眼睛亮起来，重重点头：“要！”

观众反应热情，贺烛只好拿手机临时搜乐谱。

唐棉也摸出了手机，动动嘴唇，抬头看向前方："我能拍照吗？"

贺烛掀眸，勾了勾唇："可以。"

接下来，他又弹了两首曲子，唐棉拍了两张照片，觉得顶楼越来越冷了，便阻止了他继续弹琴。

两人接着回客厅看晚会。

因为刚刚回房间多穿了衣服，毛毯失去作用，他们分开坐进沙发。

临近零点。

贺烛倚着沙发背，眼皮半垂下来，模样慵懒，好像下一秒就要睡着。

唐棉注意到他的困倦，预备关掉电视："困了就回房间休息吧，我马上也要睡了。"

贺烛掀起眼皮，看了眼手机："还有五分钟。"

唐棉没想到他也会追求跨年的仪式感，想着只剩五分钟了，不差这一会儿，就也留了下来。

两分钟后，贺烛抻了抻手臂，将手机递给她，声音懒洋洋的："零点的时候帮我发个朋友圈。"

唐棉疑惑地接过来："发什么？"

"你给我拍的照片。"

"哦。"

她在微信上将照片发给贺烛，然后乖乖拿着手机等时间。

零点一到，唐棉准时点了发表，将手机还给他："可以了。"

贺烛接过，顺便说了句："新年快乐。"

唐棉笑着回："新年快乐。"

而后关掉电视，各自回房间休息。

贺烛睡前看了眼唐棉给他发的朋友圈，顿时陷入沉默。

照片拍得可谓一塌糊涂，对焦弄到了钢琴附近的纸箱上，他不仅背影模糊，而且只有半边身子进了镜头，乍一看就是一团黑影。

底下评论也很热闹。

曹攸：【这什么玩意儿？】

于一亩：【像是个人。】

贺烛手里的滚字还没发出去，下面多了一条唐棉的回答：【是我拍的贺烛。】

他唇角一弯，把滚字删掉，无视上面那群人，直接回复她。

另一边。

唐棉正准备退出微信，看到上方提示，又点进朋友圈。

贺烛：【嗯，拍得很好。】

他睁眼说瞎话的本事越发炉火纯青。

唐棉双颊滚热，抱着手机，慢慢缩进被窝，盖住通红的脸蛋，而后点开手机相册，看了眼自己拍的另一张照片。

这张她特意开了补光，焦点正对贺烛的侧脸。

镜头里的贺烛微低着头，黑发散在额前，投下一抹浅淡的阴影，侧颜线条流畅完美，清隽又矜贵。

唐棉存了点私心，这张照片是属于她的，她不想给别人看。

元旦当天，贺烛去临市见了个外商，很晚才回来，第二天上午也起得晚。

唐棉吃完早饭，一个人在客厅看电视，忽然听到有人按门铃。

她将节目暂停，趿拉着拖鞋走到玄关，看了眼门口的监视屏。

外面站着一个年轻女人，留着长鬈发，妆容艳丽精致，长得很漂亮。

唐棉谨慎地问："你是谁？"

女人似乎把她当成了家政人员，不耐地说："我是贺烛的朋友，刚搬过来，找他有事。"

贺烛的朋友除了孔非他们，还有别人么。

"稍等，我去喊他。"唐棉没开门。

外面的人有点生气："你让我进去行不行，冷死了。"

她穿得贵气，加上保安将她放进来了，应该确实是户主。

唐棉一时心软，便开了门。

门打开，女人似是没想到开门的人这么年轻，明显愣了下，修得精细的眉轻皱起来："你是他什么人？"

唐棉顿了顿，说："朋友。"

女人上下打量唐棉，高傲地扬了扬眉："哦，我是他朋友，也是合作人。"

"嗯。"唐棉不咸不淡地应了声。

"帮我倒杯水。"女人自然得好像在自己家里。

唐棉没理，简短道："餐厅有。"意思是让她自己倒。

女人眉头皱得更紧了："你知不知道我是谁？"

唐棉平静地看着她，好像在说，你是谁跟我有什么关系。

女人自顾自道："今天是我爸让我来找他，晚上一起吃饭，门当户对的，意思很清楚了，你明白吗？"

唐棉听明白了，心里有些发闷。

迟疑片刻，她抿了抿唇，带着脾气说了一句："重婚犯法。"

"什么意思？"

唐棉想也不想，脱口而出："意思是我们合法结婚，我是他太太——"

话音未落，她明显听到楼梯上有人下来，而她的声音响亮又清楚。

唐棉瞬间找回理智，好像有什么东西掉到了地上。

哦，是她的脸。

贺烛站在楼梯口，还未反应过来，唐棉已经飞快绕过他，兔子似的飞奔上楼。

她跑进卧室，扯起被子将自己完完全全地包起来。

说不清过了多久，时间很短，也好像很长。

唐棉闷得透不过气，也不愿意从被子里出来。

房间外响起一阵轻缓的脚步声，在门口停了停，然后慢慢靠近。

唐棉这才想起，刚刚她跑得急，没有关门。

脚步声最后定在她的床头，离她很近，近到她能清楚听见某人憋不住的轻笑声。

唐棉好像快熟透了，羞恼又无措，她紧紧压着被子，脸贴着枕头，一根头发丝都不肯露，像乌龟一样把自己缩起来。

她太不对劲了。

最近她面对贺烛时的感觉跟高中有点像，但又不完全一样，高中时她只是想靠近他的生活，感受一下随性洒脱的世界，哪怕他身边还有其他女孩。

现在她却受不了有人以亲昵的姿态接近贺烛。

这让她不舒服。

"咳！"边上的人终是没忍住，出了声音。

唐棉动也不动。

须臾，她感觉有人在轻轻敲打她的"保护壳"，声音很轻，随着敲击带出些微的震动。

"咚咚咚！"贺烛模仿了一遍敲门声，低沉的声音夹着浓浓笑意，有种说不出的温柔，"请问，贺太太在吗？"

"不在。"唐棉闷闷地说，"你能不能忘了这事？"

贺烛干脆道："不能。"

床上的小山包聚得更紧了。

贺烛蹲在床边，找到她脑袋的位置，轻轻戳了下，低声道："为什么要忘，喜欢我是件丢人的事吗？"

他轻而易举地戳破了她的心思，一切豁然开朗。

唐棉先是浑身僵住，而后极为缓慢地爬出保护壳，头发乱蓬蓬的，动作迟缓地坐了起来。

厚厚的棉被沿着她背慢慢滑落。

她的脸依然很红，表情像是在思考。

贺烛耐心等着。

大概过了一分钟，唐棉拧着眉，重重地呼出一口气。

她抬眼望向他，眸色清澈，眼神格外认真："我确实是喜欢上你了，所以……"

停了一瞬，她艰难地说出后半句："我们离婚吧。"

唐棉垂下脑袋，慢腾腾地补充："当初，我们说好只合作不谈感情，现在我违约了——"

"等等，"以防心脏继续受折磨，贺烛忍无可忍地打断，"你就没想过，我其实也喜欢你吗？"

唐棉抬头，迷茫地看着他，她还真没想过。

卧室的窗帘全部拢到了窗户两侧，玻璃窗隔绝了屋外瑟寒的冷气，冬日阳光照进屋子，明亮而温暖。

房间内两人谁都没说话。

空气沉寂，却不显得尴尬。

贺烛这会儿格外有耐心，他保持半蹲的姿势，微扬下巴，悠然望着床上陷入苦思的人。

好半天过去，他打算起来换个姿势等。

这时，唐棉像是想出了答案，嗓音闷闷的，嗫嚅着挤出一句话："我说得很认真，你不要和我开玩笑。"

贺烛抿着唇，慢慢站起来。

他半弓着腰，平视她的眼睛，眼底没有玩笑似的促狭，黑眸深邃，认真而专注，眼里好像只装得下眼前这一个人。

"你觉得喜欢是什么样的？"

"我也不清楚，"唐棉抓了抓头发，参考自己面对贺烛时会有的感觉，讷讷地说，"我对你就是，靠在一起的时候觉得浑身发烫，心跳得很快，没办法集中注意力做别的事，只想看着你，还有……"

她还没说完，抬眼的刹那，恍然发觉贺烛嘴角扬得极高，定定地凝视着她，眼中浸满笑意。

"还有呢？"他声音也带着笑。

唐棉耳根红了，低着脑袋，手指翻来覆去地揉捏被角，觉得分外难为情，小声跟他商量："你能不能不笑了？"

贺烛显得很为难："我尽量。"

须臾，他又慢悠悠地补充："喜欢的人也刚好喜欢我，太高兴了，忍不住，你体谅一下。”

唐棉被他一番话弄得手足无措，慌乱中，为了让自己不显得那么被动，她脑中灵光一闪，从不知哪年哪月的记忆里抓出几句话。

“可你之前明明说，让我别有其他想法。”

这是他们刚结婚没多久的事。

贺烛倒没否认，淡定地说：“现在我有其他想法了，这句话作废。”

唐棉又想起什么，眉心微微挤到一起：“还有，你说你还有其他选择，不是非我不可。”

因为这句话，唐棉那段时间在贺宅待得小心翼翼的，生怕他一个不高兴，就跟她提离婚，而她又得回到唐家，承受唐宗志和陆山兰更为严格的看管。

贺烛眸光微动，觉得事态逐渐往不妙的方向发展。

他压根儿不记得自己说过这话，那会儿他对唐棉没感觉，对她跟对其他女人没区别。

真要把旧账一笔一笔翻出来，那就是罪行累累、罄竹难书了。

唐棉本来只是情急之下，随便说说，现在越说越觉得不对劲。

她的手快把棉被角揉碎了，表情有些狐疑，犹犹豫豫地问：“你不是在钓鱼执法吧？”

贺烛挫败地捏了捏眉心，他刚才好像高兴太早了。

唐棉不知不觉陷入了奇怪的联想。

她还在纠结，就听贺烛低不可闻地叹了声气，侧坐到她前面的床沿，一条手臂直撑着床，半身前倾，清俊的面容逐渐向她逼近。

唐棉愣愣地看着，没有躲。

距离拉近，她能清楚地看到贺烛浓黑纤密的睫毛、直挺的鼻梁、薄削的唇线……

渐渐地，两人呼吸交缠。

她的心跳又不受控制地加速了。

忽地，贺烛停住靠近的动作，抬起另一只手，稍用了点力，在她头上揉搓两下，眸色深暗，出声道：“我累死累活地把工作挤到白天，空出晚上的时间，就为了钓鱼？

“费尽心思想着怎么接近才能不让你厌烦，这也是钓鱼？

“顶楼晚上冷得要死，手都动不了，还得给某人弹琴……”

贺烛食指有一下没一下地戳着唐棉光洁的额头，带着几分咬牙切齿：“你说是钓鱼，你有良心没？”

唐棉木讷地听完，嘴巴动了动，但没有开口。

贺烛对她好，她是知道的。

这样一来，他每天固执地去片场接她，日常相处时，偶尔提出的那些奇奇怪怪的要求，突然都有了合理的解释。

是因为——

喜欢她吗？

见她沉默，贺烛以为她还是不信，干脆掏出手机交给她。

“私卡已经扔了，通信录只有几个朋友和一些合作人，没有年纪低于四十的女性……应该吧，你看看，觉得哪个名字起得像八〇年后出生的，可以直接删了。”

唐棉握着他的手机，安静地盯着屏幕，却没点开。

贺烛也不知道怎么说了。

他垂首坐在她面前，唇角压平：“就算是刚结婚那段时间，我也没有其他选择。”

四周安静下来。

时间好像被无限拉长，一分一秒都变得漫长无尽，异常难挨。

唐棉缓缓抬头，眨巴眼睛，直勾勾看着他：“你再这么说——

“我就当真了。”

贺烛愣了愣，很快，他唇边重新绽开笑意：“嗯。”

唐棉双颊泛红，也扬起浅浅的笑。

这样，他们就算正式在一起了吧。

话都说开，唐棉那些纠结也烟消云散，她也不用再想着离婚。

但是，本就已经结婚的两个人，要怎么交往呢？

他们快进得太多了。

从房间出来，他们一起下楼，唐棉把这个想法说了出来。

贺烛脚步一顿，倚着楼梯边缘的扶手，沉吟一会儿，忽然掀眸，认真道：“不如从同居开始？”

唐棉歪头：“我们已经同居了啊。”

“这不算，”贺烛勾唇，眸子里映着星星点点的笑意，“我说的是在大宅时那样。”

跟在贺宅的时候一样？

唐棉想了想，那就是得住到一个房间，睡在一张床上，换衣服洗澡都在一起……

“算了。”

唐棉理智道：“我还没那么喜欢你。”

贺烛沉默一阵，语气变得复杂：“你现在的喜欢，可以接受到哪一步？”

唐棉思考了下：“牵手和拥抱，好像都没问题。”

话音刚落，她的手就被牵住了。

贺烛轻握着手里的柔软，扯了扯唇："等这俩的熟练度满了，记得给我升级。"

唐棉两颊刚消下去的红晕又开始浮现，任他牵着往楼下走。

客厅的电视还没关，综艺画面暂时定格，四周没有其他人的存在。

唐棉望了眼玄关的位置，想起她窘迫跑上楼的原因，似是不经意地问："刚才那个女人呢？"

贺烛牵着人坐下，随口答："回去了吧。"

他当时只听到了唐棉说得很大声的最后一句，并不清楚她们前面发生了什么。

唐棉说："她还会再来吗？"

"应该不会了。"

那女人是他近期合作公司老董的女儿，饭局上见过两面，连名字都不知道。

唐棉跑进房间后，他站到那女人面前，居高临下，语调缓慢而冰冷，近乎一字一顿地质问："你在我家，对我太太做了什么？"

那女人倒是没再说话，脸色羞恼至极，青一阵白一阵的，不等他再开口，自己转身开门，踩着高跟鞋走掉了。

听到他的回答，唐棉表情淡淡地"哦"了一声，好像并不在意，伸手按下播放键，状似平静地继续看电视。

几秒钟后，她肩上多了一股力度，扯着她往后仰，接着脊背便猝不及防撞进了身后温暖的胸膛。

贺烛的声音响在她耳畔："下次不想开门，就别开了。

"无论外面的是谁。不用顾忌我。你说了算。"

唐棉没应声也没挣扎，就这么靠在他怀里，红着耳根，悄悄跑了神。

卖她腹肌抱枕的店员果然在骗她。

贺烛的肌肉没那么软，手臂结实有力，可以轻而易举地钳制她，虽然强势，但充满了安全感，

跟抱枕的感觉完全不一样。

他的怀抱更舒服，也更温暖。

唐棉休息了两天，假期还剩三分之一。

难得有空闲，她打算继续进行自己的业余爱好，清早跑到厨房，翻出很久没动过的烘焙材料。

唐棉了解自己的烘焙水平，在网上找了一个看起来比较简单的玛芬蛋糕

教程，准备动手练习。

没多久，贺烛也醒了。他打着哈欠下楼喝水，发现厨房的人不是张姨，缓缓走进来，贴在她身边，声音倦懒：“放假还起这么早？”

“习惯了，”唐棉看了眼时间，疑惑道，“阿姨今天怎么还没来？”

她本来是想下楼吃早餐，发现厨房没人，才动了做蛋糕的心思。

唐棉一问，贺烛才想起张姨昨晚跟他请过假，她的孩子今天回家，她想回去一家团聚，晚上再过来。

张姨只离开一天，贺烛倒也没另外找人来。

说明了情况，他随口问：“中午订餐还是出去吃？”

唐棉想了一会儿。之前她在贺宅跟大厨学了不少菜色，也记了很多菜谱，但一直没机会实践，今天正好有空。于是她提议：“我来做饭吧。”

唐棉有些跃跃欲试：“早餐吃玛芬蛋糕配牛奶，中午炒两个菜，再做一道汤，我们两个吃应该够了。”

贺烛自然没有意见。

有了自己做饭的想法，唐棉顺手打开冰箱看了看。

家里的菜都是张姨早上带过来的，刚好够一天的量，昨天的食材用完，今天冰箱只剩一些调味类的蔬菜和一包手擀面。

唐棉合上冰箱门：“没有其他菜了，得去趟超市。”

“现在去？”贺烛问。

“不着急，”唐棉说，“我先做早餐。”

贺烛主动提出帮忙，但玛芬蛋糕步骤简单，没什么需要搭手的地方，她一个人完全可以应付得来。

唐棉便让他先离开厨房，等着开饭就好。

贺烛懒洋洋地打了个哈欠，听话地走掉了。

唐棉找出低筋面粉和发酵粉，将其混合，正在过筛，听到身后有人走过来。

她回头看了眼，原来贺烛离开并不是上楼，而是去餐厅搬了把椅子。

他起床一向没有规律，昨天下午又出了趟门，晚上睡得晚，唐棉以为他会回卧室接着睡回笼觉，没想到又回来了。

唐棉：“谢谢，不过我坐着不方便，你还是放回去吧。”

贺烛没说话，兀自把椅子放到厨房中间的位置，面朝椅背的方向跨坐过去，胳膊伏在椅背上方，下巴枕到胳膊上，眼皮半耷拉着，好像没睡醒，马上又要睡过去似的。

唐棉迷惑了，奇怪地看着他：“你在干吗？”

贺烛掀眼，慵懒地说：“看你。”

唐棉的理解是他帮忙的提议被拒绝后，自己给自己找了份监工的活儿。

厨房空间大，多张椅子也不碍事，唐棉便没管他。

她将蓝莓洗净，装盘备用，又把黄油和细砂糖放进碗里，用手动打蛋器一圈一圈地搅拌。

这个过程有点漫长。

贺烛看了一阵，悠悠开口："这个我会。"

唐棉："哦。"

贺烛："我来？"

唐棉："不用。"

贺烛收口，继续盯着她。

他看起来昏昏欲睡的，落在唐棉身上的视线却没断过，像一条若有似无的丝线，执着而缱绻地缠着她，不算引人注目，但存在感极强。

唐棉很想无视，却发现怎么都忽略不了，脸上又开始发烫。

搅拌的动作下意识加快，一不小心没控制好力度，用力过头，碗里的黄油糊飞出去一些，溅到了她的手背。

贺烛适时递了纸巾。

唐棉擦掉手背上的黄油，无奈地说："你都困成这样了，能不能老实回去睡觉。"

贺烛双眸睁开，眼底多了几分清明，他支起下巴，慢吞吞地说："你还记得昨天我们之间发生了什么吧。"

唐棉一顿，道："记得。"

贺烛继续道："我好不容易有了点名分，多看看还不行？"

随便他吧。

唐棉转过身，头发随着她的动作散开，挡住了她绯红的耳根。

由于步骤简单，唐棉很快完成了面糊的制作，然后将面糊倒入模具，放进烤箱，设定好时间和温度，蛋糕就完成得差不多了。

唐棉走到水池边洗手，余光瞥向一直等在旁边的人。

贺烛看上去没刚才那么困了，胳膊扒着椅背，目光懒散地追着她。

唐棉深吸一口气，关掉水龙头。

他应该不喜欢甜食。

不知道为什么会主动要求帮她试味，还不准她把蛋糕带给别人……

啊，或许也是——

因为喜欢她？

唐棉轻咳一声，不自在地挠了挠脸颊，没再看贺烛，打开冰箱，将里面的手擀面和调味品拿出来，小声问："早餐吃面可以吗？"

贺烛说："不是吃蛋糕吗？"

知道实话实说他肯定嘴硬，或是说些不正经的话逗她，唐棉委婉地说：“光吃蛋糕太腻了。”

“哦。”

贺烛从椅子上站起来，抻了下手臂，随口问：“你会煮面？”

唐棉刚想回答，却忽然发现，她好像真的不会。

在唐家的时候，她从来不进厨房，做甜品也是最近才有的爱好。

中午的菜因为有贺家厨师的指点，她比较有信心，但如何在只有葱和生面条的情况下，煮出味道不错的面，她就不知道了，贺家根本不会出现这种情况。

唐棉镇静地拿出手机，求助万能的搜索引擎。

片刻后，她胸有成竹地抬头：“可以做葱油面。”

然后看见贺烛已经挽起袖子，站到了水池边，似乎不打算再做监工的工作，唐棉只好把洗葱和切葱的任务分给他。

按照搜出来的教程，唐棉试着开火，往锅里倒花生油，又把葱段扔进锅里炸葱油，手机交给贺烛，让他根据教程指示兑调味汁。

葱油面做起来简单，最后的成品还算成功，唯一的缺点就是老抽和盐放多了，唐棉倒了点煮面的汤，中和之后，口味刚刚好。

为了纪念第一次做菜，唐棉给两碗面拍了张照片。

贺烛看着她拍完，点开了自己的手机屏幕，自然地说：“发给我。”

唐棉将面的照片发给他。

她想了想，又发了个朋友圈，没编辑文案，只放了一张单调的图片。

发完，她顺手刷新界面，上面多了条一模一样的朋友圈。

是贺烛发的。

唐棉没在意，坐到餐桌另一边，须臾，屏幕上方多了两个回复提醒。

孔非：【啧。】

曹攸：【啧啧。】

往上看了眼，这两人果然也给贺烛评论了，贺烛没搭理他们，唐棉也不知道怎么回。

她低下头，吸了两口面。

她后知后觉地想，他们这样，好像在隐晦地公开恋情啊。

吃完早餐，贺烛开车带她去超市。

唐棉需要的材料比较杂，他们从生鲜区出来，又去了蔬菜区，假期中午超市人格外多，称重的地方也慢慢排起长队。

唐棉就让贺烛先在后面占位置，她挑完菜再把东西给他。

贺烛没什么意见，迈开长腿，走向队伍末尾。

只是他身高腿长的，生得又极好看，往那儿一站，在一群大爷大妈中间分外显眼，旁边陪家长来买菜的小姑娘偷看了他好多次，有意无意地往这边靠。

贺烛熟练地侧身，躲过又一个不小心绊倒的女生。

他前面排队的是个大妈，这女生没想到他会躲，直接扑在了大妈身上。

大妈被她撞得往前趔趄一下，转过身，有些埋怨地说："小姑娘走路看着点。"

"对……对不起。"女生红着脸道歉，说完不好意思地走了。

贺烛为了躲她，退出了原本排队的位置，还没来得及回去，后面的大爷就往前跨了一步，他身后排着的人随之跟上。

又得重新排，贺烛略有些心虚，下意识寻找唐棉的身影。

她仍站在蔬菜区，旁边有个男人，应该也是来超市买菜的顾客，他没多想，若无其事地走到队伍末尾，重新排队。

唐棉正准备拿菠菜，感觉身边有人一直在看她，疑惑地抬头，正好与那人对上视线。

旁边的人被抓个现行，也不慌张，大大方方地说："请问，你是叫唐棉吗？"

唐棉迟疑着点头，却想不出与这张脸有关的半点印象："你是？"

"我们没见过面，但我看过你的照片，"男人模样端正，笑得温和，"我是于桁，还记得吗？"

这名字有点耳熟。

见她面上仍然困惑，于桁摸了摸鼻子，提醒道："照片是唐夫人给的。"

他这么说，唐棉一下子就想起来了。

于桁就是她当初错过的相亲对象。

由于自己弄错了餐厅地址，让他空等两个小时，最后一个人孤零零地回去。唐棉尴尬地道："真的很抱歉。当时不是故意要放你鸽子，因为弄错了……"

"不要紧，我没放在心上，"于桁摆摆手，笑着说，"不过当时看资料，你刚好是我喜欢的类型，所以还挺期待和你见面的。"

说着说着，他察觉到这话有些唐突，便换了话题："怎么样，你身边现在有合适的人了吗？"

"嗯。"唐棉笑了笑，"我已经结婚了。"

听到她的回答，于桁明显怔愣了一下，很快调整表情，微笑道："那你比我幸运多了，我现在还是孤家寡人一个。"

唐棉正在把装好的菠菜放进车筐，闻言，困惑道："你条件这么好，怎么会找不到适合的对象？”

“哈哈，我条件也不算很好，而且前段时间工作忙，身边不是同事就是客户，也找不到人，现在婚姻大事全指望家里包办了。”

于桁随口开了个玩笑。

菜都买齐了，唐棉双手搭上购物车，抬眼看着他，认真地说：“加油，你一定能找到的。”

被她这么郑重地鼓励，于桁忽然觉得自己像是个着急结婚却一直没人要的可怜单身汉，非常让人同情。

有那么严重吗？于桁错乱了。

唐棉没发觉哪里不妥，礼貌地和于桁道别，然后推着购物车走向称重的队伍。

贺烛排了几分钟，还在队伍中间。

以防被人误会插队，唐棉取出购物车里需要称重的东西，一样一样交给他，打算去另一边等。

贺烛抱着一堆蔬菜，往蔬菜区的方向瞟了一眼。

那个瘦高的男人已经走了。

唐棉将最后一个袋子放进他怀里，直起身时，听到身边的人开口：“你刚才跟那个人说什么了？”

唐棉问：“你说于桁吗？”

贺烛垂睫看她：“你们真认识？”

“不算认识，”唐棉摇头，“就是互相看过照片。”

贺烛皱眉：“你们没事看对方照片做什么？”

唐棉说：“相亲之前都要看啊。”

“相亲？”

他的声音陡然拔高，四面有人好奇地看过来。唐棉愣了下，意识到自己刚才的说法容易引起误会，补充道：“相亲是在我们结婚之前，我跟你说过的，本来是跟于桁相亲，结果我记错餐厅，遇到了你。”

是有这么回事。

贺烛沉着脸，心里特别不得劲：“你们怎么还有联系？”

唐棉：“只是刚才碰到了，他认出了我，就随便聊了会儿。”

前面空出几个位置，贺烛随着队伍往前走，站定后，瞥了眼旁边的人：“聊什么了？”

唐棉开始回想：“跟他道歉，告诉他我结婚了，他说自己还单身——”

话说一半，她看到贺烛明显上扬的嘴角，顿了下，不解道：“你笑什么？”

贺烛眉梢微扬：“心里高兴当然要笑。”

唐棉不明白他在高兴什么，想了想，自己琢磨出一个答案，犹豫着说："单身是很正常的事，你不能嘲笑人家。

"你也才刚有女朋友。"

"……"

队伍终于排到头。

贺烛将怀里的东西一股脑丢在称重台旁边，抽出手在她脑袋上狠狠揉了两下，纠正道："是老婆。"

唐棉捂着头顶，一边理顺发丝，一边嘟嘟囔囔："有名无实的，不算。"

贺烛顺手提起称装好的蔬菜往车筐里丢，俯身时，恰好听到这句话，余光意味深长地扫向她："这是暗示？"

唐棉低头整理车筐里的东西，不敢再出声。

/第十四章/
热恋期

美好的假期飞一样跑走。

唐棉还挣扎在冬天早起的痛苦里，枕头边的手机就响了。

她窝在被子下面，闭着眼睛，伸出一条胳膊慢腾腾地往外摸索，将手机拖到被子里，半梦半醒地接起电话。

“喂。”

“小唐啊。”电话那端是制片人的声音。

唐棉顿时清醒，蒙着被子坐起来，下意识说：“对不起，我马上就出门。”

王铭宇笑道：“别紧张，你没迟到，打电话是通知你今天早点过来，嘉宾出了点问题，需要你处理。”

“好的。”

挂了电话，唐棉不敢再磨蹭了，利索地掀开棉被下床。

她着急忙慌地收拾完，早餐都是在路上吃的，终于提前一小时抵达片场。

高主任还没来，只有王铭宇和几个摄像老师在。

唐棉过去询问情况，原来是一个男嘉宾工作突然有调动，时间周转不过来，想退出节目。

王铭宇协调过，但嘉宾坚持要退出，他也没办法。

王铭宇：“今天还得继续录，时间紧迫，你争取在两天之内找到合适的新人替换他。”

“我知道了。”

唐棉去到三楼，办公室暂时没有人，她从资料柜翻出先前的报名表，整理了一些符合条件的名单。

连着拨了两个号码，都没人接，她想着可能是时间太早，人家还没起床，便放下手机，先处理别的事。

九点左右，唐棉再次拨打电话，接倒是接了，但因为种种原因，她挑出的人选都没办法在短时间内赶到现场。

编导组的人也一起帮忙联系，将一沓电话单都打完了，只有三个人同意今天来面谈。

唐棉在办公室待到天黑。

来面试的三个人背景条件还行，不过恋综为了保证可看性，对嘉宾的外表有要求，不要求帅得过分，至少也得五官端正，上镜看着舒服。

他们发给节目组的照片应当是美化过了，现实里三人的身高长相均不符合节目组的标准。

临近下班，后期组完成了新一期的视频制作，交由制片组审核。

晚上不知道要忙到几点，唐棉掏出手机给贺烛发微信，告诉他自己今天可能要工作到很晚，节目组到时候会派车送她，让他先睡。

贺烛大概也在忙，并没有马上回复。

唐棉放下手机，趴在电脑前看后期发来的视频。

镜头里录到的东西漫长而单调，经过后期剪辑，加上合适的背景音乐以及文案花字，无趣的内容就变得有趣多了。

唐棉看得入神，手机振动了一声，她点开屏幕。

贺烛：【下班给我打电话。】

贺烛：【多晚都行。】

唐棉盯着手机，手指上下划拉，来回看着这两行字。

喜欢一个人的感觉真的很奇妙。

明明昨天一整天都待在一起，一天不见，她竟然有点想他。

周围的同事都下班了，唐棉想着把工作带回家好像也可以，便给贺烛打了电话。

距离很近，贺烛开车十分钟就过来了。

上车后，唐棉还在想嘉宾的事。

报名表里的人不行，她的心思就动到了身边人身上。

唐棉翻着微信的通信录列表，随口问："你身边有单身的朋友吗？"

贺烛想也不想："没。"

唐棉叹了口气，手指顺着消息界面往下划拉，她没有删对话框的习惯，一条条翻下去，慢慢地，她看到了陆山兰的头像。

正想划过去，脑子里忽然闪过一个念头。

她直接点开消息框，翻到半年前的两条对话。

陆山兰发给她的资料还在。

唐棉记下于桁的手机号，试着搜索，果然搜到了他的微信，她备注自己的名字，给他发了验证消息。

几分钟后，于桁通过。

唐棉开门见山，说出加他的目的。

微信打字不方便，解释清楚后，他们转用语音电话交流。

车里只有唐棉讲电话的声音，贺烛面无表情地开车。

于桁确实有点感兴趣的样子，承诺明早之前给她答复。

唐棉满意地挂掉电话，嘉宾的事有了眉目，她轻快地舒出一口气。

耳边传来某人略带不满的声音：“给谁打电话啊，这么开心。”

唐棉如实说：“于桁。”

贺烛眸光微动，握紧方向盘：“不是说没联系吗？”

唐棉解释道：“我们节目缺了一个嘉宾，找了一天都没找到合适的，我觉得他条件还挺符合，想拉他进组。”

贺烛皱眉：“我记得你们那是个恋爱节目。”

唐棉点头：“嗯，也不一定恋爱，经常有录到最后，对谁都不心动的，一个人来，一个人回去。”

贺烛沉默。能在半年后凭一张资料照片把人认出来，那个叫于桁的会对谁心动，已经很明显了。

抵达洋楼门口，贺烛将车开进车库，之后跟唐棉一起进屋。

一路无言。

唐棉以为他是太累了，也没开口吵他。

两人安静地走到房间门口，贺烛先停下，唐棉继续往前，正打算伸手开门，后领蓦地被扯住，伴随着拉扯的力度，身子不由自主地往后倒。

这动作她都快习惯了。

知道有人会接住自己，唐棉干脆放松身体，任由身后的人抱住她。

贺烛将人按在胸口的位置，微低着头，粗声粗气地说：“投资人在节目组有话语权没？”

唐棉老实待在他怀里：“看情况吧，你想做什么？”

贺烛直截了当：“换嘉宾。”

唐棉一本正经地分析：“可以是可以，但我得重新敲定名单，改策划，面试，换合同，方便起见，我应该会在片场住几天，嗯——这样你也不用陪我熬夜了，可以早点睡。”

唐棉说完，贺烛抱着她，无声站了一会儿，没再提换人的事。

她以为这事就这么过去了。

第二天早上，唐棉如愿收到于桁的答复，他正在放年假，恰好有时间参加节目，也很愿意尝试新的相亲模式。

于桁效率很高，上午就来面试了。

导演对他很满意，面试过后直接让他签下合同，明天就能带着行李来别墅，正式参与录制。

下午唐棉在办公室处理报告，她的座位在窗边，透过玻璃，无意中看见王铭宇带着人从别墅后门进来。

那人比王铭宇高半个头，身形颀长，头发乌亮，穿一件灰白色的羽绒外套，两条腿笔直修长。

旁边的编导也看到了，笑说："唐制片，你男朋友又来看你啦。"

唐棉眸光微动。

能在工作时间看到贺烛，她其实是高兴的，但是他怎么会跟制片人一起进来？

没多久，后勤上楼送文件，见到唐棉，打趣着说："原来投资人就是唐制片的老公啊，一起工作这么久了，你竟然不告诉我们，是不是想搞微服私访那套。"

编导惊讶地看她："老公？"

办公室其他人也一起看过来。

唐棉："……"

这一幕，是不是在哪里出现过。

编导好像知道了什么不得了的八卦，兴奋地追问后勤："你怎么知道的？"

"王制片说投资人今天来探班，然后就给我们指了唐制片的男朋友，又说他们已经结婚了。"

唐棉合上文件夹，站起来："我出去一下。"

编导露出了然的笑容："去吧去吧。"

贺烛被王铭宇带着在工作区转了一圈，接着就去了三楼的休息间，唐棉进门时，他正懒散地靠着沙发椅玩手机。

唐棉走过去："你怎么来了？"

贺烛淡定地说："合理巡视。"

唐棉狐疑地望着他。

贺烛面不改色，似是随口一问："那个于桁，跟你见过面了？"

唐棉说："上午面试见过，他明天加入……你总提他干吗？"

贺烛掀起眼皮："你离他远点我就不提了。"

唐棉头顶冒出一个问号，不明所以："我们离得不近啊，他白天主要跟女嘉宾相处，晚上和他对接的也是导演和编剧，我们接触的机会并不多。"

贺烛“哦”了一声，神色放松许多，看着没那么冷淡了。

唐棉还想说话，口袋里的手机振动几下。

她拿出来看了眼，王铭宇发来一条微信。

【小唐啊，摄制组有批设备需要更新，还有宣传经费也该补充了。】

唐棉抿了抿嘴，有些纠结。

她看懂了制片人的暗示，又十分想装作没看懂。

贺烛见她表情不对劲，问道：“怎么了？”

跟投资方沟通也是她的工作内容，但对象换成自己老公，唐棉一时不知道怎么开口，干脆把手机递给他，让他自己看。

贺烛扫了一眼，没说什么，用她的手机回复王铭宇。

【知道了。】

唐棉默默看着，脑中又有了奇怪的联想。

半晌，她嚅动嘴唇，别扭道：“你这样，好像我的金主啊。”

贺烛与她面对面站着，闻言，蓦地伸出两只手，捏住她滑腻的脸蛋，轻轻往两边扯，唇角下压，恶声道：“你见哪个金主只有牵手和拥抱两个动作可选的。”

唐棉眨了眨眼，没吱声。

“嗯？”贺烛不依不饶，“说话。”

唐棉淡定地转移话题：“我还有工作，你慢慢巡视，我要回办公室了。”

贺烛还想说什么，这时候他手机响了，唐棉趁机溜出休息室。

几分钟后，贺烛离开了别墅。

唐棉坐在窗边，支着下巴，出神地望着窗外。

旁边写文案的编导注意到她在走神，顺着她的视线看过去，偷偷笑了笑，出声道：“唐制片应该是新婚吧。”

唐棉微怔：“啊？”

编导笑着说：“看你依依不舍的，像是热恋期还没过。”

他们才刚恋爱，不知道算不算热恋期。

唐棉挠了挠脖子，又开始走神。

她刚刚对贺烛，好像不太热情。

他应该很忙，白天还特意抽时间来探班，她这样不冷不热的，不知道他有没有生气。

想着想着，心绪就被这件事占领了。

尤其是看到贺烛晚上发来微信：【今天在临市参加招商会，暂时回不去，晚上司机会去接你。】

唐棉心里的烦闷达到了顶峰。

唐棉伏在桌子上，将这条消息看了又看。

莫名地，她有点心慌。

晚上回家，唐棉洗完澡躺在床上，心不在焉地看编导给她推荐的小甜剧。

剧中女主角活泼热情，男主角性格内敛，表情也很少，唐棉随手拉动进度条，快进到两人互相表白之后的剧情。

主角坐车出游，男主角有点困了，意识迷蒙之际，脑袋往旁边偏了偏，正好女主角转头说话，嘴唇不小心蹭到男主角的嘴角。

气氛瞬间就不一样了。

背景音乐适时起到烘托作用，无形中增加了两人之间甜蜜的粉红泡泡，男主角万年不变的神情终于有了变化，他转头背对女主角，摸了摸鼻子，笑容明显。

唐棉盯着这一幕，若有所思。

接近子夜一点，贺烛终于到家，先去餐厅倒了杯水，润了润喉咙，然后趿拉拖鞋，打着哈欠上楼。

走到卧室外，贺烛低头准备开门，隔壁的门突然有响动。

二楼走廊没开灯，唐棉那边的房门缓缓打开一条缝，明亮的光线从房内透出来，在昏暗的地板上打出一道柔黄的光痕。

门逐渐敞开，地上的光痕也渐渐扩大。

唐棉扒着门框探出半个脑袋，杏眸明亮，直勾勾盯着他："你回来啦。"

贺烛松开门把手，偏头看过去："吵醒你了？"

"没有，我还没睡。"

唐棉从房间走出来："那个，你要不要下楼喝点水？"

贺烛："刚喝过。"

"那你饿不饿，"唐棉小声说，"可以吃点东西，阿姨给你留了夜宵。"

她视线游移，说话也吞吞吐吐，明显带着目的性。

贺烛摸了摸后颈，没多问，顺从她的意愿，转身往楼梯那边走。

唐棉踩着棉拖鞋追过去，赶在他之前进了厨房。

"你去餐厅坐着，我帮你拿。"

贺烛照办。

几分钟后，唐棉将热好的饭菜端过来，依次摆到他面前，随后便站在桌子旁边等着，似乎不打算坐下。

贺烛没动筷子，垂着眼眸，敛去眼底的倦怠，安静等待她下一步指示。

气氛沉寂。

唐棉手指抓着裤缝，心里酝酿一阵，终于下定决心，轻声叫出他的名字：

“贺烛。”

贺烛手肘撑在桌面上，侧脸抵着手背，缓慢而慵懒地回应：“在。”

唐棉第一次做这种事，不大习惯，脑袋刚低下来很快又抬起，踟蹰半天，憋出一句：“你先吃饭。”

贺烛掩嘴打了个哈欠，慢慢拿起筷子。

唐棉紧张地咽了下口水，从侧面悄悄靠近。

须臾，她用比刚刚更小声，也更急促的声音喊他：“贺烛。”

这次不等他回应，她迅速接出下面的话：“抬头。”

贺烛下意识照做。

仰头的瞬间，嘴唇猝不及防印上一道柔软温热的触感。

带一缕清甜的桃香，顺着鼻息，径直闯入胸腔，仿若羽毛一般，轻柔地触碰他的心脏。

一时间，心如擂鼓。

两人都睁着眼睛。

唐棉似乎听到了自己心脏剧烈跳动的声音。

她是主动的一方，却没想到这一步会让她心跳失控成这样。

她脸红得像要滴血，匆匆撂下一句“晚安”，不给对方反应的机会，拔腿就跑。

上楼后，推门又关门，爬上床，蒙上被子，合眼，一气呵成。

唐棉很想就这么睡过去。

可惜身上像带了电流，浑身酥麻燥热，根本睡不着。

迟迟没听到贺烛上楼的声音，唐棉犹豫了一会儿，没忍住，拿起放在床头柜的手机，忐忑地点开微信。

贺烛：【……】

贺烛：【撩完就跑？】

唐棉刚看完第二条，房间外响起敲门声。

“出来。”

贺烛的声音清晰地传入耳朵。

唐棉暂时不知道怎么面对他，假装没听见。

贺烛倚着她房间的门板，勾着唇角，自顾自说：“这算是新选项的许可？”

他说话时尾音上扬，语调带着显而易见的愉悦：“不出来就当你默认了。”

唐棉脑袋缩进棉被里，握着手机，动作缓慢地打出一个字，然后发送。

【嗯。】

第二天早上，唐棉从暖融融的被窝爬出来，脑袋昏昏沉沉地走进浴室，打开水龙头，洗了个冷水脸。

凉水泼到脸上，意识清醒了些，昨晚的记忆也随之浮现。

事情发生在凌晨之后，唐棉睡了一觉醒过来，有点怀疑脑中那些让人心跳加速的画面是不是自己的一场梦。

洗漱完，她走到床头，拿起手机求证。

翻到微信界面，贺烛那两条消息还在，足以证明记忆的真实性。

回想昨晚，那股酥酥麻麻的电流感又慢慢涌上来。

说不上是种什么滋味，不难受，反而有些难以说出口的欣喜。

唐棉拍了拍脸，深吸一口气，告诉自己还得工作，不能总想这些事。

昨天她的效率已经很低了，摄制组的日程计划没排好，片子的反馈也没写完，后期和宣发组还在等下一步的任务。

今天不能再消极怠工了。

唐棉摁灭屏幕，换上外出的衣服，之后拿着外套下楼。

时间还早，贺烛昨天休息得晚，今天估计要睡到中午，他们应该遇不上吧。

唐棉一边想一边喝了口粥，然后，握勺子的手停滞在半空。

她怎么又在想他。

张姨也清楚贺烛早上不会下楼吃饭，她做完一人份的早餐就去打扫客厅了。

餐厅只剩下唐棉。

四周安安静静的，偶尔出现一点喝粥的声音。

早餐吃得差不多，唐棉用餐巾擦了下嘴巴，准备起身，忽听身后有人靠近。

脚步声不像是阿姨的，唐棉动作微僵。

大概是腿长优势，后面的人很快便走到她身侧，衣服布料摩擦的轻微声响清晰地落在耳畔。

“抬头。”他说。

贺烛刚起床，声音稍显低沉，又带点哑，他嗓音本就好听，现在掺了睡意蒙眬的慵懒，声音好像有了魔力，格外引人心动。

唐棉本来没想理他，却控制不住受他吸引，迟缓地转头，慢慢扬起下巴。

昨夜的画面重现。

但这次他们互换了位置，嘴巴上的触感也比昨晚停留得更久。

这样下去，她估计一整天都忘不了这一幕了……

唐棉能感觉到自己的理智在一点点崩塌。

然而可怕的是，她并不想阻止。

唐棉想起刚到贺宅的那段时间，她跟贺烛草率地结婚，也没见过几次面。

不得不承认，哪怕她当时对贺烛完全没有特殊想法，也时常会被这人的外表和一些轻佻的行为迷惑，偶尔冒出些她自己都觉得荒谬的念头。

后来他们每晚睡在一起，她慢慢就免疫了。

之前的心如止水，在他们确定关系后，便不复存在，贺烛的每一次触碰，都能在她心底掀起涟漪，扰得她无法正常思考。

思绪飘远，唐棉不自觉跑了神。

贺烛有所察觉，垂下眼睫，略带不满地磨了磨她的唇瓣，之后抬手捏住她的下巴，放肆地加深了这个吻。

唐棉大脑瞬间空白，无暇再想其他。

过了好一阵，唐棉听到张姨的脚步声在逐渐靠近，耳根通红地推开面前仍意犹未尽的人："可以了，我快迟到了。"

贺烛今天好像格外缠人，他站在她身后，双臂环过她的颈项，脑袋垂下来："我跟你一起。"

唐棉上半身被禁锢，动弹不得，无奈地拍拍他的胳膊："那你的公司怎么办？"

贺烛抱着她，漫不经心地说："不要了。"

他意识还未完全清醒，说话慢吞吞的，行为似乎也比平时幼稚许多。

而唐棉理智尚存："不行。"

贺烛余光瞥过去，没说话，但眼神明晃晃地透露出"你反对也没用，我根本不会听"的意思。

唐棉没辙了。

思忖片刻，她忽然福至心灵，无师自通道："执行制片确实管不了投资人——

"但我应该能决定技能经验条的长度。"

贺烛听明白了，表情有一瞬间的凝滞。

唐棉趁他慌神的工夫，挣开束缚，从椅子上站起来，脸颊带着红晕："咳，晚上再见吧。"

"等等，"贺烛拉住她的手，黑眸锁着她故作镇静的面容，扯了下唇，慢条斯理地说，"听话一次，加多少经验？"

唐棉有种不好的预感，她好像，给自己挖了个坑。

还是个巨大的深坑。

元旦假期之后，春节也不远了。

今年过年早，年底工作挤在一起，任务繁重，节目组加班加点的赶进度，唐棉跟同事一起，连续一个多星期加班到凌晨。

后来为了不让贺烛等太晚，她便直接睡在片场。

中途贺烛也出了几次差，算下来，两人半个月见面次数没超过五次。

终于挨到年假前夕。

跟镜头前光鲜亮丽的嘉宾相比，摄制组的人个个灰头土脸，仿佛遭遇饥荒的难民，看不见一点精气神。

制片组开会决定，全体休息两星期，过完年再开工。

正式放假，唐棉拖着行李，疲惫地回到家，进房间泡了个澡，接着上床合眼，一觉睡到第二天中午。

贺烛还在出差，他人在南方，坐飞机往返差不多要五个小时。

唐棉举着手机躺在床上，在聊天框里打字：【我放假了。】

贺烛那边可能在忙，一直没回。

下午，唐棉在床上看剧，不知不觉，外面天阴下来，窗外呼呼地刮起冷风。

待在温暖的屋子里，这种声音听着反倒让人安心。

唐棉长时间保持一个姿势，脖子有点酸，便带着手机下楼看电视。

约莫过了半小时，她听到玄关有人开门，之后是行李箱的滚轮在地板上拖动的声音。

唐棉将电视暂停，走到玄关，迎面遇上刚回家的贺烛。

似乎没看到她的消息，贺烛有点惊讶："怎么没在片场？"

唐棉："我们放年假了。"

贺烛"哦"了一声，眉梢微扬，将行李箱放到旁边，一步步走近她。

外衣带着冷气，清冽地扑在唐棉脸上，沾着凉意，却很清爽。

贺烛顺势低头，自然地在她唇边落下一个吻，而后抬眼，轻声问："放多久？"

唐棉说："两个星期。"

贺烛沉默。

唐棉忽然有些紧张，眨着眼睛看他："你在想什么？"

"我在想，"贺烛尾音拉长，带了点戏谑，"这两个星期，我要怎么听话，才能让经验条涨满。"

唐棉不动声色地转身，无视他的话，径自跑回客厅。

电视里放的是前年的综艺，正好播到年底那一期，节目组把现场布置得年味十足，看着红红火火，喜气洋洋的。

唐棉侧卧在沙发上，看着主持人和嘉宾热热闹闹地吃饭，这期嘉宾是常驻春晚的几位小品演员，旁边坐着他们的家人。

印象里，这个时候的唐家，对联、灯笼、饺子、年夜饭一样不缺，但都是家里保姆布置的，她跟唐白只负责待在这个空壳似的氛围里，面无表情地和家人度过除夕夜。

屏幕里放出了一些春晚画面。

很多是唐棉小时候看过的，唐白从小就比她活泼，说话也有意思，她很喜欢听唐白吐槽晚会的节目，但在家里，这些幽默有趣的言语会被严厉制止。

陆山兰说，这样说话很没有教养。

只有一年，他们在姑姑家过除夕，唐白和姑姑你一言我一语的，一捧一逗，唐棉笑了一晚上。

之后就再没有过了。

她陷在回忆里，身上蓦然多了一片阴影。

贺烛换了衣服，坐在她旁边。

唐棉没动，过了一会儿，人就被捞了起来。

贺烛熟练地揽她入怀："你过年回家吗？"

唐棉顿了一下，摇摇头："不回去。"

贺烛点了点下巴，似乎挺开心。

唐棉知道他不会回贺家，想到今年春节是他们两人一起过，心里不自觉有了期待。

可是，唐白怎么办呢？

离春节还有五天，唐棉给唐白发了微信，她内心有点愧疚，说话比平时收敛些：【哥，我今年或许不能跟你一起过年了。】

唐白：【？】

唐白：【我什么时候说要跟你一块过节的？】

唐棉：【我单方面决定。】

唐白：【死心吧你，我已经订了机票，过年期间都在南方度假。】

唐棉：【你一个人？】

知道她已经跟贺烛彻底勾搭上了，唐白越看这句话越觉得她在嘲讽自己，他把屏幕敲得铛铛响：【对！两个人我嫌吵！】

唐棉识趣地没再说什么。

春节将至，张姨请假回家过节，贺烛也没找人替班，询问唐棉年三十当天是在家里吃饭还是出去吃。

很多私房菜馆都能接年夜饭的订单，他们的选择很多。

唐棉回道："在家吧，这样可以边看晚会边吃饭。"

贺烛随口问："你有看春晚的习惯？"

"嗯。"

他们坐在一起，唐棉顺着气氛就说了点以前的事，包括在姑姑家热热闹闹的那个年。

贺烛沉默着听完，若有所思。

除夕前一天。

贺烛说孔非他们晚上要来家里，唐棉随便问了句："你们要喝酒？"

他含糊地说："可能喝一点。"

唐棉没太在意。

当晚七点左右，天完全黑下来，洋房的门铃响个不停，伴随着砰砰砰的、催债似的敲门声，在静谧的夜晚尤为震耳。

"贺烛你人呢！快开门，冻死我了！"

"孔非你别把鼻涕往我身上抹！"

"滚吧你，那是我的迎风泪。"

他们声音吵嚷，惊动了外面值班的保安，警卫室有人出来看情况，手电筒扫过来的一瞬间，大门终于磨磨蹭蹭地打开。

三个人争先恐后地钻进屋子。

在门外冻了几分钟，他们冻得想飙脏话，结果一回头，见开门的是老实乖巧的唐棉，又给那些话憋了回去。

于一亩是几个人里比较有人样的，他吸了下冻僵的鼻子，礼貌地说："打扰了。"

另外两个后知后觉地跟上："打扰了。"

因为有客人来，唐棉穿着日常的外出服，挠了挠头，奇怪道："你们怎么这么客气。"

三人面面相觑，他们也不知道。

以前知道她跟贺烛没感情，总是小唐小唐地叫，这会儿真成了嫂子，他们反倒拿捏不好态度了。

曹攸摸摸后脑勺，转移话题："贺烛呢？"

唐棉："他在餐厅。"

孔非脱掉挡风外套，把衣服挂在门口的衣架上，笑着说："是帮我们拿酒吗？我们仨今天没带司机，喝酒不好开车，让他别折腾了。"

他们这些人，私生活浑归浑，这方面家教都还不错，不会做些特别出格的事。

曹攸大大咧咧道："喝点也没事，大不了睡这儿，明早再走。"

唐棉倒没什么意见，只是贺烛并没有想拿酒："他在切水果，你们先去客厅待一会儿吧。"

"啊？他在干啥？"孔非愣了愣。

唐棉眨眨眼，语气自然地说："切水果啊。"

阿姨不在，这些事她就跟贺烛轮着做，不过最后吃的人是她。

三个人登时像见了鬼。

曹攸瞅着餐厅的方向，好半天挤出一句："他还会切水果呢。"

贺烛恰巧拿着盘子出来，懒得搭理这些人。他把装着水果切块的盘子交给唐棉，煞有介事地嘱咐："都是你的，他们想吃也不准给。"

你是人?

尽管满腹怨言，但吃人嘴软拿人手短，他们几个多多少少都受过贺烛接济，碰到不公正待遇，皆是敢怒不敢言。

说不准以后还得求着这人呢。

唐棉乖乖拿着盘子，视线在他们之间来回睃着，迟疑地说："要不我先回房间？"

孔非说："不用不用，我们就是来玩，人多热闹。"

几人从低温中缓过来，纷纷走进客厅，识相地分坐在两边沙发，把中间的位置留了出来。

曹攸看到茶几上的遥控，想起他们大冷天来这儿的原因，说："今晚地方台是不是有春晚？"

一些电视台为了跟总台春晚错开，通常会提前或者延后办晚会。

"啊对，"于一亩说，"我出门的时候，我妹正在家守着电视看她喜欢的人。"

"那正好一块看。"曹攸顺着话茬，将电视调到卫视台。

唐棉歪了下头。

这些人大晚上跑过来，就是为了一起看电视?

不像他们啊。

贺烛拉着她坐下："别管他们。"

"噢。"

卫视春晚办得很盛大，有歌舞表演也有语言节目，只是质量一般，小品节目基本找不出笑点。

甚至不如孔非他们讲的段子有趣。

唐棉渐渐也不看节目了，一边吃水果一边听这些人叽叽喳喳地讲话。

他们笑点似乎特别低，只要有人说话，他们就能笑出来。

唐棉看看屏幕上导播无意中切到的冷漠异常的观众席，又看看乐个不停的他们，真心实意地问："你们在笑什么？"

笑声戛然而止。他们怎么知道!

某人硬性规定，要么带着她笑，要么把她逗笑了，停歇时间不能超过五分钟。

他们又不是演小品的，哪有那么多段子，想不出笑话就只能盯着电视傻乐。

孔非含含糊糊地说他们就是人来疯，人一多就高兴，不用在意。

唐棉似懂非懂地点头。

后来也觉得他们这样还挺能带动气氛，原本无趣的节目，经他们的笑声烘托，好像真的有点好笑了。

唐棉无意识地跟着他们翘起嘴角，眼睛不自觉弯成了小月牙。

贺烛懒散地倚着沙发，不怎么参与他们的话题。

他的视线一直放在唐棉身上，看着她露出笑，嘴边渐渐也带了弧度。

今年春节来得早，初二这天才刚到一月底。

唐棉这几天暂时没接到其他任务，贺烛也不出门，两人就一直在洋房待着。

初二清早，唐棉下楼，发现贺烛穿戴整齐，坐在餐厅吃东西，脸上没什么表情，情绪似乎不大对劲。

唐棉坐过去，轻声问："你怎么啦？"

"没什么，"贺烛说，"我等会儿要出去一趟。"

"嗯，什么时候回来？"

"中午，"贺烛视线偏了偏，像是在走神，"中午就回来。"

唐棉觉得他有心事，犹豫了下，没有多问，她低头开始吃早餐。

没多久，贺烛吃完饭，拿起椅背上的外套，淡道："我出门了。"

唐棉应了声："好，路上小心。"

贺烛没立刻出去，而是在旁边静静站了一会儿，之后才默不作声地转身，往玄关走。

唐棉拿着汤匙，回想贺烛刚才的反常。

突然想到，贺桐给她的文件夹里提到过，贺董夫人的忌日似乎就是年初二。

她出声叫住他："贺烛。"

前面的人停下脚步。

唐棉起身，继续道："我可以陪着你吗？"

贺烛回头，凝视她恬静的面孔，抿紧的唇线松动一些，嘴角稍扯起弧度："嗯。"

今天的贺宅比往日更为安静。

贺盛江穿着一身黑西装，脸色仍然严肃得过分，气势却没以往那么锋利了。

贺桐和贺延都在。

唐棉随贺烛进门时，贺桐往这边看了一眼，似是没想到唐棉会来，她眼中闪过一丝惊诧，视线偏向贺烛，嘴动了动，但最终什么也没说。

贺延倒是和以前一样，出于礼节，不冷不热地喊了声弟妹。

接下来便是无尽的沉默。

一家人坐车去往公墓，全程安安静静，没人开口，放完花束，贺盛江单独留下来，小辈们坐车回去。

以往贺烛面对家人总带着点戾气，今天却很平和，神情始终淡淡的，偶尔侧头，看一眼唐棉有没有跟上。

贺桐走在两人前面。

今天阴天，天上看不见太阳，冬风吹得狠，刮在皮肤上冷得刺骨。

贺烛忽然道："我想出去喝酒。"

唐棉小声道："今天太冷了，改天吧。"

贺烛"哦"了一声，没再说话。

贺桐脚步微顿，惊诧到以为自己听错了。

她忍不住回头看了眼。

贺烛正抬手，拉着唐棉头顶的羽绒服帽兜往下拽了拽，然后十分自然地将手放进她的口袋里。

贺桐有点不敢相信。

这人是她弟弟？

/第十五章/ 你在我心里

大年初二，路上的车已经很多了。

他们回去的时间比贺烛预计的晚了一些，两点半左右才抵达洋房。

贺烛情绪不高，将外套丢在门口的坐垫上，径直去往厨房。他从冰箱取出两听啤酒，而后去了一楼的吧台，坐上高脚凳，手指将拉环扯开，弯着脖颈，安静地喝了口酒。

唐棉将两人的外套整齐地挂上衣架，缓步走到他身边，默默坐下。

空气安静，依稀可闻啤酒冰镇后散发出的冷冽气息。

唐棉陪他坐了一会儿，目光移向他手边未开封的酒罐。

以前跟同事聚餐，同事说喝酒就是得一群人围在一块才得劲，喝闷酒没意思，她不禁看向旁边的人。

贺烛喝一口停一阵，不急不缓的，神色浅淡，看不出情绪，似是在走神。

她坐过来，他也没什么反应。

唐棉想了想，伸手拿过另一听啤酒，扯开拉环，随他仰头的动作，一起喝了口酒。

贺烛发现了她，眼神扫过来，就见唐棉表情痛苦，鼻子都皱起来，憋了很久才勉为其难地咽下口中苦涩的液体，然后苦大仇深地盯着手里的啤酒罐，脸上充满犹豫。

贺烛刚想开口，她忽然放下酒罐，起身走掉了。

须臾，唐棉去而复返，拿着两瓶玻璃瓶装的汽水，重新坐回来。

瓶盖已经被她起掉，唐棉仰头灌了一口汽水，冲淡嘴里的酒涩，难受的表情总算缓和一些，接着侧目瞄向他，似乎在等他一起。

贺烛定定地看她。

片刻后，他埋下头，胸腔微微起伏，发出低沉的笑声，再抬头时，清冷无神的眼底全然被笑意占据。

唐棉不明就里，迷茫地问："为什么笑？"

贺烛把手里空掉的酒罐推到一边，起身将她揽进怀里，低笑着说："有那么难喝？"

唐棉顺从地将脸贴在他胸前，诚实回答："有。"

贺烛柔声道："那就不喝了。"

唐棉觉得不能影响他的兴致，又说："你喝吧，我可以喝汽水。"

"不喝了，"贺烛低声说，"嘴里都是酒味，你不让我亲怎么办。"

"也没那么严重——"

话说一半，贺烛蓦地俯身，低头吻住她。

唐棉略有些惊愕地睁大眼睛，很快，她明白了他的意思。

接吻，不只有嘴唇的触碰。

这次的吻比以往来得都要强烈。

唐棉牙关在一开始就失守了，她嘴巴微张，眼睛渐渐蒙上一层雾，残存的酒气似乎也在唇舌交融中渡到了身体里。

她好像醉了，脑袋晕乎乎的，身上像点了火，灼热感从嘴唇蔓延至全身，酥麻难耐。

唐棉有点不知所措，双手抵在贺烛胸口，轻轻抓住他的上衣，慢慢地，手攥成了拳，却始终没有推开。

这种亲密她并不讨厌。甚至，沉浸其中。

这个吻持续很久，久到唐棉快要忘记呼吸，贺烛终于肯放过她。

两人离得很近，嘴唇将将分开不到一指的距离，只要一方稍动下身子，很容易就能再次碰到对方。

唐棉杏眼迷蒙，唇瓣红润，乖乖巧巧的，毫无防备，好像无论做什么都不会反抗。

贺烛眼睛暗了暗。

唐棉还没反应过来，新一轮攻势又将她吞没。

贺烛像是不知满足，亲得唐棉晕头转向，分不清是梦还是现实，凭借本能迎合他的亲吻。

他们在吧台前缠绵了良久，直到唐棉清醒过来，抬起没什么力气的胳膊，红着脸推了推他："可以了吧。"

贺烛没说话，兀自轻吻她的眼睑、脸颊、鼻尖……动作轻柔缱绻，让人无法拒绝。

唐棉强撑起理智，侧过头，很小声地说："我饿了。"

早餐之后到现在还没吃过东西，胃里确实有点空。

“吃完饭能继续吗？”贺烛半垂眼睫，声音低哑，有种说不出的性感。

这算是乘人之危，可她却无法拒绝。

唐棉将脑袋埋进他的颈窝，轻轻点了点头。

节目组给的年假在初六就结束了，唐棉今天要带人去做《恋爱观察室》的录制，起得很早。

刚过完年，嘉宾们心情还不错，连最难搞的男嘉宾都变得好说话了一些。

段意深来的时候给摄制组和嘉宾带了礼物，同样也分给了唐棉。

她的礼物是他亲手拿过来的。

又过了一年，这人的长相依然没什么变化，脸上带着清俊的少年气，将一个红色的礼盒递给她，笑着说：“新年快乐。”

礼盒外表跟其他人的没区别，唐棉收下：“谢谢，新年快乐。”

盒子很轻，全部的重量好像都在包装上了。

唐棉有点好奇里面的东西，但没时间打开，随手将东西放到片场的椅子上，跑去忙其他事。

下午录制结束，嘉宾互相道别，陆续离开现场。

唐棉给贺烛发完微信就在现场组织善后工作。

段意深去了趟洗手间，回来时，片场的工作人员也收拾得差不多了。

助理等在门口，着急地挥手，提醒他下一个行程要来不及了，让他走快点。

段意深置若罔闻，步伐不紧不慢，走到唐棉身侧，似是无意地提起：“上次那人是唐制片的男朋友吗？”

唐棉在给王铭宇发文件，闻言头也不抬，轻轻“嗯”了一声。

段意深往窗外看了眼。

“时间不早，他今天也来接你？”

手机上的文件成功传到对方那边，下面显示已接收，唐棉打开贺烛的聊天框，一分钟前，贺烛给她发了消息。

“嗯，他已经到了。”

唐棉往四周看了看，见大家整理得差不多了，便道：“我马上要下班了，还有别的事吗？”

“没事了，”段意深笑，“一起走吧。”

反正都顺路，唐棉也没说什么，将剩下的资料文件装进包里，她提起背包，恰好看到下面的红色礼盒。

盒子有点大，她的背包装不下，干脆就拿在手里。

进了电梯，段意深视线有意无意地看过来，欲言又止。唐棉注意到，直接问：“有什么事吗？”

“那个，其实，”他不好意思地挠挠脸颊，眼中染上几分羞涩，“送给你的礼物是我单独选出来的，对我来说……”

他们拍摄的楼层就在四楼，电梯下得很快，到达一楼，电梯门打开。

段意深轻飘飘的声音越过这片狭小的空间，传到了外面：“我觉得你是特别的。”

四周霎时静下来。旁边的助理瞳孔微震，下意识捂住嘴。

唐棉神色不变，淡定地从电梯走出去，仿佛他刚才说话的对象不是自己。

抬眼间，她撞上了准备乘电梯的贺烛。

他额前的碎发被风吹得有点乱，眸光冷冽，黑眸上下审视着她身后跟着的人，电梯里不止唐棉一个女生，他皱了皱眉，没直接开口，目光落到唐棉手中的礼盒：“这是什么？”

唐棉低头，一边拆盒子一边说：“分给节目组的礼物。”

打开平平无奇的红色盖子，里面大部分都是黑色海绵，中间卡着一个丝绒材质的黑色首饰盒。

揭开盒盖，一串晶莹剔透的镶钻水晶手链映入眼帘。

唐棉合上盖子，从容地把东西包回去，随后转身，将它物归原主。

段意深没接，嘴唇紧抿：“你不喜欢吗？”

唐棉摇摇头：“跟喜不喜欢没关系，这个我不能收。”

段意深像是没看见旁边面色不善的男人，沮丧道：“对不起，我只是觉得你平时都不戴首饰，想着你皮肤白，戴这个一定好看……我是不是给你添麻烦了？”

“没有添麻烦，但是，”唐棉认真地看着他，“这种东西还是送给喜欢的人比较好，刚刚那种话，也不能随便跟别的女生说，那是你未来女朋友才能听的。”

她近期为了写节目方案，看了不少相关的恋爱综艺和都市言情剧，对男女之间的小暧昧相当有心得，俨然一副过来人的样子。

见段意深没反应，唐棉语重心长地补上最后一刀：“你还小，不懂。”

一直默不作声的贺烛听到这句话，终于没忍住，嗤笑出声。

唐棉不解地看过去，她哪里说错了吗？

贺烛低眸，抬手在她柔软的发顶揉了两下，之后帮她把后面的帽兜拉上，旁若无人地牵起她的手。

两人走远。段意深原地站了一会儿，慢慢卸下那副人畜无害的表情，漠然盯着手里的礼盒。

半晌，他嘴里“嘁”了一声，满不在乎似的，将盒子往后一丢。

“送你了。”

助理慌忙接住，又鼓起勇气提醒：“我们得快点，广告公司那边催好几遍了。”

段意深拿出墨镜戴上，随口道：“推掉，不去了。”

“啊？为什么？”

“我刚失恋，没心情。”

年假复工之后，唐棉经历了一段忙碌的日子。

好在辛苦有了回报，他们节目播放量不错，上过几次热搜，嘉宾中也有出圈的。

于桁人气格外高，他跟一个女嘉宾聊得投缘，似乎是真喜欢上了，两人录完节目当天都是一起走的。

唐棉很欣慰，贺烛也不再隔段时间就旧事重提，要求换嘉宾了。

第四期节目播出后，摄制组又是连续半个月没放假，大家工作也没了热情，氛围低迷。

王铭宇总算良心发现，同意放他们两天假。

唐棉在午饭前回家，恰巧碰到准备外出的贺烛，他有点惊讶：“怎么回来了？”

“摄制组放假，”唐棉说，“你要出门？”

贺烛点头：“于一亩办了个冷餐会，让我们去捧场，一起去吗？”

唐棉上午没怎么工作，这会儿精力充足，便点了下头。

商务冷餐不像一般晚宴那么正式，唐棉回房间换了身得体的连衣裙，外面套着浅色大衣，就随他出发了。

餐会人不多，贺烛被于一亩拉去撑场面，唐棉没吃午饭，自己去了用餐区。

桌上的东西全部自助取用，都是小分量的东西，看着小巧精致。

唐棉拿了一点沙拉和曲奇，垫了垫肚子，随后就端着盘子四处闲逛。

正式踏入制作人的门槛后，她被王制片和高主任带着，经常参加一些小型商会，养成了良好的社交习惯。

这种场合往往是拓展人脉的好机会。

唐棉漫无目的地在会场溜达，时不时看一眼四周，寻找她认得出脸的业内大佬。

于一亩请的人大概都是他身边的客户或者合作公司，金融圈的比较多，基本没有混影视圈的，唐棉一无所获，打算去找贺烛。

回身之际，她注意到前方一个身材曼妙的女人。

初春气温有所回升，但也不到能丢掉御寒衣物的程度，会场一半是露天场地，相当于在室外活动，唐棉裹着外套都觉得冷。

那人只穿着黑色鱼尾裙，露出雪白的手臂和脚腕，红唇妖冶，精致描绘过的凤眼自带一番风情。

她不是现场唯一不怕冷的，却是这些人里最有魅力的。

女人身边没有男伴，她仅在自助餐区站了几分钟的工夫，已经有三位西装革履的男士上前与之攀谈。

她似乎早有目标，草草应付了这些人，踱步走向会场另一边。

唐棉静静看了一会儿，倒不为别的，只是这人自己刚好认识。

没记错的话，她应该是叫苏蓉茵。

市电视台那档相亲节目的人气女嘉宾，后来她私下认识了一个房地产商，火速与对方坠入爱河，苏蓉茵招呼不打一声，直接退出节目，唐棉替她上台，遇到了莫名其妙去参加节目的贺烛……

看前同事发的朋友圈，那档节目后来因为收视率不乐观，年底被台里叫停了。

时间过去这么久，苏蓉茵差不多也结婚了吧。

唐棉没太在意，放下空掉的盘子，接着找人。

会场人不多，但地方很大，唐棉在露天区没找到贺烛，倒是看见了无所事事的孔非，她走过去打了个招呼。

孔非没带女伴来，这会儿百无聊赖，热情地给她指了个方向："我记得小唐你是节目制作人吧，那边有个做传媒公司的老总，人脉挺广，我带你去见见？"

"好，"唐棉眼睛一亮，"谢谢。"

孔非摆摆手："你跟我客气什么。"

他说的人在室内区，是个看起来不苟言笑的中年人，跟孔家有点交情。

孔非平时看着吊儿郎当，正式场合却有模有样的，十分健谈，三言两语就将话题引到了唐棉身上。

那位老总礼貌地问了句："这位小姐是孔少爷的……"怕说错了引人误会，他适时将后面的话留给对方补充。

孔非大方地介绍："小唐是我朋友的太太，也是我朋友。"

有熟人介绍，唐棉成功得到了这位传媒大佬的名片。

对方还有别的交际圈子，没跟他们多聊。

唐棉拿到名片，正往手机里输名字和联系方式。孔非双手插兜，远远看到什么，忽然轻佻地吹了声口哨，跟唐棉说："我有目标了，先走一步，你慢慢逛。"

唐棉好奇地抬头，顺着他的方向看过去，然而，唯一可能符合他标准的，就只有站在前方四处观望的苏蓉茵。

唐棉伸手拉住孔非，迟疑地说："你说的，是那个穿黑裙子的人吗？"

孔非点头，问："小唐你认识？"

"不算认识，"唐棉不确定道，"她应该是有男伴的，你最好先问清楚。"

刚说完这句话，一道熟悉的身影从室内区走了出来。

与此同时，苏蓉茵也动了，她仰起头，顺手整了下裙摆，脚踩高跟鞋，目不斜视地往那边靠过去。

贺烛只顾着环视左右，没注意看路。

苏蓉茵迎面而来，大理石地砖光滑平整，她却突然踩空，身体优雅地前倾，正撞在他身上。

目睹一切的另外两人："……"

孔非一脸的大事不妙。他尴尬地摸了下鼻子，试图为兄弟解释："那女人一看就是故意冲过去的，贺烛一时眼瞎，才给了她可乘之机，你别生气。"

唐棉歪头看他，疑惑地说："我为什么要生气？"

她看着心平气和的，不像是说反话。

孔非也弄不懂唐棉，贺烛以前风评比他还差，唐棉怎么能这么放心。

那边贺烛已经跟苏蓉茵隔开了距离。

"很抱歉，能不能扶我一下，我脚扭到了。"苏蓉茵模样生得好，此刻眉眼含情，娇滴滴地柔着嗓子说话，更添一抹娇媚。

这一番惺惺作态引起了周围无关人员的怜惜，却没得到主要目标的垂青。

贺烛面容冷淡，兀自向前迈步。

苏蓉茵咬了咬唇，没想过他能冷漠至此，她只得将准备好的说辞提前，出声叫住他："是贺总对吗？不好意思，刚才没认出你。"

正脸没认出来，看背影竟然认出来了。

跟唐棉一道走过来的孔非悄悄吐槽。

贺烛也看到了想找的人。

身后的女人还在自说自话："贺总，我想跟你道歉。"

她拖着一只扭到的脚，赶在唐棉之前，奇迹般地站到了贺烛身前。

苏蓉茵眼中含着水雾："真的很对不起，当初你特意为了我去到节目现场，结果因为节目组的一点误会，导致我们最终错过，我也是后来才知道的。"

贺烛不耐地绕过她："认错人了。"

"我没认错。"苏蓉茵着急道，"可能我的脸跟电视上有点差别，我是苏蓉茵，那个交友节目的女嘉宾，你还记得吗？"

贺烛面色一滞，低眼看向唐棉："我可以解释。"

知晓内情的孔非也连忙道："对对对，小唐，这事不是她说的那样。"

唐棉脸色平淡，冷静地说："我知道，不必解释了。"

还有人比她更清楚当天的情况吗？

可这话落在另外两人耳朵里，又是另一番意思了。

贺烛蹙眉。当天他确实在开场前几分钟就带了一个女生下台。

但在外人看来，他的举动的确像是为了那女生，专门去的现场。

气氛有些紧张。

贺家和孔家两位少爷都在场，旁边还有两个姿色出众的女人，周围宾客的八卦之心蠢蠢欲动，但顾忌着他们的身份地位，谁都没敢上前明目张胆地听。

苏蓉茵也渐渐看出唐棉和贺烛关系不一般。

她心里没底，可又不甘心。

她当时攀上的房地产商压根儿没离婚，那人将她骗到手，腻了之后给了她一笔分手费。

苏蓉茵跟着大款过了一段时间的奢侈日子，再无法回到从前的生活，后来，她在电视台工作的表哥说，她缺席的那期，贺家的少爷正好去了现场，上台不到五分钟，就跟代替她上场的工作人员牵手了。

据说贺少爷下台之后是一个人离开的，走的时候面有愠色，想来是恼怒于节目组的欺骗。

苏蓉茵听完，肠子都悔青了，表哥给她看了当时在台下偷拍的照片。

没照到正脸，只有一张侧颜，却已经足够令她失神，更何况这人还是贺家的少爷，比那个肥头大耳的暴发户不知道好了多少倍！

苏蓉茵越想越不甘心，费了好大工夫，陪了不知道多少酒，总算联系上于一亩的一个客户，拿到了这场餐会的邀请函。

这是最后的机会了。

苏蓉茵咬了咬牙，打算将这场戏演下去。

可惜她还没来得及发挥，人就被拉开了。

贺烛参加相亲节目的事，孔非是始作俑者，他担心某人秋后算账，赶紧将没有眼力见的苏蓉茵拽离现场。

他没顾着怜香惜玉，步伐飞快，完全不给她挣扎的机会。

他们走后，四周空了下来。

贺烛低眸，正想开口，唐棉的手机忽然振动，她见是后期组的人打来的，只好说："我先接个电话。"

之后她走到远离人群的一片空地，按下接听键。

后期组说制片人要求突出的嘉宾素材不够，生搬硬凑又显得尴尬，后期做了两套方案，高主任那边决定了第一版，现在就看唐棉怎么选了。

审片子得用电脑，这里不方便，唐棉挂掉电话，回到贺烛身边：“节目组有工作要处理，我得先回去了。”

贺烛蹙了下眉：“我跟你一起。”

“于一亩需要你帮忙，我自己回去就可以了，这里打车还挺方便。”

她自顾自说完，一抬头，见贺烛神色有些晦暗，眼中情绪不明。

“你……”唐棉没来得及说完，手腕多了一股强硬的力道，贺烛一言不发，径直拉着她往会场外面走。

到了停车场，四下无人。

贺烛停下来，回过身，唇线压平，似乎有话要说。

唐棉耐心等着。

停车场这边地势空旷，四面没有建筑物遮挡，阵阵寒风张扬而过，肆无忌惮地吹动衣摆，将冬天残留的冷气灌进他们的衣领。

唐棉的毛呢外套领子很低，她里面穿得单薄，不由得打了个哆嗦，抱住胳膊，手搭在上臂搓了搓。

贺烛眼睫微颤，未出口的话再次吞了回去，他打开车门，淡道：“先上车。”

唐棉坐进副驾驶，车里空调开始运转。

旁边的人没有要发动车的意思，兀自垂首，沉默不言。

唐棉侧头，轻声问：“心情不好吗？”她根本没把苏蓉茵放在心上，自然也不会往那个方向想。

贺烛缓慢抬起下巴，双眸浓黑如墨，目视前方，低声回了两个字：“没有。”

他骨节分明的手指搭上方向盘，引擎发动，车驶出了这片区域。

一路上，唐棉跟身边的人说话，得到的只有单字回应，她神经再粗也意识到了不对劲。

思来想去，他的转变好像就是从苏蓉茵离开后开始的。

回到家，唐棉拉住即将踏上楼梯的贺烛，仰头看他，语气带着几分纠结：“你该不会，真是为了苏蓉茵才上的节目吧？”

她虽然知道替身上场不是误会，但贺烛去参加相亲节目的原因谁也不知道，而且后来那期节目也没播。

根据他当时的行为，这种猜测似乎也说得通。

贺烛神情一凛，声音总算带了情绪，毫不犹豫地否认：“不是。”

唐棉“哦”了一声，松开手。

贺烛低下头，定眸望她，语调淡而平缓：“孔非当时跟我打赌，输的人必须完成对方的大冒险要求，我赌输了，他就要求我参加地方台的那档节目……那个苏什么的，我根本不认识。

"节目组希望我把一个女嘉宾带下来，我在台上待得不耐烦，就照做了，那个女嘉宾我不知道是谁，也没跟她说过话。"

"是啊，"唐棉回忆起来，"你当时走得可快了。"

贺烛以为她在嘲讽，下巴一紧，还想解释，随后想到什么，情绪意外地恢复了一些，看着比刚才轻松多了。

他眉梢微抬："是真的。"

"我知道是真的，"唐棉觉得这事说出来没什么，补了一句，"当时我也在现场。"

贺烛一愣。

唐棉对上他的视线，笑道："你带走的人就是我啊。"

唐棉将当天的经过说了一遍，贺烛总算明白，他们之间还有过这种缘分。

"所以，餐厅那次不是我们第一次见面？"

唐棉犹豫地点头。

确切地说，餐厅见面是他们第三次相遇。

到底没好意思把高中那次失败的暗恋经历说出来，唐棉道："苏蓉茵的确是在和那个房地产老板交往，不是误会。"

贺烛没兴趣计较这些了。

他向前迈出一步，俯身将唐棉拥入怀中，低着头，发丝贴着她的脸颊，声音轻缓："那人刚才撞我身上了。"

"嗯，"唐棉说，"我看到了。"

贺烛对她反应平平的表现颇为不满，加重语气："她说让我，扶、着、她。"

唐棉茫然地眨着眼睛。

贺烛咬牙："你就没什么想法？"

见他脸色又沉下来，唐棉绞尽脑汁想了半天，犹疑地说："撞疼你了吗？"

"……"

"不能吧，她看起来挺轻的——很疼吗？我帮你揉揉？"

"……嗯。"

三月初，网综的录制进行了大半，多数嘉宾都有了自己的心仪对象，有两对正式确定关系的，节目组征得同意后，便安排他们退出录制，重新加入新的嘉宾，以增加看点。

于桁是最早退出的，唐棉还去跟他道了声喜，于桁也跟她道谢，之后两人心照不宣地删掉了彼此的微信，让交情止步于此。

早上，唐棉推开办公室的门，同事们都聚在一起，围着一个女编导，有说有笑的。

她路过道了声早安："早啊。"

其他人纷纷回头："唐制片早。"

唐棉将包放下，发现自己的座位上多了一包喜糖，环顾四周，其他同事位置上也有，惊讶道："这是谁给的？"

同事说："小刘的，已经确定好日子，节目录完她就能回去休婚假啦。"

唐棉冲那位女编导笑笑："恭喜啊。"

"谢谢。"编导被围着还挺不好意思，向身边的人挥手道，"行了行了，唐制片都来了，你们赶紧回去吧。"

其他人不约而同地看过来，唐棉无奈："还没到时间，等会儿总导演过来你们就得回归岗位了啊。"

众人爽快应声，又笑嘻嘻地说开，话题由婚礼聊到了找对象的问题。

"唉，我前男友就是因为我整天日夜颠倒，假期也在写策划写文案，没时间陪他，慢慢没了耐心，就跟我分了。"

"我们谈恋爱确实太难了，小刘你跟你对象是怎么维持感情的啊？"

编导思索着说："也没特意做什么，就是我对象想约会，我没时间，他一生气我就跟他撒娇，他马上就不气了……哎，你们天天围着那些嘉宾转，多跟他们学学哄人的方法，有时候真的挺管用的。"

唐棉没参与他们的话题，却也默默听着。

同事那句轻描淡写的"没时间陪他，慢慢就分了"，稍有些触动她。唐棉垂着脑袋，无意识地翻开文件夹，手上拿着签字笔，笔尖悬在文件纸上方，却迟迟没有动作。

她跟贺烛工作都很忙，虽然贺烛每天会抽时间来接她，但在车上，手机一直没完没了地响个不停，不是经纪公司就是宣传公司，再就是一些难搞的冠名商。

这些电话都很重要，没办法拒接。

时间被占得满满当当。

这样不行。

下午，唐棉盯现场的时候，听了同事的建议，开始留心嘉宾之间相处的细节。

编导组今天想出一个任务，为了提高节目趣味性，嘉宾分组靠抽签决定。

一对正处在暧昧期的嘉宾被迫分开行动。

女生恰好和一个曾对她有意思的男嘉宾一组，晚上回来，和她暧昧的男生明显不高兴了，女生情商很高，笑吟吟地凑过去，肩膀贴着他的胳膊蹭了蹭，又说了些土味情话逗他。

男生不经逗，很快恢复笑容。

两人关系不仅没受影响，看着像是更进了一步。

唐棉盯着监视屏若有所思，决定学以致用，回去就实践。

当晚。

贺烛照例接唐棉回家，他今晚有个视频会议，进门便直奔书房，唐棉先一步跑到前面，挡住了路。

贺烛微怔，停下来等她开口。

唐棉扬起下巴，嘴里冒出一句："你知道你跟星星的区别是什么吗？"

贺烛配合地说："什么？"

唐棉业务不熟练，话到嘴边，觉得这种套路怪难为情的，挠了挠耳根，慢吞吞接下去："星星有很多，而你只有一个。"

这实在不像她。

贺烛顿了两秒，扬眉："你从哪里学来的？"

唐棉诚实回答："节目里。"

贺烛扯起唇角，摸了摸她的头，没说什么。

唐棉忽地把头一歪，躲过了他的触碰。

这一举动让贺烛的手僵在半空，他眸光微颤，眼皮半敛下来，下一秒，他的脖颈猝不及防被环住，唐棉擎着胳膊，轻按着他的后颈往下压了压。

贺烛顺从地弓下身体，任由她靠近。

"刚才没说完。"

唐棉细白的手臂环着他，抬起眼，眸色澄澈，像盛了一汪泉水，明亮又清透："星星在你眼里，你在我心里。"

贺烛轻眨了下眼睛。

唐棉抿了抿嘴巴，耳根微红，继续道："现在，我要亲吻我的心上人了。"

当天晚上，贺烛开会迟到了十分钟，他坐在电脑前，斜靠椅背，嘴角带着弧度，心情十分不错的样子，险些惊掉一众高层的下巴。

这段时间在公司，贺烛脸色冷得像腊月寒冬，身上仿佛能磕掉冰碴，那些年轻女员工也不敢找借口进他办公室送文件了，一个个兢兢业业，心惊胆战，生怕老板的坏脾气波及自己。

怎么回家不到两个小时，突然像变了个人，脸上都有笑模样了。

贺烛懒得回应他们的震惊，收敛神色，不耐地敲了敲桌子，示意他们说正事。

众人忙收回视线，开始汇报工作。

隔壁房间，唐棉摸着有点红肿的嘴唇，躺在床上陷入沉思，她学习的速度是不是太快了？

情况跟预估的不太一样，贺烛回应得热情又激烈，以至于她都没来得及完成后面的蹭肩膀环节。

不过，效果似乎不错。

唐棉弯了弯嘴角。

贺烛进书房的时候，脸上带着笑。

嗯。这就足够了。

三月下旬，几场春雨过去，路面再也见不到寒冬留下的冰雪印记，大地终于稳定回暖。

唐棉负责的网综还剩最后四期。

段意深在节目里的表现进步许多，没以前那么寡言少语，似乎是想摆脱腼腆内向的人设，最近他在镜头前偶尔还会展露出温柔又强势的一面。

这种意外的反差为节目带了不少热度，唐棉倒是乐见其成。

天气渐暖，孔非等人的心思也活络起来，蔫了一个冬天，孔非着急出洞，迫不及待办了个私人性质的踏春会。

地点选在市郊一个刚开发出来的度假村，那边离山很近，有闲情逸致的还可以爬山看日出日落。

他邀请了一些模特和小演员，有男有女，均是模样出挑，伴着春景，分外赏心悦目。

唐棉和贺烛都在邀请名单里，正好赶上摄制组放假，唐棉就高高兴兴答应一起去了。

出行当天，这群早起困难户将出发时间一推再推，最后推到了下午两点。

唐棉上午临时接了个任务，跟高主任一道去见赞助商。

从对方公司所在的大厦出来，高主任还有其他事要办，唐棉正准备给贺烛发微信，听到后面有人过来，便侧身让路，一回头，竟然遇上了一张熟面孔。

贺延穿着一身剪裁得体的黑西装，身形笔挺，缓步走过来。

贺家标配的高颜值也没落下他，他的脸跟贺烛有四分像，外表年轻俊美，气质却继承了贺盛江，常年只有一种表情，面容严肃，不苟言笑，让人不敢生出旁的心思。

唐棉不确定他是否注意到了自己，没有主动开口。

贺延步伐不变，走到门口，脚步忽然顿住，转身朝角落里站着的人颔首致意："弟妹。"

唐棉也点头："二哥。"

贺延身体动了下，似是要走，临时想到什么，又转回来多问了句："来这儿有事？”

“嗯，”唐棉说，“已经办完了。”

贺延低头看了眼腕表：“去哪儿，我可以送你。”

“不用了，贺烛会来接我。”

“嗯。”

贺延不再坚持，提步离去。

唐棉觉得奇怪。

贺延对她一直不算热情，每次见面，最多就是客套地打个招呼，怎么会突然提出送她。

不过唐棉并没有放在心上，只当他是出于礼节，随口问的。

孔非定的度假村是他爸名下的产业，尚未对外开放，现在里面只有一些小店和几处特色餐馆在营业。

晚上，一群人组织露天烧烤，气氛活跃。

唐棉趁此机会加了两个小演员的微信。

都在娱乐圈工作，说不准哪天就红了呢，以后也是一种人脉。

来的人有点多，吃饭时众人分出了几个小圈子，孔非作为发起人，得四处照顾着，几乎每个地方都能看见他的身影。

中途，贺烛起身去洗手间，曹攸和于一亩身边带了人，这会儿不知道跑哪里跟女伴独处了。

孔非见唐棉自己待着，就坐过来休息一会儿。

“可累死我了。”

他顺手拿起一串烤好的五花肉，吃了两口，想起苏蓉茵那事，随口问：“贺烛跟你说清楚了吧。”

唐棉点点头。

“那就行。”孔非抱怨道，“那人真难缠，因为她，我差点对女人有阴影了。”

唐棉一边吃肉一边问：“她后来怎么样了？”

孔非说：“不知道，我让于一亩将她请出去了，本来请的人也不是她，她是用别人的邀请函进的会场。”

说到这儿，他眼睛往四周看了看，弯下腰，压着声音问：“你没跟贺烛生气吧？”

唐棉：“你为什么觉得我会生气？”

“怎么说呢，那女人虽然蠢了点，外表还是挺有欺骗性的，”孔非好奇道，“你一点不介意？”

唐棉总算听懂了。

她伸手接过厨师递过来的盘子，平静道：“贺烛喜欢的人是我，就算别的女人刻意靠近，他也会躲开，没什么好介意的。”

贺烛不在，孔非逐渐胆大包天，贱嗖嗖地说：“他如果不躲呢？”

“不躲……”唐棉思索片刻，道，“那就说明他不喜欢我了，我们应该会分手吧。”

“分什么？”

话音未落，贺烛掺着冷意的声音骤然响在身后。

孔非顿时汗毛倒竖，也不敢回头，迅速起身开溜：“那边有人叫我，回见啊。”

贺烛暂时没空管他，看着唐棉，蹙眉问：“你们刚才说什么了？”

唐棉淡定地复述了一遍。

贺烛听完，沉默着坐下来，半晌，他轻声开口：“所以，你那天没有生气，只是因为对我放心？”

唐棉想了想，点头：“嗯，我很确定你不会让她得逞。”

这话听起来奇怪，但好像也无法反驳。

贺烛无言良久，之后弯着脖颈，低笑了几声。

旁边烧烤炉子里跳跃着火星，炭火发出吱吱啦啦的声响，饭店在周围临时搭出一串装饰灯，用来照明。

微弱的灯光没能将黑夜掩盖，却映亮了他的眸子。

在热闹的夜景下，恬然一隅，如星火一般，熠熠夺目。

唐棉安静看着贺烛的侧颜，没问他为什么笑。

反正，总归是和她有关的。

真正喜欢上才知道，原来能让对方开心，也是一件值得开心的事。

吃完饭，有人跟店老板借来了练歌设备。

一群人围坐一圈，有人点歌有人唱歌，宁静的度假村顿时变得喧哗热闹。

夜里有点凉，白天气温偏高，唐棉只穿了件加绒卫衣，现在御不住寒，她想去房间换衣服。

贺烛起身跟她一块过去。

孔非给每个人订了一间民宿，他留给自己哥们的都是最好的房子，空间大，房间也多。

分给贺烛的是间带院景的三居室平房，院子里有景观树和木制秋千，看着都是新搭出来的。

民宿的员工将他们的行李整齐地放在门口。

唐棉提起自己的包，取出孔非给的钥匙，推开房门，接着随手拧开一间卧室的门。

房内宽敞整洁，配了一张双人床，衣柜、梳妆台、沙发、电视，应有尽有，应该是主卧。

唐棉从房间退出来，推开旁边的房门，空间比刚刚的房间小了一圈。

她问贺烛："你要住哪间？"

"都行。"贺烛无所谓道。

唐棉干脆就把东西放在了原地。

片刻后，贺烛散漫地倚着墙，见她翻开了行李包，慢条斯理地说："可以住一间吗？"

唐棉边找衣服边回："有多余的房间为什么要挤一起？"

贺烛站直身体，稍稍蹙眉："你的意思是，如果只有一个房间，你就能接受和我住一起？"

"嗯，"唐棉随口道，"我们在大宅就是住了一间房啊。"

贺烛顿了几秒，随后掏出手机，犹豫着待会儿是先把没有眼力见的孔非收拾了，还是先给物业打电话，让他们帮忙把家里多余的房间拆掉。

好在他理智尚存，没真丧心病狂到把家拆了。

唐棉穿了件外套，之后他们一起从民宿出来。

度假村这些房子长得差不多，唐棉有点不记得路了，就跟着贺烛走。

他倒是记得，只是吃饭的地方在东边街道的饭店后院，现在众人高声唱歌的声音却到了北面的人造湖那边。

唐棉猜测："他们应该换地方了吧。"

贺烛点点头。

他们又转往湖边的方向，途中经过一条石子路，两边搭了装饰用的竹篱笆，里面种着大片的黄槽竹，竹子深处连着一家民宿的院子。

走到篱笆附近，唐棉听到有人在说话，一男一女两个声音，不是正常说话的语气，像是在调情，想来是在院子里约会。

唐棉没在意，一路走到湖边。

一群人果然带着设备转移了阵地，他们之中有组过乐队的，这会儿拿着麦，对着湖面唱个没完，其他人卖力捧场，没多久，湖边的鸟基本都吓跑了。

孔非远远看到归队的两人，向他们招了招手："这边这边。"

岸边摆了一排给游客准备的长椅，唐棉走过去，跟贺烛一起坐下。

旁边有对小情侣在石板路上玩烟花棒。

女孩一手拿着一根，微缩成花团状的小烟火点缀了四周暗沉的夜景，看着漂亮又温暖。

唐棉静静地看了一会儿，感觉脖子有点酸，便往旁边偏了偏，一抬眼，恰好与旁边人专注的视线撞上。

烟花棒离得近，让贺烛的眼睛也缀了星火。

他生了一双桃花眼，平日只要卸了冷淡，眼里总带着说不出的风流气，自带一种天然的诱惑力，现在，这双眼睛好似把前方夜色映照的湖水尽数装了进去，幽不见底，深情款款，又带着极致的吸引力。

唐棉不自觉地吞咽。

她有点无措，不知道如何回应这样的眼神，于是把视线转开。

贺烛似乎是无意识的，见唐棉看了眼自己，问道："想玩？"

"啊？"唐棉怔了一瞬，方才明白他在说什么，讷讷回答，"没有，我只是觉得好看。"

贺烛低眼，伸手在她脸侧碰了下："冷不冷？"

唐棉摇摇头。

这时那边的情侣玩够了烟花，开始依偎着欣赏湖景，女孩娇俏地靠在男生肩膀上，扬着下巴跟他说话，男生也低头，两人亲昵耳语。

唐棉将他们的互动收入眼底，若有所思。

没多久，那边唱歌的人觉得没意思，提出两两结伴，去那边未开发的地方看看，感受一下夜晚的恐怖气氛。

这想法幼稚又老套，倒是有助于拉拢感情，所以大家也没反对，好些人兴致勃勃的，一看就是有了搭讪的目标，瞅准机会准备跟人家独处。

唐棉还记得某人怕鬼的人设，询问道："我们要加入吗？"

贺烛随意地说："你想玩我们就加入。"

唐棉："你不怕了？"

贺烛神色稍顿，须臾，他扯起唇，面不改色道："怕啊。"

他们正说话，那边的人已经三三两两出发了，孔非没带女伴，加上他有点怵这些，于是厚着脸皮凑到了他们这边。

"你们也去啊，那顺便捎上我呗。"

贺烛凉凉地瞥他，没说话，眼神却直白地表达出让他有多远滚多远的意思。

孔非视若无睹，跑到唐棉身后："小唐你怕黑不？"

唐棉说："不怕。"

孔非："那正好你俩带着我，我保证就跟在后面，不吱声。"

贺烛将唐棉拉到自己身边，手臂懒洋洋地揽过她的肩膀，似笑非笑道："你真要去？万一你在后面被什么东西带走了——"

他恶劣地拖长尾音，眼神意味深长："我也顾不了你。"

孔非拔高声音："你别瞎说，我爸做的是正经生意，能有什么东西啊。"

唐棉平静地说："这里靠山，那边以前可能是片坟地。"

你俩是人？

孔非瞅了眼前面连路灯都没有的地方，终于认㞞：“行，我不去了，刚喝了不少酒，我回去睡觉。”

等他走远，唐棉看向贺烛：“你不回去吗？这跟鬼屋不一样。”

贺烛弯唇：“那你牵着我。”

唐棉稍一思索，说：“也行。”

她抓住他的手掌，又觉得手放在外面有点冷，便牵着他的手一起伸进自己外套的口袋里。

贺烛眉眼愉悦，缓缓舒展指节，在温暖的小空间里与她十指相握。

唐棉怔了怔。随后扣紧手指，牵着人，跟上前面的队伍。

未开发的区域其实没什么好逛的，就是一片还没拆迁的小村子，村民都搬出去了，四周留了两处只剩野草烂叶的菜园。

要的就是个气氛。

天气正好的夜里，迎着皎白月光，跟心上人一起散步，是件很浪漫的事。

唐棉走得慢，贺烛也跟着她的步调，小幅度地迈腿，好心情地仰着下巴，勾着嘴角欣赏月色。

同行的人基本都分散开来，四面无人。

唐棉想起刚才现学来的东西，身体稍滞，蓦地往旁边一倒。

然而她没控制好力度，身子不稳，肩膀狠狠撞到了身边人的上臂。

其实是想靠着他来着。

唐棉试图补救。

她保持现在的姿势，右边肩峰抵着贺烛的手臂，轻缓地蹭了两下。

他们的手还牵在一起，放在一个口袋里。

贺烛忽然抽出手，扶住了她，顺便将她歪倒的身体摆直，盯着她的脸，眉心紧锁：“是不是有哪儿不舒服？”

撒娇真是门大学问啊。

“刚才绊到了，”唐棉面无表情地站好，眼睛转往民宿的方向，“时间不早了，我们回去吧。”

“嗯。”

见她没事，贺烛眉心放松下来，重新扣起她的手，牢牢握着，然后揣到了自己的上衣口袋里。

回民宿的路上，他们再次经过那片竹篱笆。

走到中间，马上要穿过的时候，之前谈情说爱的那两人又出现了，还夹杂着一些不可言说的声音。

拜先前那位奇葩室友所赐，唐棉对这种事已经听习惯了，只是她身边还有个贺烛。

一个人听倒还好，两个人一块面对，不免有些尴尬。

唐棉步子迈大，几乎是小跑着往前，在即将转弯的时候，她听到了女人的说话声。

“亲爱的，好舒服——”

音色娇媚入骨，听起来是真的很享受。

唐棉步子一滞，然后拉着贺烛直接跑出了这片区域，一直跑到他们住的民宿门口。

这时她想起贺烛，回头，见他神色淡然，面上没什么表情，好像完全没受影响。

唐棉不禁怀疑，以前是不是错怪姚盈颜了。

或许，让人听见做这种事，是很平常的行为？

唐棉没经历过，只能靠胡思乱想瞎猜。

她掏出钥匙开门，进屋后，嘟囔着说了一句：“真的很舒服吗？”

瞬息间，唐棉被扣住的那只手遭遇的力度忽然加大。

身后的人停住，连带着她也停下，唐棉疑惑地看过去。

房间的灯全亮着，四周明亮，贺烛双眸却黑得骇人。

他唇线压直，眼睛紧锁着面前人茫然的面容：“想试？”

唐棉直觉不妙，下意识往后退：“不不不，我就是随便说说。”

贺烛压着欲念，将人扯到胸前，低头逼近，沉哑的声音像是从牙缝里碎出来的：“那你老实点行不行。

“我自控力可没你想得那么好。”

唐棉眨了眨眼，乖乖点头，顺便出声保证：“下次不会了。”

贺烛闭了闭眼，沉默了一阵，瞧着她乖巧的模样，眸光微动，语气忽地温暾许多：“有下次也没关系。”

“？”

“是你招我的，我要是没忍住，责任咱俩一半一半。”

“……”

“行吗？”

“……嗯。”

在民宿住了一晚，唐棉上午还有工作，先一步离开。

抵达别墅，王铭宇今天也在片场，他跟高主任都待在办公室，两人默然坐着，看起来愁眉苦脸的。

唐棉见状，轻轻将背包放在桌面，问道："出什么事了？"

高主任叹了口气："《恋爱观察室》那边有个嘉宾想提前退出，公司已经帮她付了违约金。"

唐棉恍然，她大概能猜到是谁。

近期《恋爱观察室》里的一个女嘉宾出演的古装剧火了，她名气上去，手里资源大概也好了不少，如今看不上这档不温不火的小网综了。

而且有段意深在，观众的注意力都在他身上，她也出不了彩，于是果断决定放弃这边，加入另一个流量更大的待播节目。

"《恋爱观察室》下期就要录了，比她咖位大的来不了，咖位小的来了对节目帮助也不大，"王铭宇说，"我联系了认识的经纪公司，符合标准的那几个人好巧不巧全派了通告，近期抽不出时间。"

高主任低头扒拉着手机："小唐，你那边有人不？"

王铭宇附和："对，小唐，贺总那边有没有合适的人？"

唐棉摇头。

他那张专门用来应付人的卡如果没注销，或许还有人选可挑。

王铭宇扶了扶额："也对，贺总开的也不是影视公司。"

"不过——"唐棉迟疑着说，"我认识杨卯卯和冉千柏，或许可以问问他们。"

她这么一说，另外两人眼睛同时亮了。

王铭宇终于想起当时招唐棉进组的主要原因，她是钱易明推荐来的，曾在《错觉宠爱》剧组担任过执行导演。

杨卯卯和冉千柏凭借这部网剧火了一阵，后续剧方找了个不错的宣发团队，隔段时间就放点花絮出来，让热度维持了挺长时间。

"好好好，小唐你联系一下他们，片酬好说，如果能把他们同时请过来就更好了。"

唐棉笑了笑，没应这句话。

她去到走廊，先给杨卯卯打了电话。

那边接得挺快："喂，小唐姐。"

唐棉开门见山地说："卯卯，我们节目组有个嘉宾临时退出，你那边如果方便的话，考虑来接班吗？"

杨卯卯人火了，性格倒没变，爽快地说："你都开口了，我肯定没问题，你等我跟经纪人说说。"

"谢谢，对了，"唐棉顺带问了一声，"你介意我们再请冉千柏过来吗？"

这两人凑一起，免不了被说成合体，然而那部网剧毕竟都是过去式了，两人在圈子里还要继续前进，经常凑一块，免不了会影响以后的作品受众。

跟制片人和高主任学得多了，唐棉渐渐明白了圈子里这些弯弯绕绕，说话办事也比之前谨慎许多。

杨卯卯果然有些犹豫，或许是对唐棉比较放心，她直说了想法："最好不要吧，我们俩的粉丝现在吵得可凶了，签的公司也不是同一家，所以……"

她没把话说完。

唐棉了然："行，你这边没问题的话，我就不跟他说了。"

杨卯卯笑道："你放心，我肯定去，还要跟你合照发朋友圈，气死他。"

唐棉："嗯？什么意思？"

杨卯卯没直接回答，岔开话题："那我给经纪人打电话去了，晚点再回你啊。"

"行。"

放下电话，唐棉将结果告知等在办公室的人。听到杨卯卯要来接班，一个女编导激动地问："那冉千柏来吗？我可喜欢他了。"

唐棉："应该是不来的。"

编导叹了口气，看着相当遗憾。

旁边人打趣道："看不出来你还追星啊。"

编导理所当然地说："他长得好看嘛，虽然年轻了点，但是演霸总一点也不违和。"

那人笑道："有唐制片老公好看？"

编导一噎，旋即看向唐棉。

即便有粉丝滤镜，她也很难将冉千柏跟贺烛放在一个水平线比较："那确实比不上。"

王铭宇和高主任都离开了办公室，同事们就聊得放肆了些，话题转到唐棉身上。

"唐制片是怎么跟你老公走到一起的啊？"

"是不是他追的你？"

唐棉闻言，默默回想他们在一起的过程。

好像只是感情到了，她承认喜欢，贺烛回应了，然后就在一起了。

说起来，唐棉至今也不明白，贺烛为什么会喜欢她。

论长相，她虽然不差，但也比不过那些追求他的模特网红；论家世，唐家在贺家面前只是小门小户；再论性格……

从前有人对她说过，她很无趣，无趣到就算有人对她一见钟情，也会因为性格问题跟她分手的。

这些话，唐棉以前是不在意的。

现在她却有点控制不住地想，时间久了，贺烛会不会因为她的无趣，选择分手。

晚上，贺烛有事去外地，今天赶不回来。

唐棉一个人回家，吃完晚饭，她坐在客厅看电视。

综艺看了两期，大门依然没有动静，贺烛应该确实回不来了。

然后唐棉又看了第三期第四期，再后来，困意席卷，眼皮随着电视画面一点点耷拉下来，之后她便听着电视的声音，昏沉地进入梦境。

第二天早上，唐棉睁开眼睛，在沙发上蜷缩了一晚，早上起来肩膀有点酸。

她揉着肩从客厅出来，正巧遇上刚回家的贺烛。

“早啊。”唐棉放下手，若无其事地说。

“早。”贺烛边说边走向她，如往常那般将她抱进怀里，接着垂下脑袋，将脸埋在她颈侧，乌黑的头发随着身体的动作在她颈部蹭来蹭去，柔软又有点痒。

贺烛闭了下眼睛，嗓音里掺着浓浓的倦意：“想你了。”

唐棉微怔，没有说话。

迟迟等不到回应，贺烛忽地偏过头，亲了亲她的下巴，略有些不满：“给点反应。”

唐棉抿了抿嘴，她想做点什么，但想起在度假村那次失败的撒娇，忽然又什么都不会了。

她就这么呆愣地站着，半晌，挤出一句：“我不知道……”

“嗯？”贺烛抬起头。

唐棉低着头：“不知道怎么做。”

贺烛眉梢微扬，手指轻轻托起她的脸颊，弯着颈项，双眸平视她的眼睛。

唇瓣相触之前，唐棉听到他说：“这种时候，直接亲我就行。”

唐棉一大早被亲得脸颊通红，晕乎乎地去上班了。

杨卯卯那边谈得很顺利，她近期没什么重要日程，经纪人就痛快地让她过来了。

唐棉在楼下等人。

一下车，杨卯卯飞速扑到了她身上。

可能是红气养人，小姑娘看着比以前更漂亮了些，抱着唐棉亲昵地说：“小唐姐，好久不见啦。”

唐棉回抱住她，笑道：“好久不见。”

进了影视楼，等电梯的时候，杨卯卯迫不及待地掏出手机，举高胳膊，跟唐棉脸贴着脸自拍了一张。

拍完，唐棉看到她在编辑朋友圈，笑容带点得意和狡黠。

她有点好奇。

等杨卯卯去化妆间准备的工夫，唐棉抽空拿出私用的手机看了眼微信。

杨卯卯发了她跟自己的合拍照，文案写着：【我来小唐姐的摄制组上班啦，开心！】

冉千柏在下面留了一个问号。

他评论得很快，看来两人的关系并没有因外界的声音受影响。

唐棉欣慰地摁灭手机。

晚上，曹攸他们约着去酒吧聚会，唐棉下班早，贺烛就把她也带过去了。

这些人玩酒桌游戏喜欢拉上唐棉，因为贺烛极少会输，而唐棉不擅长这些，她又想玩，每次输了，贺烛就替她喝酒。

然而唐棉技术不行，运气倒不错，也没让他喝几回。

玩了几轮，曹攸喝多了去上厕所。

过了很长时间他也没回来，孔非等得不耐烦，往后张望："曹大宝别是半路跟女人跑了吧——"

他扒在沙发上环视一圈，最后在不远处的散台区看见了曹攸，登时话锋一转，骂了一句："还真是。"

于一亩也往后看："哪儿呢？"

孔非顺手朝那个方向指了指。

唐棉刚才随着气氛喝了半杯酒，现在精神有点亢奋，见他们都在看一个方向，她也好奇地望过去。

散台那边站了两个人。

唐棉视力不错，加上夜场没正式开始，这会儿灯比较亮，依稀能看出跟曹攸说话的是个长相漂亮的女生。

那人梳着高马尾，穿着性感，身材也很好，似乎是准备蹦迪的，有这样的条件，想必待会儿她就会成为舞池中央的焦点。

唐棉正想转头，那女生忽然往这边看了下，只是不经意的一眼，却刚好让唐棉看到了她的正脸。

这人好像，挺眼熟。

她注视的时间有点久，于一亩和孔非都转回去了，她还扒着沙发背，直盯着远处，表情像是在冥思苦想些什么。

贺烛伸手拉了下她的袖子："看什么呢？"

唐棉回神，瞧了眼贺烛，视线又移回去，犹疑地问道："你认识那个女生吗？"

贺烛回头扫了眼，淡道："没见过。"

孔非听到他们的对话，好奇地问了一句："小唐你认识她？"

“好像吧，不记得了。”

酒劲儿上来，唐棉脑子渐渐变得不清楚，便不再去想。

既然都不记得了，那应该是无关紧要的人。

没过一会儿，曹攸自己回来了，他并没有把那个女生带过来。

于一亩笑他：“你这是搭讪失败了？”

曹攸喝了口啤酒，白他一眼：“家里给介绍的，就见过两次。”

孔非来了精神：“行啊你，都相亲了，来来来，干一杯，恭喜曹大宝即将成为我们之中第二个已婚人士。”

曹攸看着挺烦躁，作势要踹他：“谁要结婚了。”

另外两个可能也有点醉了，齐齐无视他，抬手碰杯，笑得没心没肺。

虽然都在开玩笑，但能听出来，这几个人对结婚都有些抵触，甚至是将婚姻当成幸灾乐祸的谈资。

唐棉悄悄偏过视线，盯着贺烛的侧脸。

刚结婚的时候，他是不是也被这么嘲笑过。

许是注意到了她的目光，贺烛忽地转过来。

见唐棉面露纠结，他猜到了什么，随意地将玻璃杯搁在桌面上，身体倾过来，音量不高不低，正好落入她的耳朵：“他属于包办婚姻，我们俩是自由恋爱，跟他不一样。”

唐棉低着脑袋，表情懵懂，也不知听进了多少。

贺烛还想说什么，孔非又在旁边叫嚷开了，喊他们继续玩游戏，叫嚣着今晚要让所有人醉得不省人事。

之后，他就成了众人围攻的对象。

后面孔非喝得烂醉如泥，曹攸和于一亩一左一右把他架到楼上的包房，贺烛带着唐棉回家。

头天晚上喝了酒，唐棉早上醒过来脑袋还有点胀。

她最近工作不是很忙，别墅的录制工作接近尾声，那边由现场导演和高主任负责，她现在就剩最后三期的《恋爱观察室》要带了。

《恋爱观察室》是一周一录，后期出片之前，唐棉通常能有个一天半天的空闲时间。

今天正好能休假，她便在床上多赖了一会儿。

日常用的手机昨晚没电了，现在已经关机，彻底清醒后，她躺得有点无聊，便懒洋洋地伸直胳膊，摸索着插孔给手机充上电。

电量充到百分之三十，唐棉开机看了眼消息。

工作方面暂时没人找她，倒是许久不搭理她的唐白难得留了话：【晚上

来趟“跃影”，有东西给你。】

他过年去海边度假，回来后，唐棉跑去找他，顺嘴要礼物，当时唐白斜瞅了她一眼，粗声粗气地说了句：“想得美，没你的份。”

唐棉就是随口一说，也没真想要，哦了一声就没话了。

走的时候，唐白偏着头一直不看她，表情好像有些心虚。

前两天唐白一时兴起，带着员工出去团建旅游，又去了趟南方。

这次应该是带礼物回来了。

他一直这样，嘴硬心软。

唐棉给哥哥回复：【我现在就去。】

发完，她下床洗漱，快速收拾好自己，出了房间。

一转身，贺烛正推门出来，打算下楼吃早餐，看到她在家，愣了下：“今天这么晚？”

唐棉：“节目录得差不多了，今天可以放假。”

她穿着外出的衣服，没背包。

贺烛挑眉，问：“那你这是要去哪儿？”

唐棉：“去找我哥，他叫我过去拿点东西。”

“我跟你一起。”贺烛关门的手松开，转身回房间拿车钥匙。

唐棉也不着急，等他出来，两人一起下楼吃早饭。

她心情似乎很好，说话的时候嘴角微翘着，眼睛弯弯的，话也比平时多。

贺烛看在眼里，悠然问了句：“有什么好事吗？”

唐棉没明白他的意思，困惑地眨了下眼睛。

贺烛说：“你今天心情不错。”

“没有，就是放假了，比较开心。”

唐棉似是有点不好意思，收敛了笑，低头吃饭。

贺烛目光在她身上放了会儿，没再问什么。

“跃影”平时就是有钱人社交的会所，光天化日的，人的阴暗面大多被隐藏得很好，极少有人恶意挑事。

白天用不着老板出面，所以唐白一般都是在家睡到下午，晚上再来上班。

微信没等到回复，唐棉就给唐白打电话。

铃声响了好久，终于有人接了。

唐白困顿的声音传过来：“喂。”

唐棉轻快地说：“哥，我要去你公寓了。”

唐白沉默一阵，抓了抓头发，故作不耐地说：“行吧，拿完东西就走，不准留下来烦我。”

唐棉道：“我尽量。”

唐白挂了电话。

唐棉收起手机，支着下巴看窗外的风景，嘴里开始小声哼歌。

贺烛眼睫微动，仿若不经意地问："今天心情好，是因为要见你哥？"

"嗯，"唐棉脱口而出，"我想他了。"

说完意识到不对，她连忙偏过头，直勾勾看着贺烛，认真地交代："刚才的话你听听就好，别在我哥面前说。

"我怕他乐晕过去。"

贺烛眼睛直视前方，抿了下唇，不置可否。

抵达唐白住的公寓，唐棉下车，跟贺烛说了声谢谢，正要往大门那里走，随后便见贺烛慢悠悠地打开车门，也下了车。

唐棉疑惑："你不去公司吗？"

贺烛坦然道："放假。"

"哦，"唐棉往公寓楼高层的位置瞄了眼，"你要跟我一起上去吗？"

"当然，"贺烛扯起唇，似笑非笑，"他现在也是我哥。"

他语气平平，唐棉却觉得脊背有点发凉，她仰头看了看天空。

今天是大晴天，万里无云，天净得像透亮的蓝色玻璃，街上无风，温度也正合适。

是错觉吧。

门铃声响起。

唐白刚起床，没刮胡子，穿着没形象可言的大裤衩和凉拖鞋，一边打着哈欠一边开门。

"东西就在门口，拿完赶紧——"话说一半，他半睁不睁的眼睛蓦地全部张开，怔愣地望着门口出现的男人。

唐棉叫了声："哥。"

贺烛眼皮冷淡地敛起一半，也跟着喊了一声，语气不冷不热的，把唐白吓了一跳。

唐棉趁他愣神，熟练地挤进门。

鞋架旁边有两个大纸袋，装得满满的。

唐棉笑了笑，拉起哥哥的胳膊，轻轻晃了晃，动作熟练又自然，唐白好像也挺习惯她这样，没什么反应。

但落在另一人眼里，就格外刺目了。

"你们，"唐白终于找回自己的声音，"这是来干吗？"

唐棉说："看你啊。"

唐白没说话，余光飘向门口穿着简单，却依然仪表堂堂、光鲜亮丽的贺烛，又低头瞅了眼自己在超市随便拿的短裤和洞洞拖鞋。

默然片刻，唐白深吸一口气，咬着后槽牙道："看完了吗？"

唐棉没来得及开口，人就被丢了出去，两个手提袋也被一起不客气地抛了出来，门砰地关上。

唐棉茫然地立在门外，不明白他怎么突然就生气了。

贺烛没说什么，脸上看不出情绪，弯腰替她拿了袋子："回去吧。"

唐棉："可是……"

贺烛挑眉："你哥不欢迎我们。"

唐棉撇着嘴，思考了一阵，忽然看向他，面带犹豫："要不，你先回去？"

这话刚落，贺烛眸色渐暗，语气顿时也不对味了，几乎是一字一顿地说："你想就这么把我丢下？"

贺烛没再开口，迈开长腿，沉着脸往前走。

走到电梯口，他毫不犹豫地按了下行键，然而电梯门敞开，他却仍停在原地，没有动作。

须臾，楼下有人要上楼，电梯门又合上，重新下行。

贺烛依然没动，就那么站着。

唐棉慢慢走过来，仰头看着他的侧脸。

贺烛眼皮耷拉着，黑眸直盯着前方，下颌线紧绷，一副生人勿近的样子。

她又回头看了眼唐白的房门，不禁暗暗叹了口气。

莫名其妙地，唐棉觉得自己遇到了类似男朋友和亲哥掉进水里，她要先救谁的问题。

不过，唐白应该是真不想让她进屋。

唐棉低头看了看自己的手机，随后安静地站在贺烛旁边，再次按了下行键。

电梯从楼上下来，贺烛这回没干等着，沉默着跟她一起进了电梯。

唐棉想说点什么，眼睛频频往旁边瞄，并不清楚他别扭的点在哪儿，两人在一起后，贺烛很少会这样了。

他摆出了不想说话的姿态，她又不太敢直接问。

电梯到达一楼，贺烛先一步迈出去，唐棉紧随其后。

贺烛走到车前，将她的东西放在后座，然后打开车门，坐进驾驶位，无言地发动车。

到了家门口，唐棉乖乖在外面等着，等贺烛停好车，从车库出来，又跟着他进门。

全程两人没说一句话。

要上楼的时候，唐棉拉住他，终于问出口："你怎么也生气了？"

贺烛没挣开，由她拽着，停了几秒，他垂下眼眸，幽幽望着她，突然问出个奇怪的问题：“要是你哥生气了，你怎么办？”

唐棉一愣，她想了想，回答：“说几句好话就没事了，他就是嘴毒了点，不会真生我气的。”

贺烛眉梢轻抬：“没其他动作？”

唐棉不明白他为什么执着于这些，但还是歪着脑袋思索一会儿，道：“偶尔会抱抱他，或者牵着他的手喊一声哥。”

贺烛盯着她，淡道：“演示一下。”

唐棉顿住，磨蹭好半天，才犹犹豫豫地抓起他的手腕，使劲晃了晃。

神态动作都极不自然，像被谁操控了，机械又僵硬。

贺烛唇角下压，语气低沉：“对你哥做这些没问题，在我这儿就不情愿？”

唐棉无言。她也奇怪，为什么这些举动对唐白做起来毫无负担，换成贺烛，就变得格外别扭了。她学着别人跟他撒娇的时候，做起来都没这么困难。

想起唐棉不止一次的差别对待，贺烛提起一口气，微仰起头，又将提的气缓缓吐出。

哪怕两人确定了关系，她也从不跟他倾诉日常遇到的麻烦。

每次唐棉情绪不对，他小心翼翼地旁敲侧击，怎么问也不问出，第二天她自行恢复，先前的低落又好像从没发生过。

或许是说给唐白听了。

贺烛闭了闭眼，努力让烦躁的情绪平复下来。

他垂下脑袋，额头抵着唐棉的前额，手掌按住她纤细的腰，将人往自己怀里扯，闷着声音道：“贺太太。你能不能公平点。把对你哥的依赖，分我一半行吗？”

保姆不在，偌大的房子只待了他们两个人。

照进屋内的光线暖而柔和，四周很静，贺烛的声音放得又轻又缓，不知是不是错觉，她竟然听出了几分委屈的意味。

沉闷的尾音像带了把小刀子，钻进心里，莫名让她心疼。

唐棉张了张嘴，一时不知如何回应。

她对唐白，也没有很依赖吧，最多就是会跟他抱怨些琐事，频率也不高，大概半个月一次。

如果对象换成贺烛……

唐棉咬了下唇。

她工作起来忙几乎是电话不离手，两人聚在一起好好说话的机会并不多，每分每秒她都很珍惜。

她想着，如果把那些不好的情绪一股脑说出来，大概也会影响贺烛的心情，影响他们之间的气氛，她不想因为这些琐碎的小事，浪费他们相处的时间。

至于贺烛说的，对唐白下意识做出的小动作，唐棉也不明白原因。

可能是从小一块长大，小时候经常这么做，习惯了？

思忖半天，唐棉给自己找了个看似合理的理由。

贺烛没听到回答，颇为不满地扯了扯她滑软的脸蛋，粗声粗气地说："给句话。"

"我没有，"唐棉回神，呢喃着说，"没有不情愿。"

回应的是他说的上一段话。

贺烛没开口，安静地等她说完。

须臾，唐棉抬起眼，望着他，认真解释道："我跟唐白一起长大，他从小到大的糗事我知道得一清二楚，我的事他也都知道，我们俩基本没有秘密，相处起来也没有顾忌，所以……"

她顿了顿，接着道："所以，可能是我们还不够，熟悉，这些动作做起来比较拘束，没那么习惯。"

他们认识还不到一年，这样说应该没错，但贺烛显然不这么想。

他脸色看着比刚才更差，嗓音沉下来："结婚都有大半年了，你跟我说，我们不熟？"

唐棉微怔，她那话还能这么理解吗？

"我不是这个意思……"

唐棉还想解释，贺烛却不给机会了，蓦地俯身，堵住她的嘴，以免她继续若无其事地往自己心口捅刀子。

几番呼吸交替后，贺烛将唐棉微干的唇瓣亲得红润湿软，修长手指捏着她圆润的下巴轻轻往上抬。

他低着眼，发出的声音略带沙哑，语气夹杂几分强势："以后睡前得跟我汇报日常，好的坏的都得说。"

唐棉眼睛一眨不眨，老实听着。

"还有，"贺烛盯着她乖巧的面容，"遇到什么事，先想想我，要是找不到我，再找你哥也行。"

唐棉没说话。

贺烛低头咬了咬她嫣红的下唇，催促道："听到没？"

唐棉犹豫了下，慢吞吞地说："这好像，不是分一半吧。"

听起来，贺烛像是要完全取代唐白的地位。

贺烛一点不见心虚，眯起眼睛，慢条斯理地说："有问题？"

"……没。"

唐棉休了一天假，后期交了片子，她又接着忙起来。

晚上，她按照贺烛说的，在睡前给他发工作汇报。

唐棉第一次发这些，也不知道说什么，就把工作记录换了几句话，复制到文档里，弄成文件发了过去。

过了一会儿，贺烛慢悠悠地回复：【摄制组的报销单就不用给我看了，说点你自己的事。】

唐棉：【今天没什么特别的。】

贺烛：【累不累？】

唐棉：【还好。】

贺烛：【你日程记录表上写着你今天在市里跑了四个地方，说实话。】

唐棉往上翻着聊天记录，果然不小心把日程表也复制进了文本里，只好改口：【好吧，是有点，但也没有很累，我睡一觉就好了。】

这句话发完，贺烛那边没再回。

唐棉趴在床上等了一会儿，随后摁灭手机，蒙上被子准备睡觉，忽然有人敲门。她疑惑地下床，走到门口拧下门把手。

门外，贺烛穿着黑色长袖衫，领口有点低，露出一片线条分明的锁骨，他头发凌乱，额前翘起几根碎发，应该是刚从床上起来。

唐棉蒙住了："有事吗？"

贺烛挑眉："不是说累？"

他忽地靠过来，垂首轻吻她的唇，片刻后又抬起头，似是漫不经心地问："现在好点没？"

唐棉下意识摸了摸嘴巴。

她其实挺喜欢贺烛亲她，很舒服，甚至有点上瘾。

唐棉顿了顿，扬起下巴，定定地看着他，眼前的男人正闲懒地站着，眉眼中掺了几分倦息，嘴角却微翘着弧度，看起来乐在其中。

她缓缓点头："嗯。"

贺烛似乎挺满意，脸上带笑，抬手揉了揉她的发顶："那就行，晚安。"

他转身想回房间，衣角倏地被拽住。

唐棉手指攥着他的衣服，像是有些难为情，白皙的脸颊晕着浅浅的红，说话声又轻又软："那个，能不能再亲一会儿？"

空气沉静，她的话没什么力度，却足够在漫漫深夜，引燃一些压抑许久的东西。

贺烛站定，抿了下唇。

唐棉一无所觉，直勾勾凝视他。

下一秒，那双温热的手掌再次覆上她的后颈。

贺烛身体前倾，动作异常强势，双唇热烈地吻住了她。

唐棉慢了半拍，之后慢腾腾地合上眼，顺从而迟钝地回应。

她张着嘴，双手无处安放，便搭在他的腰侧。

随着时间推移，陌生的燥热感攀升而起，唐棉双手开始不安分起来。

从腰侧慢慢往上，四处游移。

唐棉完全是无意识的，贺烛却被她撩得浑身是火。

他眸色越来越暗，鼻息间呼出的气体也愈发灼热。

困意这会儿早就无影无踪，他现在只想把眼前这个肆意妄为、不知轻重的人狠狠按住……

不过，理智尚在。

贺烛强压住欲念，停了动作，慢声问："记得我之前说的话吗？"

走廊开了暖灯，莹莹照出一小片亮区，光线映下，掺入唐棉萦绕水雾的眸子里，泛着柔柔的水光，更显情动。

贺烛下意识吞咽。

唐棉还没缓过来，眼神懵懂，迷茫地发出声音："嗯？"

贺烛："你主动招我，责任一人一半。"

唐棉听懂了，意识慢慢回笼，杏眼怔怔地看着他，似是在思考。

半晌，她耳根通红，低着头道："嗯，可是我明天要早起出差。"

贺烛漆黑的眸子一瞬间染了光，喉结滑动，想也不想地说："请假。"

"不行。"唐棉松开环着他的手，为难地说，"高主任明天有事，我如果请假就没人带队了。"

贺烛深吸一口气，用力按住她的腰，两人身体紧贴在一起。

随着他贴近的举动，唐棉也感受到了，他身上产生异动的那个部位。

贺烛脑袋埋在她颈侧，咬牙道："大晚上撩拨我，又不想灭火，你是人？"

唐棉垂着脑袋，用极小的声音说："我没说不想负责啊。"

贺烛："那请假。"

唐棉："请不了。"

唐棉看不见贺烛的表情，但能隐隐感觉出，再说下去，这人可能就哄不好了，于是她商量道："延期行不行，等我回来，再，呃，那个……"

贺烛沉默。片刻后，他往后退了退，让两人之间空出间隙。

他拉着脸，托起她的下巴，从牙缝里挤出话语："不准反悔。"

唐棉快速点头。

贺烛仍有不满，手指压着她的脸腮往内按了按，将她的嘴巴捏得变了形："这么说，我的经验条已经满了？"

唐棉眨眨眼，面上似乎有点犹豫。

下一刻，捏在脸上的力度忽然加重，她意识到不妙，忙点了点头。

贺烛总算放过她的脸蛋，最后亲亲她的额头，转身回了卧室。

早上，唐棉六点多爬起来赶去节目组搭车。

他们今天要去外地录制，临近收官，为数不多没确定关系的两对嘉宾，今天也必须要做出选择了。

坐上车，大家起得早，这会儿都昏昏欲睡。

车内安安静静，几乎没人说话，所有人都在各自的座位补觉，唐棉坐在前排靠窗的位置，旁边座位空着。后面有人，座椅没办法放倒。她直着身子睡觉不舒服，就将脑袋靠在车窗上，勉强找了个合适的姿势倚着。

司机开得很稳，一路没怎么颠簸。她意识逐渐昏沉，脑子里不由自主地回忆着昨晚的一幕幕，有点分不清是梦还是现实。

那人整天无所顾忌地喊她贺太太，周围的人几乎都知道了他俩结婚的事，两人的关系哪怕没进行到最后一步，却也早已触到了婚姻的门槛。

而这次出差回去，她就要跟贺烛走到最后一步了，真真正正地落实结婚证上的关系。

这样想想，好像也挺值得期待。

唐棉悄悄弯起嘴角。

喜欢上贺烛之前，她从没想过要跟谁组成家庭。

唐棉一直觉得，她有个疼自己的哥哥就够了，偶尔跟他诉诉苦，拌拌嘴，平时一个人生活，努力工作，因为有确切的目标，每天倒也不觉得空虚。

然后，她喜欢上了贺烛。

不是以前那种单纯的向往和崇拜，而是真真正正想要占有对方的喜欢。

以前觉得回家就是回到一个空荡荡的房子，进入房子里，躺在卧室的床上睡一觉，能让她暂时得到放松，这就足够了。

直到有个人坚持不懈，执着地每天接她下班，想方设法地占据她的休息时间，强硬地夺走她全部的注意力。

自此，一想到回家，她心里就不自觉地充满期待，想象着与那个人见面，然后自然而然地牵手，拥抱，亲吻。

想到这些，疲惫也随之消散。

大巴车匀速前进，阳光透过车窗，将遮光帘照得暖洋洋的。

唐棉靠着车窗，浓郁的睡意循循袭来，很快便将她拉进梦境。

合眼前，她朦朦胧胧地想，今晚不会有人来接她了。

怎么办，才刚出发，她就已经在想他了。

/第十六章/
贺太太

王铭宇和高主任留在S市联系后续宣传的公司，唐棉一个人带着摄制组从早忙到晚。

晚上，嘉宾们坐在江边互诉心事。

附近一家乐园晚上有烟花秀，他们在这边也看得清楚。

近段时间气温已经上去了，夜里不算冷，唐棉穿了件卫衣，坐在一众摄影机后面的台阶上，手里捏着流程表，目光空滞，漫无焦距。

每对嘉宾身边都有跟拍导演，也不用她特意分心看着。

唐棉抽空分了会儿神。

前方男女嘉宾成双成对，相依而坐，远处天幕升起朵朵炸开又散落的烟花，星火无声坠下。

唐棉抿了抿嘴，身边有很多人，她唯一想靠近的那个，却不在这里。

手中的文件纸被捏出深重的褶皱。

人生头一次，她尝到了寂寞的滋味。

旁边编导在举着手机录影，一个同事凑过去："录得清楚吗？"

"一般，"编导说，"我朋友说想看看，凑合给他录一段。"

"哪个朋友，上次你说在追你的那个？"

"去去去，问那么多干吗？"

同事嘿嘿一笑，揶揄道："人家哪里是想看烟花啊，根本就是想找机会和你多说说话，你倒真在这儿录起来了。"

唐棉听到这儿，想起贺烛说过的睡前汇报，将流程表放在腿上，她掏出手机，打算拍一张烟花散开的画面。

然而胳膊刚擎起来，天边最后两道烟火正好落下，之后，再没升起。

唐棉只好把手机放下，盯着屏幕发呆。

时间刚过十点，贺烛应该还没睡。

她在聊天框打出一行字。

【白天跟同事一起布置现场，晚上带嘉宾在江边看烟花。】

消息发过去，贺烛几乎是秒回：【我也想看。】

唐棉一怔，那边的两个编导还在互相打趣，她慢吞吞地回：【结束了，没拍到。】

对方正在输入，这时，导演在前面拿着喇叭喊了一声结束，这意味着他们可以收工去酒店了。

唐棉连忙站起来，匆匆发了一句：【我继续工作了，晚安，明天见。】

她发完就去帮摄制组搬东西，忙完歇下来，已经是后半夜的事了，唐棉跟一个编导住一起，两人都是精疲力竭，快速冲了个澡就上床睡觉了。

合眼前，唐棉想到贺烛那句未发完的话，忽然有些好奇。

担心光亮影响房间里的另一个人，她蒙上被子，在被窝里划开屏幕。

贺烛后面一连给她发了几条消息：

【那算了，下回我们一起看，今天累不累？】

【我就当你累了，今天的吻攒到明天一块清算。】

【晚安。】

唐棉瞅着手机看了好一会儿，直到眼皮撑不住了，才渐渐睡过去。

第二天一早，摄制组收拾东西返程。

好几对嘉宾昨天没玩够，今天选择留下来过二人世界，其他人仍然是坐大巴回去。

后期的事由编导组负责沟通，唐棉在车上跟王铭宇汇报了一下昨天的工作，然后就能下班了。

跟同事们道了别，她在离家较近的一个站点下车。

旁边是条商业街，今天周末，来往逛街的行人络绎不绝，出租车亦是忙忙碌碌，基本都载了客人。唐棉打算叫辆车回去，手机刚拿出来，身边忽然停下一辆黑色轿车。

可能是要接人，唐棉往旁边让了两步，这时车窗降下，露出一张熟悉的面孔。

贺延表情淡淡，平腔平调地打了声招呼：“弟妹。”

唐棉一愣。

贺延接着说：“贺烛在贺桐那里，我正好过去，可以带你一程。”

唐棉刚要说不用，转念一想，她的确想早点见到贺烛，于是将推辞的话收了回去，说了声谢谢，伸手要拉后排的车门。

这时，旁边走过来两个女生，其中一个多打量了她两眼，然后走过来，惊讶地开口："唐棉？"

唐棉转头，面前的女生很眼熟。

哦对，是上回在酒吧跟曹攸说话的人。

不明白她怎么会认识自己，唐棉礼貌颔首，客气道："你好。"

女生倒是表现得分外熟稔，拍了拍她的肩："你该不会不认识我了吧，我们俩高中是同桌，在一起坐了小半年呢。"

见她仍没有印象，女生似是无奈了，终于肯自报家门："葛姝洁，记得吗？"

"哦，"唐棉垂下眼，反应平平，"我还有事，再见。"

葛姝洁保持笑容，好像完全不在意她的冷漠，眼睛一转，看到了坐在驾驶座的贺延。

男人冷峻出众的面孔让葛姝洁短暂地出神片刻，旋即，她挑起涂得红艳的唇，大大方方地冲他笑了笑："嗨，你是唐棉的男朋友？"

贺延冷淡扫她一眼，正欲开口，唐棉已经解释："他是我男朋友的哥哥。"

"不好意思啊，弄错了。"葛姝洁笑容更甚，忽视旁边同行女生的催促暗示，自顾自拿出手机，热情地对唐棉道，"我们加个微信吧，都在一个城市，以后常联系。"

唐棉仿若没听到，直接坐上车。

贺延也没等，在车门关上的一瞬间，果断发动车，绝尘而去。

开出一段路，贺延忽然问："刚才的是你朋友？"

唐棉漫不经心地答："不是，就是以前认识的人。"

贺延点点头："那就好。"语气带着点欣慰，像是庆幸她没有识人不清，交友不慎。

唐棉没注意听，思绪在葛姝洁说出名字的那一刻就不自觉地跑远了。

她记得这个人。

虽然时间隔得久，有些认不出对方的容貌，但这名字，她仍有印象。

高二她们俩确实是同桌，葛姝洁和她是完全相反的类型，性格开朗大方，长相艳丽逼人，在班上很受欢迎，人缘极好。

唐棉却不是很喜欢她。

原因不记得了，可能是眼缘问题。

尤其是后来，唐棉送情书告白失败，而葛姝洁却在班上说，她跟贺烛正式交往了，语气不可避免地带着炫耀。

而唐棉作为同桌，是第一个听到她说这件事的人。

目的地离得不远，五分钟后，车停在一幢摩天写字楼前。

他们下车，唐棉随贺延登上大楼前的阶梯，上到最后一阶，贺烛正好从旋转门里出来，手里提着一个袋子，见唐棉和贺延一前一后出现，脸上明显愣了一下。

贺延走在前面，看见自家弟弟，他微顿住脚步，停下来莫名冒出一句：“东西用完记得还我。”

贺烛淡道：“知道了。”

贺延话不多，说完便进了大楼内部。

唐棉随后走近，还未说话，手就被牵了过去。

贺烛边牵着她往前走，边问：“怎么跟二哥在一块？”

唐棉说：“碰巧遇到了，他顺路送我过来。”

“刚回来？”

“嗯。”

两人一天没见，路上聊得东西也平时多，回到洋楼，贺烛提着东西进房间，唐棉回屋休整洗漱。

进入浴室，温热适宜的水柱从花洒流出来，唐棉冲着澡，脑子里不受控制地挤入一些乱七八糟的片段。

有高中时期的，有一年前的，还有今天的。

最终，画面定位在很久之前在贺宅的那段日子，那天，她跟贺烛泾渭分明地躺在床的两侧。

她正在看一档恋爱综艺，然后，她拿着平板靠了过去，要贺烛在两个不同类型的女嘉宾之中做出选择。

他选了长相更艳丽的那个，就是葛姝洁那样的。

水流簌簌而下，唐棉抬手调节温度，温水很快变成了凉水，本该是让人清醒的做法，然而冷水浇下，脑子竟然越发混沌了。

唐棉心事重重地洗完澡，换上宽松的家居服，坐在床边吹头发，吹到一半，于光瞥见自己随意丢在床头的手机，于是一只手擎着风筒，另一只手伸直，将手机捞到眼前。

重新看了几遍昨晚贺烛发的消息，视线定格在中间那条。

【今天的吻攒到明天一块清算。】

唐棉咬了咬唇，关掉吹风机，头发顺直地散在肩侧，出了房间。

她走到隔壁，抬手敲响门。

片刻后，贺烛开门。

唐棉视线飘忽，吞吞吐吐地说：“昨天的账，现在能结吗？”

她刚洗完澡，发梢没吹干，湿嗒嗒地贴在肩头，因为羞涩，说话时脸蛋微微泛着红晕，清雅的面容顿时显出几分娇媚。

落在另一双眼睛里，诱得过分。

贺烛低下头，对上她略带躲闪的目光，扯唇道：“只有昨天的？”

唐棉没说话，只默默靠近一些，然后伸手抱住他的腰，将脸埋在他胸口处。

过了一会儿，她嗫嚅着说：“前天的也可以一起……”

话音未落，身体就被一股强硬的力道拉进了房门内，门随之扣上。

贺烛唇间的温度比以往都要高，先是热烈的亲吻。

直到唐棉又忘了呼吸，喘不过气想推开他。贺烛便放过那两片湿润的唇瓣，头微微往上抬，顺着她的眉心的位置一路吻至下巴。

再往下，灼热的气息停在了她白皙的颈侧。

似是在试探，此刻贺烛的亲吻轻得如羽毛一般，轻柔地滑过她的肌肤。

唐棉往后缩了缩，弱声说：“有点痒。”

贺烛轻笑：“那我用力了？”

唐棉红着耳根，缓缓点了点头。

贺烛得到首肯，动作也放肆了些。

他身上常有的凛冽雪松气息此刻仿佛有了热度，强势地包裹着她，完完全全的，不留一点余地。

很快，她不可避免地染上了他的味道。

外面阳光正好。

房间内，有人正将夜色提前。

事后，激情退却。

唐棉感觉全身的力气都被抽走了，倒没有困意，就是不想动。

贺烛前期还算温柔，后面她没忍住，情不自禁地放松牙关，口中一直忍耐的呜咽声终于放了出来。

那一瞬间，像打开了什么开关。

一波接一波的攻势狂风骤雨般席卷而来，唐棉有些难以招架。

再后来，无论是身体还是意识，都不是她能控制的了。

结束之后，她浑身乏力，说话都提不起劲，任由贺烛揽过去，强势却不显粗鲁地将她环住。待未尽的欲念消退几分，贺烛从床上起来，抱她去了浴室。

唐棉躺了好半天，终于恢复一些，手掌推了下身前的人。

她手没什么力气，胳膊也抬得低，手心正好覆在那片紧实的腹肌上。

手感还不错。

贺烛腰腹用力的时候肌肉会变得很硬，放松下来，又带了点弹性，唐棉脑子还混乱着，凭本能做事，不自觉地多摸了两下。

然后，腰部被一条结实的手臂强硬地箍紧。

贺烛压抑的嗓音带着性感的哑，说话声沉沉地落在她耳畔：“老实点。”

唐棉清醒不少，也没那么乖了，淡定地说：“刚才我还挺累。我想摸。你不能动。”

她觉得这会儿不能亏待自己，说话理直气壮的。

贺烛忍得难受，听到这话，差点气笑了：“你撩拨我，还不让我动？”

唐棉仰起下巴，盯着他优越的下颌线，认真道：“不能，我累。”

贺烛唇线拉紧，胸口起伏了两下，却也真的没动，放任那双柔软的手在自己腰腹之间不老实地游移。

过了许久，由于两人贴得近，贺烛的异样唐棉也能察觉。

她总算良心发现，讪讪收回手，挣扎着起身。

贺烛以为她要去卫生间，便松了手臂。

唐棉下床，穿着拖鞋，径自往门的方向走去。

贺烛皱眉：“你去哪儿？”

唐棉懒洋洋地打了个哈欠：“回房间洗个澡，再睡一会儿。”

贺烛坐起来，他上身没穿衣服，此时弓着腰，腹部的线条极为明显，乌黑的碎发垂在额前，眸色深暗，带着几分明显的怨念。

唐棉被他看得心虚：“有什么问题吗？”

“全是问题。”

须臾，在贺烛凉飕飕的视线中，唐棉老实地坐了回去，按照他教的，红着耳根为自己刚刚的行为负责。

两人磨磨蹭蹭在房间待了一整天，晚上出去吃了顿饭，回家后唐棉去处理工作，贺烛回房间。

堆积的工作邮件有点多，等他全部看完，时间已经过了十一点。

贺烛起身，找出从贺桐那里拿到的袋子，将里面的东西取出来。

两个带锁的笔记本，一本相册，还有一个丝绒首饰盒。

贺烛打开盖子，里面放着一个种水极好的翡翠手镯。

上午，他去找贺桐拿东西，临走前，贺桐单独把这盒子交到他手上：“爸让我给你的。”

贺烛冷笑，没接。

贺桐淡淡地补充：“应该说是给唐棉的，拿着吧，这是妈留给儿媳妇的东西。”

贺烛低眸，静静端详了一会儿，随后将盒子盖上，妥帖地放进抽屉，转而去拿旁边的笔记本，两个密码锁都开着。

他打开其中一个，随意翻了两页，之后，手指停住。

时间仿佛静止了。

过了好半天，贺烛再次有了动作，他合上笔记，好像从未翻开过，然后给唐棉发消息。

对方久久没有回应。

贺烛看了眼时间，觉得不对劲，出房间走到隔壁。

他顺手关掉走廊的灯，唐棉房门紧闭，门缝之间看不到一点光亮。

屋里没亮灯，显然是睡下了。

第二天一早，唐棉揉着酸痛的腰醒过来。

昨晚工作完眼睛睁不开了，困得不行，她合上笔记本倒头就睡，也忘了跟贺烛说晚安。

好像不只是晚安的问题。

唐棉后知后觉地记起，两人各自进房间前，贺烛抱着她磨了很久，翻来覆去就一个意思。

经验条满了，可以住一个房间了。

唐棉问了句为什么。

贺烛表情顿时变得复杂，过了几秒，他神情恢复，面不改色地给出答案，房间太黑，床太大，他很害怕。

总的来说就是需要她陪着。

唐棉还念着工作的事，随口道："我考虑考虑，晚点跟你说。"

结果她睡着了。

唐棉抿了抿嘴巴，心虚地点开微信，消息都是昨晚发来的。

贺烛：【忙完了吗？】

贺烛：【……】

唐棉小心地回复：【忙完了，因为太困直接睡过去了，那个，我先去片场，晚上见。】

贺烛这会儿没醒，她吃完饭顺顺利利地出了门。

今天别墅那边录到下午就结束了，这块由高主任负责，唐棉做完现场记录就可以回去。

早上发完那条消息，贺烛回了一句：【行，晚上再说。】

唐棉有点忐忑。

走出片场，她犹豫着打开微信，告诉他自己下班了。

没过多久，手机铃响，唐棉接起电话。

贺烛的声音从听筒那边传过来："我现在过去接你。"

唐棉小声回："好。"

贺烛也没多说什么。

挂掉电话，唐棉站在道边，无聊地划开屏幕，刷了一会儿微博，又随手打开朋友圈。

最上面一条来自曹攸，他两分钟前刚发的：【周年庆派对，没事的可以过来聚聚。】

文案下面附了酒吧的地址。

这家酒吧的老板是曹攸朋友，老板长得憨厚，做事却挺有魄力，能镇住场子，这群公子哥儿常去他那儿，一次也没遇过来闹事的。

唐棉看着这条朋友圈，心里冒出个主意。

能拖一会儿是一会儿，也许贺烛喝了酒，被放鸽子的怨气能消掉一些呢。

于是上车后，唐棉第一时间开口："我们去看酒吧的周年庆吧。"

贺烛眼皮半敛，看起来兴趣缺缺："没什么好玩的。"

唐棉坚持："我想看。"

贺烛拿她没辙，转了方向盘，开车去往商业区的酒吧街。

门口的服务生认识他们，直接将两人带到了曹攸那桌。

周年庆有活动，来的客人格外多，夜场时间没到，音乐声已经震耳欲聋，周围人交流基本靠吼。

曹攸见他们出现还很惊讶，他让老板把音乐调小点，倚着沙发，奇怪地问贺烛："你不是说不来吗？"

贺烛没回答，面无表情地坐进卡座沙发里。

唐棉环顾四周，没看见别人，疑惑道："你一个人来的吗？"

"于一亩他们过会儿来。"曹攸刚说完，肩膀就被人拍了一下。

他回过头，葛姝洁正笑吟吟地站在沙发后面，身边带着两个陌生的女人。

"好巧啊。"她说。

曹攸不咸不淡地点头："是挺巧。"

他们都坐着，葛姝洁站在后面，一开始只注意到了曹攸，但随着视线偏移，她看到了坐在里面的唐棉，以及……

葛姝洁神情微变，面上明晃晃地显露诧异。

曹攸顺着她的视线看过去，问："你们认识？"

葛姝洁听到了，却没心思回答。

多年过去，这人看着比少年时期更耀眼了。

她暗自咬了咬唇，目光不受控制地在贺烛与唐棉之间来回睃着。

沙发很宽，曹攸单坐一边，单边沙发至少能坐五个人，他俩却亲密地贴在一起。

关系一目了然。

葛姝洁不甘心地攥紧手指，当年她厚着脸皮吹嘘出来的关系，如今竟然真实地落在了唐棉身上，真叫人不痛快。

本来带朋友过来是想炫耀她的相亲对象，她家比不了曹家，但两家的父辈以前是战友，有这层关系在，葛姝洁也能勉强纳入曹家儿媳妇的标准里。

曹攸条件其实很不错，但跟那人一比……旁边两个同伴的眼睛已经完全挂在贺烛身上了，丝毫没注意曹攸的存在。

在当事人面前，一些谎言可以轻而易举地被拆穿，葛姝洁没敢提认识贺烛的事，笑容掺了几分勉强："唐棉怎么也在呀？"

唐棉低头，不太想搭理她。

好在曹攸先开口："她是我朋友。"

他又问一遍："你俩认识吗？"

"认识，以前是同班同学。"

葛姝洁没细说，手指撩了下头发，用商量的语气道："你们这边还有人吗？能不能跟我们拼一下，老板说没座位了。"

毕竟是家里介绍的人，曹攸也不好驳她面子，起身让了位置，让她们跟自己坐一排。

葛姝洁坐在边上，对面正好就是唐棉，她熟练地扬起笑："没想到你会跟曹攸认识啊。"

唐棉不回话，她一个人竟也能说下去："你上次说的男朋友是贺烛啊，你们还真有缘分，以前没见过面的同学，毕业以后却走到一起了。"

贺烛略偏头，望向一言不发的唐棉，眉心微蹙："男朋友？"

葛姝洁见情况有点不对，极力压着喜色，假模假样地掩住嘴："我又认错了吗？对不起啊。"

然后便听贺烛慢吞吞地接了一句："贺太太，以后跟别人介绍我，就算不好意思喊老公，至少也得用'先生'这样的字眼吧。结婚快一年了，别总让我没名没分的。"

葛姝洁几乎撑不住，他们居然结婚了，怎么可能。

唐棉高中那会儿就比不过她，平时沉默寡言，脸上一点朝气没有，看着就觉得无趣，那时候的贺烛根本不会多看唐棉一眼。

现在应该也不会的。

贺烛背后可是大名鼎鼎的贺家。

凭唐棉的家世，曹家都看不上她，怎么能嫁进贺家！

葛姝洁攥紧搭在腿上的手，牙都快咬碎了。

不过并没有人在意她。

两个同伴满心满眼都是面前的帅哥，哪怕帅哥结婚了，也不影响她们欣赏美貌。

曹攸更是将她无视了个彻底，他对葛姝洁客气完全是碍于长辈情面，哪怕她的确漂亮。

但话说回来，他们这些人身边，最不缺的就是漂亮女人。

贺烛注意力都在唐棉身上，唐棉还在消化他刚刚的语出惊人，也没吭声。

喧哗热闹的酒吧里，他们这桌的气氛着实僵了点。

曹攸受不了这种诡异的沉默，勉强找了个话题："你们都是一个学校的啊？"

葛姝洁开口："嗯，我和唐棉高二是同桌。"

另一人没说话，她笑了笑，继续道："那时候，唐棉在班上特别受欢迎，好多男生给她写情书，她连上课都在写回信。"

话说得像是在开玩笑，但旁边坐了贺烛，这玩笑显得相当不合时宜。

然而，她没想到，先接过话茬的会是曹攸。

"这事我知道，孔非那同学说过，小唐回信让他们好好学习，别想早恋的事。"

唐棉听着他们说话，慢慢抬头，不知为何，贺烛那番话说出来，她再看葛姝洁，突然没那么排斥了。

曹攸对其中弯弯绕绕毫不知情，另外两人今天话格外少，他只好问葛姝洁："那你跟贺烛怎么认识的？"

葛姝洁刚才直接说出了贺烛的名字，他便顺着提了一句。

唐棉闻言也望了过来，目光平静无波，仿佛只是出于礼仪，理所应当地看向处在话题中心的人。

葛姝洁神情颇有些不自然，牙齿咬着下唇，支支吾吾地说："高中的时候见过，然后就认识了。"

时隔多年，唐棉都认不出自己了，贺烛应该也……

"不过时间有点久，毕业后就没了联系，他可能不记得我了。"葛姝洁恢复笑容。

贺烛脊背靠着沙发，跟唐棉贴得近，此时总算肯分出一点目光给旁人，眸色幽深，如夜般深邃难测。

须臾，他收回眼，平静地张口："我记性还挺好。"

葛姝洁僵住。

"高中想跟我有关系的人确实不少，"贺烛不再看她，又把脸转向唐棉，轻声道，"我一个也没同意。"

他语气很淡，唐棉却听出了点求夸奖的意思。

葛姝洁已经坐不住了，她根本不敢对上唐棉的眼睛。

贺烛的话让她当年那些趾高气扬的炫耀一瞬间成了笑柄。

唐棉也觉得待下去没意思，放在沙发垫上的手稍稍向内挪动，很快就碰到了身边人的手指，她指尖稍抬，轻轻扯了他一下。

贺烛会意，直接牵着人站起来，对曹攸说："还有事，先走了。"

孔非他们马上就到，曹攸也没在意，朝他们挥了挥手："行。"

唐棉起身时余光扫到了葛姝洁。

葛姝洁的脸色异常难看，不像刚来时那般笑容满面，羞愤和不甘心写满了全脸，狰狞又刻薄。

走出酒吧，凉爽的微风迎面拂过脸颊，唐棉轻轻吐出一口气，忽然觉得神清气爽，仿佛卸掉了什么沉重的包袱。

贺烛侧头看着她。

唐棉俨然忘了昨晚的事，语调轻松："你真的不记得葛姝洁吗？"

贺烛眉梢微扬："谁？"

唐棉道："就是刚才酒吧里，说是我同桌的女生。"

贺烛："我根本没见过她。"

唐棉："她以前在班上说过，你跟她交往了。"

贺烛手心覆上她的发顶，用力揉搓："都说了，那些告白的我一个都没同意。"

说完，他收敛神色，淡道："先回家吧，有事跟你说。"

唐棉"哦"了一声，跟着他上车。

回到洋房，贺烛直接将她领进卧室。

唐棉意识到什么，急忙道："我等会儿还得写报告，现在不行。"

"想什么呢？"

贺烛捏了捏她的脸，捏完又觉得她想的好像也没错，低垂眼睫，意味深长看着她："写完报告就行了？"

唐棉犹豫了一会儿，低下头，小声回答："嗯，我明天放假。"

话音刚落，贺烛眼神顿时有些不对味了，唐棉心中警铃大作，迅速转移话题："你是不是有别的事要说？"

"嗯。"

贺烛敛眸，走到立柜旁边，打开中间的抽屉，取出里面的东西递给唐棉。

唐棉接过："这是什么？"

"大姐和二哥的日记，还有我小时候的照片。"

唐棉面带迟疑："擅自看这些，不太好吧。"

贺烛："他们同意了。"

"可是，"唐棉疑惑，"为什么要给我看这些？"

贺烛提步靠近，手指捏住她的下巴，将她滑腻的脸蛋揉得变了形，声音掺着几分咬牙切齿："是谁之前说，我们还不熟的？

"给你一晚上的时间，认真了解我，明天检查。"

这操作是不是有点熟悉，给别人留作业难不成是贺家的传统吗？

唐棉一时失语，半晌，她想起什么，说："那写完报告，我只看这些就可以了？"

贺烛神色一滞，随后从善如流地改口："明晚检查也可以。"

唐棉只好抱着东西回到自己房间。

她心里其实很好奇贺烛的过去，想着写完报告可以提前看一点，便把相册和笔记本摞在了电脑旁边。

写报告大概要两个小时，但她中途又收了个文件，三个小时过去，还剩五分之一的内容没写完。

唐棉专注打字，房间门忽然被敲响，她扬声说："进来吧，门没锁。"

贺烛穿着睡衣迈进来。

唐棉没回头，手指敲着键盘："我还需要半个小时。"

身后的人"哦"了一声，没多说什么，须臾，床的方向出现些微的声响。

唐棉下意识转身，视线瞥过去，床上果然多了个人。

见她看过来，贺烛懒散地倚上她的靠枕，摆出一副理所当然的架势，半眯着眼睛，幽幽张口："我昨晚等了你很久……"

唐棉心虚地转了回去。

昨天是在他房间，今天换成她这里，好像也挺公平。

房间静下来，只有键盘按动的声音，然而身后的目光直白得叫人无法忽视，她怎么也没办法静下心工作。

又拖了一个小时，唐棉终于合上电脑，一看时间，都已经过了零点。

在电脑前坐得时间太长，她有点困，想着或许可以商量一下，把那事延期到明天。

一回头，贺烛不知道什么时候坐起来了，怀里抱着他自己的枕头，这会儿正目光灼灼地盯着她。

或许因为等得太久，又带了目的，他漆黑的眼底竟透出了几分乖巧。

唐棉仿佛还能看见一条大尾巴在他身后晃来晃去。

看他的样子，如果开始了，大概一时半会儿停不下来。

唐棉深吸一口气，慢腾腾地走到床边，试图和他商量："要不，今晚还是分——"

床上的人似乎听不得这个字，把枕头一丢，原形毕露地将人扯到怀里，之后顺势翻身，将她压在身下。

讨要了自己应得的亲吻，贺烛停下来，手指抚过唐棉湿润的嘴角，轻道：

“累了？”

唐棉小声咕哝：“嗯，有点困。”

贺烛意外地好说话：“那就先睡觉。”

唐棉掀开眼皮：“你不回去吗？”

“回哪儿？”贺烛咬了咬她的耳垂，“你忍心跟我分居？”

唐棉懒懒地在他怀里蹭了蹭，不出声了。

过了一阵，她马上要睡过去，耳边传来一道温柔的男声。

“你不习惯，我们就先适应，行吗？”

唐棉想说她没有不习惯，但困意袭来，意识撑不住，她忘了自己有没有回答，就这么睡了过去。

第二天早上，唐棉迷迷糊糊醒过来，感觉自己好像被什么温暖的东西包裹着，她睁开眼睛，率先映入眼帘的是一件半敞的深色睡衣。

她正躺在贺烛怀里，胸前横着他的胳膊，上半身被抱得很紧。

反正动不了，唐棉干脆又睡了一会儿。

她被拉入一个极为真实的梦境，似是一段回忆，又与现实有所出入。

葛姝洁的脸清晰地出现，她身边还有别的人，一群人在聊天。

唐棉也在其中。

葛姝洁看着她，开玩笑似的说：“唐棉你怎么连这都不知道。”

有人插嘴：“你的生活也太无聊了吧。”

唐棉默不作声。

一个女生拍了下她的背：“哎，我听说三班那个男生跟你告白了，你接受了吗？”

三班的男生是谁？唐棉不记得有人跟自己告白。

“你这样不行啊，”葛姝洁笑着说，“活得太无趣了，就算有人喜欢你，也会因为没有共同话题放弃你的。”

这话刚落，一个不该出现在这里的人突然加入了他们的谈话。

他站在唐棉身边，举止自然地牵起她的手，没理那些人，低头在她耳边说：“贺太太，该回家了。”

再次醒来时，唐棉已经换了个姿势，环在身上的手臂消失，她的胳膊却搭在了贺烛身上。

贺烛半靠着床板，手指正在轻柔地摩挲她的手腕，唇角微勾，心情很不错的样子。

唐棉动了动胳膊，抽回自己的手。

她揉了下眼角，忽觉手上多出一道陌生的重量，垂眸，自己的手腕不知何时戴了一个翠绿欲滴的镯子，有些茫然。

贺烛重新抓过她柔白的手，解释道："我妈留给儿媳妇的，你戴着正合适。"

唐棉微怔。回绝的话咽回去，默默收下了这份礼物。

早上睡久了，唐棉脑袋有点发胀，想起床去洗把脸。

进卫生间前，她小心翼翼地把镯子取下来，在贺烛错愕的注视中，蹲下身，打开了房间的保险箱。

似乎觉得让它这样干巴巴地待在里面不好，唐棉回头问："有盒子吗？"

贺烛眯起眼睛："你不打算戴？"

唐棉说："镯子在片场容易磕碰到，收起来比较安全。"

贺烛无言。

后来唐棉还是将它放进了保险箱，还把那个装项链的大盒子往前推了推，让镯子待在最里面，看着比较安全。

从卫生间出来，贺烛已经回房洗漱了。

唐棉想起昨晚没来得及看的东西，坐到书桌前，翻开了相册，第一页放着一张全家福，按人物年纪推算，贺烛应该是大人怀里抱着的那个小婴儿。

贺董夫人的长相美艳至极，贺烛的桃花眼应是继承自她，唐棉多看了一会儿，然后接着往下翻。

贺烛的照片比她的还少，大概十岁以后，就再也看不到他的单人照了。

相册很快看完，唐棉又拿起那两本日记。

虽然贺烛说经过了同意，打开本皮的刹那，她还是有种偷窥人家心事的不适感。

然而最后好奇心仍占了上风，唐棉慢吞吞地打开。

这本应该是贺桐的，本页上的笔迹稚嫩，每页字数不多，本子也被撕掉了大半，只剩四分之一左右。

唐棉翻了两页，留下的部分都是跟贺烛有关的事。

【贺延说想要妹妹，我想要弟弟，我们打了一架，我赢了。】

【妈妈说爸爸是个笨蛋，只能让我辛苦一点，多照顾弟弟。】

【贺烛今天打碎了爸爸的古董碗，又拿了个饭碗放回去，爸爸竟然没看出来。】

唐棉在这一页多停了会儿，然后往下看，接下来都是些贺烛小时候的成长记录，她不知不觉弯起嘴角，笑着将剩下的部分翻完。

还剩贺延那本。

二哥的笔记本保存得很完整，第一页夹了张便条：【只准看有指示贴的部分。】

唐棉照做。

贺延的日记写得更少，关于贺烛的部分只有寥寥几页。

【我听到妈妈说想再生一个宝宝，她觉得我跟贺桐太像爸爸了，她要生个像自己的……像妈妈的话，应该会是妹妹吧，我想要妹妹。】

【妈妈说弟弟以后结婚，我就有弟妹了，弟妹也是妹妹。】

【贺烛没见过妈妈，我想给他看照片，他居然生气了，小孩子真难懂。】

唐棉目光定在这一页，莫名地，有点心疼。

房间门打开，贺烛洗漱完回来，看到她在看日记，面上忽然显出几分不自在。

唐棉快速翻完剩下的，合上笔记本，回身看他，好奇地问："为什么给我看他们的日记？"

"我不写日记，很多事都记不清了。"

贺烛坐到她旁边，解释起葛姝洁那件事："高中的时候，贺盛江不知道听谁说我跟校外的人好上了，回家就跟我吵，我烦他，后来那些女生告白，我虽然没接受，但……"

他瞄了眼唐棉的神色："她们自称是我女朋友，那会儿觉得无所谓，加上想气气贺盛江，就没澄清。"

唐棉恍然，葛姝洁是真的在撒谎。

不仅是她，传言中的其他人也是。

唐棉没说话，贺烛凑过去抱住她，问："你呢，你高中是什么样的？"

"和现在差不多。"

过了一会儿，唐棉像是下定了什么决心，缓缓道："我高中时期暗恋过一个人。"

贺烛脸色微变，不大痛快地说："你提这个干吗？"

唐棉："我知道了你的过去，你也该知道我的啊。"

贺烛："这种事可以省略。"

"不行，"唐棉固执地摇头，"这个很重要，是我学生时代唯一值得说的事了。"

贺烛意味不明地"哦"了一声。

唐棉自顾自说下去："那个时候我被爸妈严格看管着，按时上学放学，周末也没有自主时间，同学说这样的生活是他们想象不到的无聊，我当时习惯了，没觉得有什么。

"后来，我遇到了他。"

贺烛心里异常不是滋味，憋着股火，掐了下唐棉的脸："拣重点的说。"

"学校里喜欢他的人很多，班上女生也常常说起他的事，慢慢地，我也注意到他了。”

贺烛沉下脸，暗自回忆当年学校里还有哪个男的特别受欢迎。

“他的生活和我完全相反，我很快被他吸引，但学校里有老师盯着，我每次只能在课间活动的时候偷看……”

“差不多行了。”贺烛听不下去，松开环着她的手，从椅子上站起来。

唐棉倒挺开心，嘴角一直弯着，落在另一人眼里，就是忆起暗恋往事时不自觉露出的甜蜜笑意。

贺烛提起一口气，大步往屋外走。

唐棉像看不懂气氛，跟在他后面，兀自说下去。

“高二下学期，我写了十几页的信，在学校拦住他，给他递情书。”

前面的人越走越快，贺烛进了餐厅，给自己倒了杯水。

唐棉也跟进去。

贺烛像没看见她，仰头灌了两口冰水，缓解心里的郁气。

唐棉脸上仍挂着笑，她弯下腰，两条胳膊交叠着抵在餐桌上，偏过脑袋，仰着下巴看他：“那个人——叫贺烛。”

最后三个字她说得很轻，贺烛以为自己听错了，皱眉道：“叫什么？”

唐棉彻底笑开：“贺烛啊。”

贺烛没反应过来：“嗯？”

唐棉继续回忆：“我给你写了十几页的信，你收了，然后跟我说，抱歉。”

高中的事只是受贺烛启发，顺势就说了出来。

唐棉没想过后续影响会这么大。

贺烛后来总算明白，她口中暗恋的人就是他，独自沉默了好长一段时间，之后回过神，一个劲儿追问当年的细节。

毕业好多年了，唐棉就记得那么多，挖空脑袋也想不出什么新情节。

这事儿像是成了贺烛心里的一道坎，天黑了也没放过她。

他们躺在床上，贺烛抱着人不撒手，略带不满地轻咬她的耳垂：“你怎么现在才跟我说。”

唐棉：“都过去了，没什么好说的。”

贺烛皱眉：“哪过去了，情书我都没看。”

“哦，那是你自己扔的。”

“再写一封行不？”

第二天，唐棉早起去片场，网综进度拖得有点慢，先后有两个艺人的经纪人来摄制组催流程。

唐棉联系了另外几位艺人的公司，对方同意调时间，今天来录最后两期。

时间紧任务重，可能是马上要结束了，这几个人也聊出一点感情，最后一期大家话格外多，以杨卯卯为首，梗一个又一个地往外抛，录制过程异常顺利。

下午四点多，他们录完了所有内容。

嘉宾们跟节目组告别，杨卯卯还有通告，匆忙跟唐棉拥抱了一下，之后就被助理拉走赶行程去了。

艺人陆续离开，段意深走在最后，路过唐棉时，他脚步稍顿，转身面向她，脸上笑容戏谑："我也有拥抱吗？"

唐棉后退一步，淡声回："没有。"

离开镜头，段意深完全抛弃了温和的人设，张扬地挑了下眉："差别对待。"

唐棉："男女有别。"

段意深一噎。

"行吧。"

他戴上墨镜，嘴角的弧度看着比刚才更肆意了些："再见。"

唐棉点点头："再见。"

嘉宾全部散去，工作人员留下来收拾片场，唐棉下班前照例先联系贺烛，划开手机，唐白的信息先冒了出来，时间显示是上午九点。

【贺烛怎么来找我了，让我说些你以前的事。】

隔了半小时，他又发一条。

【你以前暗恋的那个人就是贺烛？】

唐棉大概猜到发生了什么，叹了口气，给贺烛打电话。

他接得很快："下班了？"

唐棉："嗯，今天结束得早。"

五分后，贺烛的车出现在楼下。

坐进车里，唐棉还没来得及问他去找唐白的事，贺烛先开口："我带你去个地方。"

"去哪儿？"

"学校。"

唐棉茫然："去学校做什么？"

贺烛含糊道："有点事。"

私高的地址离市区只有半小时左右的车程，今天周末，学生放假回家，校园里空空荡荡的，门口警卫室有两个保安在值班。

因为提前打过招呼，保安爽快地将他们放了进去。

贺烛把车暂时停到教职工的停车位。

时隔多年，学校多次翻新，环境跟从前大不相同。

贺烛凭记忆找到当年高二的教学楼，停下来问："我是在哪里拒绝你的？"

"不记得了，"唐棉有点蒙，"你到底想做什么？"

"恢复一下当年的场景，"贺烛从口袋掏出一个信封，看着她，扯了扯唇，"这次，换你拒绝我。"

唐棉愣住。

贺烛牵着她的手，找到以前从教学楼出来必经的小路，这里过去是草坪，现在改成了学生停自行车和电动车的地方。

贺烛松开手，向前站了一步。

上午，他去了唐白那儿。

唐棉忘了的细节，唐白倒记得清楚。

她以前没什么朋友，有事只能跟哥哥倾诉，高中提得最多的，就是她喜欢的一个男生。

"我妹想尽各种办法去看人家，可惜老师看得严，一个星期也就能见两三次，每次见到，晚上都会给我发信息，开心得不行。

"应该是高二的时候，我妹跟我说，她想给那个人写情书，还问我有没有经验，怎么写成功率高，我跟她说写得真诚点就行，然后她就瞒着爸妈，每天晚上躲在被子里写信，修修改改，整整写了一个星期。

"后来她告白失败，就再也没提过这件事。"

从唐白的公寓出来，贺烛满怀心事，心里堵得慌。

他很清楚，高中的自己确实没办法对一个女生一见钟情。

然而听完唐白叙述的那些过去，无尽的悔意仍然不受控地往外冒，细细密密地戳着他的心脏，带起阵阵地疼。

他现在只想回到高中，拨开人群，找到那个悄悄关注他的女孩，用力将她抱进怀里，然后，走哪儿都带着。

正值傍晚，夕阳把天幕染成了橘红色。

时间刚好和日常放学的时段吻合。

唐棉站在原地，怔怔地看着面前的人。

有一瞬间，好像真的回到了少年时期的那个傍晚。

贺烛背对太阳，落日余晖映着他浓黑的发丝，光线暗淡，却依然可以看出眉宇间的温柔与深情。

这点和记忆里不一样。

当初那个少年冷漠又傲气，收完信也没跟她多说几句，目不斜视地往前走，抱歉两个字都说得生硬。

唐棉陷入回忆。

贺烛面朝她站着，忽地伸出手臂，将手中的信封递过来，轻声问："同学，能跟我交往吗？"

唐棉回神，低眸接过信，而后毫不犹豫地抬头，露出明媚的笑："能啊。"

贺烛无奈："你应该拒绝。"

"我不要，"唐棉手里捏着信封，低声说，"无论是当年还是现在，我都想和你交往的。"

贺烛一愣，随后忍不住似的，低笑出声，同时慢慢向她靠近。

嘴巴就被吻住了。

夕阳映下，两人拉长的影子紧密地拥在一起。

亲昵而缱绻，仿佛永远都不会分开。

回去的路上，唐棉坐在副驾驶，心情极好地看着车窗外的景色，忽然道："我们今晚就搬到一起吧。"

贺烛唇角翘起："嗯。"

/ 番外一 /
黏人的贺先生

那天回到家，贺烛迫不及待地拉唐棉去卧室收拾东西。

一些零七八碎的东西留到日后搬，主要拿了日常换洗的衣服和一些洗漱用品，主卧连着衣帽间，唐棉的衣服挂进去也不太占地方。

搬了两次，贺烛觉得差不多了，在房间等她带最后一批用品过来。

卧室门敞着。

过了两分钟，唐棉慢吞吞地出现在门口，怀里抱着她的枕头。

还有一床被子。

贺烛无言地看着，进门之后，唐棉泰然自若地将东西一齐放在床上，顺便把原来覆盖整张床的被子卷起一半，又铺上自己的。

唐棉还想整理，手却被按住了，她茫然地抬头。

贺烛垂着眸子，神色复杂："你要在床上跟我分居？"

"啊？"唐棉歪了下头，没懂他的意思。

贺烛直接从她手底下把被子拽出来，不由分说地丢回她原来的房间。

唐棉追在后面，抢又抢不过来，疑惑地问："不搬了吗？"

贺烛放下东西，抬手捏了捏她的脸，森然笑道："想得美。"

"只有一床被子，"唐棉打量他的脸色，犹豫地说出一个很现实的问题，"晚上我们睡着了，互相争抢怎么办。"

贺烛从容应答："我抱着你睡，就不会抢了。"

这个方法听起来也还行。

唐棉总算放弃了自带铺盖卷的想法，老老实实地入住贺烛的房间，原来的房间就作为她的工作间使用。

晚上吃完饭，唐棉伏在电脑前审片子。

今天的任务不多，她在十点以前处理好了工作，习惯性地往床的方向走，发现平时用的靠枕不在床上，方才意识到，她今晚应该去隔壁的房间。

唐棉突然有点紧张。

去了隔壁，贺烛似乎在浴室洗澡。

唐棉回忆着在贺宅时的冷静沉着，将支架安到床头柜的边沿，然后带着平板爬上床，看起视频。

没多久，贺烛洗完澡出来，头发吹到半干，发梢有些湿，似乎黑得更浓郁了。

抬眸时，他看到了床上的人，嘴角不自觉地弯了弯，穿着浴袍凑过去：“今天这么早？”

男士沐浴露留下的清淡木质香若有似无地飘过，唐棉努力让自己显得镇静：“嗯，拍摄差不多结束了，这两天工作比较少。”

贺烛若有所思：“这么说，你明天不用早起？”

唐棉没说话，轻缓地点了点下巴。

“贺太太。”贺烛慢悠悠地喊，自从两人进行完最后一步，他就特别喜欢这么喊她。

四月下旬，网综的工作全部结束，播放量超过预期，节目组小赚了一笔。

王铭宇大方地安排了一场庆功会，地点在市里一家有名的星级酒店。

唐棉在这一行干了快两年，渐渐习惯了离别，情绪不算太低落。

饭桌上气氛融洽又热闹，爱喝酒的同事们单独开了一桌，嚷嚷着今晚不醉不归。

受他们影响，这边不喝酒的也随着氛围跟大家碰杯。

跟唐棉关系最好的编导有点醉了，趴在桌子上，扯着唐棉的手倾诉衷肠：“这节目结束我就不干了，这都不是人过的日子，每天看着嘉宾谈情说爱，跟人家学了一身本事，最后连个实践的人都没有。

“呜呜呜，唐制片你教教我好不好？”

唐棉也喝了两杯，她酒量差，脑子这会儿已经混乱了：“教你什么？”

“教我怎么追到你老公那样的对象，”编导夸张地双手合十，“拜托了。”

唐棉抓了下头发，面上有些苦恼。

她是怎么追到贺烛的来着。

嗯……她追过吗?

不知道是酒精作祟还是根本就没这段记忆，唐棉什么都想不起来。

摄制组在酒店闹到半夜。

唐棉意识彻底混沌，临走前，她眼睛瞄到桌子上摆盘用的玫瑰，怔怔地把花拿起来，问旁边的人：“这个可以带走吗？”

同事随口说："可以吧，都付钱了。"

唐棉慢吞吞地"哦"了声，将削掉刺的玫瑰攥在手里，一起带了出去。

临近五月，晚风已经有了暖意，吹到脸上像有绒花拂过，柔和舒服，完全起不到醒酒的作用。

唐棉拿出手机，却不知道下一步要做什么，只呆呆地看着屏幕。

好在王铭宇有贺烛的联系方式，见她醉得迷糊，便替她说了一声。

十分钟后，一辆黑色保时捷停在了酒店门口。

唐棉低着头，双手背在身后，安安静静地站在原地。

王铭宇常年混迹酒场，酒量练出来了，他喝得不少，看着却跟没事人似的，主动迎上去打招呼。

以后估计再也找不到这么好说话的投资方了。

王铭宇看了眼唐棉的方向，借这层关系有意无意地跟贺烛套近乎。

他一个人说了半天，贺烛面上没什么表情，最后可能是烦了，随口应了声。

王铭宇目的达成，识相地走开，将空间留给他们。

唐棉隐约察觉面前多了个人，她却动也不动，兀自垂首，仿佛变成了一尊蜡像。

微风拂过，鬓边的发丝随风扬起，恰好附在鼻头的位置，鼻子有点痒，唐棉微微皱起眉，仍然没动，像被人绑了手。

贺烛伸出食指，替她拨开发丝，顺带掐了下她的脸："醉了？"

唐棉没吭声。

贺烛只好去牵她的手，他一靠近，唐棉突然有了动作，警惕地往后退了两步。

贺烛没想到她喝醉以后会不让人碰，微不可察地叹了声气，他保持着现在的距离，耐心哄道："听话，该回家了。"

唐棉抬起头，涣散的眼神似乎有了焦距。由于神志模糊，她说话断断续续的，听着也不大清楚。

"你要说暗号才行。"

贺烛低睫，沉吟一会儿，尝试着说："唐棉。"

"不对。"

"贺烛。"

"不。"

贺烛又试了唐白的名字、网综的名字，甚至连《错觉宠爱》都试了。

唐棉好像只会摇头，慢吞吞地否决了所有答案。

贺烛无奈了，直接喊她："贺太太——"

话没说完，唐棉忽然点头："答对了。"

贺烛没想到她口中的暗号会是这个，反应过来，忍不住轻笑出声，他提步走近，温柔地摸了摸她的脑袋，问："现在能跟我回家了吗，贺太太？"

唐棉又迟疑了，目光有些呆滞。

随后，她蹙着眉问："你是谁？"

贺烛刚想回答，忽然想到什么，勾了勾唇，俯身贴近她的脸："我们结婚了，你是我老婆，所以你应该喊我什么？"

这问题对一个喝醉酒的人来说有点困难，唐棉皱了下鼻子，思索半天，也没给出回答。

时间不早，贺烛看了眼天色，不打算再逗她："先回去吧。"

他再次伸手，唐棉胳膊动了动，身体又往后缩，一副不肯配合的样子。

贺烛微滞，眉心皱起，眸子里逐渐染上夜色，语意不明道："不想跟我走？"

唐棉咽了咽口水。

半晌，她嚅动嘴唇，缓缓张口："贺先生。"

不是他期待的称呼，但先生两个字，意思也差不多了。

贺烛眼睫微颤，应了一声。

唐棉慢慢拿出藏在身后的玫瑰，递到他面前。

她努力地摆出认真的表情看着他，眸子里像盛了星光，漂亮得叫人移不开眼。

声音被风吹得很散，却依然清晰："我能追你吗？"

夜色退却，眼睛已然被面前这个人和她手里的玫瑰占据，贺烛低声笑起来，肩膀都在颤。

须臾，他接过花，然后牵起她的手，笑着说："早就追到了。"

贺烛刻意放缓步调，牵着人往停车的地方走，唐棉步子迈得很小，跟着他竟然也不吃力。

她刨根问底地问："我还没开始，怎么就追到了。"

"开始什么？"贺烛嘴角带着弧度，"你一站那儿，我自己就跟过去了。用不着你追。"

第二天唐棉醒过来，头倒没有很疼，只是脑子里关于昨晚的记忆稍有些混乱。

依稀记得贺烛把她带回家，在家门口的时候她困得不行，不愿意走路，贺烛就打横将她抱起来，一路抱进卧室。

睡着之前，似乎被喂着喝了点什么。

她喝得挺干脆，应该是蜂蜜水之类的。

唐棉没细想，下床去了趟洗手间，出来拿起手机，看了眼微信留言。

贺烛去公司了，下午就能回来，本来是很普通的一段话，唐棉看完准备回复，却在最后一行发现了一个特别的称呼，夹在一句话之间，仿佛只是习惯性地顺手打了出来。

唐棉睁着眼睛看了好半天，耳根悄悄泛红，手指停滞在屏幕上，良久没有动作。

过了一阵，对方像是怕她看不见，又发了一句：【老婆你醒了吗？】

唐棉抿了抿嘴，缓慢打字：【怎么突然这么叫我？】

贺烛：【你昨晚一直拽着我喊老公，我总得回应一下。】

唐棉没有这段记忆，但直觉来说，她就算醉了也不可能做出这种事。

手指还在打字，那边又接了一条：【早安，贺太太。】

唐棉微怔，嘴角慢慢地翘起一点弧度，随后缓缓删掉未打完的那行字，重新发送：

【早安，贺先生。】

摄制组的工作结束，唐棉却还没忙完。

今天要跟平台那边的负责人见面，王铭宇在筹备他的新节目，抽不开身，便让唐棉和高主任一块去谈判。

白天温度较高，唐棉出门没带外套，上身穿了件单薄的长袖衬衫，冷热正适宜。

双方在一家会所谈到傍晚，日落时分，天忽然阴下来，几片黑云隐隐飘至城市上空。

天气不好，对方也无意再扯皮，终于点头，答应了他们的条件。

高主任在附近还有个聚会，唐棉一个人坐车回去，距离有点远，下班高峰期路上又开始堵车，打车不方便。

用地图 APP 搜了附近的地铁，最近的一个步行过去大概需要十分钟，唐棉便开着导航去往地铁站。

头顶天空昏暗，此时已经看不见太阳了，几分钟后，乌压压的云层终于撑不住，细细密密地往城市里落雨。

雨势来得突然，很快从淅淅沥沥的小雨变成了倾盆而下的大雨。

唐棉还有几百米的路程，跑过去用不了多久，于是拿包勉强挡着脑袋，快速奔向了地铁站。

进入地铁，她全身也湿透了，万幸早上在里面套了件打底背心，没有出现苦恼难言的尴尬状况。

到家后，唐棉将浸湿的背包放在门口的鞋柜，换上拖鞋，准备回房间洗澡换衣服，贺烛刚好从楼上下来，穿戴整齐，看着像是要出门。

他快步走过来，皱着眉问：“你没看消息？”

唐棉怕手机进水，半路把手机塞进包里了，听他问到才想起来，她边打开背包拉链，边说：“没来得及看，你要出门吗？”

“是要去接你，现在不用了。”

贺烛直接将唐棉拉上楼，把人推进浴室，给她拿了换洗的衣服放在门口，下楼让保姆煮了一小锅姜汤。

唐棉洗完澡出来，贺烛就把汤碗端到了面前。

她不怎么挑食，但姜这种东西作为调味料放进菜里她能接受，单独拿出来煮汤，对她来说比酒还难以下咽。

磨蹭了几分钟，贺烛本来站着，现在坐到了旁边的椅子上，手肘支着书桌，神情温和，又带着点似有若无的压迫感。

唐棉无奈，被迫尝了一小口，而后再次放下碗，表情痛苦：“能不喝吗？就淋了一会儿，不会感冒的。”

“喝是肯定要喝的，你如果自己喝不下去，”贺烛好整以暇地看着她，慢悠悠地说，“我倒是不介意喂你。”

唐棉对这方面了解甚少，不过从贺烛跃跃欲试的表情看来，他说的八成不是什么正经喂法。

唐棉长长地叹了一口气，终于认命，捏住鼻子将整碗汤一口气灌进嘴里。

汤汁尽数咽下去，但姜汤遗留的辛辣味仍固执地停在口中，唐棉想去冰箱拿饮料，刚一起身，身体就被拽到了另一边，猝不及防坐到了贺烛腿上。

后颈被他的手掌按着，脑袋不由自主地向前靠近。

贺烛压着人亲了一阵，觉得姿势有点别扭，手掌托了下她的腰，哑着声音哄道：“跨过来坐。”

唐棉整个身体由他控制，想不听话也没办法，顺从地调整坐姿，双腿分开，跨坐在他身上。

亲吻的次数多了，唐棉习惯性地张开嘴。

缱绻一番后，姜汤的味道淡了许多。

贺烛单臂揽着她，抬起另一只手，指腹轻轻擦过她的唇角，轻笑着说：“味道的确不太好。”

唐棉撇了撇嘴，脑子也不知道出了什么毛病，突然想报复一下他逼自己喝姜汤的做法。

既然这人同样不喜欢姜的味道，那就让他多尝尝好了。

唐棉直勾勾盯着面前的人，再次将唇覆了上去，舌尖主动挑开他的牙关，努力将姜汤的味道渡过去。

贺烛没什么回应，唐棉却觉得有点不对劲。

她眨了眨眼，反应过来，正欲退出，贺烛却不打算给她机会……

第二天醒过来，唐棉觉得嗓子有点疼，头也昏昏沉沉的，她以为是没睡好，在床上多躺了一段时间，贺烛走的时候也没发现异常。

结果晚上情况就加重了。

贺烛开车送她去医院，拿了些药回来。

“姜汤根本没用，你非逼我喝。”唐棉感冒浑身难受，小脾气也上来，开始跟他算昨天的账。

贺烛帮她把被子掖好，态度诚恳地认罪：“我的错。”

唐棉不说话了。

仔细想想，贺烛也是关心她，自己这样不依不饶，显得有点过分，于是把脸埋进被子底下，小声说：“算了，你让我喝姜汤也是为我好。”

贺烛闻言，手指忽地戳了下她露在外面的额头，挑眉道：“姜汤的事我当然没错。”

唐棉：?

后续平台那边拟合同需要点时间，感冒的这个星期唐棉正好可以在家待着。

贺烛公司那边有事走不开，白天偶尔不在家，他放心不下，夸张地找了个护工上门。

唐棉好说歹说才让他把人请走。

毕竟她只是感冒，又不是重病在床生活不能自理。

两人都不习惯家里有其他人在，做饭和打扫卫生的阿姨每天只在固定时间段上门，唐棉白天没什么胃口，贺烛今天去其他区谈生意，不回家吃晚饭，她就没让阿姨过来。

结果傍晚睡了几个小时，醒来神清气爽的，突然有了食欲。

感冒持续了一个星期，现在好得差不多了，唐棉懒得叫外卖，想自己煮碗清汤面垫垫肚子。

下楼进厨房找食材，刚把面从冰箱拿出来，玄关就响起开门声。

似是没想到夜里厨房会有人，贺烛谨慎地过来望了一眼，发现是唐棉，便也进了厨房：“怎么还没睡？”

唐棉说：“下午睡多了，现在有点饿。”

贺烛脱掉西装外套，放在厨房的柜子上，挽起衬衫袖子，从她手里接过锅，往里接水。

“阿姨没做晚饭？”

“下午没胃口，你又不回来，就没让她过来。”

贺烛“嗯”了声，将装了水的锅放回灶上：“接下来呢？”

唐棉站过去：“我来吧。”

“你坐着就行。”贺烛没让地方，坚持要帮她煮面。

唐棉只好作罢，搬了把椅子坐到旁边监工。

她闲暇时间没少跟张姨学习，厨艺比之前好了很多，熟练地指挥贺烛洗菜，切菜，放面条。这些都没什么难度，但看着他听话照做的模样，心里忽然涌起一股暖流，不自觉地笑了起来。

贺烛没注意，他这会儿脸上没什么表情，眼睫微垂，脖颈稍弯着，颈后露出冷白的一截，侧颜冷峻又矜贵。

将衬衫袖子全部挽至手肘，他修长的手指夹着长筷，来回拨弄锅里的面条，漫不经心地问：“这要煮多久？”

唐棉眼睛一直放在他身上，随口说：“五分钟左右吧。”

贺烛低头看了眼腕表的时间，随后目光侧移，瞄到了唐棉此时的模样。

她气色完全恢复，头发干爽地披在肩上，嘴角微微上翘，连带眼睛也弯着。

见他看过来，唐棉也不避开，笑着对上他的目光，幸福又甜蜜地喊他：“贺先生。”

贺烛一愣，随后也笑：“在呢。”

唐棉侧坐在椅子上，手扒着椅背，闻着锅里慢慢飘出的面汤香味，诚实地说出心里的想法：“我觉得感冒已经好得差不多了。”

贺烛轻应了一声：“嗯。”

唐棉盯着他，慢吞吞地接了一句：“那我明天就可以亲你了。”这几天感冒，所有亲密行为都被她禁止，以防传染。

贺烛手上动作顿住。

过了一会儿，他低下头，轻轻叹了口气，忽然开启别的话题：“我从前一直有个目标，把手里的公司做大，有朝一日超越贺盛江的地位。

“结婚前，目标进度一直稳定在我的预期内。”

唐棉蒙住。

贺烛放下筷子，向她靠过去：“可惜结婚之后，我这人就没什么上进心了，整天只想着消极怠工，恨不得天天休假，在家陪老婆。”

贺烛俯身亲亲她的鼻尖，笑道：“决定跟你结婚的时候，倒真没想过你本事有这么大。”

唐棉一时不知道说什么，憋了半天，才慢慢开口：“目标还是要有的，两个人在一起共同进步，关系才能长久。”

贺烛：“谁说的？”

唐棉："节目里的恋爱导师。"

贺烛不置可否，伸手揉了下她的头发，没再说话。

从前的目标其实还在，只是没那么重要了。

有个身影一直占据他的心神，让他无暇顾及其他，只需要一句话，一个动作，就能轻而易举地让他放下所有。

从此只注意她的存在。

几分钟后，面煮好。

贺烛放了挺多面在锅里，唐棉小口小口地吃，最后竟然都吃完了。

吃饱喝足，贺烛牵着她回房间。

这几天唐棉感冒，虽然在贺烛的强烈反对下两人没有分房睡，但唐棉还是坚持把自己的被子搬了过来，也不肯让他抱着，生怕把感冒传给他。

贺烛去浴室冲了个澡，出来时唐棉还在床上玩手机，看着挺精神。

他拿起手机看了看时间，然后爬上床。

唐棉正在刷微博，忽然感觉身边多了个热源，随后整个人就被抱了过去。

轻柔的吻一个接一个地落在她颈项之间，渐渐又往下走。

气氛有些不对劲。

唐棉压住自己的睡衣领口，红着耳尖小声提醒："还有一天。"

贺烛抬眸："你刚才说的是'明天'，现在已经过零点了。"

窗外明月高挂。

夜还很长。

五月下旬，网综的分成打过来，唐棉又富有了一些，在家舒舒服服地待了几天。

这天下午，她接到了制片人的电话。

王铭宇最近被拉去一个视频网站的自制综艺当顾问，问唐棉愿不愿意合作，平时没事就在他身边学习，他抽不开身的时候，她就自己过去应付一阵。

这工作是碍于朋友情面接下的，王铭宇左右为难，高主任那边要帮他准备新节目，想来想去只有唐棉比较适合。

制片人这条路不好走，需要学的东西很多，有人愿意继续带她，唐棉没多犹豫就应下了。

随后优哉而短暂的假期结束，她又过上了早出晚归的忙碌生活。

连续一个星期左右，唐棉早上七点出门，晚上七点以后回来，进门就去餐厅吃东西，之后上楼洗澡，爬上床倒头就睡。

贺烛如果回来晚一点，他们就一天也说不上一句话。

唐棉时间都被工作占满，没空多想其他，贺烛却是切切实实感受到了被忽略的滋味。

白天闲着没事，老婆也不在家，贺烛就被孔非拉出去喝酒。

他们找了个主题酒馆。

对面几个人聊得开心，贺烛心情不佳，一个人沉默着喝闷酒。

没一会儿，一个留着长鬈发的美艳女人大胆地坐过来，雪白的胳膊支在玻璃桌面，红唇暧昧地上挑，柔声道："帅哥，这里有人吗？"

贺烛仿若没听见，头也不抬。

曹攸见状，笑着提醒："这位有家室了，不如考虑考虑我们？"

女人轻笑一声，似是看不上他们，也不想自讨没趣，起身回到了自己的位置。

贺烛那张脸冷得跟冰块似的，仍有人主动凑过来，孔非"啧"了一声，不怕死地调侃："贺烛以后要是破产了，靠脸就能东山再起。"

贺烛黑眸上抬，冷飕飕地瞟了他一眼。

孔非瞬时噤声。

曹攸胆子大，压低声音，语气极为欠揍地说："你这没精打采的，看着像欲求不满啊……"

话未说完，贺烛毫不客气地踹了过去。

曹攸熟练地躲到一边，识相地没再继续开他玩笑。

他们又拉了一群人过来玩酒桌游戏，那边热热闹闹，贺烛却兀自陷入沉思，琢磨起曹攸刚刚那番玩笑话。

当天晚上，唐棉下班比平时早了半个小时，她照例先去餐厅吃饭，而后上楼准备洗澡。

贺烛穿着常服，躺在卧室的沙发上玩手机，唐棉找出换洗衣服就进了浴室。

洗完澡出来，床上的人不见了。

唐棉也没多想，头上盖着毛巾，边擦头发边去找吹风机，手指刚触到柜子，肩上忽地多了一道重量。

屋里温度适宜，她穿了件薄款的长袖睡衣，布料单薄，身后的人贴过来，能清楚地感受到他身上灼热的体温。

唐棉想回头，但身体被人禁锢住，动弹不得。

贺烛两条手臂环过她的脖颈，温热的胸膛贴在她背后，他随手扯下唐棉头上的毛巾，弯着脖子，脸埋在她颈窝处，轻声问："明天还要早起？"

唐棉点头："这个月都没什么假期。"

他又问："等下有工作吗？"

“没了，看会儿视频就睡觉。”唐棉身体动了动，试图挣脱他的手去拿吹风机。

贺烛放下手臂，先她一步将东西拿到手里，顺手又插上线，看样子是要帮她吹头发。

唐棉站在原地。

贺烛转过来，她才发觉他没换睡衣，上身穿着内搭用的黑衬衫，没挽袖子，前面的纽扣只系了下方三颗。

从胸口到锁骨的皮肤皆大大方方地敞着，衬衣下面线条分明的肌肉若隐若现地映入眼帘。

贺烛慢悠悠走过来，指尖挑起她肩上的发丝，一点一点帮她吹干，眼神缱绻，动作温柔至极。

雪松的味道若有似无地萦绕在两人之间。

后面的头发吹得差不多了，贺烛绕到她身前，正对着她。

这样一来，衬衣下的肌肉看得就更清楚了。

唐棉抿了抿嘴，犹豫着抬起手。

感觉到面前的人在碰自己的衣服，贺烛眼睫轻颤，唇边带起一点浅浅的弧度，他关掉吹风机，俯下身，顺势想亲她。

唐棉却往旁边躲了躲，手上动作不停。

她慢慢将他胸口的衣扣系好，认真地说：“夜里有点凉，你这样穿，睡觉会感冒的。”

唐棉顺手接过他手里的吹风机，懒洋洋地打了个哈欠：“我有点困了，你去洗澡吧，我吹完头发就睡觉。”

“……”

备受冷待的日子还在继续。

又过了半个月。

某天晚上，唐棉拖着疲惫的躯体进家门，走到楼梯口，一个高大的身影忽地从侧方横插过来，挡在她面前。

贺烛双臂环胸，面色不善。

唐棉被迫站定，迷茫地看他：“怎么了？”

贺烛眼眸垂下来，语气透着点凉意：“自己算算，我们这个月总共见了几次。”

唐棉说：“每天都见啊。”

“是吗？”贺烛咬了咬牙，“你是指晚上我一回家你就睡了，还是第二天我一睁眼你人就不见了这种见面？”

唐棉有点心虚，低下头，小声说：“今天跟你说过早安的。”

贺烛盯着她，似笑非笑道：“对，说完你就一边喊着快迟到了，一边头也不回地往外跑。”

这么一说，她好像确实挺过分的。

两人面对面站着，空气一时有些安静。

贺烛目不转睛地看她，似乎在等一个让他满意的说法。

唐棉也不知道怎么办。

这份工作其实时间不长，最多持续一个月，赚的钱也少，但是学到的东西比以往都要多，于她而言是一次难得的机会。

有时候在片场待着，想起贺烛心里也觉得空落落的，然而她整天在各个组之间跑动，学习团队的分工管理，连微信聊天的时间都挤不出来。

贺烛脸上阴沉沉的。

唐棉不敢看他。

过了半晌，她听到面前的人低不可闻地叹了一声，随后缓缓向旁边让步，似乎不打算再多说什么。

唐棉心里一紧，下意识拉住他。

贺烛回头。

“下个星期，”唐棉嗫嚅着说，“下星期就不忙了。”

“嗯，”贺烛声音不咸不淡的，“知道了。”

他转身上楼，唐棉轻抓着他的衣摆，跟他一道上去。

一路走到房间。

贺烛步伐不快，唐棉很容易就能跟上，也一直没松手。

到了浴室门口，前面的人停下脚步，微偏过头，淡道：“洗澡也要跟着？”

他们一块洗澡也不是一次两次了。

唐棉觉得有必要维系一下夫妻感情。

于是，出人意料地小幅度点了点头。

贺烛顿了顿，在她头上用力揉了两下，然后自己进了浴室。

唐棉身形微滞，在门口站了一会儿，心里有点慌。

贺烛好像真生气了。

唐棉低落地垂下脑袋，开始反思自己最近的行为。

这次的摄制组不在市中心，贺烛下班去接不方便，唐棉每天坐节目组的车回来，最近半个月，他们见面正经说上话的次数屈指可数。

已经记不起上次跟他一块吃饭是什么时候了。

唐棉咬着唇，默默思索挽救的办法。

过了半晌，她有了主意，找出手机，给王铭宇发了条消息。

贺烛洗完澡出来，唐棉这时已经躺在了床上，以为她跟以往一样提前睡着了，贺烛轻手轻脚地关掉灯，而后上床，也随着她的作息准备睡觉。

他脑袋刚沾到枕头，旁边的人就动了。

似乎是有意识的，唐棉躲在被窝里，缓慢地往这边挪动。

很快，两人的手就碰到了一起。

贺烛无奈了，想伸手抱她，唐棉却没停下，她翻了个身，胳膊从他腰侧横过去，接着整个人往上挪，面朝下趴在了他身上。

黑暗中，贺烛喉结不由自主地滚动，他闭了闭眼，似乎在压抑什么。

唐棉无所察觉。

头一回主动做这种事，她有点害羞，幸好灯已经关了，看不见贺烛的表情，做起来更容易些。

唐棉双腿跨在他身体两侧，藏在衣服下方的两朵柔软贴着他的腰腹慢慢往上移动，直到鼻尖轻碰到他突起的喉结。

这地方脆弱又敏感。

唐棉咽了下口水，鬼迷心窍似的，微启唇瓣，舌尖探出来，轻柔地舔了一下那里。

一瞬间，空气中有什么东西被点燃了。

贺烛胸口起伏了两下，随后再也忍不住，将人按在身下，眼底压抑着狂风暴雨。

他哑着嗓子，恶声说："亏我心疼你忙了一天，憋得难受也不想累着你，结果你就这么折磨我？"

唐棉没开口，眼睫扑闪着眨了眨。

两人靠得极近，她能清晰地察觉到贺烛呼出的气息，唐棉稍稍仰起脖子，摸索着吻上他的唇。

贺烛毫不犹豫地回吻她，动作带了一丝暴戾。

过了一阵，他停下来，重重呼出一口气，忍着欲念将双臂撑起来，无奈地说："老实睡觉，你明早还要上班。"

"不上了。"

唐棉伸手勾住他的脖子，黑暗的环境很好地掩盖了她面上的潮红："我刚才跟王制片请了假，明天休息。

"我该陪我先生了。"

又一个不眠之夜开始。

唐棉用一晚上的主动，换取了贺烛接下来半个月的忍耐。

按照节目组给出的计划安排，一个月之内她的工作就能结束，然而计划不如变化快，摄制组临时决定出外景，全组转移至外省，预计出差半个月。

总导演在片场宣布，唐棉听完，心里不由得“咯噔”一声，顿觉大事不妙。

贺烛前两天刚问过她休假的事，当时还没收到通知，她便说了个大概时间，总归不超过一星期，没想到会突然要去外地。

三五天还好说，半个月贺烛大概要炸，甚至可能不由分说地收拾行李跟她一块走。

唐棉头疼地揉了揉额角。

摄制组从今天下午开始休一天半的假，用于出差前的准备。

唐棉下午回家，玄关处摆了一双男士皮鞋。

贺烛在家。

唐棉还没想好怎么开口，心事重重地上楼，推开卧室门，犹豫着走进屋。

房间内的人正闲懒地靠着沙发椅，在电脑前处理文件，听到开门声，他转过头来，眼里带了点惊讶。

唐棉更紧张了，在他出声询问前，结结巴巴地开口：“明天放假，今天提前下班。”

贺烛闻言，眼睛一亮：“工作已经结束了？”

唐棉抿着嘴，伸手挠了挠脸颊，用极小的声音说：“还没。”

贺烛没听清：“什么？”

“后天放完假全组出差，所以，结束时间推迟了半个月。”

唐棉慢吞吞地说完，良久没听到回答，她小心翼翼地抬眼，发现贺烛并没有想象中那么生气，脸色虽然不大好看，但远没到发怒的程度。

她有些放松下来，然后便听贺烛说：“你要出差半个月？”

“嗯。”唐棉点头。

“行吧。”贺烛将笔记本合上，拿出手机，起身走向她，“什么时候走，我订个机票。”

唐棉惊讶道：“你要跟我一起？你公司怎么办？”

贺烛已经打开了订票软件，漫不经心道：“交给别人处理。”

唐棉微微蹙眉：“不行。”

她始终觉得两人在一起，是该一起往前走的，就算不能进步，至少也不该拖他的后腿。

拒绝的话一出来，贺烛划拉屏幕的手指骤然顿住，垂眸看她：“给个理由。”

唐棉讷讷地说：“我不能影响你的工作。”

贺烛睫毛微颤，唇线压得很平，耐心道：“不影响，我就当放年假了。”

唐棉却很坚持：“不行。”

贺烛移步靠近，抬手捏她的脸，语气嚣张：“我偏要去。”

唐棉没吭声，就是不告诉他出发时间，不过贺烛有王铭宇的联系方式，他拿着手机准备问，唐棉大概也想到了，抓着他的手，认真道："我以后还会经常出差，你不能每次都跟我一起吧。"

贺烛理直气壮："为什么不能？"

唐棉噎住。

贺烛想动手腕，搭在手上的力道却没有松开，仍固执地钳制着他。

眼睛盯着她纤白的手，贺烛脑中蓦地闪过一个念头，眼眸渐渐暗下来，沉声道："我是不是妨碍到你了？"

唐棉微怔。

其实有一点这个原因，贺烛跟去的话，她估计满脑子都在想他，根本没办法专心……但用妨碍来形容，就有些言之过重了。

"没有。"

虽然否认，但她刚才短暂的迟疑还是让另一人凉了心。

贺烛放下手机，自嘲般地扯了扯唇，稍用了点力，收回自己的手，快步走出房间。

许是因为带了火气，关门声很重，门板合上的刹那，地板仿佛都在震动。

"砰"的一声。

落入唐棉耳朵里，心脏仿佛也剧烈地震了一下。

唐棉不明白自己哪句话说错了，让他这般生气，想追过去解释，又怕自己话说不对，弄巧成拙，火上浇油。

想来想去，唐棉决定求助哥哥。

她将前因后果说了一下，唐白没给什么意见，只说：【你先关掉微信，打车来我这里，路上记得不要看消息。】

唐棉：【为什么啊？】

唐白：【你照做就行了。】

唐棉也没其他办法，她刚回家，衣服都不用换，揣上手机就出门了。

到了唐白家门口。

唐棉敲门，这时手机铃响。

她刚要接电话，唐白忽然开门，见她掏出手机，他眉梢扬起，提醒道："如果是贺烛打的，告诉他你在我这儿，然后直接挂电话。"

唐棉看了眼来电显示，真是贺烛。

他声音有点急，电话一接通，立刻就问："你去哪儿了？"

唐棉："我在我哥这里。"

那边没了声音，唐白用手势示意她该挂了。

唐棉还想说什么，唐白却直接抢过她的手机，帮她按下挂机键。

“这样不好。”

唐棉急了，伸手想拿回来。

唐白把她拉进门，手里优哉地捏着手机：“他不是当着你的面摔门吗？让他等会儿吧。”

“不是摔门，”唐棉下意识替贺烛解释，“那门本来就重，关的时候不抓门把手声音就会很响。”

唐白没理。

唐棉跟在后面嘀嘀咕咕：“你这是在报复上次在贺烛面前丢脸的事。”

唐白一顿，龇牙咧嘴地回头：“你说什么？”

唐棉趁机抢回自己的手机，小声说：“谁让你平时不注意形象。”

上回跟贺烛一块来找唐白，没待两分钟就被赶了出去，她后来仔细回想其中细节，慢慢琢磨出来，她哥虽然在她面前没什么顾忌，但在外人面前，还是在意面子的。

唐白眼睛眯起来，像在看一个忘恩负义的小白眼狼：“才恋爱几天啊，胳膊肘就向外拐？”

“没向外，”唐棉点开手机，“我有两个胳膊肘。”

进入微信，贺烛给她发了几条消息，最早的一条时间刚好是她给唐白打完电话的时候。

【跟你说一声，门是自己关上的，我没用力。】

【去哪儿了？】

【我后天去公司，不跟着你了。】

看到后面，唐棉心里一紧，迅速给他回电话，但铃声响了很久，一直没人接。

过了几分钟，电话一直无人接听。

唐棉坐不住了，想起身回去，这时门铃响起来。

唐白刚刮了胡子，从卫生间出来，随意摆了摆手，让她坐下：“应该是我点的外卖。”

他走到玄关，将门打开。

外面站着一个西装革履的男人，他生得高大英俊，气质凛然。唐白愣了下，皱眉问：“你找谁？”

来人似乎也有些迷茫，不确定地问：“您是唐先生？”

唐白：“你是？”

贺延：“我是贺烛的兄长，来这里……”

唐白呆住，低头看了看自己的灰色大裤衩，面无表情地打断：“等等，你上一个问题是什么来着？”

贺延回忆着，重复一遍：“您是唐先生吗？”

“不是。”

“砰——”

门板不客气地闭上。

须臾，门又打开，唐棉被揪着衣领扔了出来。

她怔怔地看着门，又瞅了眼旁边的贺二哥，忽然明白什么，默默替哥哥叹了口气，随后清清嗓子，仰头问：“二哥是来找我的吗？”

贺延点头：“刚才给贺烛打电话，他说要来找你，我觉得上门之前有必要替他拜访一下你家里的长辈，就问他要了地址。”

说完，他犹疑地看向紧闭的房门：“贸然打扰，是不是唐突了？”

“没有，没有。”

唐棉摇头，往他身后望去：“贺烛呢？”

“他应该在路上，我刚好在附近见完客户。”

“哦。”

唐棉攥着手机，有点忐忑地等待两人见面的时刻。

贺烛会不会还在生气，她该怎么说呢，是不是应该道歉。

刚走出公寓楼，他们跟匆匆赶来的男人打了个照面，贺烛快步走过来，把唐棉拉到身边。

贺延淡定地看着他们：“再联系。”

贺烛点了点头，牵着唐棉上车。

车门关闭，贺烛坐在驾驶座，微低着头，薄唇紧抿，似乎在酝酿措辞。唐棉吸了口气，先开口：“我从没觉得你妨碍到我了，长时间出差见不到你我也很难过，你能来我其实很开心，但我不想成为你事业的阻碍……”

像是怕他会打断，唐棉一口气说完了整段话。

贺烛安静听完，慢慢仰起头，唇角上扬：“知道了。”

唐棉看他：“你不生气了？”

贺烛发动车：“我没生气……那门是自己关上的。”

“哦，我看见消息了，”唐棉又问，“你怎么不接电话？”

贺烛这才想起身上少了什么，回道：“走得急，没带手机。”

“哦。”

差不多到了晚饭时间，他们干脆找了家餐厅，在外面吃饭。

饭桌上聊起别的话题，这次不算吵架的吵架就这么平淡地翻了篇。

一天后，唐棉拖着行李箱准备出门，贺烛也跟她一块下楼，同样带了箱子。

她问：“你也要出差？”

贺烛平静道：“嗯，去分公司视察。”

唐棉不疑有他，两人一块去机场，然后又一起下了飞机。

摄制组的人在等行李。

唐棉皱着眉凑到贺烛身边："你真是来工作的吗？"

贺烛人都到了，无所谓地说了实话："这边确实有分公司，不过是二哥的，我顺便帮他看看，主要是陪你出差。"

唐棉还想说什么，贺烛又道："你自己说的，我能来，你会很开心。"

所以她昨天说了那么多，这人就只听进去了那一句。

唐棉无奈地叹了口气。

她站到他身后，避开节目组的人，额头抵着他的背，轻声嘟囔："你怎么这么黏人。"

贺烛顿了顿，道："以后再改。"

唐棉没说话，隔了一会儿，她再次开口："还是别改了。"

"嗯？"

"我喜欢你黏着我。"

贺烛低声笑起来："那我继续发扬。"

唐棉看不见贺烛的表情，却能听出他语调里的愉悦。

她心情也好起来，弯着眼睛，在他身后轻轻点头："嗯。"

出差回来，节目组需要两天时间整理外景素材，然后再录最后两期，这份工作就结束了。

贺烛有个重要客户突然来访，只能提前一天返程，唐棉跟同事一起下飞机，坐节目组的车抵达山词苑，到家连搬行李箱的力气都没有，她将箱子放在一楼，先去了卧室。

贺烛还没回来。

唐棉想去泡个澡，放松身体，从包里掏出手机放到门口的斗柜上，手指刚一离开屏幕，有人就打了电话过来。

看清来电显示，唐棉诧异地盯了一会儿屏幕，之后才慢腾腾地接起电话："喂。"

电话接通，另一端的人却沉默了，似是在思考怎么开口。

唐棉没挂电话，就这么安静地等着。

过了一会儿，陆山兰疲惫至极的声音通过听筒传过来："棉棉，你爸出车祸了。"

接下来这段时间，唐棉不知道自己是如何离开家，如何顺利打车赶到医院的，她好像灵魂出窍一般，茫然地按照本能支配着身体。

抵达医院，陆山兰等在病房外。

半年未见，她好像苍老了很多，眼角的皱纹更深刻了些，没有化妆，穿着简单，不见从前的雍容姿态。

唐棉步伐慢下来，站在她面前，轻叫了一声：“妈。”

陆山兰面容委顿，看着她点了点头：“你爸在睡觉。”

唐棉探头往病房里望了眼，唐宗志在床仰躺着，头上绑着绷带，两个护工守在病床旁边。

“五天前的事了，”陆山兰淡淡地说，“伤得不算太重，万幸没造成致命伤。”

唐棉不知该作何反应。

陆山兰慢慢坐到病房外的长椅上，唐棉迟疑着坐到旁边，便听她轻叹了口气：“我联系不上唐白。”

“我哥之前丢了手机，换过一次号码。”

“这样啊。”

四周静下来。

在陆山兰面前，唐棉头一回觉得手足无措。犹豫片刻，她拿起手机：“我给他打电话吧。”

“不用打了，”陆山兰阻止道，“他不会来的。”

唐棉沉默。

从小到大，唐白受到的管教要比她多得多，唐宗志是把唐白当成继承人培养的，要求也更为严格，所以唐白跟家里的矛盾也比她更深一些。

唐棉摁灭屏幕，也不知道说什么了，和以前一样，她跟母亲依然无话可谈。

陆山兰望了眼病房的方向，又是一声叹息。

她没说话，唐棉却隐约听出了一丝丝微不可察的悔意。

或许是错觉吧。

“你哥离开家那天，他跟我们吵了一架。”

陆山兰伸手掩住半张脸，眼中情绪复杂：“现在看来，他当初说得没错，我们的确挺失败的，你爸进手术室的时候我才发现，我们活了大半辈子，现在出了事，两个孩子都不在身边，甚至连一个可以求助的亲人都没有。”

唐棉抿了抿唇，没吭声。

她进病房看了看父亲。

那个仿佛一辈子都不会低头的人正虚弱地躺在病床上，身上缠着绷带，这会儿也没力气再坐起来指责她。

唐棉说不上心里是什么滋味。

总归是不大好受。

从小到大，父母几乎没给过她温柔的亲情，只有冷冰冰的命令和无穷的枷锁，唐棉对唐宗志应该是没什么感情的，但此时此刻，她却由衷地感到庆幸。

幸好，她爸还活着。

在医院待了一阵，天色渐暗，唐棉也该返回。

经历一场险些生离死别的灾难，陆山兰似乎看明白了一些事，不再强求女儿留下。唐棉离开前，踟蹰着回头："我过几天再来看他。"

陆山兰脸上终于露出笑："好，路上小心。"

走出医院，唐棉觉得胸口闷闷的，身体的疲惫加上精神的低落，让她现在只想赶紧找个地方躺下来，闭上眼睛什么也不想，直接睡过去。

口袋里的手机振动，是贺烛打来的。

唐棉在电话里简单说了下今天发生的事，然后将医院的定位发给了他。

贺烛开车过来，见她情绪低沉，不愿开口的模样，体贴地没有多问。

两人到家。

唐棉默默走进浴室，洗了澡，出来之后又一言不发地上床，似乎连张口说话的力气都没了。

贺烛很快也关灯上床。

房间暗下来，唐棉合眼，慢慢缩到身边人的怀里，试图抛掉脑中杂七杂八的念头，让自己快速入睡。

然而，虽然头昏沉沉的，眼眶也十分酸涩，但她怎么都没办法静下心来。

唐棉换了几个姿势，仍然睡不着，后来有点烦躁了，干脆放弃挣扎，睁开眼睛，直勾勾地盯着天花板。

"你睡了吗？"她小声问。

旁边的人应声："没。"

唐棉不打算憋着了，依偎在他胸口，调整呼吸，语速缓慢地吐出了一些心事："我妈第一次用那种语气跟我说话，很温和，都不像她了。

"但我了解她，这种改变只是一时的，我妈跟我爸一样，眼里只看得到自己。

"……我哥还不知道这事。"

说了一大堆，唐棉心里还有最后一句话，堵在嗓子里，格外难以启齿。

停了很长时间，她才继续道："知道我爸出车祸的一瞬间，我突然觉得，如果他这个时候让我放弃现在的工作，回家接受他们的安排，我……很可能会答应。"

贺烛抱着她，有一下没一下地抚着她的背。

唐棉说完，心头积压的郁气好像散了一些，依偎在贺烛怀里，慢慢有了睡意。

不知过了多久，她马上要被梦境拉扯进去，身边的人开口了。

“万一他们要求你跟我离婚，你也答应？”

唐棉睫毛微颤，半眯的眼睛缓缓睁开。

离婚两个字让她清醒了不少，仰起头，毫不犹豫道：“怎么可能，你跟工作不一样，不是可以取舍的选项。”

贺烛轻笑，手掌满意地覆上她的头顶，将人重新按回自己怀里。

唐宗志出车祸的事唐白还是知道了，起初是姑姑来探望，她在电话里无意中跟唐白提了一嘴，当时唐白没表现出什么，几天后，他突然给唐棉打了个电话。

“你哥我要回归了。”

唐棉愣住：“什么意思？”

唐白语气异常轻松，像在说一件很平常的事：“爸那公司不能没人看，我受累照顾一下。”

唐棉不说话。

唐白猜到她沉默的原因，笑了笑：“我一个人奋斗五六年了，手头有自己的会所和酒店，就算爸身体好了想作妖，我到时候拍拍屁股走人，他也拿我没办法。”

等了好半天，唐棉闷声说：“那你加油。”

后来，也不知是唐父唐母真转了性，还是唐白历练多年，手段强硬了，当真把公司揽到了自己手里。

而唐棉的生活，他们也没再干涉过。

节目收官那期正赶上儿童节。

摄制组找来了当地一个儿童舞蹈团做开场表演。

演出结束后，唐棉负责帮他们安排车，小朋友们都很乖，偶尔吵闹，老师一开口他们就能立刻安静下来。

后排有两个小男孩在玩扮演游戏，主题应该是最近播出的一部动画片。

小朋友抱着大楼门口的石柱，气势十足地说：“正在充能。”

过了一会儿，他撒开手，在头顶比画了一下：“充能结束。”

然后两个小朋友就开始了隔空战斗，动作单一，大招全靠口述。

唐棉觉得好玩，多看了他们一会儿。

等带队老师清点完人数，将小朋友们送上车，唐棉目送他们离开，之后转身回了片场。

今天录完，她暂时没有其他事可忙了。

最近一直在工作，加上之前唐宗志出事，唐白又主动提出回家，她无论身体还是精神一直得不到放松，唐棉感觉近期自己有些劳累过度。

该休息一段时间了。

晚上节目组聚餐，吃饭的地方有点远，让贺烛开车来接有些耽误时间，唐棉跟他保证今晚不喝酒，然后坐了节目组的车回家。

夜深，洋楼里只开了走廊灯。

唐棉以为贺烛已经睡了，轻手轻脚地打开卧室门，发现房间的大灯还亮着，贺烛坐在沙发椅上，手指敲动笔记本键盘打字。

他洗过澡，看着清清爽爽的。

唐棉将包放下，想起白天小朋友玩的游戏，缓步走过去。

贺烛听到脚步声，抬头看她："放假了吗？"

"嗯。"唐棉点头，站到沙发椅后面，学着他平时抱自己的样子，胳膊揽过他的脖颈，将脸埋在他颈边，轻轻蹭了蹭，随后，鼻尖微动，深吸了一大口气。

温和的木质香卷入鼻腔，好像真有些解乏的作用。

贺烛忍不住回头，眉梢轻抬："今天这么热情？"

唐棉没回答，放开环着他的胳膊。

受儿童节的气氛感染，她人也变得幼稚，抬起胳膊，手指在头顶横着比画了一下："叮，充能结束。"

说完见某人眼神不对劲，唐棉转身想跑，但下一秒腰就被揽住，身后的人稍一使劲儿，她就坐到了他腿上，毫无反击之力。

"该我充电了。

"……我还没洗澡。正好一起洗。"

/ 番外二 /
一次成好

工作结束，唐棉短时间内不打算进组了，专心在家休息，配合不知节制的某人，过上了没羞没臊的日子。

贺烛下班一天比一天早，她又开始为他的上进心担忧。

晚上她随手扒拉起通信录，询问熟人是否有新节目，正好被贺烛看到。

他义正词严地批评了这种不把身体当回事的工作狂行为。

如果这人说完没有立刻扑到她身上的话，唐棉还有可能相信他的鬼话。

有了之前几个综艺打基础，唐棉已经有资本在圈子里小范围地挑工作了，她认识的几个制作人里，的确有计划近期筹备节目的，但都是中规中矩的冷题材网综，对唐棉来说帮助不大，她便也没着急，安心等待适合她的工作出现。

这天晚上，贺烛下班回来，唐棉在客厅看电视。

自从上回唐棉心血来潮做了一次假装充电的动作，贺烛就学会了这种解乏方式。

他从玄关走过来，坐到她旁边，伸手把人抱进怀里吸气，顺便在她颈侧落下一吻。

唐棉都习惯了，任由他抱着，眼睛仍盯着电视屏幕。

过了一会儿，似是不满自己被无视，贺烛张开嘴，轻咬了下她的耳垂。

呼吸的气息拂过耳尖，有点痒。

唐棉缩了缩肩膀：“你干吗？”

贺烛慵懒地趴在她肩上：“有事跟你说。”

“什么事？”

“我姐明天生日，今年不办宴会，她让我们去大宅吃顿饭。”贺烛说得轻描淡写，声音里已经没有从前提起贺家时的那种抵触和排斥了。

唐棉点了点头，又想到什么，问：“明天就过生日，礼物怎么办，我还没准备。”

贺烛无所谓地说：“这你不用操心，我送也算你的。”

第二天下午，两人抵达贺宅。

因为是家庭聚餐，贺烛穿得很休闲，唐棉想找条正式一点的礼裙还被阻止了。

再次踏入贺宅，唐棉已然轻车熟路，心平气和。

管家笑吟吟地站在门口迎接。

今天是个大晴天，屋外惠风和畅，温度适宜，贺桐让人把餐桌搬到院子里，晚餐就在外面吃。

管家领路，将他们带入别院，其他人已经到了。

贺盛江穿了一件双色细条纹的短袖衫，坐在椅子上翻看杂志，身上没穿正装，显得他平易近人了许多。

贺延闲着没事，捏着一袋鱼食在喂池子里的鲤鱼。

贺桐一身素雅的连衣裙，妆容浅淡，看上去年轻不少，她从后面路过，面无表情地提醒：“喂多了鱼会撑死。”

“没喂多少。”

“你放了一整袋了。”

贺延还想说什么，余光看到走进院子的两个人，正了正神色，对来人道：“回来了。”

贺烛“嗯”了声。

贺延又看向他旁边的唐棉，微微颔首：“弟妹。”

唐棉熟练地回应：“二哥。”

贺桐也站在旁边，意味不明的目光落到了唐棉身上。

察觉到她的视线，贺烛不动声色地往旁边站了一步，挡住唐棉半个身子。

贺桐像是没看到他的举动，缓步走到唐棉面前，嘴角轻动，扯起一个微笑：“弟妹。”

唐棉怔住，旋即不大自然地叫出称呼：“大姐。”

全家到齐，贺桐吩咐人上菜。

饭桌气氛还算和谐，贺盛江和贺烛不怎么说话，父子俩互把对方当空气，倒是贺桐开口的次数比较多，贺延偶尔会冒出个短句，他们的话题基本都在唐棉身上，因为只有她会老老实实地回话。

晚餐结束，贺烛起身便要带人走，跟贺桐说了一句：“礼物让人送到你公司了。”

贺桐没理他，悠然看向唐棉，或许是化了淡妆的原因，她眉眼间的凌厉气势稍敛，看着竟有几分温和。

“能聊聊吗？”

语气也不再是初来贺家时的命令口气。

由于之前看过贺大小姐幼年时期写的日记，距离感不知不觉就减淡了，唐棉没怎么犹豫，直接点头。

她同意，贺烛自然也没了意见，重新坐回位置，边玩手机边等她们。

院子旁边有个小会客室，是贺盛江跟朋友喝茶的地方，贺桐带唐棉来到这儿，她坐到矮桌一侧，示意她也坐下。

贺桐也不拐弯抹角，直截了当道：“你还挺让我们意外的。”

唐棉平静地与她对视，没吭声。

贺桐说：“我以前觉得，能让贺烛听话的人，至少性子不能太温暾，不光是我，爸还有贺延都这么想。

“没想到，他跟你结婚以后，行事居然真的比以前收敛，也没见他跟哪个女人走得近了。这是好事。”

唐棉想说，他以前也没跟谁走得近，有关贺烛那些传言，绝大部分都是凭空捏造出来的。

贺桐好像知道她想说什么，摆了摆手，接着说下去：“我们自以为了解他，如今看来，我们对他的了解，甚至远不如你……也怨不得他厌恶贺家了。”

这话不好接，唐棉继续保持沉默。

贺桐又说了一些有关贺烛的过去，比如以前贺董夫人那边的亲戚经常上门，有时候会在小辈们面前说起妈妈的事。

大概是觉得孩子小，他们说话没有忌讳，回忆起往事，话语中总是带着对贺桐贺延的怜惜，那些记忆多发生在贺董夫人生病之前，所以他们总是忽略在场的另一个孩子。

言者无心听者有意，慢慢地，贺烛就不再想听妈妈的事了。

贺桐和贺延那会儿随了贺盛江，两个小闷葫芦根本注意不到弟弟的情绪，贺盛江又是典型的严父，心思没那么细。

久而久之，贺烛就跟家里疏远了。

唐棉听完，抬眼看贺桐：“上次那本日记，是为了跟贺烛解释清楚吗？”

贺桐没回答，而是问：“他看过了？”

唐棉回想一番，随后摇了摇头：“不知道。”

贺桐也没在意，淡道：“说这些事，只是为了让你更了解他，你们好好过日子就行了，剩下的，顺其自然吧。”

聊了十多分钟，她们从休息室出来。

临走前，贺盛江突然叫出唐棉的名字：“听说你在接触文娱行业？”

唐棉登时有种被教导主任逮住训话的感觉，一本正经地回：“是的。”

贺盛江脸上没什么表情，不咸不淡道：“集团最近收了个娱乐公司，你感兴趣的话……”

唐棉迅速推拒：“不不不，我不擅长管理。”

贺盛江止住话茬，没再坚持。

回去的路上，唐棉还觉得挺魔幻的，回想刚刚贺大佬的表情，问旁边开车的人：“你爸刚才的话是我想的那个意思吧？我是不是自作多情了？”

贺烛扯了扯唇：“没有。”

这是贺盛江独有的道歉方式，隐晦又迂回，生怕别人知道他低头了似的。

贺烛没细说，将话题转移：“大姐跟你说什么了，你俩聊那么久。”

唐棉顿了顿，含糊了主要内容，说起一件贺桐再三叮嘱的事：“你以前，很喜欢参加危险运动？”

贺烛一愣，缓慢道：“都是大学的事了。”

唐棉问：“你以后还去吗？”

问完不等贺烛回答，她自顾自接下去：“还是别了，听着就很危险，你姐说你开高速赛车的时候差点出事……”

唐棉低声唠叨着。

贺烛安静地听，眉眼柔和，一点不见不耐烦。

她说了半天，见他没什么回应，又道：“一定要去的话，能不能带上我，我还没体验过……”

车停在一个红绿灯口。

贺烛斜眼瞥她，冷酷地打断：“死了这条心吧。”

唐棉撇撇嘴：“那你呢？”

贺烛振振有词：“我什么？我多老实啊，孔非喊我飙车我都不去，天天在家陪你。”

唐棉动了动嘴唇，终是没有在谁陪谁这个问题上跟他争论。

回到家，天已经黑了。

他们各自收拾一番，就躺到了床上。

昨晚折腾得有点久，今天刚过十点，唐棉便有了困意，关掉手机准备睡觉。

闭上眼睛，贺桐白天的话猝不及防地涌入她的脑海，连带着祭拜贺董夫人回来的那天，贺烛落寞的样子一起浮现。

唐棉咬了咬唇，从贺烛怀里钻出来，一点一点挪动，最后爬到他身上。

贺烛无奈地睁开眼：“你注意点，撩过火了我可不会再手下留情。”

唐棉眼睛直盯着他，轻声说：“刚去贺宅的那几天，大姐给了我一个文件夹，里面都是关于你的资料，记得很详细，他们都在上面写了东西……包括你爸。他们很爱你。”

气氛沉寂。

半晌，贺烛仍没开口，搂着她的腰往上提，直到两人的视线在黑暗中相接。

唐棉抿了抿唇，叫他："贺烛。"

贺烛这次没应声，挑眉道："你安慰人的时候能不能喊个我爱听的称呼。"

唐棉稍顿，之后小声改口："老公。"

贺烛相当受用，嘴角翘起来。

唐棉眨了下眼睛，继续为他的好心情添砖加瓦："我也很爱你。"

接着，不知是谁先吻了对方。

情火点燃的刹那，贺烛低哑的声音在空气中轻飘飘地散开，随后清晰地进入唐棉耳朵里。

"这就够了。"

七月，夏季的热气重回大地。

今年夏天温度出奇的高，走在街上，哪怕穿着清凉，仍然会被高温闷得透不过气。

这样的天气着实让人提不起干劲，唐棉还算是热爱工作的，近段时间也被空调消磨了意志，日日躲在家里享受冷气，恨不得一直享受到夏天结束。

然而月中发生了两件大事，让她不得不出门。

一件是有关于一亩的，他默不作声地谈了个女朋友，原是家里安排的相亲，于一亩起初根本没那个意思，结果一个月不到他就沦陷了，两家火速定下婚事，将婚礼定在了七月中旬。

另一件是与唐棉自身有关的。

王铭宇给她介绍了一个新人导演，非常有灵气，也有自己带的年轻团队，他们正在策划一个小网综，节目大方向已经有了，只是经验和业内人脉有限，一直没能实践。

王铭宇那边忙不开，便想让唐棉担任这档节目的制片人，主要是拉投资，帮他们统筹工作，定位调整什么的。

节目规模小，导演团队也是带了试水的心态，所以对节目的预期并不高，正适合唐棉实践从王铭宇那里学到的东西。

唐棉考虑两天，最终答应了。

组团队拉资金需要时间，双方定了个日期见面，聊一聊团队规划，预计的会议时间并不长，正好于一亩婚礼在即，唐棉就将见面时间定在了婚礼当天，地点就在婚宴附近的咖啡店。

贺烛作为已婚人士，理所当然地被踢出伴郎队伍，作为宾客按时到场即可，他便陪唐棉一道去了咖啡店。

导演确实很年轻，二十五岁，长了张娃娃脸，十分显小，似乎是担心唐棉误会自己的年纪，他见面先说了年龄。

唐棉一怔，随后礼尚往来地报出年龄，导演尴尬地摸了摸后脑勺，问起她身边跟着的男人："这位是？"

"是我先生。"唐棉语气自然地说。

导演看着有点惊讶："原来唐制片结婚了啊，你没戴戒指，我还以为是你男朋友。"

此话一出，两人都愣住。

导演无所察觉，让团队另外两个主创人员进行了自我介绍。

唐棉勉强将心思拉到正事上。

半小时后，简短的会议结束，几人互相道别。

唐棉坐进车里。

贺烛黑眸垂下来，看向她："你把戒指放哪儿了？"

"应该还在临江那栋别墅里。"

唐棉回忆着那天的情景，思绪也慢慢回到了一年前。

当天婚礼办得仓促，但该有的仪式都不少，他们在双方长辈面前交换戒指，公事公办地给对方戴上，之后坐车去往别墅。

进门后，贺烛看也不看她，径自进卧室换衣服，唐棉穿着婚纱，安静地等在门外。

两人当时的关系只比陌生人好上那么一点，彼此之间也没什么可说的。

贺烛换了常服，从房间走出来，唐棉提着缀满星光的婚纱与他擦肩而过。

他忽然叫住了她，像是不熟悉她的名字，只用了一声"喂"做替代。

唐棉配合地回头。

贺烛摘掉刚戴上的戒指，散漫地丢向她："都给你了。"

唐棉下意识接住。

换衣服的时候，她将两枚戒指一起放到了房间的立柜抽屉里，之后再也没想起它们。

车身转弯的惯性将唐棉从回忆中拽了出来，她看向窗外，困惑地问："怎么掉头了？"

贺烛："先去拿戒指。"

唐棉："……婚礼要开始了，结束再去吧。"

贺烛没说话，他似乎挺懊恼忘掉婚戒这件事，眼睛暗下来，表情也沉闷。

唐棉偏头看着他的侧颜，蓦地笑了一下，唇瓣微张，轻带出些声响。

路上车多，贺烛盯着前方路况，道："笑什么？"

"时间过得好快啊，"唐棉弯起嘴角，"婚礼那天晚上，你还不乐意跟我说话呢。”

贺烛神色微顿，纠正道：“不是不乐意，那会儿我们不熟，不知道说什么。”

唐棉笑：“说起来，当初还是你主动提的结婚，后来不情愿的也是你……”

贺烛又打断她，语气带了点不满，像是介意她肆意往自己头上安些莫须有的罪名：“你记岔了，我没不情愿过。”

唐棉突然想起从前的事，心里有点感慨，也没想跟他翻旧账，催促着让他在下个路口拐回去，不然待会儿遇到堵车，他们就真迟到了。

于一亩的婚礼也算是大事，贺烛终是没有继续任性，重新变道，返回去往婚宴的路。

炎炎夏日，火伞高张，热得人心浮气躁。

好在婚礼并没有迎着烈日办在户外，宴会大厅开足了冷气，唐棉挽着贺烛的手进入，找到他们的席位入座。

没多久，孔非和曹攸穿着伴郎服出来，在外面逛了一圈，看到了贺烛，正好旁边就是他们的座位，两人便坐过来聊了会儿天。

孔非说起刚才他们跟新娘那边的人联手整于一亩的事，笑得前仰后合，笑完又有点同情自己兄弟：“结婚真累人，于家的破规矩一堆一堆的，我听着都烦。”

曹攸打了个哈欠，附和道：“高中毕业以后我就没起过这么早，于一亩说他天没亮就被家人喊起来换衣服准备，太惨了。”

孔非唏嘘摇头，转而看向在场的另一对夫妻，由衷道：“得亏你俩那婚礼办得低调，没让兄弟多折腾一回。”

这话说得其实没毛病，那会儿唐棉跟贺烛也没真感情，婚礼流程格外简单，基本就是走个形式，亲朋好友一个都没通知到。

贺烛听着却异常不痛快，撩起眼皮，冷冷地瞥过去。

孔非打了个激灵，不知道哪句话又惹到这位爷了，迅速噤声，拖着曹攸离开。

他们走后，唐棉好奇地问贺烛：“你怎么没去后台帮忙？”

贺烛淡道：“他们不让。”

唐棉：“为什么？”

原话是怕新娘跟他跑了，但这话不适合讲给自己老婆听，贺烛随便扯了个理由搪塞过去，之后慢悠悠地开口：“贺太太。”

“嗯？”

“再办一次婚礼吧。”

“不要。”

唐棉拒绝得相当果断。

贺烛皱眉：“你不想跟我结婚？”

他曲解语意的本事越发炉火纯青，唐棉无奈地扶额：“太麻烦了。”

要挑场地，发请柬，重新经历一遍更为烦琐的婚礼流程，想想都觉得头疼。

贺烛沉默，黑睫垂下来，眼中眸光流转，看起来并不死心。

唐棉瞄了他一眼，然后盯着礼台的方向，轻飘飘地冒出一句：“再办就是二婚了，不吉利。”

十一点零八分，婚礼开始。

新人入场，顺顺利利地交换戒指，而后在众人的见证下亲密拥吻，孔非和曹攸一个劲儿起哄，让于一亩亲久一点。

唐棉跟四周的宾客一起鼓掌，贺烛看着台上，压了压唇角，心里一阵泛酸。

于家设了晚宴，婚礼时间长，两人一直待到天黑才返程。

贺烛直接把车开到临江那栋别墅。

剧组拍完戏后，他们就没再来过这里，奇怪的是，本应无人居住的别墅，一层的灯现在竟然都亮着。

唐棉有点紧张，抓住贺烛的手：“里面有人吗？”

贺烛解释：“我今天让人来打扫过。”

“噢。”

唐棉想松手，旁边的人顺势牵住了她，与她十指相扣，慢慢走进别墅。

下午刚清洁完，二楼的卧室门敞开。

主卧摆着一张结婚照，照片里的两个人面无表情，看不出一点新婚夫妻的状态，如果将照片裁开，两人单独出现，基本和证件照没区别。

贺烛盯着照片看了两秒，又蹙眉移开了视线。

唐棉从抽屉里找到戒指，将属于贺烛的那枚递给他。

贺烛没接，伸手拿过她手里的另一枚，然后拉起她的手，轻柔而缓慢地将戒指套入她的无名指，黑眸渐弯，温声喊她：“贺太太。”

唐棉也帮他戴上戒指，随后仰头看着面前的人，脸上露出笑：“贺先生。”

贺烛俯下身，靠在她耳边呢喃：“婚纱照总可以补拍吧。”

唐棉想了想，拍室内婚纱照用不了多少时间，于是点头：“嗯。”

“还有新婚夜。”

“……这个要怎么补？”

“拍完照你把婚纱穿回家，然后——”

贺烛眼若点漆，弯起唇，语调缱绻：“由我亲手脱下来。”

唐棉不自觉地在脑子里想象了那个画面，双颊泛起一抹绯红，她背过身，低头摩挲手上的戒指，假装没听见。

贺烛今天格外缠人，他下巴抵在她肩上，声音带着低哑的性感，没完没了、变着法地喊她。

“贺太太。”

“……”

“老婆。”

搭在腰侧的手渐渐往上移动，直至碰到连衣裙的拉链，唐棉轻轻按住那只不老实的手，红着脸，小声道：“要在这里吗？”

贺烛继续手里的动作，“嗯”了一声，尾音略微延长，听着像在撒娇。

唐棉温顺地倚入他怀里，就听某人趁机得寸进尺：“蜜月也得补。”

“节目要开始筹备了，我没那么多时间。”唐棉身子软下来，磕磕巴巴地说完。

“就一个月。”贺烛嘴上温声细语，动作却越来越强势。

“最多七天——嘶，轻点儿。”

贺烛一边亲吻她，一边讨价还价：“二十天。”

唐棉忍住张口娇吟的冲动，不吭声了。

贺烛将她抱起来，往床那边走：“半个月，不能再少了。”

身体腾空，唐棉不由自主地环住他的脖颈，余光瞄到他逐渐压平的嘴角，担心自己受不住接下来要发生的事，终于妥协。

“行吧，但我们先说好，度蜜月不能一直待在酒店。”

“我尽量。”

唐棉与贺烛结婚第三年，家里迎来了一对小生命。

龙凤胎，一次成好。

男孩早出生几分钟，理所当然地成为哥哥。

贺盛江高兴了好长一段时间，逢人便提自己的孙子孙女，兄妹俩尚未满月，他已经为他们准备了多套房产和一家新开的婴幼产品公司。

贺桐宠起侄子侄女比贺盛江更过分，每次上门都是让司机另开一辆车大包小包地提礼物，东西加起来，几乎能在家里开个婴儿用品商场，贺延比他们收敛些，但也十分赞成父亲和姐姐的做法，丝毫没有帮唐棉拦住他们的意思。

唐家那边，公司交给唐白之后，唐宗志就处在半退休状态，两个孩子现在事业有成，他也管不了了，每天就跟一群老朋友出去喝茶下期，倒是比以前开明不少。

龙凤胎一出生，唐宗志和陆山兰天天就盼着唐棉带孩子回家。

至于唐白，他对两个小孩基本上是有求必应，容忍度高得离谱，唐棉险些不认识他了。

孩子们过两岁生日时，一群日理万机的商界大佬全部抽出时间，聚在一起给他们办生日宴。

唐棉站在装修布置极致奢华的大礼堂中央，头疼地对贺烛说：“你能不能劝劝？”

贺烛揽着老婆的肩，笑道：“他们新鲜劲儿还没过，等两年就消停了。”

唐棉颇为怀疑，目光移向贺盛江那边。

妹妹正骑在爷爷脖子上，乐呵呵地拽着爷爷的头发，手上没轻没重的，一连揪掉了好几根他刚染黑的头发。

贺盛江像是感觉不到痛，还在笑眯眯地哄着孩子玩。

妹妹完了又轮到哥哥。

乐此不疲。

唐棉想阻止，被贺烛拦住。

“算了，他们生日。”

时间过得飞快，转眼两个孩子就到了上幼儿园的年纪。

有了孩子之后，唐棉和贺烛默契地调整了工作安排，待在市里，基本上每天都能按时下班，尽量多陪在孩子身边。

幼儿园的老师偶尔会布置一些简单的手工作业。

比如今天的作业就是让孩子们回家画一幅画，主题内容不限，想到什么画什么。

妹妹画了一幅全家福，人物好了，还差个背景，感觉什么颜色都不合适。

她想给妈妈一个惊喜，就去求助爸爸。

贺烛在书房处理文件，听到微小又清脆的敲门声，笑着说：“进来。”

这是唐棉教的，进屋先敲门，得到允许才能进。

他们进两个孩子的房间也是如此。

“爸爸，”小姑娘头顶扎着一个鼓鼓的小鬏鬏，拿着图画本跑到他身边，软糯糯地说，“后面画什么呀？”

贺烛看了眼画纸上笔触稚嫩的四个小人，眉眼一弯，柔声说：“妹妹想画什么？”

“唔，”小姑娘噘嘴思考，“妈妈是我们家最漂亮的，我想突出妈妈的美貌，用粉色好不好？”

她还没说完，又有人敲门，声音和频率跟刚才一模一样。

贺烛让哥哥也进来，带他们坐到了房间地毯上，一边守着一个。

哥哥手上没拿东西，他性格比妹妹沉稳一点，在地毯上坐得端正：“我还没想好画什么。”

贺烛摸摸他的头：“那就慢慢想。”

兄妹俩还有一点不一样，哥哥被家里人亲亲抱抱都不会有反应，妹妹不行，家里除了唐棉，其他人只能被动接受她的亲近。

妹妹趴下来，将图画本摆在地毯中间，盯着空白的地方，皱着鼻子问："爸爸，这里加朵花可以吗？"

贺烛挑眉："多画几朵怎么样？把背景变成春天。"

"春天？为什么是春天啊？"

"嗯……"贺烛沉吟片刻，指了指画面中间的小人，勾起唇，"看见妈妈就想到了。"

小姑娘睫毛扑闪两下，忽然拿起图画本，风风火火地跑出书房。

哥哥也慢吞吞地起来，贺烛问他："想好画什么了？"

小孩淡定地说："没，后天才交，我不着急。"

晚饭前，唐棉到客厅叫两个孩子吃饭。

妹妹背着手，神神秘秘地走到她面前："妈妈。"

"嗯？"

"你看这个。"

唐棉蹲下来，接过小姑娘手里的画本。

纸面上画了四个小人，有模有样的，最中间的应该是她，妹妹还给她头上加了一个花环，小人四周涂满了绿色，另外加了一些花花草草。

唐棉夸奖："画得好漂亮呀。"

妹妹眼睛亮亮的："这是春天。"

唐棉见她咧着嘴，异常期待的样子，知道她肯定还有话要说，配合地问："为什么用春天做背景呢？"

妹妹笑起来："因为画的是妈妈。"

说完，妹妹大概意识到了自己的偏心，小声补充："还有爸爸和哥哥。"

唐棉微笑着摸了摸她的头，又在女儿粉嫩嫩的脸蛋上亲了一下："谢谢，妈妈很开心。"

不远处，刚下楼走到客厅的人正好听到后面几句话。

贺烛抿唇，老婆上次主动亲他是什么时候来着？

儿子悄悄走过来，伸手扯了扯贺烛的衣摆。

贺烛低头，儿子仰起下巴看他，小声说："我想画爸爸。"

贺烛笑了笑，正要问原因，只见他小大人一般地摇了摇头，叹气道："妈妈从来都不对你亲亲，太可怜了。"

只是不在你们面前亲而已。

当晚，唐棉发现贺烛今天特别黏人，非要她主动。

两人折腾到凌晨，睡觉前，贺烛将唐棉抱在怀里，拨开她前额浸了汗水的发丝，低声抱怨："贺太太，我们好久没过二人世界了。"

唐棉又累又困，眼皮耷拉着，迷迷糊糊地"嗯"了一声。

贺烛亲亲她的额头，温声道："这周出去玩两天行不？"

唐棉缩在他胸口处，轻轻点头。

过二人世界前，为了安抚兄妹俩，唐棉和贺烛第二天一起去幼儿园接他们。

哥哥牵着妹妹，妹妹牵着一个跟她差不多高的小男孩。

三个孩子长相都极为秀气可爱，粉雕玉琢的，看着像拍广告的小童星，好些家长没忍住，偷偷拍了几张照片。

妹妹看见爸妈，兴奋地撒开手，一个人率先跑向唐棉，哥哥紧随其后。

多出来的孩子似乎没找到自己的家长，也跟着走过来。

妹妹一直觉得唐棉是天底下最好看的人，逢人就炫耀，她跟小男孩说："我没骗你吧，我妈妈是世界上最漂亮的妈妈。"

小男孩皱了皱眉："不对，你骗人。"

妹妹瞪大眼睛："我没骗人。"

小男孩看向唐棉，真诚地问："你是她姐姐吧？"

唐棉微愣。

妹妹听不出其中的小心思，还在解释，眼看要急了，男孩才勉为其难地相信："好吧，我没想到你妈妈这么年轻。"

唐棉被他逗笑了。

贺烛打量着面前这个看似纯真无害的小孩，黑眸眯起来，把儿子拉到一边问："这小子是不是对你妹有企图？"

哥哥小脸严肃起来，认真点了点头。

贺烛露出了然的神色。

一家人上车，贺烛有意无意地敲打女儿，提醒她油嘴滑舌的朋友交不得。

妹妹摊了摊手，说："他是个胆小鬼，怕水怕黑还怕打雷，只能当我小弟。"

唐棉看着前方开车的人，意有所指地说："人设听着有点耳熟。"

哥哥好奇："为什么耳熟啊？"

唐棉笑："因为妈妈上过一次当了。"

哥哥没听明白。

贺烛在前面清了清嗓子，似乎对这种说法有些不满。

唐棉失笑，慢悠悠地补充："但我属于心甘情愿，自投罗网。"

将两个孩子送到贺桐那里，贺烛开车带老婆去往临市新开发的温泉度假村。

又是一年夏夜，微凉的晚风轻盈拂过，还不到夏季最热的时候，夜里穿着短袖，温度正适宜。

别墅露台上，唐棉依偎在贺烛怀中，望着夜空之上的莹莹星斗，忽然有种说不出的满足感。

“贺先生。”

“嗯？”

唐棉在他胸口蹭了蹭：“遇见你之前，我从来不觉得出生在这世上是件值得高兴的事。”

贺烛低下头，轻吻她的发丝：“现在呢？”

唐棉笑：“已经在幻想来世了。”

贺烛满意地勾唇，倾身吻住她。

“我也是。”

遇到了才知道。

爱一个人，会随着时间流转，变成像呼吸一样自然的事，喜她所喜，忧她所忧。

今生有幸相遇，还盼来生重逢。

/番外三/ 恋爱综艺

唐棉和贺烛婚姻关系坐实以后的半年内，在贺烛的强烈要求下，两人补齐了婚纱照、蜜月，甚至连婚礼请帖都补发了，孔非那些人也非常上道地补交了份子钱和结婚礼物。

他们的感情并没有被时间冲淡，条件允许的情况下，贺烛仍然坚持送唐棉上下班，就算出差，每天也得聊够一小时的视频电话，互相探班更是家常便饭。久而久之，唐棉身边的工作人员都认识了贺烛。

“唐导，你先生来了。”工作人员笑眯眯地进门。

唐棉仰起头，从监视器后面露出白净秀气的脸蛋，先是有些惊讶，随后压下慢慢泛起弧度的嘴角，回复道：“好的，麻烦你了。”

说完，她迫不及待地站起来，准备去门口迎接丈夫。

在场另一位导演看着她的举动，脸上笑出几道褶子，以过来人的样子打趣道：“新婚夫妻感情好的哟，离开一会儿都不行。”

唐棉不好意思地摸了摸鼻子，没有反驳。

她匆忙奔向摄影棚外，工作人员已经将贺烛放了进来，两人半路遇上。

贺烛手上拎着东西，见到人，眼眸顿弯，熟练地张开双臂。唐棉嘴角扬起小小的弧度，步伐加快，主动投入他的怀抱。

唐棉抱着他，既高兴又疑惑：“怎么提前回来啦？”

贺烛月初去海外谈生意，计划至少一个月才能回家，为此，贺烛软磨硬泡了好几天，让唐棉提前请了两天假，跟他在度假酒店腻腻歪歪地过了两天二人世界。

前天视频的时候，他说还要两星期才能回来，没想到今天就来探班了。

贺烛单手将人环住，下巴蹭了蹭妻子的脑袋：“合同签完就回来了。”

唐棉仰头，视线狐疑地对上他的双眸：“工作结束了？”

贺烛面不改色地点头："嗯。"

其实并没有，昨天跟唐棉视频完，他迫不及待地想回家，晚上用身体有恙做借口，推掉了商务晚宴和后续没完没了的面谈会议，改了行程，提前半个月回国。

他老婆什么都好，就是脑袋偶尔有些死板，以防被气呼呼地念叨工作不认真，贺烛理直气壮地撒了个谎。

然而某人前科太多，唐棉压根儿不信他，但她又确实很高兴能提前见到贺烛，小小的私心作祟，她决定暂时放弃原则，不再追究真相。

两人去往唐棉的休息室，路上的工作人员熟稔地跟贺烛打招呼，仿佛他不是领导家属，而是领导本人。

主要是贺烛作为家属，大方得过分了，探班会请全组工作人员吃饭，开机庆典的时候他友情赞助了一次抽奖活动助兴，最高奖项是十万块奖金，最便宜的参与奖是新上市的蓝牙耳机，市场价五百多。

从此贺烛一跃成为全组地位最高的人。

进入休息间，贺烛将手里的袋子放下，拿出里面的餐盒，整齐地摆到桌面上，一个个打开，然后贴心地送上筷子。

唐棉想帮忙都没机会。

不过她差不多习惯了，两人独处的时候，他总是按废人的标准照顾她——这是贺烛的乐趣之一。

"我记得你这次的工作是从五月开始的，这都四个月了，"贺烛挽起滑落的衣袖，眼睛盯着埋头吃饭的唐棉，似是不经意地问，"快录完了吧？"

唐棉边吃边点头："已经开始收尾了。"

贺烛面露喜色，漆黑的眸子仿佛落入了星子，满满的兴奋与期待："那我们下周出去旅行？"

唐棉夹菜的手微顿，眼神有些躲闪："啊嗯，那个，其实……我以为你还要半个月才回来。"

她心虚得太明显，贺烛灿烂的笑容略收敛，弯弯的眼睛半眯起来："所以呢？"

"我前两天答应宋制片，帮他做一期七夕专辑。宋制片之前帮过我，这事不太好拒绝，所以我其实马上就要进行新项目了，没时间出去玩。"唐棉越说越小声，本来要放进自己碗里的肉片，狗腿地拐了个弯送入对方碗里。

贺烛恶狠狠地咬了一口肉："多久？"

"最多十天。"

"十天太久了，那会儿我都回公司了，"贺烛放下筷子，委屈又不甘地看着自己老婆，"就不能推掉？"

唐棉小声："合约今天上午刚签。"

贺少爷脸色黑得仿佛能挤出墨汁，又不敢强势地让她毁约，肚子里憋了闷气，愤愤地戳了两下饭盒里的菜。

唐棉讨好地又夹了两筷子肉给贺烛，嘴里轻声细语地哄。

贺烛最吃这一套，只见他神情有所好转，却仍默不作声，转着眼珠好像在思考些什么——这副模样唐棉熟悉得很，贺烛一般不会放过向她讨要好处的机会，至于好处是什么，不提也罢。

唐棉一边担心今晚回家这人会怎么折腾自己，一边思考怎么挤出时间和贺烛单独相处几天，想着想着，她脑子不受控制地跑偏了，没多久便反应过来，接人情工作这事不能全怪她啊，她又不知道贺烛能提前半个月回来。

唐棉皱起眉，打算再争辩一下，贺烛突然抬头，眼睛直勾勾看着她，可怜巴巴地说："不能过二人世界，我跟你一起去片场总可以吧？"

唐棉愣了愣："一起是指？"

"同吃同住同睡。"

唐棉最后没能拗过贺烛，想来她接的只是电视台七夕晚会的预热专辑，不算什么正式项目，录制顺利的话七天内就能完成，让贺烛跟着也没什么。

节目录制前一天，唐棉带着黏人精家属进到录制现场旁边的酒店。

她下午要开会，嘱咐某人老老实实待在酒店等她，不然以后不带他了。

贺烛乖乖答应。

唐棉本以为只是录制前简单开个小会，结果一进会场，宋制片着急忙慌地将她拉到旁边，语速极快地和她说明情况："现在有三个问题，一是我刚刚接到通知，这节目不只要在网络播，台里现在想加一小时的内容放在晚会之前播出。

"二是台里要求我们调整节目安排，嘉宾不能局限于年轻情侣，必须有未婚组、新婚组、金婚组。

"三是原本定好的嘉宾有两组来不了，新婚和金婚嘉宾都得重新联系。"

时间紧迫，宋制片一口气说完，仓促地拍了拍唐棉的肩膀："二的问题交给你了。"说完掏出手机，继续给各部门的负责人打电话。

唐棉经历过这种临时调整，处理起来驾轻就熟，和编导组从中午讨论到晚上，一鼓作气拟好了新方案。

各组核对工作的时候，宋制片说新婚夫妇的人选还差一组，下午主动报名的有六对夫妻，其中三对是当地的小网红，风评一般。

因为要上电视，挑选嘉宾的条件苛刻了许多，挑来选去，仅有两对符合要求。

宋制片愁眉不展，让导演接着打电话，这时，摄影组的组长忽然道："我记得唐制片也是新婚吧。”

猝不及防被点名，唐棉一时没反应过来。

宋制片望向唐棉，眼睛蓦然一亮：“对啊！我怎么没想到！”

他知道唐棉嫁给了贺家的小少爷，夫妻俩相貌一流，观众肯定爱看，更重要的是，有贺烛加盟，他们的赞助经费还能再多一些。

宋制片忐忑地搓了搓手：“不知道贺总有没有时间？”

唐棉沉默了。

这一刻，她突然想起当初被强行选为相亲节目女嘉宾时的窘境，于是果断回绝：“不行，他没时间。”

话音刚落，手机振动了两下。

贺烛的消息弹在屏幕上方。

【到门口了，找个人接我。】

唐棉抿了抿唇，一抬眼，正对上宋制片的灼灼目光。

她轻叹一声，心软道：“行吧，我问问他。”

“你们这新婚夫妻，圈子里都知道你俩感情好，只要唐制片发话，小贺总肯定答应。”

唐棉扯了下唇角，背负宋制片的厚望，慢腾腾地走到摄影棚入口。

贺烛一个人待得无聊，背倚着墙，正在垂首玩手机。

夜幕早已降临，门口的吊灯年久失修，灯光微弱，仅有手机屏幕的白光映出他出色的五官。贺烛这会儿眉眼低垂，脸上没什么表情，显得有些冷峻。

事发突然，原本订好的餐厅不得不取消，想想贺烛独自在酒店等了她一下午，唐棉心里觉得愧疚，声音不自觉地放柔：“老公。”

贺烛视线从手机屏幕移开，冷薄的唇线随眼睛一起有了弧度：“这儿呢。”

将人拥进怀里，贺烛柔声问：“工作还没结束？”

唐棉乖顺地倚着他：“嗯，不过对完任务就能回去了。”

马上要走到摄制组开会的地方，唐棉不会绕弯子，直截了当地问：“宋制片想让我们参加明天的录制，可以吗？”

她见过贺烛在镜头前不耐烦的样子，当初如果不是和孔非打赌输了，矜傲的贺少爷估计这辈子都不会在电视台露面。

唐棉补充道：“只是问一问，嘉宾人选还有很多，我们不参加也没关系。”

她不想勉强贺烛做他讨厌的事，虽然她知道，只要自己坚持，贺烛一定会答应。

唐棉问得小心翼翼，贺烛没忍住，低头亲了她一下，笑道：“以老婆的意愿为准，你想参加，我们就去。”

唐棉咧嘴：“好。”

当时宋制片突然说要他们当嘉宾，她下意识想拒绝，回过神来，又觉得好像没那么难以接受，作为制片，她知道节目的全部流程，无非是记录情侣间的日常，中途做几个小任务，最后发到网络上，让网友评出最佳七夕伴侣，获选的嘉宾可以得到一份七日旅行大礼包。

唐棉对奖品没兴趣，只是如果参加的话，她就能在工作时间，名正言顺地和贺烛待在一起了。

跟贺烛说了节目的大致安排，显然，他和她想到了一起，心情很好地表示赞成。

唐棉眨了眨眼："我以为你讨厌上节目。"

贺烛挑眉："为什么这么觉得？"

"第一次见面……"

"咳，"贺烛握住她的手，"那会儿我还在叛逆期，换成现在，我肯定不能放手，当场就得牵着你回家，把你娶了，逼着你天天喊老公。"

唐棉回忆过去一年发生的事，嘴角绽开一抹浅笑："你说的，好像跟现实没什么区别。"

贺烛想了想，一块笑了："也对。"

录制当天，一共九对嘉宾，每组各三对，金婚组的老夫妻年纪大，和其他组分开录。

唐棉和贺烛站在新婚组边上，旁边是未婚的热恋情侣，每一对搭档都十指紧扣，肩抵着肩，亲密无比。

唐棉夏天嫌热，离开冷气，她很少和贺烛贴在一起，所以在一众甜蜜的冒粉红泡泡的情侣夫妻中，他俩好像节目组请来的临时演员，不是很熟的样子。

节目组安排的第一站是水上乐园，入园后男女嘉宾分开换衣服。

男嘉宾换得快，一群男人从更衣室出来，身高腿长，六块腹肌的贺烛霎时成为众人目光的焦点。

等女嘉宾出来，男人们各自站在自己的伴侣旁边，唐棉明显感觉身上的视线多了不少，她以前都在做幕后，第一次走到幕前，心里不由得紧张起来，表情也变得严肃。

她倒是没意识到那些视线是旁边的人吸引来的。

贺烛目光一直在老婆身上，见她五官紧绷，轻笑一声，手臂环过她的肩膀，安抚道："只是游戏。"

唐棉紧张地舔了下嘴唇，没有回应。

节目组让嘉宾先自由行动，等大家放松得差不多了，又把他们召集起来玩游戏。

水上乐园是节目的主要赞助商之一，所以游戏设定尽可能地突出乐园特色，力求把每个项目体验一遍。

节目组在每个游玩项目上做了简单的关卡，全部需要情侣合作完成，率先抵达终点的一组可以得到两张水上乐园的年卡。

比赛开始，嘉宾们多是男女牵手前进，步伐比正常速度慢了一些，贺烛正要牵住唐棉，没承想旁边的人兔子一样，嗖地蹿了出去，脚上还踩着拖鞋，也不知道她是怎么跑那么快的。

贺烛无奈地追了上去。

唐棉全力冲刺，其他嘉宾还在第一关，他们已经跑到第三关了。

这一关节目组放了高杆吊着的水球，应该是要男嘉宾抱起女嘉宾戳破它，唐棉想自己蹦起来试试，旁边贺烛双手掌心朝上，向她伸出双臂。

唐棉没多想，抬手在他手心用力拍了一下："加油！"

都第一了，加什么油。

贺烛吸了口气，不多解释，直接上手把人举起来，唐棉这才明白他的意思，认认真真地戳破气球，完成任务后，唐棉脚刚落地，又赶忙往前跑。

一小时后，毫不意外地，他们拿了第一。

站在终点的高塔上，落日霞光照着唐棉的脸颊，红润得好似抹重了胭脂，她双手撑住膝盖，大口喘着气，汗水和池水的水珠混合在发丝间，颇有几分狼狈。

贺烛常年锻炼，这点运动量对他来说不算什么，跟工作人员要了运动饮料，一边递给唐棉一边语气复杂地说："没看出来，你胜负欲还挺强。"

唐棉抹掉脸上的水珠，喝了一口饮料："还好吧。"

贺烛无言，伸出手，指向远处还在做任务的嘉宾，那边男女一组，嬉笑打闹，看起来十分恩爱亲密。

"老婆，我记得你们的主题是七夕，不是竞技。"

唐棉怔了怔，半晌，她如梦初醒一般，微微张大嘴巴，恍然大悟道："我下次注意。"

抛开因为紧张而燃起奇怪胜负欲的唐棉，第一天的录制很顺利。

晚上唐棉回到酒店，因为白天比赛太拼，这会儿腰酸背痛，洗完澡就睡了，一点亲近的时间都没留给自家老公，第二天早上她提前起床去现场统筹工作，夫妻俩一晚上没说上三句话。

被老婆忽略彻底的贺少爷浑身散发着不爽的气息，一张俊脸在镜头里臭得要死。

跟拍导演不得不在镜头外对唐棉使眼色。

"怎么生气了？"唐棉仰起下巴，低声问身边的人。

贺烛垂眸扫她一眼，没说话。

唐棉看了看附近的工作人员和嘉宾，悄悄往旁边挪了一步，两人身体紧挨着，她伸出靠近贺烛的那只手，轻握住他的手指，用手心的温度将冰凉的指尖焐热，随后轻轻晃了晃他的胳膊。

"晚上跟你说个好消息。"

今天天气很好，天空水洗似的蓝，唐棉黑亮的瞳孔染着天空的颜色，清润澄澈，夹带一点无意识的撒娇，让人无法拒绝。

贺烛展开手指，与她十指相扣："非得晚上说？"

唐棉道："录节目不方便说话。"

贺烛不满地捏了捏她温软的手背："那你现在在干吗？"

唐棉非常坦率："在哄你呀。"

一瞬间，胸口好像被蜜糖填满了。

贺烛不动声色地别过脸，掩饰自己不受控的唇角。

五分钟后，相当好拿捏的小贺总顶着春光灿烂的笑容，牵着老婆走进节目组安排的美食街。

今天的夫妻组没有比赛，主要是记录情侣甜蜜的日常。

唐棉肚子不饿，贺烛不喜欢路边小吃，两人逛了半天只买了两杯饮料，其他组的情侣互相喂对方吃东西，时不时发出笑声，很快乐的样子。

贺烛盯着看了一会儿，然后把手里的饮料杯递到唐棉面前，唐棉十分自然地擎起拿饮料的手，和他碰了碰杯："干杯。"

摄影师都看乐了。

贺烛终于忍不住，狠狠揉了揉她异常清奇的脑袋。

唐棉一脸茫然："嗯？"

贺烛长臂一伸，将人揽进怀里："没什么。"

唐棉脸颊微红："这样走路不方便。"

贺烛漫不经心："哦。"

肩上的力度更紧了。

唐棉低头吸了口果汁，双颊的红晕很快蔓延到耳后。

她并不排斥贺烛的亲近，只是工作人员都是她的同事，旁边还有很多围观录影的路人，第一次在这么多人面前和贺烛亲密接触，她有些不好意思。

不过也多亏贺烛开窍，他们的视频素材终于有了着落。

到了晚上，唐棉留在组里加班，贺烛一个人回酒店。

唐棉一直工作到午夜，节目组派了司机送她回酒店，唐棉轻手轻脚地走进房间，发现屋里的落地灯亮着，贺烛侧躺在沙发上打游戏。

唐棉放下包，诧异道："你怎么还没睡？"

贺烛关掉游戏，将手机放到一边："在等你的好消息。"

唐棉茫然片刻，随后才想起白天哄他的话，忙了一天差点忘了。

见她犹豫，贺烛眯起眼睛，迅速坐直身体："你骗我的？"

"没有没有，"唐棉坐到他旁边，解释道，"我跟宋制片商量了一下，这几天他的活归我管，他负责后期，我负责前期，明天拍完我的工作就结束了。"

贺烛听懂了，眸光微滞："所以你这两天早出晚归，是为了提早休假？"

"嗯，这样我们就能去旅行了，不过时间有限，去不了太远的地方，你想……"唐棉嘀嘀咕咕的声音被一阵热浪吞噬，滚烫的唇急切而热烈地夺走了她的呼吸。

贺烛身上好闻的雪松味将她完完全全地包裹起来，彼此唇舌紧密交融，不知是谁先失控，突破了界限。

从沙发迁到床上，唐棉眼神逐渐迷离，不由自主地挺起身体，贺烛咬了咬牙，压抑着情动，哑声道："太晚了。"

片刻后，唐棉脑袋恢复清明，轻轻点头："那明晚再继续。"

贺烛这种时候恨死了她的诚实，低下头，不甘心地咬了咬她红润的唇瓣："放心，这两天欠我的，早晚得一起还。"

或许是感受到了唐棉的重视，贺烛第二天笑容满面，配合摄影师录了几段单人访谈，全程微笑，一张脸俊美得不似真人，当天的镜头几乎都给了他。

节目组把剪辑好的视频放到微博，让网友投票，贺烛和唐棉凭借颜值和独特的相处方式挤进了前三名。

本来是第二名，但他俩颜值过于突出了，有网友猜唐棉和贺烛是节目组请的演员，很多人信了这种说法，他们票数就下去了。

唐棉不在意这种事，但她没想到贺烛会那么在意。

同事发来微博截图的时候，她正在半山酒店和贺烛一起看日落。

【小唐姐，网友都在跟节目组要你们的微博号。】

唐棉觉得莫名其妙，去微博看了一眼，正巧，热点推荐里就有别人搬运的微博截图。

【贺氏企业：不好意思，那是我们老板和老板娘 //@ 吃瓜专用号：第二组一眼假，两人看着根本不熟，节目组请来的演员吧】

【贺氏企业：是的 //@ 考试周别来烦我：等等，我好像在哪儿见过你！窦晴那件事是你辟谣的吧，项链事件主角是不是他们？】

"有必要吗？"唐棉无奈道，"而且你为什么用贺家的号，大姐同意吗？"

贺烛拿牙签插了块哈密瓜送到唐棉嘴里："就是她让人回的。"

唐棉嘴里嚼着瓜，不赞同地看他。

她一贯低调，不喜欢太张扬，尤其是以后做节目难免在大众面前露面，被认出来会很麻烦。

贺烛撇撇嘴："怎么，让人知道你是我太太很丢人？"

这人歪曲事实的本事已经炉火纯青，但唐棉也不是每次都落于下风，她淡淡地白他一眼："我要是点头呢？"

贺烛顿时瞪直了眼："气死我你有什么好处？"

唐棉不理他。

贺烛气焰渐消，讨好地抱住她："下次我会经过你同意再发的。

"老婆？要不我给你哭一个？"

唐棉差点笑出来，别过脸："不用。"

贺烛惯会得寸进尺，听到轻笑声，强有力的手臂立刻压住唐棉的胳膊不让她逃走，然后翻身压在她身上。

"天黑了老婆，我们做点夜里该做的事吧。"

唐棉望着外面落到一半的太阳，橘黄色的晚霞铺满大地，明艳却不刺目，怎么看都跟"黑"不搭边。

然而，当细密的亲吻落下，推拒的话很快变了调，化成一声声嘤咛，被身上肆意作乱的人尽数吞入口中。

后来，唐棉和贺烛票数猛增，排名飞速跳到第一位，唐棉觉得这样不公平，让人把他俩名字撤了，奖品给了原本排在第一的金婚老夫妻。

由于迟迟等不到节目组公布唐棉和贺烛的微博，网友闹腾几天便各自散去，聚集在唐棉和贺烛身上的关注也终于结束了。